# Rebelle

RHYS FORD

RHYS FORD

Publié par
DREAMSPINNER PRESS

5032 Capital Circle SW, Suite 2, PMB# 279, Tallahassee, FL 32305-7886 USA
www.dreamspinnerpress.com

Rebelle
Copyright de l'édition française © 2019 Dreamspinner Press.
Titre original : Rebel
© 2017 Rhys Ford.
Première édition : décembre 2017
Traduit de l'anglais par Laura Brohan.

Illustration de la couverture :
© 2017 Reece Notley.
reece@vitaenoir.com
Tatouage composé et illustré par Micah Caudle, Flying Panther Tattoos, San Diego, CA.
Les éléments de la couverture ne sont utilisés qu'à des fins d'illustration et toute personne qui y est représentée est un modèle

Édition imprimée en français : 978-1-64405-459-8
Première édition française : avril 2019
v 1.0

Édité aux États-Unis d'Amérique.

Ce livre est dédié à Rob Benavides et Micah Caudle du salon *Flying Panther Tattoos* à San Diego. Vous êtes deux des tatoueurs les plus gentils et talentueux que je connaisse. C'est toujours un plaisir de passer sous votre aiguille.

J'aimerais aussi avoir une pensée pour la plus sauvage des divas, Halle, un Cairn parmi les cairns. Elle était un tyran exigeant, mais affectueux, qui tenait les Cinq et Steve d'une main de fer. Elle n'a jamais croisé un coin de toast ou un morceau de bacon qui lui ait résisté et aurait probablement toléré une tiare si celle-ci ne lui avait pas froissé les oreilles.

Enfin, une pensée pour Tamlyn, aussi connu sous le nom de Tam le Chat. Monsieur, tu étais le plus grand gentleman et le plus gentil félin du monde. Tu te contentais de peu et ne demandais pas grand-chose. Les dix-huit années que tu as passées auprès de moi m'ont apporté du réconfort et parfois une grande joie. Je suis désolée que les souris n'aient pas été créées avec des lasers pour te divertir, mais sérieusement, n'aurais-tu pas pu au moins lever la tête quand le rat-kangourou a littéralement couru sur toi alors que tu étais allongé au sol ? Que ton paradis soit envahi de yaourt à la grecque et de porc kalua. Embrasse ta sœur, Neko, de notre part et passe le bonjour à Opala, Motlow et Aramis. Chacun de vous nous manque terriblement.

# I

DES CRIS éclatèrent dans la nuit, arrachant Rey à son sommeil.

Il était fatigué et n'avait pas du tout envie de faire face à son père, surtout qu'il devait se rendre à l'école le lendemain matin. Le lycée était un cauchemar de chiffres et de lettres rassemblés dans un mélange qu'il n'arrivait pas à comprendre. Mais les cris étaient... troublants... différents... un geignement aigu, suivi d'un crissement terrible, brut et violent.

C'était tellement différent de ce qu'il entendait d'habitude.

Puis il se mit à tousser.

Il ne pouvait pas s'arrêter, pas assez longtemps pour reprendre sa respiration. Soudain, il sentit l'odeur de brûlé s'infiltrer jusque dans ses poumons et essaya de chasser la sensation rêche qu'il avait dans la gorge et le nez. D'autres cris stridents, ainsi que des hurlements terrifiants, parvinrent jusqu'à ses oreilles, le faisant trembler sous ses couvertures. Sa poitrine lui faisait mal à l'endroit où son père lui avait donné un coup dans la soirée, dans un élan de colère que Rey n'avait pas vu arriver. Mais c'était un jour comme les autres où il se tenait en équilibre entre la lenteur du temps qui passait, dans l'attente d'une crise de colère de son père, et les secondes qui défilaient sur l'horloge, le rapprochant du moment où il pourrait aller se mettre au lit.

Ce soir avait été un mauvais soir. Il s'était interposé entre la rafale de coups et sa mère, subissant la rage de son père. Son œil était gonflé, ses sourcils étaient collés entre eux et il avait tellement mordillé l'entaille sur sa lèvre qu'il sentait un goût métallique chaque fois qu'il passait sa langue dessus. Sa quinte de toux reprit de plus belle. Ses spasmes duraient si longtemps et étaient si violents que ses côtes lui firent encore plus mal.

Cette odeur de brûlé venait certainement de la cuisine. Sa mère avait dû laisser un plat en plastique dans le four et l'avait allumé pour réchauffer le petit déjeuner de son père. C'était un acte irréfléchi qu'elle répétait souvent ; elle quittait sa chambre, au bout du couloir, et vacillait jusqu'à la cuisine, fatiguée par l'accumulation de ses deux emplois, mais assez réveillée pour préchauffer le four.

Son œil ne s'ouvrait pas assez pour qu'il puisse voir son radio-réveil. Tout ce qu'il voyait était une ligne fine et rouge, des nombres flous dans le noir. Il vivait dans cette pièce depuis dix ans et même après tout ce temps, il avait du mal à s'orienter dans cet espace durant la nuit. Sa chambre ne bénéficiant pas d'une fenêtre, la seule source de lumière venait de sous sa porte, un éclat de jaune orangé s'infiltrant à travers le bois mal travaillé.

Il fut à nouveau pris d'une quinte de toux et se frappa la poitrine pour l'arrêter. Il était secoué par des spasmes, coincé dans un cercle vicieux : il essayait de respirer malgré la douleur dans son nez tout en voulant soulager le poids qui reposait sous son sternum. Sa langue était gonflée et il n'avait plus de salive, peu importe le mal qu'il se donnait pour faire fonctionner sa bouche. Sa gorge était sèche et d'une grande sensibilité, mais il ne pouvait pas l'apaiser avec le peu de salive qu'il arrivait à sécréter.

Clignant d'un seul œil, il chercha ses lunettes, faisant tomber tout ce qui se trouvait sur sa table de chevet, mais elles n'étaient pas là. L'odeur provenant du four se fixa à l'intérieur de son nez et Rey trébucha hors de son lit pour se retrouver directement en enfer.

La lumière était plus éclatante, irrégulière et forte, parsemée de nuages gris. Quand il appuya sur l'interrupteur, mais que la lampe ne s'alluma pas, la terreur se mêla au sentiment d'inquiétude qui grandissait en lui. Il se frotta le visage et grimaça quand la douleur de son œil gonflé se réveilla.

Désormais, il était difficile de ne pas entendre le crépitement du feu. Et puis de la fumée passait sous sa porte – du moins, il avait l'impression que c'en était. C'était dur à dire. Il avait du mal à voir la fumée, mais cette odeur nauséabonde qu'il associait avec l'étourderie de sa mère pénétrait dans sa chambre fermée, consumant l'air de ses poumons. Il avait du mal à respirer et luttait pour reprendre son souffle, essayant de se remémorer ce qu'il avait appris à l'école, mais cela ne lui revint pas. Son cerveau était en train de s'éteindre pour laisser place à la panique. Il longea le mur pour trouver la porte.

La poignée était chaude et il hurla lorsqu'elle lui brûla la paume. Le cri qu'il émit était faible, tel un léger coassement. Le mur qui se trouvait derrière lui s'effondra et le percuta dans le dos.

Rey ne savait pas combien de temps il avait passé sous ces débris. La notion de temps lui échappait et tout ce qu'il voyait était une étendue de cendres chaudes, puis la lueur des flammes qui dévoraient ce qu'il restait de la pièce. Il y avait une voix – quelque part. Il essaya de l'appeler, voulut hurler à pleins poumons, mais l'air fétide dans sa poitrine étouffa sa voix et il se mit à tousser, aspirant davantage de fumée.

— Oh…

Sa grand-mère lui avait toujours dit de prier, mais il n'arrivait pas à trouver les mots… la foi… pas avec le poids qui reposait sur ses jambes et son dos. Sa gorge lui faisait trop mal. Il avait l'impression d'avoir avalé sa langue parce qu'il n'arrivait plus à aspirer l'air. Il voulut se déplacer, mais cela ne fit qu'aggraver son cas puisque quelque chose se planta dans son dos, perforant sa peau. Il empêcha ses larmes de couler, refusant de céder à l'impuissance qui le gagnait.

— Hé, je vais m'occuper de toi, annonça une voix à travers le bruit des flammes et des murs qui s'effondraient. Ne bouge pas. Je dois te sortir de là. N'hésite pas à m'arrêter si tu as trop mal.

Des mains se posèrent sur ses bras. Rey les sentait. Malgré la pression sur son dos et ses jambes, il *sentait* ces mains. Il se mit à pleurer, laissant son nez couler et ses sanglots s'échapper. Il aurait eu honte s'il ne s'était pas trouvé coincé sous un mur. Ces mains lui massèrent les épaules et cette voix, rauque et pénétrante, le rassura en lui disant que tout irait bien, qu'*il* irait bien.

Il était trop effrayé pour aller bien. Il avait l'impression que ses poumons étaient remplis de lames de rasoir et de verre. Quand il réussit à inspirer de l'air, il voulut appeler sa mère en hurlant et se sentit honteux face à la terreur que les flammes éveillaient en lui.

— Attends, je dois faire quelque chose. Bear m'a dit que je devais couvrir ton nez et ta bouche. Reste calme, demanda-t-il à Rey en criant.

Après avoir levé le menton de Rey, il fit remonter le tee-shirt de celui-ci sur son nez, ce qui empêcha l'air d'entrer. Rey paniqua, se débattant pour que sa bouche ne soit plus bloquée par la matière. Son sauveteur lui tapota les épaules, puis il dit :

— Ça va t'empêcher d'avaler de la fumée. Je vais faire la même chose. Il te suffit de respirer à travers ton tee-shirt, d'accord ?

Le feu se rapprochait, léchant les morceaux de bois qui ressortaient des murs. Sa porte s'effondra et se mit à noircir sur les bords. Puis l'encadrement de la porte fut dévoré par des flammes rouges et vives, mais la silhouette qui se trouvait près de lui continua son travail, ses mains plongeant dans les débris qui avaient cloué Rey au sol. La chaleur n'allait plus tarder à devenir insoutenable. Il tourna la tête, le col de son tee-shirt lui lacérant le visage. Alors qu'il fixait les Converses rouges de cette personne, Rey se mit à tousser et son corps fut pris de spasmes, l'empêchant de respirer normalement.

— J'y suis presque, déclara le propriétaire des Converses. Encore... une seconde.

Ce poids, qui était en fait un amas de planches de bois et de plaques de plâtre effritées, s'envola. Rey retrouva sa liberté. Le jeune homme glissa ses bras sous lui afin de le retourner, puis le souleva délicatement du tapis bon marché que sa mère avait posé dans sa chambre. La douleur atroce qu'il ressentit dans ses muscles meurtris était insupportable et il se mit à hurler plus fort que les sirènes qu'il entendait au loin. Des morceaux du tapis restèrent collés à ses mains et ses bras, des fibres fondues s'accrochant aux parties de son corps qui avaient été en contact avec les cendres brûlantes. Il éclata en sanglots, effrayé à l'idée de s'être fait dessus lorsqu'on l'avait arraché aux débris de la maison.

Ils marchèrent quelques mètres ou kilomètres, il n'en savait trop rien, mais le trajet sembla durer une éternité. Puis ils s'arrêtèrent. Il avait mal partout. Sa poitrine lui faisait mal et de la poussière était coincée dans son œil déjà gonflé. Un lampadaire éclairait les environs. Il essaya de se déplacer dans les bras de son sauveteur et réussit à se retourner au moment où sa maison en feu s'effondrait.

— Ma mère !

Rey inspira une bouffée d'air frais. Alors que le jeune homme l'installait prudemment sur la pelouse verdoyante de Mme Brockington, le tee-shirt de Rey glissa et le froid envahit ses poumons. Il se plia de douleur quand son corps se contracta.

— Je dois aller...

— Mon frère l'a dégagée de l'autre côté de la maison. Il s'en occupe. Je sais qu'il l'a sauvée. Il ne peut pas... Bear a forcément réussi à la faire sortir.

Son sauveteur se déplaça de manière à ce que Rey puisse le voir.

— Il faut que tu restes immobile, d'accord ? Quelqu'un va venir t'ausculter...

Rey ne l'écoutait plus. Il laissa la voix grondante du jeune homme occuper l'espace et s'étira sur cette pelouse sur laquelle il n'avait jamais osé poser les pieds. Il tenta de parler, de trouver les mots pour le remercier, mais ils étaient aussi difficiles à formuler que les prières dont il avait eu besoin quelques instants plus tôt.

Il cligna de son bon œil, mais ne parvint pas à se focaliser sur une seule chose. La nuit était comme fracturée, transformant tout ce qui l'entourait en prismes et quand il voulut se retourner, ses jambes refusèrent de lui obéir. Il entendait sa mère pleurer – il *connaissait* le son de sa mère en train de pleurer. Il voulait la rassurer, lui caresser les cheveux et lui dire que tout irait bien, comme on l'avait fait pour lui, mais sa langue ne fonctionnait pas non plus.

— Mason ! As-tu récupéré le gamin ? demanda une autre voix, rauque et enrouée, qui portait au-delà de l'incendie. J'ai secouru sa mère. Il n'y avait personne d'autre à l'intérieur.

Rey leva la tête, tirant sur sa nuque. Le jeune homme blond se mit debout et essuya ses mains sales sur son jean déchiré. La fumée qui s'élevait depuis la maison en feu propageait un voile âcre sur la rue et les cendres portées par le vent lui piquaient l'œil. L'autre homme était imposant, dissimulant la lueur orangée de l'incendie. Il fallut un moment à Rey pour se rendre compte que sa mère était accrochée au corps de l'homme, qui la tenait par la taille pour la faire monter sur le trottoir.

— Papa... il...

Rey se souleva, puis retomba sur la pelouse, ses mains trop endolories pour supporter son poids. Il avait des papules le long de ses bras et des marques rouges se dévoilaient sur sa peau sale. Ses poumons étaient encore trop encombrés et chaque respiration tremblante en appelait une autre. Les voisins commençaient à sortir de leurs maisons, se déployant dans les rues avec inquiétude, mais il n'aperçut pas son père dans cette foule grandissante.

— Je ne sais pas où est papa, déclara Rey.

— Reste ici. Tu es blessé.

Le blond qui l'avait secouru – Mason – parlait avec autorité, ferme et inflexible.

— Respire doucement. Bear s'occupe de ta mère. Elle a dit qu'il n'y avait que vous deux à l'intérieur. Il est peut-être sorti faire quelque chose, d'accord ?

Un troisième garçon, qui avait environ son âge, courait devant l'homme qui donnait un coup de main à sa mère. Les longues jambes maigrichonnes du jeune homme parcoururent rapidement la distance qui séparait la rue de la belle pelouse verdoyante de Mme Brockington. Les lumières blanches eurent un effet étrange sur sa chevelure, la rendant presque gris foncé, mais avec des lueurs dorées et rousses. Quand il se tourna vers lui, Rey découvrit

5

des yeux couleur argent, une couleur scintillante qu'il n'avait jusqu'alors vue qu'en regardant la lune.

Si Rey n'avait pas déjà eu du mal à respirer, cet adolescent dégingandé au regard aussi clair que la lune lui aurait coupé le souffle.

*Prétentieux*, lui souffla son esprit. C'était le genre de garçon qu'il détestait à l'école, ceux qui étaient bien trop beaux, mais il avait terriblement envie d'offrir son premier baiser à cette bouche espiègle. Une fossette se dessinait sur sa joue, ainsi que l'esquisse d'un sourire presque aussi brillant que ses yeux. Le poing de Rey se serra, se crispant sous l'effet d'une chose qu'il ne comprenait pas, mais qui était en train de s'éveiller au plus profond de lui. Son poing ne resta pas longtemps fermé car la peau brûlée de sa paume s'étira et craqua, ouvrant une plaie sanglante. La douleur lui coupa le souffle et il recommença à tousser violemment, ce qui fit froncer les sourcils de l'adolescent.

— Gus, va dire à l'ambulance de venir ici, ordonna l'homme qui aidait sa mère.

Alors que Mason avait une touche d'autorité dans la voix, l'homme aux larges épaules qui posa délicatement la mère de Rey au sol portait sa force et son assurance comme une armure testée sur le champ de bataille. De près, l'homme n'était plus imposant, mais plutôt menaçant, avec ses cheveux bruns tirés en arrière pour dévoiler un visage dur et sévère ainsi qu'une cicatrice au sourcil droit.

— *Maintenant*. Pas dans quinze jours.

— D'accord.

Le garçon s'écarta du chemin de cet homme imposant, puis déposa une bouteille d'eau par terre, près de Rey. Il finit par disparaître, englouti par le nuage de fumée et la foule.

Les sirènes se rapprochaient, mais il entendit tout de même sa mère pleurer quand elle attrapa son tee-shirt et noua ses doigts dans la matière, puis les murmures des inconnus qu'un être – un saint ou même Dieu – avait envoyés pour le sortir du brasier qui consumait sa vie. Il entendit les paroles rassurantes qu'ils prononcèrent, différentes de celles qu'il aurait utilisées, mais elles réussirent à apaiser sa mère qui s'allongea sur la pelouse, se lovant contre lui comme s'ils étaient sur le canapé en train de regarder un vieux film qu'elle avait trouvé sur une des chaînes gratuites du câble.

— Dieu merci, tu es sain et sauf, finit-elle par chuchoter. Heureusement qu'ils…

6

Son visage était aussi mouillé que celui de Rey, mais elle laissait couler ses larmes, ce qui formait de drôles de lignes à travers la suie qui couvrait ses joues.

— Je ne sais même pas comment ils ont... je ne connais pas leurs prénoms.

— Gus, maman, bredouilla Rey malgré sa bouche pâteuse. Mason, Bear et Gus.


— BON SANG, c'est douloureux, prétendit Rey alors que le jeune homme aux cheveux violets était penché au-dessus de ses côtes. Es-tu certain de savoir te servir de ce truc?

Personne ne savait jeter un regard méprisant comme Ivo, le plus jeune frère de Mason. Rey adorait voir les yeux bleu marine du tatoueur se plisser. Un rire provenant de la cabine voisine brisa le silence et Rey se mit à rire à son tour, ne cherchant plus à rester immobile sous l'aiguille à pointes vibrantes qui se trouvait à quelques centimètres de sa hanche nue.

— Il peut le supporter, Ivo, déclara Tokugawa depuis sa cabine de tatoueur invité.

Le poste de l'homme était situé au beau milieu de 415 Ink. Il était réservé aux maîtres de l'industrie du tatouage et se trouvait directement face à une cabine sur laquelle Rey refusait de poser les yeux.

— Je lui ai fait subir bien pire, ajouta-t-il.

— J'accepte de relever ce défi, marmonna le tatoueur pernicieux.

Ivo roula ses épaules en arrière, puis posa son coude sur la table de massage où s'était installé Rey une demi-heure plus tôt.

— N'oublie pas une chose, Montenegro: ce n'est pas parce que tu es le meilleur ami de Mace que tu es le mien.

La première fois que Rey Montenegro s'était fait tatouer, c'était pour sublimer une des cicatrices qui marquaient ses côtes. Il avait supporté cette étendue de chair brûlée pendant presque dix ans avant de décider qu'il en avait assez de trimballer l'œuvre de son père. Bear s'était occupé de la chéloïde et l'avait fait disparaître sous un tigre traditionnel japonais qui bondissait de sa cuisse jusqu'à sa hanche, mélangeant les tracés gris clair et les zones rose pâle jusqu'à ce que Rey ne voie plus les marques de l'abandon de son père sur sa peau. Après cela, il s'était fait tatouer d'autres parties du corps, mais le premier – ce tigre – lui avait ouvert un monde de possibilités dont il n'avait alors pas eu conscience.

Maintenant, il était temps de terminer le dragon sur son autre hanche, de passer une nouvelle fois sous l'aiguille vibrante et de reprendre possession de son propre corps.

Il avait trouvé une place pour garer son cabriolet dans un parking qui se trouvait à quelques centaines de mètres du salon, un endroit monstrueux en ciment construit pour éviter les embouteillages sur Jefferson Street, mais rien ne pouvait arrêter la circulation dans la rue principale qui longeait les jetées. Après avoir laissé quelques dollars dans la tasse appartenant à un guitariste qui portait un chapeau de cowboy et jouait devant un pub, Rey s'était précipité de l'autre côté de la rue passante, se frayant un chemin à travers le flot de touristes se pressant vers Fisherman's Wharf avant que les nuages de pluie éclatent. Un léger crachin avait commencé à lui tomber dessus, s'accrochant à ses cils. Il avait alors éprouvé une lueur de regret en se rappelant avoir laissé le toit de sa voiture ouvert en partant, ne supportant plus d'être enfermé. Après avoir passé ces derniers jours à la caserne ou dans un camion, se précipitant vers les flammes ou repartant avec des doutes et couvert de suie, il avait apprécié la sensation du vent humide de San Francisco sur sa peau, même s'il savait qu'il ne tenait jamais longtemps sous son mordant.

415 Ink était coincé entre deux enseignes. D'un côté se trouvait une boutique de souvenirs remplie de tee-shirts et de tasses sur lesquels apparaissaient des slogans amusants ainsi que des monuments de San Francisco grossièrement dessinés et de l'autre, un bar à champagne sans caractère qui comptait sur les touristes du Midwest voulant passer un moment cocasse entourés de serveurs au torse nu tout en mangeant des frites nachos et des tacos à deux dollars. Le salon de tatouage bénéficiait d'un bel emplacement, face à la jetée, ce qui avait été rendu possible par un accord que Bear avait passé dix ans plus tôt avec le propriétaire du bâtiment. Récalcitrant à l'idée qu'un salon de tatouage ne s'installe près de son bar à champagne, leur voisin avait fait courir des rumeurs lorsque le salon avait ouvert ses portes, mais elles s'étaient rapidement calmées à la suite d'une conversation que Bear avait eue avec lui.

Désormais, l'homme évitait Bear et tous les employés du salon comme la peste, ce qui convenait parfaitement à tout le monde.

Rey ne connaissait pas les détails de cette fameuse conversation et ne voulait même pas savoir ce qui s'était dit. Il ne fallait pas contrarier Barrett « Bear » Jackson et ceux qui avaient pris ce risque finissaient toujours par disparaître. Depuis qu'il connaissait Bear et sa drôle de famille, Rey ne l'avait entendu élever la voix qu'une seule fois, ce qui lui avait amplement suffi. Pourtant, lorsqu'il était entré dans le salon en début d'après-midi, son seul sourire avait été pour cet homme aux larges épaules qui se tenait derrière le bureau d'accueil de 415 Ink. Il avait ensuite étouffé un grognement de douleur quand Bear l'avait tapé sur le bras pour le saluer chaleureusement. Une demi-heure plus tard, son bras lui faisait encore mal, mais il n'avait pas l'intention de le mentionner, surtout pas devant Ivo.

On ne devait montrer aucun signe de faiblesse devant les frères de 415 Ink, sauf si on voulait en entendre parler jusqu'à la fin de sa vie.

Cela faisait un moment qu'il n'avait pas remis les pieds au salon, mais rien n'avait vraiment changé. Il y avait un nouvel artiste dans la cabine qui se trouvait près de Missy, une employée qui travaillait à plein temps au salon, et le sol en béton avait été recouvert d'une matière brillante. Mais l'espace tout en longueur disposait encore d'un haut plafond peint en noir et de murs couleur crème recouverts de nombreux croquis, dessins colorés et quelques photos. Les huit cabines séparées par des demi-murs et équipées de rideaux blanc opaque lui faisaient penser à une écurie, mais il appréciait cette intimité, particulièrement quand il était allongé sur le côté, les fesses à moitié dehors, pendant qu'Ivo travaillait. Les cabines étaient grandes, donnant de l'espace au tatoueur pour manœuvrer autour de la table de massage et de la desserte. Il y avait même assez de place pour une ou deux chaises ou bien un gros cabot poilu prénommé Earl qui ne quittait la réception que pour rendre visite aux personnes qu'il appréciait.

Rey était secrètement ravi de voir Earl étendu assez près de lui pour pouvoir lui gratter les oreilles.

— Voilà, ma jolie, murmura Tokugawa depuis la cabine voisine. Nous avons terminé. Je vais nettoyer et tu pourras aller voir le résultat dans le miroir.

L'odeur familière de la lotion astringente flotta jusqu'à ses narines et Rey leva la tête. Sur une étendue de peau blanche, il aperçut une partie du tatouage qui représentait une fleur de lotus dans des tons pastel, avec des nuances apaisantes de rose, violet et vert et des lignes asiatiques traditionnelles. La jeune femme fraîchement tatouée croisa le regard de Rey au-delà du rideau partiellement tiré et sourit, se tournant tout en coinçant la bretelle de son haut sous son bras. Le tatouage recouvrait une partie de sa poitrine, près de sa clavicule droite, et des vrilles de couleurs ainsi que des lignes noires drapaient son épaule.

— Qu'en penses-tu, Steph? demanda Tokugawa en tenant un miroir devant elle. Bel assemblage, non? Un contour proche du henné, mais avec un effet pastel.

La femme blonde et plantureuse au visage angélique resta bouche bée, puis elle expira doucement.

— Oh, Ichi, c'est…parfait, dit-elle dans un murmure franc et émerveillé.

— Bien. Je vais emballer tout ça et tu pourras te rhabiller.

Ichi pencha la tête, un sourire étrange éclairant ses traits japonais et sérieux.

— Enfin, on ne peut pas dire que tu es nue, mais il fait froid dehors et il ne vaut mieux pas que ces produits finissent sur ta veste en cuir.

— Allonge-toi, Montenegro, ordonna Ivo en lui donnant une tape sur le crâne, amortie par ses cheveux épais. Tu es en train de foutre ma toile en l'air.

— Où est le chien? demanda Bear depuis la réception.

Earl leva la tête et renifla l'air.

— Earl!

— Tu ferais mieux d'y aller, mon pote, murmura Ivo en poussant le chien du bout de ses chaussures à talons rouges.

Son kilt noir à plis remonta, dévoilant davantage sa jambe mince et musclée.

— N'attends pas que Bear vienne te chercher.

Earl se leva, soupira, puis traîna des pattes jusqu'à la réception. Ses griffes claquèrent sur le sol, telles des castagnettes, puis un grognement accompagné d'un bruit sourd se firent entendre quand ses trente-cinq kilos tombèrent sur un morceau de mousse recouvert de tissu. L'éclat de rire d'Ivo était discret, mais assez vif pour piquer la curiosité de Rey.

Puis l'aiguille entra en contact avec sa peau et Rey oublia complètement ce chien, les jambes d'Ivo et ses foutus escarpins rouges.

— Putain. Tu pourrais prévenir, crétin, grogna-t-il malgré la douleur.

— Oh, Montenegro, j'ai oublié de te prévenir, grommela joyeusement Ivo, le faisant frissonner. Tu vas te faire tatouer. Dans ce salon de tatouage. Ces endroits dans lesquels on prend rendez-vous pour se faire tatouer.

— Va te faire foutre, petiot, répliqua Rey.

Ivo fit un mouvement qui provoqua une sensation de brûlure le long de sa hanche, ce qui lui coupa le souffle.

— Va te faire foutre aussi pour ça.

10

— Dommage, je ne suis pas le frère que tu as envie de baiser, répliqua doucement le jeune homme. En parlant du fils prodige, il est de retour. Étais-tu au courant ?

Jouer les ignorants avec Ivo ne fonctionnait jamais, mais il tenta sa chance.

— De quoi tu parles ?

— Gus.

Rey sentit à nouveau le picotement de l'aiguille, puis Ivo se rapprocha et s'installa pour travailler.

— Il est de retour au bercail, Montenegro. Il est arrivé ce matin et d'après ce que j'ai entendu, il ne fait que parler de toi depuis qu'il est descendu de sa fichue Harley.

# II

— HÉ, FEIGNASSE.

Un petit coup, solide et ferme, sortit Gus de son sommeil.

— Lève-toi ou les moustiques vont te dévorer tout cru.

Il ne servait à rien de discuter avec cette voix. Du moins, pas avec la personne à qui elle appartenait. Si l'envie lui prenait, Gus était presque certain que Bear pourrait l'attraper par le crâne et le jeter en l'air aussi facilement que leur chien le faisait avec le jouet en forme de raton laveur qu'il avait reçu à Noël. Mais il n'y avait pas assez de place dans le jardin arrière de la maison du Lower Ashbury pour y lancer un chat, encore moins un Gus adulte.

— Je ne dors pas, grommela-t-il, plaquant ses bras le long de son corps pour éviter de se frotter les yeux.

Il garda les yeux fermés, refusant de donner raison à Bear.

— Je… réfléchis.

— Le chien te lèche le pied depuis cinq minutes.

Bear donna un grand coup dans l'épaule de Gus, puis avança jusqu'à l'autre canapé qu'ils avaient installé sur le patio couvert – à en croire le bruit de ses pas.

— Lève-toi. Je veux te parler.

Gus aurait préféré ne pas entendre ces mots après avoir effectué un long voyage pour revenir en ville sur une Harley défectueuse. En plus, la pluie avait commencé à tomber et il s'était rendu compte que sa roue arrière allait tenir moins longtemps que prévu. Elle avait été en assez bon état pour empêcher une mort précipitée, mais ce n'était pas une information qu'il comptait partager avec Bear. Pas s'il voulait rester en un seul morceau.

Bon sang, son pied était *vraiment* trempé, couvert d'une couche humide et collante laissée par la langue de leur chien.

Ouvrir ses yeux et s'asseoir se révéla être une erreur. Il souffrait encore à la suite de la chute dont il avait été victime quand un camion-poubelle appartenant à la ville lui était rentré dedans à la sortie de l'autoroute, dans un virage. Il était tombé au sol, même si ce n'était pas aussi violemment que les fois précédentes, mais ses vêtements en cuir avaient été abîmés et le casque qu'il avait juré de remplacer quelques mois plus tôt était désormais craquelé et inutilisable. Du ruban adhésif avait fait tenir ce fichu casque et quelques parties de la moto assez longtemps pour qu'il la traîne jusqu'à la maison, mais planquer la Harley à l'arrière de la maison n'avait pas fonctionné. À en croire la rugosité dans la voix de Bear, Gus allait se faire remonter les bretelles.

Il allait peut-être même se faire gronder deux fois : primo, pour avoir été blessé et deuxio, pour ne pas avoir eu l'intention de le dire à son grand frère. S'il y avait bien une chose que Bear n'aimait pas, c'était découvrir des choses par lui-même.

— La ville va tout rembourser. Le casque, les vêtements, même la moto.

Se lancer dans une conversation de manière offensive était généralement le meilleur moyen de court-circuiter Bear. Malheureusement, comme avec la plupart de ses problèmes, il avait choisi le mauvais angle d'attaque. Les sourcils épais et noirs de Bear se froncèrent au-dessus de son nez légèrement déformé. Ce n'était pas un bon signe. Gus finit par succomber aux grattements provoqués par les saletés sur ses cils, les frotta, puis regarda son frère.

— Quoi ?

— Qu'est-il arrivé à ta fichue moto ?

Les sourcils froncés de Bear, qui jusque-là exprimaient sa curiosité, se transformèrent en moins de temps qu'il fallut à Gus pour cligner des yeux et traduisirent l'intense colère qu'il ressentait.

Il aurait dû s'y attendre. Bear avait perdu ses parents dans un accident d'autocar. Gus n'avait pas besoin d'être un génie pour comprendre que son grand frère avait dû paniquer en voyant la carcasse déformée de la Harley. Gus et sa famille avaient vécu une expérience difficile avec les services sociaux lorsqu'ils avaient demandé à accueillir Bear dans leur foyer, mais sa mère – la tante de Bear – avait arrêté de se droguer assez longtemps pour convaincre l'assistante sociale que cette solution était la bonne.

Elle avait eu tort, mais Gus ne lui en voulait pas d'avoir cru que Mélanie avait repris le droit chemin. Si sa mère était douée pour une chose, c'était mentir jusqu'à obtenir ce qu'elle désirait. Elle avait bataillé pour obtenir la garde de Bear, tout cela pour se rendre compte que l'argent qu'il avait touché à la suite du décès de ses parents était bloqué jusqu'à sa majorité. Après cela, tout ce cinéma sur le fait d'être une bonne mère et un vrai modèle avait pris fin.

— Merde, la moto, dit Gus en grimaçant. Je peux tout expliquer.

Il n'y eut aucun cri. Bear ne criait pas. Au contraire, il devenait plus silencieux et un grondement sourd et intense se faisait entendre, réaction que la plupart des personnes saines d'esprit essayaient de ne pas provoquer. Gus n'avait pas cette chance. Tout ce qu'il disait ou faisait semblait déclencher la colère bouillonnante de Bear ou pire, entraîner le calme plat par lequel il manifestait sa déception. Dieu savait que Gus était habitué à susciter cette déception accablante chez Bear, si bien qu'il en avait suffisamment amassée durant sa vie pour pouvoir couler sa tombe et y mourir.

Oh, ouvrir ses yeux était une erreur. S'asseoir aussi. Rien n'était pire que de fixer le visage sévère de Bear et de déceler une certaine tendresse dans son expression crispée.

Gus porta son attention vers le jardin et les nuages qui cachaient le ciel étoilé.

Il était tard. C'était forcément le cas parce que Bear ne quittait pas le salon avant la fermeture, surtout quand Ichi était invité. Ivo – son seul frère biologique – était probablement parti rôder pour faire ce que les artistes fous faisaient un soir de semaine. Ou bien on était samedi soir, auquel cas Gus aurait pu se rendre dans plusieurs endroits si sa moto n'avait pas été un ramassis de pièces scotchées entre elles, tout comme son casque.

Et si Bear n'avait pas été en train de le fixer d'un regard intense.

Personne n'avait *autant* d'influence sur Gus que son cousin Barrett.

Sentir sa maison autour de lui était rassurant. Peu importe combien leur vie – *sa* vie – était compliquée, la maison que Bear avait achetée après avoir reçu l'argent de l'assurance vie contractée par ses parents était la maison de Gus. Il avait connu d'autres villes, vécu dans certaines d'entre elles, dormi dans quelques voitures. Ils avaient tous vécu cela, mais la vieille maison sur trois niveaux délabrée, abîmée, bancale et perchée sur la colline était leur *foyer*.

Ses frères de sang – et bien plus encore –, qui avaient mis toute leur âme dans la rénovation de cette maison, étaient sa seule famille. Ces cinq êtres avaient été réunis par un système défectueux décidé à porter ses clients vers la mort, la prison ou la folie, mais un homme intraitable les en avait sortis.

Avec ces cinq hommes entre ses murs, la maison prenait vie, se nourrissant du bruit, des rires et des quelques chamailleries. Ils avaient été réunis par les liens du sang, mais aussi par leur homosexualité et leur bisexualité dans un système qui ne tolérait pas ce qui n'entrait pas dans la

14

norme. Cette maison esquintée était leur havre de paix, une maison dans laquelle ils pouvaient être eux-mêmes, un endroit pour leur famille bruyante et déglinguée avec ses liens bricolés et ses règles improvisées.

— Explique-moi ce qui est arrivé à la moto, ordonna l'homme qui les avait sauvés du système et lui rendait encore la vie dure.

Son frère aîné était installé sur le grand canapé qu'ils avaient placé contre le mur arrière de la maison, sous les fenêtres de la cuisine, avant de former un *L* en ajoutant le petit canapé à sa gauche. Earl se laissa tomber sur le pied de Bear, mordillant un bout de bois.

— Es-tu gravement blessé ? Que s'est-il passé ?

Bear était assis, courbé en avant. Il faisait quinze centimètres de trop pour s'allonger sur ce canapé, pourtant assez grand pour que les cinq frères puissent s'y asseoir. Il n'était pas le plus grand, étant donné que Mace l'avait dépassé en taille au moment où il avait intégré les pompiers, mais il était sans aucun doute le plus baraqué et autoritaire. Mais il y avait quelque chose de rassurant dans le fait de se faire disputer parce que cela signifiait qu'une personne se souciait de vous.

— Un camion-poubelle m'est rentré dedans.

Il haussa les épaules pour faire comme si ce n'était rien, mais il ressentait encore des douleurs le long de sa colonne vertébrale, empirées par la sieste qu'il avait faite sur un canapé étroit alors que la nuit froide était en train de tomber sur la ville.

— Je vais bien. La ville a envoyé un employé municipal qui m'a dit que tous les frais seraient remboursés. Ils ont crevé mon pneu arrière et tordu ma jante avant. Je vais demander à Marco d'y jeter un œil et de me faire un devis. Je vais bien. Je suis arrivé ici et j'ai voulu me poser quelques instants avant de me rendre au salon, mais le canapé a eu raison de moi.

— Tu ne répondais pas au téléphone. J'étais sur le point de partir te chercher en ville, mais j'ai vu ton portable sur le comptoir, alors je me suis dit que tu devais être à la maison, dit Bear avant de secouer la tête. Oublie tout le mal que j'ai pu dire sur ton étui Hello Kitty.

— Je devais recharger mon portable. Il était aussi mort que le perroquet des Monty Python, expliqua Gus, puis il éclata de rire en voyant la légère grimace de Bear. Ça suffit. Tu sais très bien que leurs sketchs sont géniaux.

— Juste un peu mieux que *Benny Hill*. Je soutiens *La Vipère noire*. Jusqu'au bout, répliqua Bear, reprenant le débat qu'ils avaient amorcé des années plus tôt.

— Je t'en prie, tu n'arrêtes pas de ressortir *Benny Hill* comme si c'était la pire série que nous avions vu à la télévision. Tu riais quand on regardait. Bon sang, même maman riait.

Ivo avait été trop jeune et Puck avait toujours… Gus chassa cette pensée de son esprit avant qu'elle l'emporte dans les abîmes qui l'accompagnaient, tout comme il ignorait systématiquement les souvenirs qui avaient précédé *ce jour*. Sa mère n'avait pas souvent ri, surtout après l'arrivée de Bear, leur cousin, au sein de leur famille, qui avait réduit leur pouvoir d'achat. Le budget était serré – comme toujours – et l'État n'avait pas jugé nécessaire de leur verser un complément lorsque leur foyer n'avait plus compté trois, mais quatre enfants. Gus caressa l'étoile à cinq branches qui se trouvait sur son poignet, leva les yeux vers la maison et remarqua que la cuisine était éclairée.

— Ivo est à la maison ?

— Non, il est sorti avec Ichi et son mari. Je me doutais que tu serais là, alors je suis rentré à la maison.

Son frère et cousin gratta l'oreille du chien. Earl se mit alors à frapper la terrasse de sa grosse patte.

— Il y a du chili con carne dans le congélateur. Je peux le faire réchauffer au four à micro-ondes. Nous pourrions en manger une fois que tu auras pris ta douche. Tu ne sens pas la rose.

— Je vais commencer par débrancher mon portable. Je ne voudrais pas qu'il grille quand tu feras réchauffer le chili.

Gus dut fournir un effort considérable pour se lever et quand il se pencha en avant, il se mordit l'intérieur de la joue pour étouffer le grognement de douleur produit instinctivement par sa gorge. Il parcourut la moitié du chemin avant de laisser échapper un juron discret.

— Tsk-tsk. Es-tu passé à la clinique ? Ils…

— Ferme-la, d'accord ?

Le trouble qui l'habitait explosa, le poussant à s'emporter contre Bear, le chien et l'univers tout entier. Les épaules de Bear se crispèrent. Gus inspira doucement à travers sa mâchoire serrée, puis expira.

— Je suis désolé. J'ai simplement… bon sang, Bear. Je n'ai pas la moindre idée de ce que je suis en train de faire. Tout cela est trop… c'est bien trop énorme.

— Commençons par le commencement. Va te mettre sous la douche et débarrasse-toi de cette odeur nauséabonde. Ton téléphone va survivre. Nous avons refait l'électricité, alors ça ne risque pas de sauter.

16

Bear marqua une pause, puis il glissa une main sous l'aisselle de Gus pour l'aider à se relever doucement.

— Ni de brûler, continua-t-il. L'eau chaude devrait réussir à te détendre. Je vais aller te chercher de l'ibuprofène.

— Merci.

Ce mot était trop faible par rapport à tout ce que Bear lui apportait, tout ce qu'il avait fait pour lui, mais son esprit ne trouva aucune autre parole à cet instant.

— Je te rejoins en bas, quand j'aurai fini de prendre ma douche.

— On fait comme ça.

Bear lui tapa dans le dos, plus délicatement, mais la douleur se nourrit de cette frappe et n'en perdit pas une goutte, se propageant à travers tout son squelette.

— Pendant le dîner, nous pourrons discuter de ce que tu comptes faire, notamment si tu veux travailler quelques heures au salon. Oh, j'ai failli oublier. Tu ne devineras jamais qui est venu aujourd'hui.

— Ai-je droit à trois essais ou vas-tu faire preuve de gentillesse et me le dire pour que je puisse aller me prélasser sous l'eau chaude ?

— Je vais être gentil parce que tu pues, ronchonna Bear, amusé, en essuyant sa main sur le dos du tee-shirt de Gus. C'est Rey Montenegro. Ivo est en train de tatouer un dragon sur ses côtes, alors il risque de se trouver au salon quand tu y seras. Si ça arrive, je veux que tu sois gentil avec lui.


REY MONTENEGRO était la dernière personne à laquelle voulait penser Gus en entrant dans la cabine de douche et pourtant, il était présent, tel un fantôme se tenant près de lui avec le souvenir d'un baiser qu'il ne sentirait plus jamais, de mains sur son corps et de doigts froids glissant le long de son dos pour ne plus jamais revenir.

— Sale enfoiré. Qu'il aille en enfer. Contente-toi de te doucher, manger et dormir.

Il étala du shampoing sur ses cheveux et frotta ses longues mèches claires et emmêlées jusqu'à ce que la mousse lui chatouille les yeux. Il eut l'impression de passer plus de temps à rincer cette masse de cheveux que d'habitude et pensa sérieusement à prendre la tondeuse pour se raser les cheveux comme quand il était en sixième et qu'ils avaient attrapé des poux.

— Ça ne te plairait pas, se réprimanda-t-il. Ta tête se baladerait dans ton casque et ça te rendrait fou. Ce sont des cheveux. Il suffit de les laver.

Il avait presque fini d'appliquer l'après-shampoing dans sa crinière quand il entendit quelqu'un tirer la chasse d'eau. Avant que Gus puisse se plaquer contre le mur de la cabine de douche, l'eau devint très chaude, brûlant sa poitrine et son abdomen. Il se mit à hurler, ce qui provoqua un éclat de rire chez le coupable. Gus cogna contre la porte en verre givré tout en insultant la silhouette colorée assise sur la vieille commode qu'ils avaient transformée en meuble pour lavabo.

L'eau retrouva sa température normale lorsque le réservoir des toilettes termina de se remplir. Gus soupira, diminuant le débit d'eau chaude jusqu'à ce qu'une eau tiède apaise sa peau.

— Seigneur, je vais te massacrer en sortant d'ici, Ivo.

Cette promesse serait difficile à tenir. Gus faisait peut-être dix kilos de plus que son petit frère, mais Ivo ne s'interdisait rien lorsqu'il se battait, telle une furie qui n'avait rien à perdre et n'hésiterait pas à se casser une dent tant qu'il pouvait arracher les bourses de son adversaire. Gus lui avait appris tout ce qu'il savait sur le combat, mais Ivo allait toujours un peu plus loin, faisant appel à la folie qu'ils avaient héritée de leur mère et cherchant la bagarre chaque fois que quelqu'un le chatouillait un peu trop.

— Je t'attends, connard. Montre-moi ce que tu as dans le ventre, répliqua son petit frère avec un air de défi.

Gus entendait un bruit sourd, certainement provoqué par Ivo qui balançait ses pieds contre les tiroirs de la commode.

— Bear m'a dit que tu avais renversé ta moto. Tu vois ce qui se passe quand on vieillit? On ne peut plus tenir une moto correctement. Tu devrais peut-être investir dans un minivan. Comme ça, tu pourras conduire tout doucement dans le quartier et crier sur les enfants qui se promènent dans la rue.

— Je ne l'ai pas renversée. Quelqu'un l'a renversée, mais je l'ai attrapée avant qu'elle tombe au sol. Bon sang, pourquoi je commence toujours par me laver les cheveux? Je n'y vois plus rien, maintenant.

Il écarta les cheveux de son visage, puis attrapa le savon qui était posé sur l'étagère.

— Irish Spring? Sérieusement?

— Ça fait six mois que tu n'es pas rentré à la maison. Sois reconnaissant qu'il y ait du savon pour que tu puisses te laver, dit-il en tapant doucement la porte avec son pied. C'est certainement le savon de Mace. Si tu veux, il doit y avoir mon savon Dreamcatcher.

— Je l'ai trouvé.

18

Il ouvrit la grande boîte marron nichée près d'un tube de masque colorant violet. Une explosion de curry, cannelle et café remonta jusqu'à ses sinus. Gus grimaça sous sa force.

— Si je me savonne avec ça, quelqu'un va essayer de me manger. L'odeur ressemble davantage à celle d'un food-truck spécialisé en cuisine indienne qu'à celle d'un savon.

— De rien, crétin.

— J'allais te remercier, petit con. Laisse-moi le temps de le faire.

Le savon moussait bien. Gus frotta les zones désormais sensibles de son corps, sifflant quand son gant en plastique entra en contact avec une éraflure.

— Pour être honnête, ma moto n'a *presque* pas touché le sol. En revanche, elle m'est un peu tombée dessus. Voilà ce qui a fait le plus mal.

Si Bear lui permettait de se sentir à l'aise, Ivo… définir Ivo était difficile. C'était son petit frère bizarre qui portait ce qui lui plaisait, faisait ce qu'il voulait et n'avait besoin que de son esprit, d'une feuille de papier et de tout instrument qui lui passait sous la main pour créer une image. Gus connaissait son propre talent. Il pouvait dessiner et tatouer des cercles précis en présence de n'importe qui. Aucun ego. Aucune vantardise. Il le savait. Tout comme le reste du monde.

Mais Ivo… son petit frère bizarre et habité pouvait l'impressionner.

Il lui arrivait de vouloir étouffer Ivo avec un coussin. Mais la plupart du temps, il était surtout prêt à prendre une balle pour lui, même s'il ne l'admettrait jamais.

— Au fait, j'ai tatoué Rey aujourd'hui. Enfin, j'ai commencé à mettre de la couleur, cria Ivo pour se faire entendre par-dessus le bruit de l'eau. Je lui ai dit que tu étais de retour. Il n'a pas réagi plus que ça, mais en même temps, nous n'avons pas beaucoup parlé de toi.

— Oui, Bear m'a prévenu.

Étant donné que son petit frère savait parfaitement jouer avec ses nerfs, adopter une attitude nonchalante n'allait rien lui apporter. Cependant, Gus n'avait pas l'intention de tendre le bâton pour se faire battre.

— C'est lui qui a fui. Pas moi. Pourquoi es-tu encore ici ? N'as-tu pas fini de pisser ?

— Dépêche-toi, d'accord ? J'ai faim et tu sais que Bear ne nous laissera pas manger tant que nous ne serons pas tous à table. Pour information, il est possible que j'aie menti en disant ne pas avoir discuté de toi avec Rey, mais

19

comme tu n'es pas venu au salon, je me suis dit que tous les coups étaient permis.

Ivo tira la chasse d'eau et Gus se retrouva sous une cascade d'eau presque brûlante.

— Bienvenue à la maison, connard.


LE DÎNER s'était déroulé dans un silence presque complet, hormis le bruit de la jambe d'Ivo qui avait remué au rythme des voix qu'il entendait chanter à l'intérieur de son crâne. Bear lui avait lancé un regard noir quand le rythme frappé par son pied était devenu plus fort que les ronflements du chien. Ivo avait arrêté quelques minutes, puis recommencé.

Il était tard. Ou bien tôt. Cela dépendait de la manière dont il regardait l'heure. Chaque partie douloureuse de son corps le suppliait de se laisser tomber dans un lit douillet, le séduisant avec la promesse d'un oreiller en plumes, mais son esprit ne se laissa pas faire. Au contraire, il tournait à mille à l'heure, sondant sa mémoire et faisant remonter des souvenirs qu'il aurait préféré garder enfouis.

Comme Rey Montenegro.

Gus ne trouva pas le sommeil et descendit au rez-de-chaussée. Il se cogna le genou contre une table d'inspiration Queen Anne qui ne s'était pas trouvée là six mois plus tôt. Sa langue encaissa le coup parce qu'il la mordit pour s'empêcher de hurler un juron à travers la maison. L'aube pointerait bientôt – très bientôt – et ses deux frères n'allaient plus tarder à se réveiller. Du moins, Bear allait se lever afin d'ouvrir les portes de 415 Ink avant midi. Le rez-de-chaussée aurait dû être inoccupé, mais un filet de lumière à l'arrière de la maison attira l'attention de Gus.

Alors qu'il s'attendait à voir Ivo, il fût surpris de trouver Mason étendu sur une partie du canapé d'angle qui se trouvait dans le salon familial. Il buvait une bière pendant que le grand écran accroché au mur diffusait un drama coréen sans le son, mais avec des sous-titres qui défilaient en bas de l'écran.

Le sol grinça quand Gus entra dans la pièce, comme le faisait le reste de la maison. Cet endroit était dans un bien meilleur état que lorsque Bear l'avait acheté, mais il y avait encore des bizarreries et des détails à régler. Durant les premiers mois, ils avaient simplement eu besoin d'une maison en règles et étanche étant donné que les maisons de style Craftsman, disposées en rangée, étaient situées en pente. Gus avait été le premier à emménager ici, sauvé du système par la pression que Bear avait exercée sur les assistants sociaux et les tribunaux, mais Mason n'avait pas tardé à les rejoindre, talonnant l'homme qui l'avait protégé alors qu'ils vivaient dans l'une des familles d'accueil les plus horribles que la ville avait à offrir.

Lucas et Ivo étaient arrivés des mois plus tard, après de longues batailles. La maison était devenue un peu étroite avec ses trois chambres et son grenier pleins à craquer, mais ils s'étaient contentés de cela et avaient effectué des réparations au fil des années. Ils ne l'avaient pas toujours fait dans les règles de l'art, pensa Gus en passant sa main sur une bibliothèque encastrée et bancale dont ils avaient arraché le fond pour laisser passer l'air entre le salon familial et l'entrée, mais c'était leur maison.

Mason n'aurait pas dû se trouver là, sauf si la table contre laquelle il s'était cogné n'était pas la seule nouveauté de cette maison. Désormais, son grand frère avait son propre logement et le partageait avec la plus grosse erreur de Gus. Alors, à moins que la situation ait changé depuis sa dernière conversation avec Bear, Mason n'avait aucune raison de se trouver dans ce salon.

Mais il était pourtant bien là, en train de manger un paquet de quelque chose tout en regardant la télévision.

Seule la lumière émise par l'écran éclairait la plus grande pièce de la maison dans des nuances de beige, de bleu et de doré. Ces couleurs mettaient le visage de Mason en valeur, soulignant ses jolis traits ciselés et l'étendue de son corps. L'envie de le dessiner démangeait l'artiste qu'était Gus, ne serait-ce que pour énerver son grand frère. Un autre grincement attira l'attention de Mason, qui tourna son regard perçant vers le visage de Gus et lui adressa un léger hochement de tête.

Le salon familial était le lieu où ils passaient le plus clair de leur temps, blottis les uns contre les autres pour jouer ou regarder un match. C'était l'endroit où cette bande de frères avait trouvé ses marques, tous installés dans des configurations qui changeaient constamment, mangeant dans des assiettes en carton tout en se racontant leur journée. C'était devenu leur lieu de réunion, un espace dans lequel ils pouvaient crier et parfois se donner quelques coups avant que Bear intervienne. Cette pièce était celle où ils avaient presque tous été surpris en train de transgresser la règle interdisant les relations intimes dans un espace familial ; c'était ce qui arrivait quand l'aîné du clan avait une ouïe ultrafine et un sixième sens pour débarquer au moment le plus opportun.

21

Gus avait embrassé Rey Montenegro dans la cuisine pour célébrer l'obtention de son diplôme, pressant le meilleur ami de Mason contre le plan de travail tout en suçant sa lèvre inférieure alors que pompier fraîchement assermenté protestait sans grande conviction. Mais c'était dans le salon familial que ce même homme – sur lequel Gus avait jeté son dévolu dès l'instant où il avait posé les yeux sur lui, alors que Mason venait de le sortir des flammes – l'avait rejeté.

— Je croyais que tu avais ton propre logement.

C'était une drôle de façon d'amorcer la conversation, mais Mason n'obtiendrait pas mieux de sa part. Ils ne s'étaient pas quittés en mauvais termes, mais avant son départ, une certaine tension avait régné entre eux. À en croire les yeux plissés de son frère, cette tension était toujours présente.

— Bear est-il au courant que tu bois sa bière ?

— Bear sait très bien qu'il peut compter sur moi pour en racheter.

Mason laissa échapper un rire las, puis il but une autre gorgée de bière et tourna son regard vers l'écran.

— Es-tu en train d'insinuer qu'il ne peut pas compter sur moi ? demanda Gus.

Se disputer avec Mace n'était certainement pas une bonne idée. Surtout avec les blessures qu'il avait déjà infligées à son corps lors de sa chute à moto, mais ça le démangeait.

— C'est toi qui le dis, pas moi. Et, oui, j'ai mon propre logement, mais il m'arrive de dormir ici. Tu le saurais si tu vivais dans cette maison, déclara-t-il en saluant Gus avec sa bière. En plus, j'ai ramené des bouteilles de bière. Tu peux en prendre une, si tu veux.

*Connard.* Cette proposition atténua la colère de Gus. Il était partagé entre l'envie de dire à Mason d'aller se faire voir et celle d'attraper une bière et de se joindre à lui sur le grand canapé en forme de U. La bière l'emporta, lui promettant un peu d'oubli. Et même si les jolis garçons asiatiques qui se jetaient de longs regards ou observaient la seule fille du casting ne jouaient pas dans un film pornographique, c'était toujours mieux que de regarder un match de baseball.

Gus récupéra une bière, puis s'installa de l'autre côté du canapé, posant ses pieds sur le repose-pied rectangulaire. La bière était bonne, forte en goût. Elle descendit jusque dans son estomac, apaisant la douleur avec beaucoup plus d'efficacité que la poignée d'ibuprofène que lui avait donnée Bear. Après quelques gorgées, les jolis garçons perdirent tout intérêt. Il préférait les hommes plus costauds qui portaient une barbe de trois jours, avaient de grandes mains – de préférence un peu rêches – et n'hésitaient pas à partir une fois que Gus en avait terminé avec eux.

Exactement comme Rey.

Sauf que ce n'était pas Gus qui avait mis un terme à leur histoire. Ceci le travaillait au plus profond de son âme, pourrissant son esprit avec une rancœur qu'il aurait aimé récupérer pour en recouvrir le visage de Mason.

— Accouche, August, dit doucement Mason sans quitter l'écran des yeux. À moins que tu préfères que je commence ?

— Non, je t'en prie, commence. Bear ne m'a pas encore fait la morale. Tu as de quoi faire, dit-il avant de boire une grande gorgée de bière, faisant revenir la mousse à l'intérieur de sa bouche. À toi l'honneur. Quand Bear aura fini, nous pourrons comparer la médiocrité avec laquelle vous m'avez descendu plus bas que terre.

Mason ne dit rien. Il resta assis, un bras posé sur le dos du canapé, ses longues jambes étendues sur les coussins et se contenta de *regarder* Gus, son beau visage dépourvu de toute expression. Il avait été le confident de Bear, un adolescent un peu plus âgé et sérieux que Gus avait détesté dès qu'il avait intégré la quatrième ou cinquième famille d'accueil dans laquelle ils avaient été placés après *ce jour-là*.

Il avait détesté Mason pendant environ trois heures, puis le garçon avait repoussé le père de leur famille d'accueil lorsque celui-ci était entré dans la chambre qu'ils partageaient pour s'en prendre à Gus après le départ de Bear. Le jeune garçon s'était alors retrouvé derrière un autre protecteur qui avait le nez en sang, un preux chevalier féroce et en colère qui avait refusé de se laisser intimider. Le dos nu de Mason, marbré de cicatrices, était gravé dans la mémoire de Gus ; des lacérations anciennes, devenues blanches, avaient été mêlées à des marques plus récentes, rosées, mais il y avait eu de la puissance dans ses muscles fraîchement dessinés. Il avait attaqué cet homme avec une justesse incroyable, lui fracturant la pommette, puis le nez pour défendre un garçon boudeur.

Les disputes entre Mason et Gus avaient diminué au fil des années, même s'il avait gardé un peu de rancœur envers lui pour avoir réussi à entrer dans les bonnes grâces de Bear. Il éprouvait encore un léger ressentiment – Gus n'avait pas réussi à faire taire sa jalousie –, mais un respect mutuel s'était installé et, finalement, un amour fraternel profond et inexprimé était né entre eux, surtout quand Mason avait réussi à faire sortir Ivo de son mutisme après le retour de leur cadet parmi eux.

Mason était celui qui leur avait donné un premier goût de liberté en leur offrant des crayons de couleur et une pile de carnets à dessin qu'il avait trouvés dans une brocante, et qui avaient suffi à libérer Gus et Ivo des chaînes que leur mère avait imprimées dans leur âme. Ils partageaient un tatouage : une étoile nautique tracée en noir dont chaque branche était dessinée par un frère. Certaines lignes étaient moins nettes que d'autres ; on devinait le manque de talent artistique chez Lucas en observant sa branche, alors que le perfectionnisme d'Ivo avait donné un tracé impeccable, même s'il était le plus jeune d'entre eux. Aujourd'hui, ils portaient tous cette étoile sur un endroit de leur corps, Ivo ayant enfin reçu la sienne lors de son dix-huitième anniversaire dans la pièce où Mason et Gus se trouvaient en ce moment. C'était un manque d'hygiène considérable, mais cet endroit avait été le plus approprié pour enfin sceller le lien qui les unissait.

Mais ensuite… *Rey*.

— Où étais-tu passé ? Bear nous a raconté que tu allais de salon en salon en tant que tatoueur invité, mais il ne nous a jamais vraiment donné de détails, dit Mason avant de remuer légèrement. Passer six mois à se balader dans l'espace de travail des autres, ça me paraît long. Quel âge as-tu ? Vingt-neuf ans ? Tu es trop vieux pour faire du couchsurfing, Gus.

— J'avais prévu une grande tournée, dit-il avec autant de désinvolture que possible, mais son ventre lui faisait mal. Je suis monté à Seattle, puis je suis redescendu jusqu'à San Diego. J'ai travaillé dans cinq salons. J'ai aussi pas mal travaillé à Los Angeles.

Gus ne mentionna pas les semaines passées à vagabonder entre ses passages dans des salons, menant un train de vie difficile en dormant chez des amis – ou des inconnus – tout en essayant de se débarrasser de ses tourments. Il était revenu avec un peu plus d'encre sur le corps ; il avait demandé à Kari de rafraîchir le tatouage « Rebelle » qu'il avait réalisé sur son bras pour couvrir les chéloïdes circulaires qui marquaient l'étendue de peau au-dessus de son poignet, puis un drôle de point rouge était apparu sur sa nuque entre Portland et Humboldt. Il frotta cet endroit caché sous ses cheveux, puis sourit à Mason, défiant son grand frère de faire une remarque – quelle qu'elle soit – sur son absence.

— Combien de temps seras-tu là ? À moins que tu aies décidé de rester pour de bon ? demanda Mason en penchant la tête, lui accordant toute son attention. Parce que si c'est le cas, toi et moi allons devoir discuter de Rey.

— Montenegro ne…

Gus déglutit, espérant que Mason ne s'en rendrait pas compte dans la pénombre.

— À quand remonte notre histoire ? demanda Gus. Deux ans ? Presque trois ? À quoi bon me parler de Rey ?

— Parce qu'il a un petit ami. Du moins, ça s'en rapproche.

Mason se pencha vers lui et planta son doigt dans l'épaule de Gus, trouvant l'un de ses hématomes.

— Te connaissant – et crois-moi, je te connais *par cœur*, August –, la première chose que tu feras en les voyant ensemble, c'est essayer de les faire rompre parce que tu ne sais pas rester à ta place. Je ne vais pas te laisser faire une chose pareille. Que ce soit pour Rey ou pour toi. Sois meilleur que le type que je connais, sois l'homme que Bear pense avoir en face de lui et pour l'amour du ciel, ne te mêle pas de la vie de Rey. Commence à vivre la tienne.

# III

LE BROUILLARD toxique du petit matin brûlait, telle une main glaciale enfonçant ses doigts longs et intrusifs dans ses poumons en manque d'oxygène. Derrière lui, le martèlement des tennis sur le trottoir l'avertit que son poursuivant n'était pas loin. Dans les rues de la ville, avant que le soleil se lève, survivre n'était souvent qu'une question de secondes, de proximité avec une porte ou de longueur d'un trottoir en pente et de son degré d'inclinaison.

Il y avait du monde dans la rue. C'était Chinatown. Il y avait toujours du monde dans la rue. Mais c'était un quartier plongé dans un silence traditionnel, où l'on croisait des regards calmes ternis par des années de bizarreries et d'étrangetés fuyant la nuit pour rejoindre la clarté du jour. Le brouillard avait le goût du métal chaud et des légumes pourris, un mélange persistant de fer et de décomposition que Rey transportait avec lui dans ses poumons. Le bruit d'un camion-poubelle à quelques rues de là couvrit temporairement le martèlement des pieds de son poursuivant, mais quand l'alerte sonore s'estompa et que le vacarme du broyeur cessa, Rey se rendit compte qu'il était en train de perdre du terrain.

California Street était raide, bien trop raide pour faire une véritable accélération, mais il tenta le coup, affrontant la pente alors même que ses cuisses tétanisaient et que ses poumons s'atrophiaient. Il était trop gelé par le froid pour faire autre chose que trembler sous le brasier de son sang qui circulait à toute vitesse. Il lui suffisait de passer devant l'hôtel. St. Mary se trouvait derrière lui et une nouvelle pente l'attendait, mais Rey savait qu'il en était capable. Il devait juste se rendre à Stockton, prendre un virage serré, puis courir le long de la rue droite et plate en utilisant sa vitesse à son avantage.

Quand Rey tourna à droite à l'angle de Stockton et California, son cœur bondit dans sa poitrine et malgré le manque d'oxygène et son cœur serré, il laissa éclater une pluie de jurons qui auraient suffi à redécorer la rue tout entière.

Il avait oublié ces fichus escaliers.

La pente de Stockton entre California et Sacramento était tellement raide que la ville avait décidé de résoudre cette différence de hauteur en creusant la colline pour construire un tunnel de deux cent soixante-dix-huit mètres sous la rue la plus haute. Si on y entrait par l'entrée sud, on ressortait près de Bush. À l'origine, comme le tunnel avait été construit pour accueillir le tramway, il était prévu que les piétons utilisent les escaliers qui se situaient de chaque côté de la voie sans issue de Upper Stockton, délimitée par une balustrade. Mais ces marches étaient pénibles à emprunter, étroites et sombres, pesant sur les épaules de Rey alors que celui-ci était déjà à bout de forces.

— Merde… merde… *merde*.

Il était en train de gaspiller sa salive, mais il était trop près du but pour abandonner à cause de quelques marches. Elles étaient aussi étroites que dans son souvenir et alors qu'une idée lui traversait l'esprit, il se cogna le coude contre le mur, ce qui endormit les nerfs de son avant-bras. Exactement comme la dernière fois qu'il avait descendu ces escaliers.

Rey débarqua au niveau inférieur de la rue à toute vitesse et piqua un sprint, se dirigeant vers le bâtiment en briques rouges qui se trouvait à quelques dizaines de mètres. Un groupe de petites femmes asiatiques apparut sur le trottoir alors qu'elles sortaient d'une boulangerie spécialisée dans les tartes aux œufs. Rey dut se décaler sur la route, faisant voler un nuage de gravier sur son chemin. Une vague de plaintes et de récriminations en chinois s'éleva derrière lui alors qu'il remontait la rue sans ralentir : son poursuivant avait dû essayer de passer à travers le groupe de femmes.

Celles-ci lui firent gagner du temps et Rey poursuivit malgré la douleur, se tenant les côtes quand le haut bâtiment en brique rouge apparut au milieu du brouillard. Il ne remonta pas sur le trottoir et emprunta le passage piéton en diagonale, faisant tout de même attention à modérer sa course en prenant la descente de Sacramento. Un terrain de jeu désert affichait ses banderoles le long du trottoir. Rey tourna brusquement à gauche pour entrer dans la ruelle coincée entre le terrain de jeu et le bâtiment. Il effectua un dérapage pour s'arrêter, plaqua sa main tremblante sur la brique orange, puis se plia en deux. Il s'appuya contre la façade du restaurant, ne sachant pas si ses jambes en coton allaient tenir le coup.

Mason le rejoignit une seconde plus tard et le frappa dans le dos avec fermeté, privant Rey du peu d'air qu'il avait réussi à aspirer, ce qui l'entraîna dans une violente quinte de toux. Son ami fit encore quelques foulées et termina contre la grille qui séparait la ruelle des courts de tennis humides.

Celle-ci émit un bruit de ferraille quand Mace s'y accrocha, s'en servant comme d'une barrière pour l'arrêter dans son élan, puis il s'y cramponna pendant un moment, laissant son corps se détendre.

— Quel enfoiré, haleta Rey en se demandant s'il allait vomir sur ses chaussures. Les mains sur la façade.

Il inspira plus d'air, son dos le piquant à l'endroit où Mace l'avait frappé.

— Tu ne peux pas me *taper*... si je *touche*... *crétin*.

— Bien sûr que si. Ce n'est pas parce que tu es arrivé en premier que je ne peux pas te taper. Si tu avais des frères, tu le saurais, souffla Mason en s'approchant de Rey.

Un nuage blanc se forma devant le visage de son ami, l'air chaud provenant de ses poumons surmenés rencontrant l'air frais du matin.

— Allez, le gagnant paie le petit déjeuner, déclara Mason. J'ai faim.

— Va te faire foutre, Crawford.

Rey réussit enfin à reprendre son souffle, étirant ses jambes douloureuses.

— C'est le perdant qui paie. Cette fois, j'espère que tu as pris ton portefeuille parce que je refuse de faire à nouveau la vaisselle.


MACE SALUA l'hôtesse du restaurant, qui était assez âgée, en lui adressant un léger signe de tête et un sourire, puis il dit :

— *Ni hao ma, a yí.*

— Waouh. Parle plutôt dans ta langue maternelle. Ton chinois est terrible. Pire que ton odeur et pourtant, tu empestes, grogna Yī lián en fronçant son petit nez, puis elle passa sa langue sur ses dents. Installez-vous à l'arrière. Les clients ne veulent pas vous sentir pendant qu'ils mangent leur petit déjeuner. Allez-y. Je suis à vous dans une minute.

Yī lián faisait partie des meubles de cette maison de thé. C'était une petite femme d'origine chinoise légèrement courbée, avec des cheveux très noirs coupés à la garçonne et énormément de toupet. Rey n'arrivait pas à savoir si elle était la propriétaire du *dim sum shop* ou si elle y travaillait depuis qu'il avait ouvert ses portes en 1920, mais elle était toujours présente de 4 h à 11 h pour gérer la salle d'une main de fer et accueillir le flot de clients qui venaient prendre un petit déjeuner. Généralement habillée d'un survêtement – rose bonbon, ce matin – et d'une paire de tennis noires, elle plaçait les clients et dirigeait le personnel avec une ingéniosité qui lui permettait de vider les tables rapidement et de s'assurer un bon profit. Si vous restiez trop longtemps à table, elle débarquait en traînant des pieds et vous proposait d'emporter le reste du thé dans des tasses prévues à cet effet, puis elle tapotait l'addition avant de demander si vous alliez payer en espèces ou par carte bancaire.

Être placé à l'arrière du restaurant était problématique. Le service serait moins bon – loin des yeux signifiait parfois loin du cœur –, mais cela leur permettait de rester aussi longtemps qu'ils le souhaitaient, un privilège dont profitaient seulement les personnes appréciées par Yī lián. Du moins, c'est ainsi que Rey voyait les choses. Comme ils avaient l'habitude d'utiliser la maison de thé comme destination finale de leur course à travers la ville, Mason et lui arrivaient généralement en sueur et un peu sales, alors Yī lián les casait toujours dans une petite pièce privée et venait les voir de temps en temps pour s'assurer que tout se passe bien.

À l'intérieur, les murs avaient été repeints en vert menthe, recouvrant le jaune fluo des années précédentes. Les colonnes, elles, étaient toujours d'une couleur mandarine afin de se marier avec les chaises en vinyle rouge installées autour des tables carrées de couleur marron. La moquette était de la même couleur que les tables, composée de poils de qualité industrielle couleur café marbré, et recouvrait toute l'étendue du sol. Rey ne savait pas si les taches plus sombres étaient d'origine ou si l'on avait simplement renversé du *shoyu* dessus pendant des dizaines d'années. En tout cas, elle semblait propre, du moins aussi propre qu'elle pouvait l'être en se trouvant dans un restaurant bondé à toute heure de la journée. Les rares temps morts servaient à essuyer les tables entre deux clients et passer le balai mécanique sur les déchets plus visibles qu'un bout de serviette déchirée.

— Installons-nous ici, dit Mason avant de s'introduire dans une petite pièce à l'arrière du restaurant, ses battants en bois retenus par une paire de vieux tendeurs.

L'espace était à peine assez grand pour accueillir une longue table et quatre chaises, mais c'était propre et les petits pots à condiments étaient remplis de sauces et d'épices. Mason se glissa sur une des chaises et stabilisa la table lorsque ses genoux cognèrent contre les pieds de celle-ci.

— Bon sang, je meurs de faim, dit Mason. Autant manger le plus possible. Murphy est à la cuisine aujourd'hui. Nous allons roter du chili en boîte pendant des jours.

— Yang lui a demandé s'il pouvait préparer le dîner de ce soir, ce qui veut dire que…

Rey compta les repas que Murphy allait devoir préparer.

— Nous aurons du chili au déjeuner, des hot-dogs au chili pour le goûter, puis sa casserole d'œufs brouillés au chili pour le petit déjeuner, conclut-il. Nous devrions peut-être ramener des *bao* à la caserne.

— Ça me donne presque envie d'adopter une religion dans laquelle on m'obligerait à manger du bacon à chaque repas, grommela Mason en récupérant le menu à l'arrière d'un porte-serviettes. Voyons voir ce qu'ils proposent pour le petit déjeuner. J'espère que nous n'allons pas avoir beaucoup de travail aujourd'hui. Hier soir, Gus est descendu quand je suis arrivé à la maison, alors je n'ai pas beaucoup dormi.

Rey ouvrit un des pots à condiments et huma l'odeur des épices.

— Ça sent bon.

— Fais attention, elles sont très fortes, le prévint Mason en secouant la tête. Tu vas regretter d'en avoir mangées. N'oublie pas que nous n'avons plus qu'un WC à la caserne. Ils sont en train de rénover l'autre.

— Je pense que c'est un mythe. Je parle de la brûlure ressentie en allant aux toilettes après un repas épicé, pas de la rénovation.

— Sache que sur le plan biologique, l'endroit par lequel ressort la nourriture et notre bouche sont similaires. Alors crois-moi quand je te dis que les épices piquent autant quand elles entrent dans ton corps que quand elles en sortent.

Mason se mit à rire en voyant la grimace de Rey.

— C'est la stricte vérité. Je te le jure.

— Je ne veux même pas savoir comment tu sais une chose pareille.

— Il suffit de passer plus de deux jours avec Ivo pour apprendre des choses auxquelles on n'a jamais vraiment réfléchi, dit Mason. Tu veux que je note ce que nous voulons manger ? Ensuite, tu pourras m'expliquer pourquoi tu as fait cette tête quand j'ai parlé de Gus. Oh, en parlant de lui, je lui ai dit que tu avais un petit ami.

— Je n'ai *pas* de petit ami, protesta Rey quand leur table déborda de ravioles et d'une assiette de *gai lan* à l'ail.

Mason remercia la serveuse et Rey lui adressa un sourire.

— Tu aimes beaucoup Brian, dit Mason en le pointant avec ses baguettes. Tu es sorti avec lui quatre… non, cinq fois ? continua-t-il en mélangeant l'huile, le poivre et le *shoyu* dans une coupelle. Il faut que l'un de nous s'envoie en l'air et j'ai l'impression que tu vas passer à la casserole avant moi.

— Ce n'est pas mon petit ami. Et nous ne sommes pas…

Rey était partagé entre son envie de manger et celle de se frapper la poitrine afin de faire disparaître la sensation étrange qu'il y ressentait après avoir entendu le prénom de Gus. Il jeta son dévolu sur la nourriture et prit une grande inspiration pendant que Mason versait la moitié du mélange huile-*shoyu* dans une autre coupelle avant de la faire glisser vers Rey.

— N'oublie pas que ça ne fait que quelques mois qu'on m'a transféré dans la station numéro deux, lui rappela Rey.

— Tu as pris ton temps. C'est plus simple pour moi de te torturer avec mes spaghettis quand tu es dans la même caserne.

— Mace, la dernière chose dont j'ai besoin est d'une relation sérieuse. Brian est un type bien. Et c'est agréable de faire des sorties avec lui, mais je ne veux pas me mettre en ménage et acheter un chien.

Rey souleva un *har gow* de son contenant pour que la raviole puisse refroidir, puis il attendit qu'il n'y ait presque plus de vapeur pour la tremper dans la mixture de Mason.

— Je n'ai aucun problème avec Gus. Ça n'a pas fonctionné. Mes projets de vie sont différents des siens…

— Tu veux un métier stable et une maison, intervint Mason.

— Oserais-tu dire que le métier de tatoueur n'est pas stable devant Bear ? rétorqua Rey en lui adressant un regard maléfique.

— Pour Bear et Ivo, c'en est un.

Mason secoua tristement la tête, puis il récupéra un *char siu bao* et siffla entre ses dents quand le pain chaud lui brûla les doigts.

— Pour Gus, c'est un moyen de s'en sortir en travaillant le moins possible, mais en gagnant juste assez d'argent pour survivre.

— Tu es trop dur avec lui. Il est doué dans ce qu'il fait, affirma Rey avant de faire une légère grimace. Enfin, quand il est concentré sur ce qu'il fait, mais ses tatouages ne sont pas mauvais. Ils manquent parfois un peu d'inspiration, mais ils ne sont pas mauvais. Il n'est simplement pas aussi doué que… Ivo.

— J'adore Gus. C'est mon petit frère, clarifia Mason en cassant le *bao* en deux. Mais je sais quel genre d'homme il est. Il va avoir trente ans l'année prochaine et il vit encore chez Bear…

— Tout comme Ivo, fit remarquer Rey. D'accord, leurs situations sont différentes, mais Gus… c'est *sa* vie, Mace. À lui de prendre ses décisions. À lui de gérer sa vie comme il l'entend. Le problème, c'est que je ne voulais pas les mêmes choses que lui. *Notre couple* ne correspondait pas à mes attentes. Le laisser partir a été la chose la plus difficile de ma vie. Je sais que ça fait déjà trois ans, mais ça fait toujours aussi mal. C'est ton *frère* et je serai obligé de le voir de temps en temps. Je peux au moins faire en sorte que ça se passe bien, mais ne lui raconte pas que j'ai un petit ami. Du moins, pas tant que c'est faux.

— J'ai vu la manière dont Brian te regarde, dit Mace en lui souriant alors qu'il avait la bouche pleine de porc grillé et de morceaux de pain blanc. Il suffit que tu lèves le petit doigt pour qu'il accoure.

— J'ai le même problème avec Gus, affirma Rey doucement, repoussant un flot de souvenirs dont il n'arrivait pas à se sortir. Sauf que je n'étais pas celui qui levait le petit doigt.

IL ÉTAIT bien trop tôt pour faire quoi que ce soit d'autre que dormir. À la limite, il aurait pu se rendre dans la cuisine pour boire un café, *puis* retourner se coucher. Pourtant, Gus était à la recherche d'une place de stationnement devant une grande palissade de quarante mètres de long derrière laquelle semblait se dérouler une invasion de zombies.

Il était du mauvais côté de Mission, près de Chavez. Il faisait déjà humide et lourd, le microclimat de ce quartier chassant le brouillard légendaire de San Francisco. Les rues se remplissaient déjà, les travailleurs se levant pour faire vivre cette ville un jour de plus. Des femmes en uniformes étaient rassemblées autour d'un arrêt de bus, leurs bavardages en argot espagnol résonnant à travers la rue, permettant à Gus de ne pas en perdre une miette. Elles parlaient fort, avec une lueur de ressentiment et d'envie, autour d'une femme qui avait obtenu une promotion et allait tenir la réception.

Ce n'était pas un mauvais quartier. D'ailleurs, Gus le connaissait plutôt bien. Parmi les dix familles d'accueil dans lesquelles il avait été placé, quatre se trouvaient dans le quartier de Mission, dont une – celle qu'il avait le plus détestée – pas loin de l'endroit où Lucas avait fini par installer son cabinet. La zone était un peu douteuse, plus délabrée que dangereuse, mais il restait certaines rues dans lesquelles il valait mieux passer rapidement. C'était un quartier dans lequel on protégeait les portes et les fenêtres avec des grilles en fonte, on utilisait des interphones pour laisser entrer les clients dans les magasins de location de meubles, mais il accueillait aussi le magasin de nourriture et de donuts chinois préféré de Gus.

Des couleurs vives apparaissaient sur la majorité des bâtiments. Les graffitis étaient pour la plupart des tags auxquels il manquait une valeur artistique, contrairement aux peintures murales commandées par les communautés locales pour embellir les coins oubliés. Des stands de tacos et de pizzas étaient installés dans chaque rue. Des appartements exigus étaient empilés au-dessus des magasins dont les devantures avaient été blanchies par le temps. Le tout formait un entremêlement d'immeubles qui s'étendaient sur plusieurs centaines de mètres et de rues qui serpentaient entre les blocs de bâtiments, engendrant un labyrinthe de voies sans issue et de ruelles sombres et étroites.

L'embourgeoisement grappillait doucement les rues de ce quartier, mais ne les avait pas encore totalement investies. Les habitants du coin étaient encore jugés trop néfastes, difficiles à gérer et on ne disposait pas de ressources pour protéger les personnes innocentes et naïves qui cherchaient un logement peu coûteux dans une ville connue pour ses prix exorbitants. Deux rues plus loin, le monde était un endroit plus lumineux et joyeux, mais ce soleil ne rayonnait pas encore sur cette partie de Mission et Gus doutait que cela se produise un jour.

Un vendeur de *frutas* était en train d'installer son stand devant un salon de tatouage que Bear n'aimait pas, surtout par principe. Le fait qu'ils soient spécialisés en tatouage New School suscitait la colère de son grand frère quand on le taquinait un peu trop. Apprendre que Lucas s'était installé dans le même bloc que ce salon avait certainement dû agacer son frère, mais ils étaient tous les deux pragmatiques. Parfois, vivre au côté de l'ennemi était la meilleure façon de survivre et c'était ce que Lucas savait faire de mieux.

Les mangues avaient l'air délicieuses et Gus se mit à saliver, sentant le goût du piment marié à la douceur de ce fruit au fond de sa bouche. Ça piquerait et il se sentirait un peu mal après en avoir trop mangé, mais il avait envie de s'arrêter pour en acheter. Cependant, le rire rauque et jovial de son frère se fit entendre par-dessus la clôture en bois et cela suffit à le faire avancer.

Il s'était réveillé avec un besoin de calme, surtout après sa prise de tête avec son frère. Mason avait été le plus âgé des garçons recueillis par Bear. Il s'était surpassé, plus que Bear ne l'avait jamais fait, afin de devenir meilleur et plus droit que n'importe qui. C'était ce qui l'avait poussé à affronter les flammes pour en sortir Rey. C'était la raison pour laquelle il insistait afin que Gus et ses frères se fixent un objectif plus élevé que celui qu'ils avaient déjà du mal à atteindre. Alors que Bear ne faisait généralement que les guider avec ménagement, Mace les bousculait quand il pensait pouvoir s'en tirer à bon compte et ne s'excusait que si Bear n'était pas du même avis.

— Bon Dieu, ce qu'il m'énerve, marmonna Gus, puis il se reprit avant de pousser la porte d'entrée du bâtiment. Arrête de jurer. Il ne faudrait pas ternir l'auréole de Luke.

Si Mason était la fourche qui poussait Gus vers un magma de bonnes intentions, Luke était un saint qui attendait sa béatification. Quand Gus était sorti de l'hôpital et qu'on l'avait placé dans une énième famille d'accueil, Luke Muñoz avait été présent pour l'accueillir, tel un roc contre lequel il s'était blotti alors qu'il n'avait que huit ans, se protégeant de cet océan de confusion et de perte dans lequel il était pris au piège. Il avait été seul – terriblement seul – et dans le chaos que représentait une famille d'accueil où cohabitaient dix enfants, Gus s'était accroché à la seule source de lumière qu'il avait trouvée dans l'obscurité. Il avait pleuré chaque nuit quand cette lumière l'avait tenu dans ses bras en lui disant que tout irait bien.

Quand bien même ils avaient eu conscience que rien ne serait jamais plus pareil.

Luke avait comblé le vide laissé par Puck et quand Bear avait enfin retrouvé Gus, il avait juré que son nouvel ami viendrait vivre avec eux. Dans un endroit sûr. Un endroit qui leur appartiendrait à eux cinq. Fidèle à sa parole, Bear avait réuni Mace, Gus, Luke et Ivo et les avait ramenés à la maison.

Il n'y avait aucune pancarte sur le bâtiment. Rien pour inciter les gens à venir prendre rendez-vous chez le dentiste ou n'importe quel autre professionnel de la santé. Quelconque et beige, ce long bâtiment de briques sur deux niveaux avait autrefois accueilli une église et son école, mais Dieu n'avait apparemment pas jugé bon de bénir son troupeau. Au lieu de cela, son pasteur avait entretenu des liaisons avec plusieurs membres de la congrégation et quand la situation s'était envenimée, il avait fui le pays en emportant la majorité du capital de l'église, laissant le bâtiment à l'abandon. Il avait ensuite été investi par des professionnels, dont Lucas, pour créer un centre d'accompagnement afin d'aider des personnes à se reconstruire.

Gus avança jusqu'à la porte d'entrée du centre, attrapa la poignée et l'actionna. Du moins, il essaya. Elle ne s'ouvrit pas, le verre tremblant dans l'encadrement en acier. Une femme de type caucasien et d'âge mûr qu'il ne connaissait pas leva les yeux depuis le bureau d'accueil ; la lumière matinale qui traversait les plaques de vitre armée jetait des ombres sur son visage. Elle fronça les sourcils et pointa un doigt vers le bas. Gus jeta un œil à sa droite et découvrit un interphone récemment installé sur la façade en pierre du bâtiment.

— Puis-je vous aider ? demanda-t-elle d'une voix aiguë, raffermie par le haut-parleur grésillant.

— Je viens voir Luke. Enfin, le docteur Muñoz.

C'était idiot, mais Gus se pencha vers l'interphone, sans briser le contact visuel.

— Je suis son frère, Gus.

Il arrivait presque à deviner les pensées de la secrétaire. On pouvait les lire sur son visage. Puis son regard se promena sur les cheveux blonds, les traits ciselés et la peau blanche de Gus – diamétralement opposés à la peau couleur miel et aux jolis traits latinos de Luke. Pas besoin d'être devin pour comprendre qu'elle doutait de chaque mot qui sortait de sa bouche, mais qu'elle était aussi sur le point d'appuyer sur l'alarme pour appeler la police. Venir avec un jean déchiré, une vieille veste en cuir et un tee-shirt 415 Ink délavé n'était certainement pas l'idée la plus brillante qu'il ait eue.

— Je suis August Scott.

Après avoir sorti son permis de conduire de son portefeuille, Gus le plaqua contre la vitre ; il savait qu'elle ne pourrait pas lire ce qui était inscrit dessus, mais c'était le seul moyen qu'il avait trouvé pour capter son attention.

— Je suis sur la liste des visiteurs autorisés à entrer. Vous avez juste à vérifier.

La femme cligna des yeux, mais son bras glissa vers la droite. Gus savait que c'était l'endroit où se trouvait l'alarme.

— Bon sang, madame, allez-vous finir par appeler Luke ou vérifier que mon nom se trouve bien sur cette foutue liste ? Je suis l'un des artistes bénévoles. Je vous demande juste d'appeler Luke, d'accord ?

À en croire son air renfrogné et son changement de posture, la femme décida de ne pas appeler la police. L'interphone cessa de transmettre. En tout cas, il n'entendit plus ce qui se passait à l'intérieur. Gus rangea son permis de conduire dans son portefeuille en marmonnant des paroles concernant la bureaucratie et la mesquinerie des dictateurs. Il n'entendit pas le bruit de la porte, mais sentit un courant d'air lorsque Luke l'ouvrit dans un grand geste, son visage illuminé par un beau sourire.

Bien qu'il fasse quelques centimètres de moins que Gus, Luke renfermait beaucoup de personnalité et de charisme dans son corps plus musclé. Ses cheveux étaient légèrement plus longs sur le dessus que la dernière fois où Gus l'avait vu. Ils formaient une touffe brune et décoiffée dans laquelle il avait probablement passé ses doigts après s'être levé, mais qu'il n'avait plus touchée depuis. Ses yeux couleur cannelle étaient très expressifs, portant le poids des épreuves qu'il avait traversées et contre lesquelles il se battait désormais chaque jour. Il avait un pansement Star Wars sur son auriculaire avec des personnages trop petits pour que Gus puisse les reconnaître, mais le logo était parfaitement reconnaissable. Il s'était habillé de manière décontractée, portant des Converses rouges, un jean noir et un tee-shirt blanc fabriqué dans une matière si légère qu'elle ne cachait pas le phénix fluide et élancé tatoué sur son épaule droite. Quand il se retourna pour vérifier que la porte était bien fermée, la pièce qui recouvrait son dos apparut : elle représentait des ailes et une épée, l'extrémité des plumes se recourbant pour encercler l'étoile à cinq branches qu'ils portaient tous.

Gus n'eut pas le temps de respirer avant de se retrouver engouffré dans un des câlins compresseurs de Luke. Les longs bras de son faux jumeau s'enroulèrent autour de lui, ses grandes mains lui tapèrent dans le dos et Gus mit un certain temps à reprendre le contrôle de son corps pour lui rendre son geste. Luke était solide – tellement solide – et quand il raffermit son étreinte, Gus se laissa enfin aller, relâchant la tension dans ses muscles et se reposant contre le corps puissant de Luke.

— Si tu savais comme c'est bon de te sentir contre moi, chuchota Gus en posant son menton dans les cheveux de son frère. Je ne m'étais pas rendu compte que tu me manquais autant avant… maintenant. Je suis heureux d'être rentré à la maison.

— Je savais que tu reviendrais. Je leur ai dit que tu reviendrais, déclara Luke avant de reculer d'un pas, une fossette apparaissant sur sa joue gauche. Tu reviens toujours à la maison pour… tu es là et c'est tout ce qui compte. Combien de temps vas-tu rester… *après* ?

Après.

Il était revenu en ville en sachant que la date anniversaire du jour où son monde avait basculé approchait. Il l'avait fait pour pouvoir se reconstruire – ainsi que sa vie.

Gus ne savait pas comment se détacher de cette éternité de souffrance et de chagrin qui prenait sa source au-dessus de la baie, alors que sa jambe et son pied lui faisaient atrocement mal et que sa voix se perdait dans le hurlement du vent. Ce sentiment s'éleva pour le submerger. Un battement de cœur plus tard, la main de Luke se trouvait sur son épaule, lui permettant de revenir dans le présent et de retrouver ce bâtiment beige et moche, cette

36

femme avec un air renfrogné et ce garçon qui l'avait traîné hors des ténèbres lorsqu'il avait perdu une partie de lui-même.

— Je vais rester. Je dois faire mes adieux. Peut-être pour toujours, finit par répondre Gus en glissant son bras autour de la taille de son frère pour l'attirer dans un autre câlin. Je… il est temps que j'arrête de fuir, Luke. J'ai l'impression que si je ne fais pas mes adieux maintenant, je ne serai jamais capable de passer à autre chose, mais je suis en train de mourir de l'intérieur. Je… *m'éteins*.

# IV

— Tu as un nouveau bureau. C'est plus grand.

Ce n'était pas comme si Luke n'était pas au courant, mais ce changement était un peu surprenant. Les canapés confortables ainsi que les caisses contenant des jouets et autres objets pour enfants avaient disparu, laissant place à un espace ressemblant à un bureau d'avocat, ce qui – connaissant Luke – n'était pas inexact. Mais ça ne lui ressemblait pas.

— C'est plus élégant. Si on peut dire. On pourrait croire que les défenseurs des enfants sont payés des millions.

Le rire de Luke résonna comme quand ils étaient enfants et restaient éveillés toute la nuit, dans un seul lit, pour savoir quel superhéros ferait le meilleur père.

Comme s'ils savaient *quoi que ce soit* du rôle de père.

Une fenêtre par laquelle on ne pouvait rien voir longeait le haut du mur qui donnait sur l'extérieur, mais elle baignait la pièce d'une lumière naturelle. Ce bureau était aménagé avec des meubles classiques, dans des tons masculins. On y trouvait un tapis bleu marine, deux canapés élégants en cuir et des étagères encastrées remplies de trophées, d'objets étranges et d'ouvrages sur la psychologie et le droit familial.

Le bureau était étrangement calme, malgré les enfants bruyants dans la cour qui se trouvait juste derrière les murs, et il était si conventionnel... trop conventionnel par rapport au jeune garçon qui avait protégé Gus des ténèbres. Mais alors que Luke se tenait au centre de la pièce, il se fondait dans le décor. Malgré ses vêtements décontractés et ses tatouages, une puissance se dégageait de son frère, comme s'il portait une cape invisible de pouvoir. Gus sourit en se souvenant des après-midis qu'ils avaient passées à jouer aux superhéros après l'école, accrochant des serviettes de bain à leur cou.

Apparemment, Luke n'avait jamais vraiment retiré sa cape alors que celle de Gus était tombée et avait été piétinée lorsqu'il avait tourné le dos à son enfance.

Le vieux bureau usé en métal avait disparu, laissant place à un monstre en bois avec des pieds larges ornés de pattes de lion et des poignées en fer sur les tiroirs. On pouvait sentir la présence de Bear à travers ce meuble, surtout par rapport à sa couleur, étonnamment similaire au brun miel qu'ils avaient utilisé sur les poteaux de la maison. Il reconnut aussi la toile accrochée au-dessus de la crédence, derrière le bureau, qui était une création d'Ivo : des traînées de peinture acrylique réalisées sur une toile épaisse, un mélange de couleurs étranges entremêlées pour former une représentation impressionniste de Chinatown.

Gus observa cette peinture d'environ deux mètres de haut et son cœur se serra. Il se demanda si cela était dû à la jalousie. Puis il se retourna et sa gorge se serra en apercevant un cadre noir sur le bureau de Luke ; il renfermait une aquarelle représentant leurs cinq visages. Elle était peinte dans des nuances de gris et de bleu. C'était un travail que Gus avait réalisé pour s'entraîner à faire des portraits avant de pouvoir en tatouer. Il y avait encore des traces de crayon visibles à travers les couches de couleurs pâles. Le papier sur lequel il avait peint était épais, mais s'il avait voulu effacer les traces, celui-ci se serait abîmé et aurait davantage absorbé la peinture, puis terminé dans un état pitoyable.

Il avait peint cela quand ils étaient beaucoup plus jeunes, alors qu'il était sur le point de finir son apprentissage avec Nakamura tandis qu'Ivo commençait tout juste le sien avec Bear. Ils avaient été si jeunes et pourtant imprégnés par le cynisme et la méfiance. Il y aurait dû y avoir plus d'innocence et d'enthousiasme sur leurs visages, mais Gus avait peint ce qu'il avait eu devant les yeux, ce qu'il avait ressenti : du soulagement. C'était la période de leur vie où ils avaient enfin pu respirer, délivrés d'un système démoralisant de placement en familles d'accueil, mais pas encore tout à fait prêts pour vivre seuls. Il avait peint leur grand frère au centre, un portrait de trois quarts montrant ses traits solides et marqués, puis il avait placé Ivo tout à droite avec Mason tandis qu'une version juvénile de Luke se tenait entre Gus et Bear, une expression maligne, mais sage sur son visage latino et enfantin.

Luke avait peut-être pris de l'âge, mais il n'avait pas beaucoup changé. Loin de là. Il était toujours le plus idéaliste d'entre eux, se lançant dans des batailles que même Bear n'avait pas la force de mener. Gus avait une admiration sans bornes pour lui, même s'il détestait admettre qu'il avait *encore* besoin de Luke pour combattre les démons qu'il avait enfouis au plus profond de lui.

— Je ne savais pas que tu l'avais gardée, murmura Gus en effleurant le cadre.

— Pourquoi ne l'aurais-je pas gardée ? demanda Luke sur un ton à la fois apaisant et réprobateur. Jamais je ne jetterai notre famille à la poubelle.

— Tu serais bien le seul.

Il aperçut le sourcil levé de Luke.

— D'accord, Bear non plus.

— Bear ne ferait *jamais* ça, confirma son jumeau d'adoption.

— Où sont toutes les affaires ? demanda Gus en désignant la pièce du doigt. Les objets pour enfants ?

— Ils sont encore là. Nous les avons juste déplacés dans une autre pièce. Je me suis dit que ce serait plus simple pour moi et pour les enfants si nous n'avions pas ce genre de discussions dans mon bureau. Ils ont besoin d'un endroit sûr, séparé de tout ce qui représente le monde des adultes, puis ça me permet de garder une certaine distance avec les choses qu'ils me racontent. J'ai du mal à remplir la paperasse quand je suis entouré par les résidus des cauchemars de quelqu'un d'autre.

Luke était perché sur un coin du mastodonte qui occupait presque un tiers de l'espace, les chevilles croisées et les mains accrochées sur le bord du bureau.

— Veux-tu discuter ici ou dans l'espace réservé aux enfants ? Les chaises sont plus petites, mais il y a des poufs en forme de poire et des briques de jus de fruit. Si tu as de la chance, il pourrait même y avoir un paquet de biscuits, mais je vais me risquer à dire que tu préférerais certainement un café.

Gus s'esclaffa, puis donna un coup dans l'épaule de Luke en passant près de lui.

— Je ne suis pas venu ici pour que tu sondes mon esprit.

— Si, c'est exactement la raison pour laquelle tu es venu. Si ce n'était pas le cas, tu m'aurais simplement appelé pour m'inviter à déjeuner.

Les yeux sombres de son frère décelaient trop de choses, le mettant mal à l'aise.

— Mais tu as roulé jusqu'ici pour me parler. Ce qui veut dire, Gus, que tu es venu ici pour que je sonde ton esprit. Veux-tu en parler ici ou bien aller manger quelque part et en parler sur place ? Avant que tu commences à me dire que je n'ai pas de temps à perdre avec tes histoires, je dois te prévenir que notre équipe est au complet aujourd'hui et que je n'ai aucun rendez-vous urgent. Non seulement j'ai du temps, mais j'ai libéré mon planning pour toi. Alors, as-tu besoin de parler ?

40

Gus n'avait pas les mots nécessaires pour expliquer l'angoisse qui grandissait en lui, provoquant des douleurs du bas de sa colonne vertébrale jusqu'à l'arrière de son crâne. Il pourrait peut-être le faire en temps voulu… ou bien jamais. Peut-être que s'il n'était pas en train de faire face au génie dont son petit frère faisait preuve avec un couteau à palette et des tubes de peinture acrylique à trois dollars, Gus pourrait oublier qu'il ne serait jamais aussi bon qu'il le voulait, qu'il ne serait jamais au sommet d'autre chose que du pétrin dans lequel il se mettait.

Une douleur s'éveillait en lui, une souffrance qu'il avait pensé pouvoir abandonner derrière lui en montant sur sa moto six mois plus tôt, laissant la ville devenir un grain de poussière dans ses rétroviseurs. Le nœud dans son estomac et le poids dans sa poitrine ne faisaient qu'amplifier, devenant si monstrueux qu'il avait l'impression que sa peau allait exploser. Cette pression devait retomber, mais plus la date à laquelle il avait perdu Puck approchait, plus la tension augmentait, si bien qu'il se demandait s'il allait survivre quand elle éclaterait ou s'il se noierait dans ses abysses.

— Oui, murmura-t-il en touchant à nouveau le cadre sur le bureau de Luke, cherchant désespérément une chose à laquelle se raccrocher. Allons discuter.


ILS FINIRENT dans l'espace réservé aux enfants.

C'était cosy, les murs recouverts d'étagères remplies des objets que Gus s'était attendu à retrouver dans le bureau de son frère. Désormais, il y avait un espace dans lequel étaient installés une table qui semblait dédiée aux travaux manuels, puis des sièges de toutes sortes : coussins, poufs et quelques chaises de style hippie que Gus aurait secrètement aimé installer sur le patio arrière de leur maison.

Luke n'avait pas menti. Les poufs en forme de poire étaient géniaux, même celui en fourrure rose dans lequel il s'était jeté pendant que son frère leur préparait deux tasses de café. La fourrure avait commencé à lui piquer le nez, alors avant que Luke rentre dans la pièce, il avait changé de place pour s'installer sur un canapé papasan en cuir bleu pouvant accueillir deux personnes.

— Tu as des peluches sur le torse et dans les cheveux, dit Luke en indiquant le front de Gus d'un coup de menton. J'aurais dû te prévenir que ce pouf perdait ses poils.

— *Bon sang*. Génial.

41

Gus retira sa veste, puis la posa sur le sol. Il se frotta les cheveux et fit la grimace en voyant les peluches de fibres rose qui en tombaient. Puis il récupéra la tasse de café que Luke lui tendait et attendit qu'il s'installe sur la chaise qui se trouvait près de lui. Seulement, Luke resta debout, l'analysant avec un regard impénétrable.

— Quoi? J'en ai encore?

— Non, tu as tout enlevé, répondit Luke en secouant la tête. Je me demandais juste si je devais m'asseoir avec toi ou te laisser un peu d'espace. Ce sera peut-être plus simple de discuter si je m'installe de l'autre côté de la pièce, sur une autre chaise. Parfois, ça facilite le dialogue. Comment veux-tu procéder?

— Je veux partir d'ici et ne pas avoir cette discussion, mais j'ai déjà passé trop de temps à fuir.

Sa réponse était pondérée, mais un détail toucha Luke car son expression s'adoucit.

— Je pense que j'ai besoin… je ne sais pas ce dont j'ai besoin, reprit Gus. Commence par ce que tu veux, puis si je perds pied, je te le dirai. D'accord?

— Très bien. Peux-tu tenir mon café? demanda Luke en lui passant sa tasse, avant de rire en enlevant ses chaussures. J'aurais moins confiance si tu tenais ma bière.

Après quelques changements de position et un peu de jurons, ils étaient en place. Le papasan n'était pas aussi grand qu'un canapé et ressemblait plus à une causeuse déformée. Les longues jambes de Gus étaient un problème, alors il les glissa de chaque côté de Luke, laissant son frère poser les siennes sur ses genoux, si bien qu'ils formaient un drôle de X. Avec son pied revêtu d'une chaussette, Luke poussa contre le mollet de Gus pour demander qu'on lui rende sa tasse, puis il jeta un œil à l'intérieur avant d'en boire une gorgée.

— Je n'ai pas craché dedans. Tu ne m'as pas quitté des yeux, idiot, le taquina Gus.

— J'ajoute du lait et du sucre. Tu le bois noir quand tu es dans cet état.

Luke en but une grande gorgée et se lova contre la partie recourbée du canapé.

— Mince, j'aurais dû te demander si tu voulais manger, dit Luke. J'ai des Pop-Tarts saveur cannelle et vergeoise et des biscuits salés au fromage. Il doit y avoir un burrito aux haricots rouges dans le congélateur, mais ça fait tellement longtemps qu'il est ici que j'ai été obligé de lui donner le statut d'employé avec tous les bénéfices qui vont avec.

— Non, ça va aller. Mais bon choix pour les Pop-Tarts, dit Gus en levant sa tasse.

— On ne rigole pas avec ça.

Luke reprit son air sérieux et enfonça son pied dans les côtes de Gus.

— Parle-moi, Goose.

— Seigneur, ne commence pas à m'appeler comme ça. Si quelqu'un t'entend, on ne va plus me lâcher avec ça.

Entendre un vieux surnom, celui qu'on avait murmuré après l'extinction des feux dans une pièce bien trop petite, lui serra le cœur. Ses yeux se mirent à picoter, les larmes menaçant de faire leur apparition. L'une d'elles coula le long de sa joue et il l'attrapa entre ses lèvres, refusant de libérer le nœud qui s'était formé dans sa gorge.

— Je ne sais pas quoi te dire, Luke. J'ai l'impression de devoir faire quelque chose. De devoir *être* quelque chose. Je ne sais pas si c'est parce que j'approche de la trentaine et que je ne peux finir nulle part ailleurs qu'ici, dans cette ville qui n'a rien à m'offrir.

— Tu sais que ce n'est pas vrai, protesta Luke qui ne laissait rien passer.

— C'est tellement vrai. Bon sang, je n'arrive même pas à me faire aimer du chien que j'ai secouru. Il a suffi que cet idiot pose les yeux sur Bear pour qu'il en ait terminé avec moi. Personne ne me choisit, Luke. Je suis bon à baiser, mais le lendemain, quand je me retourne, le lit est vide et parfois, mon portefeuille l'est aussi. Je ne sais vraiment pas quoi dire.

— Dans ce cas, nous resterons assis jusqu'à ce que tu parles, dit-il en se calant contre le coussin douillet. Ou que tu ne parles pas. Nous pouvons simplement rester assis ici, Goose. Nous ferons ce que tu veux. Tout ce dont tu as besoin. Cette journée est la tienne.

Il lui fallut un peu plus d'une heure, une boîte de crayons de couleur et un carnet à dessin avant de ressentir l'envie irrépressible de prononcer les mots qui s'étaient agglutinés sur sa langue. Le silence planait entre eux – ce n'était pas vraiment un vide, mais plutôt un étalage de bruits provoqués par les mouvements de Luke contre le coussin en chenille, qui grinçait légèrement contre son jean.

Les murs changeaient de couleur en fonction de la position du soleil, allant d'un vert sauge clair jusqu'au vert céleri, la lumière faisait ressortir le jaune de la peinture. Son rythme cardiaque ralentit et les formes qu'il avait

43

dessinées sur le carnet se transformèrent en visages, souvenirs lointains des personnes qu'il avait rencontrées en étant trimballé de maison en maison. Un instant plus tard – ou peut-être un quart d'heure –, Gus se retrouva en train de dessiner des boucles autour du visage de sa mère, son esprit et ses doigts saisissant la folie de son regard quand elle faisait une crise.

Les mots furent prononcés doucement, avec hésitation, mais ils sortirent librement, guidés par l'écho de la voix de sa mère qui raisonnait dans ses pensées et la façon dont elle avait hurlé son prénom la dernière fois qu'il l'avait vue.

— Je t'ai casé à la place de Puck. Car il y avait un vide.

Gus tourna la page. Regarder sa mère, Mélanie, était trop difficile, alors il récupéra un autre crayon dont la couleur ressemblait à celle d'un pied-d'alouette sous un rayon de soleil. Laissant ses doigts pratiquer leur magie, il se représenta Luke dans son esprit et commença à dessiner sa mâchoire carrée.

— Et tu rentrais dedans. Enfin, non, pas vraiment. Tu n'étais pas comme Puck.

Gus grimaça en entendant Luke pouffer de rire.

— Sérieusement, ma mère a élevé des crétins. Excepté Bear, parce qu'il était déjà plus adulte que ma mère quand il a intégré notre famille. Mais Ivo, Puck et moi ? De vrais crétins. Il avait envie d'emménager chez nous parce que nous étions ses cousins, mais quand il est arrivé, son cerveau a explosé. Nous étions pires que des animaux et il a fait tout son possible pour essayer de nous remettre dans le droit chemin.

— Je crois qu'il n'a jamais arrêté, Gus, intervint Luke en riant.

— Bien, je te l'accorde.

Gus sourit tristement.

— Je pense qu'il était soulagé quand les services sociaux nous ont arrachés à elle. Bear a été la première personne qui s'est inquiétée de la façon dont je me comportais et qui a essayé d'arranger la situation. Et toi, mon frère, tu étais la deuxième.

C'était plus simple de parler à la version dessinée de Luke. Il ne voyait aucune pitié, aucun jugement dans les yeux de son frère. Il ne supporterait pas de voir la condamnation sur le visage de Luke. Pas tant qu'il était en train de se défaire de tout ce qu'il avait retenu en lui, enfin décidé à suivre la ficelle qu'il avait utilisée afin de retrouver son chemin pour sortir du labyrinthe qu'il avait construit autour de lui.

— Seigneur, je me posais tellement de questions à cette époque.

Chassant la frustration et la confusion, Gus poursuivit, ses doigts dessinant une ligne du nez d'Ivo et remplissant un vide laissé près du front de Luke.

— Penser me faisait mal au crâne et je… putain.

— Quel genre de questions? demanda doucement Luke.

Ses mots étaient comme une accalmie au beau milieu de la tempête qui bouleversait le calme de Gus.

— Continue, Gus. Va jusqu'au bout de tes pensées.

— Je ne sais pas… *bon sang*… des questions stupides comme… pourquoi Puck? Il était tellement plus intelligent que moi. On aurait dit un génie. C'est la raison pour laquelle tu me faisais penser à lui, parce qu'il comprenait vite. D'accord, je pouvais dessiner une pauvre pomme, mais lui pouvait raconter tout ce qu'il y avait à savoir sur la pomme.

C'était toujours aussi étrange de ne plus voir son propre visage sur le corps d'une autre personne. De voir ses propres traits réagir à des pensées enfermées dans un esprit tellement similaire au sien qu'ils auraient pu partager un seul et même cerveau.

— Son problème, c'est qu'il ne pouvait pas *s'empêcher* de se comporter comme un connard. Puck était un crétin fini. Nous étions tous les deux des crétins, mais il allait toujours un peu trop loin. Une fois, j'ai cru que Bear allait lui mettre une droite, mais notre mère – Mélanie – est intervenue. Il s'en prenait tout le temps à Ivo. Il était insupportable avec Bear. Mais je ne peux pas m'empêcher de me demander pourquoi il… pourquoi elle… il devrait être ici. De nous deux, il avait plus de chance de devenir quelqu'un, même s'il était mal élevé.

— Pour commencer, vous n'étiez que des enfants. De nature, les enfants ne sont pas gentils, Gus. La plupart sont des petits crétins surexcités et hystériques qui essaient de comprendre comment fonctionne le monde qui les entoure. Leur entourage semble avoir des réponses aux questions qu'ils se posent, mais personne ne leur donne ces informations ou ne leur dit qu'ils ont tort quand ils pensent avoir trouvé une réponse par eux-mêmes…

Gus leva la tête en sentant les orteils de Luke appuyer contre ses côtes. Le regard de son frère le détailla jusqu'à ce qu'il se retrouve à nu et ne puisse plus se cacher derrière des faux-semblants.

— Vous étiez des enfants normaux, surtout quand on sait ce que vous viviez. Quant à cette affirmation selon laquelle Puck était plus important que toi, je dois dire que c'est du grand n'importe quoi, même si je ne l'ai

45

jamais connu. Je ne t'échangerai pour rien au monde et je suis désolé qu'il ne soit pas ici, avec toi. Mais tu es mon frère. Je refuse de te perdre.

Gus posa une main sur le pied de Luke et lui serra les orteils. Il n'avait pas réalisé combien ça lui manquait de passer du temps avec Luke, même si ce n'était que pour regarder la télévision ou lire un livre – enfin, Luke lisait pendant que Gus dessinait. Il n'aurait pas dû oublier combien cela était rassurant. Du moins, jusqu'au moment où Luke ouvrait la bouche pour lui tirer les vers du nez, obligeant Gus à lui raconter tout ce qu'il voulait savoir.

— Enfant, tu n'étais pas un petit con. Enfin, la plupart du temps, dit Gus en calant ses pieds contre le coussin avant que Luke puisse les chatouiller. Tu étais comme un morceau de Bear vers lequel je me tournais quand il n'était pas dans les parages.

— Tout est relatif. Je dépensais mon énergie par un autres biais. J'avais mes propres soucis à gérer. D'ailleurs, ils ne sont toujours pas réglés. Mais nous ne sommes pas ici pour parler de moi. Nous sommes ici pour parler de toi et… de quoi d'autre ? Du fait que tu sois revenu à la maison ? Que tu travailles à nouveau au salon ?

Puis Luke appuya sur la blessure dont Gus aurait préféré ne pas parler.

— Ou bien de Rey ? Mason a-t-il fait une remarque à ce sujet ?

— Mace arrêtera-t-il un jour de me faire des remarques ?

Son café avait refroidi depuis longtemps, mais c'était toujours agréable de pouvoir avaler un liquide amer pour purifier sa bouche du prénom de Mace.

— Je ne peux pas penser à Rey pour le moment, avoua Gus en posant sa tasse sur la petite bibliothèque qui se trouvait près de la chaise. Je ne sais pas ce que je vais ressentir quand je vais le revoir. Et je sais que ça va finir par arriver. Il est en train de se faire tatouer au salon, alors nous allons être amenés à nous croiser et… bordel, les grandes compétitions sportives ne vont plus tarder à commencer, alors il sera souvent à la maison.

Rey Montenegro se trouvait toujours en marge de son existence, telle une ombre de la vie à laquelle Gus aurait pu aspirer si seulement le jeune homme avait bien voulu de lui. C'était ce qui l'avait le plus blessé : se tenir au centre des ténèbres alors qu'elles gagnaient du terrain, leurs dents aussi tranchantes que des lames, pendant que l'homme auquel il avait osé rêver actionnait la gueule du monstre avec chaque mot qu'il murmurait, désolé. Son cœur avait cessé de battre quand la gueule s'était refermée sur lui, quand Gus avait réalisé… avait enfin compris ce que Rey essayait de dire.

46

Le dernier centimètre laissé par la mâchoire du monstre avait disparu quand Rey avait chuchoté : «*Ce n'est pas que tu ne me plais pas, c'est que nous n'avons pas les mêmes attentes. Nous avons besoin de choses différentes et je ne peux pas être l'homme dont tu as besoin, Gus. Je ne suis pas comme toi. Je veux cette fichue maison avec des enfants. J'ai besoin d'une personne qui...*».

Après cela, Gus avait arrêté d'écouter et quitté la pièce en vacillant. Ou il avait peut-être lancé des paroles cinglantes et blessantes. Il ne se souvenait pas des mots haineux qu'il avait dénichés dans sa souffrance, mais il les avait trouvés et utilisés pour donner des coups de couteau à Rey, lacérant la chair de son amant avec sa langue acérée. Puis ses jambes avaient pris la relève, emportant Gus aussi loin que possible de l'endroit où on lui avait arraché les tripes et où son âme ensanglantée gisait, attendant que Rey aspire ce qu'il restait de son corps. Il ne se souvenait même pas de l'endroit où il avait terminé sa soirée, si ce n'est qu'il y avait du bruit, de la musique et de l'alcool. Il avait dû s'agir d'un club ou d'une fête à laquelle il ne s'était pas rendu dans un premier temps, afin de passer la soirée avec Rey. Finalement, il l'avait passée à se remémorer la mort subite de sa relation et à penser au fardeau de toujours aimer l'homme qui y avait mis un terme.

Du moins, c'était tout ce dont il s'était souvenu jusqu'à ce qu'il reçoive un coup de fil sur la route. Son esprit oublieux avait alors joyeusement retrouvé des bribes de souvenirs qu'il avait laissés de côté, puis comblé les vides de ce qui s'était passé lors de cette nuit horrible et déchirante.

— Loin de moi l'idée de me comporter comme les adolescents dont je m'occupe, mais veux-tu que Mason arrête de faire venir Rey à la maison ? proposa doucement Luke. Tu dois nous dire ce dont tu as besoin. Nous ne pouvons pas savoir ce que nous devons dire ou faire si tu ne nous aides pas un peu.

— Rey. Je ne vais pas dire que ce n'est *pas* un problème, parce que tu *sais* que c'en est un. Je n'arrive pas à m'en détacher, peu importe combien j'essaie, avoua Gus, détestant s'entendre dire ce qu'il niait depuis l'instant où il avait laissé cette ville derrière lui. Je suis parti pour essayer de mettre de la distance entre moi et tous mes ennuis, mais mon cerveau ne faisait que m'encourager à revenir ici, à réfléchir plus sérieusement à ce que je voulais faire, ce que je voulais tatouer et à chercher la raison pour laquelle je suis encore ici alors que Puck est parti. Je dois réfléchir à tout ça ainsi qu'à Rey.

— Dans ce cas, prends ton temps et remets de l'ordre dans tes idées, suggéra Luke. Fais les choses à ton rythme. Tu as une cabine au salon et ce n'est pas comme si Bear allait t'expulser de la maison. Si tu ne veux pas rester à la maison quand Rey est invité, tu peux venir chez moi…

— Luke, je ne peux pas passer ma vie à éviter Rey. Je ne suis pas parti parce qu'il passait du temps à la maison. Je suis parti parce que j'avais l'impression de ne pas être assez bien pour qui que ce soit, comme si je n'étais jamais à la hauteur.

Gus prit une profonde inspiration, le café devenant amer et acide dans son estomac, l'obligeant presque à l'éliminer comme la réalité qu'il avait fui depuis Los Angeles.

— J'ai renoncé à Rey sans même me battre et je n'ai pas arrêté de décevoir Bear.

— Bear…

— Je l'ai laissé tomber, Luke. Tu n'as pas idée du nombre de fois où je l'ai déçu.

Désormais, le café représentait une vraie menace, remontant le long de sa gorge, mais il déglutit afin de révéler la véritable raison de son retour à l'homme sur lequel il pouvait toujours compter, même quand le monde semblait bien sombre.

— La nuit où Rey a tiré un trait sur moi, je suis sorti, j'ai bu comme un trou et j'ai couché avec une fille. Enfin, pas n'importe quelle fille. *Jules*. Mais elle est… *bordel*, Luke… j'ai un enfant. Un petit garçon qui s'appelle Chris et je n'ai pas la *moindre* idée de ce que je suis censé faire.

# V

Il arrivait très rarement que la maison d'Ashbury soit calme. Même quand personne ne se trouvait à l'intérieur, la structure en bois anciennement abîmée, maintenant soignée et restaurée, crissait et grinçait quand on passait la porte d'entrée, sa vieille ossature mettant un certain temps à s'adapter aux températures changeantes de la journée.

Gus trouvait cela un peu étrange de se retrouver assis sur le canapé d'angle au beau milieu du salon familial, entouré des hommes qu'il considérait comme ses frères, dans une maison si silencieuse qu'il entendait les battements de son cœur.

Après le dîner, ils s'étaient tous rendus dans le salon pour regarder un match, mais Luke avait donné un coup de coude à Gus pour l'encourager à annoncer la nouvelle avant qu'on allume la télévision, le pressant dans un murmure qui n'avait pas échappé à Bear. L'existence de Chris avait été aussi bien accueillie que Gus l'avait escompté, ou aussi mal, en fonction de ce qui allait suivre le silence stupéfait et pesant qui régnait alors que ses frères digéraient l'information.

Désormais, il était assis dans le coin du canapé et patientait, sa nuque et son avant-bras le grattant parce qu'il avait oublié de retirer le plaid posé sur le dos du canapé. Bear l'avait trouvé quelques années plus tôt dans un magasin de vente de produits d'occasion. C'était une atrocité rose en acrylique qui était trop rêche pour être agréable au toucher, mais ce plaid était toujours placé de manière à pouvoir frotter contre sa peau. De bien des façons, ce fichu plaid lui rappelait Mason lorsqu'il ouvrait sa grande bouche pour parler.

Mason fut donc le premier à prendre la parole, faisant éclater cette bulle de silence. Il lui asséna une rafle de mots tranchants, aiguisés par des années d'affronts imaginés et réels.

— Seigneur, comment peux-tu être père ? lança-t-il en se tenant au pied du canapé, exaspéré et crispé par l'émotion. Tu ne sais même pas…

— Quoi ? Je ne sais même pas qui est *mon* père ? l'interrompit Gus en se levant, les poings serrés.

Il aurait saisi son grand frère par le col si Ivo n'avait pas tendu ses jambes entre eux, posant ses pieds sur le repose-pied.

— C'est ce que tu essaies de dire ?

— Je n'ai pas dit… grogna Mason. Bon sang, comment peux-tu être le père d'un enfant ? Tu ne saurais même pas par où commencer.

— À sa décharge, Gus, aucun de nous ne connaît l'identité de son père, souligna le cadet de la famille, apportant une lueur de raison au milieu de la bataille qui menaçait d'éclater. Si nous n'avons pas le même nom, c'est parce que maman a essayé de deviner qui était notre géniteur.

Ivo se leva doucement, formant une barrière longue et fine à laquelle se heurtait leur colère. Il se tourna vers Mason et poussa gentiment leur grand frère d'adoption.

— Recule, Mace. Dans cette pièce, Bear est la seule personne qui a connu un père aimant, alors *aucun* de nous n'est en mesure de faire un tel reproche à Gus.

— Je ne sais pas si mon père était une *bonne* personne. Il est mort avant que je comprenne qu'il était humain. Quand on a quatorze ans, notre père est encore un géant dans notre esprit, gronda Bear depuis son perchoir de l'autre côté du canapé. Il aurait dû t'accueillir à la maison avec les jumeaux. Mes parents savaient parfaitement que la sœur de ma mère était une toxicomane.

— De toute manière, nous aurions terminé chez elle, lui rappela Gus. Comme *toi*.

— Parce qu'elle a réussi à convaincre les services sociaux qu'elle ne consommait plus, marmonna Bear. Nous ne sommes pas restés longtemps chez elle après mon arrivée.

Réunis dans le salon familial, ses frères étaient un spectre de rage, de confusion et, en ce qui concernait Luke, de condamnation silencieuse de leur dispute. Luke avait mis du temps à se faire aux chamailleries entre Gus et Ivo, les deux seuls frères biologiques de leur famille, ainsi qu'aux remontrances parfois peu subtiles de Bear pour les faire taire quand ils allaient un peu trop loin.

Mason avait adopté son rôle de deuxième grand-frère sans aucune difficulté, passant du statut d'ancien enfant à problème à celui de bras droit de Bear. Même s'il ne partageait pas le même sang que les trois cousins, il avait enfilé sa cape d'autoritarisme. Une fois que les services sociaux avaient accordé leur garde à Bear, Gus avait résisté à Mason tandis qu'Ivo l'avait ignoré. Quand Luke avait rejoint la fratrie, Mason était en charge de faire tourner la maison pendant que Bear travaillait dur pour finir son apprentissage au salon de tatouage qui avait accepté de l'engager. Mace avait découvert que Luke était plus que disposé à répondre à ses attentes, retirant un grand poids des épaules de Gus.

— J'ai une question, dit Ivo en penchant la tête, son attention passant de Mace à Gus. Comment as-tu fait pour mettre une femme enceinte ? Tu n'aimes pas les femmes. Mason ou moi ? D'accord, nous aimons autant les hommes que les femmes, mais toi ? Bon sang, j'aurais même parié sur Bear avant de parier sur toi.

— Je ne sais pas ce que tu sous-entends, gamin, dit Bear d'une voix traînante alors que Luke pouffait de rire. Suis-je censé te remercier ou t'engueuler pour m'avoir dénigré ?

— Ce n'est pas une fichue… nous sommes d'accord pour dire que parmi nous, Gus est en avant-dernière position pour faire un enfant, non ? Le dernier du classement étant Luke, même s'il pourrait adopter, déclara Ivo en haussant les épaules.

— J'ai assez d'enfants à gérer, merci, intervint Luke. Et si vous vous installiez tous sur le canapé pour laisser respirer Gus ?

— Et si Gus nous expliquait ce qui se passe ? demanda Mason, un sourcil levé. Tu es certain que c'est le tien ? Qui est la mère ? S'occupe-t-elle de l'enfant ou allons-nous devoir nous lancer à nouveau dans une bataille contre les services sociaux ?

— Au moins, cette fois, nous saurons ce qui nous attend, dit Bear en poussant Luke pour pouvoir s'asseoir dans le coin du canapé.

Earl renifla, allongé devant la cheminée éteinte, et Bear continua :

— Mace a raison…

— Bien sûr qu'il a raison. Ô, grand Mace, répliqua Gus, puis il se tut en voyant les sourcils de Bear trembler. Désolé. Continue.

— Nous devons savoir ce qui nous attend, reprit son grand frère. Savoir si nous serons capables d'obtenir sa garde ou même de le voir.

À en croire l'expression de son visage, Bear se préparait au combat, que ce soit avec l'État ou même avec la famille de son neveu.

— Nous avons des avocats…

— Pas d'avocats, protesta Gus. D'accord, nous allons peut-être en avoir besoin, mais je n'en suis pas encore certain. C'est probable.

Gus interrompit une cascade de questions en levant une main en l'air, puis se rassit et se mit à l'aise. Il dut bouger ses jambes pour laisser passer Ivo afin qu'il puisse s'asseoir au centre du canapé, laissant de la place à

Mason pour s'asseoir à son tour. Sa gorge était nouée, empêchant l'air de remplir ses poumons depuis l'instant où Bear avait commencé à faire une liste de ce dont ils auraient besoin pour mener un combat qu'il espérait ne jamais voir venir.

— Elle s'occupe de l'enfant. Elle s'en occupe très bien. Je suis le bon à rien dont elle essayait de protéger son fils. Ne me regarde pas comme ça, Luke. Tu sais très bien que c'est ce qu'elle a dû penser.

— Tu avais juste besoin d'un peu de temps pour trouver ta voie.

Toujours loyal. La déclaration de Luke aurait pu occasionner une moquerie de Mason, mais les yeux plissés de Bear se tournèrent immédiatement vers lui, le faisant taire.

— Raconte-leur le reste de l'histoire, Gus.

— Que sais-tu ? demanda Ivo à Luke en laissant retomber sa tête en arrière pour le fixer. Tu connais cette histoire par cœur ou tu n'en connais que certaines parties ?

— N'en fais pas tout un plat, Ivo. Je suis allé voir Luke parce que j'avais besoin de remettre de l'ordre dans mes idées avant de vous en parler.

Une fois le calme revenu, Gus révéla la partie la plus importante de cette nouvelle.

— Vous connaissez sa mère. C'est Jules. Elle était l'apprentie de Bear avant de partir vivre à Seattle.

— Putain, Gus, siffla Bear avant de gonfler ses joues, puis de se frotter le visage. Tu n'avais pas le droit, dit-il en passant ses mains dans son épaisse chevelure. Non pas parce que c'est une femme, mais parce que c'était mon *apprentie*. Et tu travaillais au salon…

— Bear, tu ne m'apprends rien de nouveau, mais ce n'était…

Cette nuit-là, Gus avait été en grande souffrance. Il avait ressenti de l'angoisse, puis s'était jeté dans une vague d'obscurité. Anéanti par le chagrin, il avait essayé de combler le vide avec tout ce qui lui passait sous la main : whisky, tequila, puis une fille au doux visage avec des taches de rousseur qui avait pris son visage entre ses mains et essuyé ses larmes avec des baisers.

— Ce n'est arrivé qu'une seule fois, puis elle a disparu.

— Ça fait au moins trois ans qu'elle est partie, rappela Mason, installé à cheval sur le repose-pied, faisant face au reste de la famille. À cette époque, tu étais en couple avec Rey.

Ses mots portaient une accusation, indirecte mais bien présente.

52

— C'est arrivé après Rey. Après notre rupture, répliqua sèchement Gus. La date et la raison n'ont aucune importance. Ce qui importe, c'est *Chris*.

— Je ne me souviens pas de Jules, dit Ivo en fronçant les sourcils.

Le cadet de la famille rangea ses grandes jambes sous lui, attrapa ses pieds nus, puis se pencha en avant.

— C'est la Vietnamienne? Celle qui était adoptée? À moins que je confonde…

— Non, celle-ci s'appelait Lynn, répondit doucement Bear. Jules venait de Russian Hill. Elle était issue d'une bonne famille. Sa mère nous apportait des cookies qu'elle préparait elle-même. J'ai tatoué une pièce néo-traditionnelle sur son dos. Un aigle et un corbeau. Elle est montée à *Craggy Point Ink* pour finir son apprentissage sous la direction de Sue.

Aussi difficile qu'il soit de regarder le chef de leur famille, Gus rencontra le regard de Bear. Il s'attendait à y voir de la déception. Cependant, même si son expression était assez rigide, Gus ne vit rien d'autre que de la douceur autour son regard bleu et froid.

— Est-elle partie parce qu'elle était enceinte? Vit-elle encore à Seattle?

— Je pense que nous avons une question plus importante à élucider, le coupa Mace. Tu ne m'as pas répondu la première fois. Es-tu certain que cet enfant soit le tien?

— Laissez-le parler, dit Luke. Il répondra à vos questions plus tard. Continue, Goose.

Apercevant la lueur maléfique dans le regard d'Ivo, Gus claqua la cuisse de son frère avant qu'il puisse se moquer de lui. Peu importe le temps que Luke et lui avaient passé à discuter de la manière dont ils allaient expliquer l'existence de Chris au reste de la famille, son estomac était noué, s'agitant sous son cœur qui battait à tout rompre. Une sirène retentit, un bruit perçant assez proche pour que Mace se redresse. Comme une bande de chiens suivant des yeux une balle lancée en l'air, tous les regards se tournèrent vers lui, incertains.

— Ce n'est plus ma caserne. Rey et moi avons été transférés à Chinatown. Je n'ai pas de carte «*sortie de réunion familiale*» sauf si elle me parvient par message, dit Mace en leur adressant un sourire triste.

Les épaules de Gus étaient crispées, mais il était installé assez confortablement sur le canapé pour encaisser la douleur qu'il avait ressentie en entendant le prénom de son ex rouler aussi facilement sur la langue de Mason.

— Écoute, Gus, je ne cherche pas à faire mon enfoiré…

— Ah oui? marmonna Ivo, mais le reste de la famille l'ignora.

— Le problème, c'est que je ne veux pas que tu sois blessé, reprit Mason. Je ne veux pas que nous nous retrouvions dans une situation dont nous ne pourrons pas nous dépêtrer.

Mason avait adopté un ton plus doux, fixant un point au-dessus de l'épaule de Gus, dans l'obscurité. Il cligna des yeux et une lueur scintilla dans son regard, puis il le détourna.

— Nous allons nous attacher à un enfant, puis nous découvrirons qu'il n'est pas de toi ou qu'elle a décidé de ne pas te laisser le voir. Je veux seulement m'assurer que nous sachions ce qui se passe avant que… Gus, tu sais comment ça se passe. Nous avons tous connu ça.

— Je sais, Mace. Je comprends. Quand elle a décidé de me contacter, j'ai eu la même réaction que toi. Je ne me rappelais pas l'avoir approchée jusqu'à ce qu'elle commence à me parler de la fête durant laquelle nous avions couché ensemble. Soudain, c'est comme si toutes les pièces du puzzle s'étaient assemblées et j'en ai eu le souffle coupé. Elle n'a dit à personne que j'étais le père. Même ses parents n'étaient pas au courant. Ils pensaient qu'elle était sortie avec un gars et qu'il avait rompu en apprenant qu'elle était enceinte. Ils n'ont pas posé de questions et Jules n'a rien dit.

Il fit la grimace en se souvenant de la dureté des mots employés par Jules quand elle lui avait expliqué pourquoi elle avait gardé son identité secrète.

— Elle ne pensait pas… elle ne *pense* pas que je ferai un bon père. En toute honnêteté, si on revient deux ans en arrière, elle n'avait pas tort. Mon nom ne figure même pas sur son acte de naissance, mais je suis le seul homme avec lequel elle a couché à cette époque, alors elle n'a contacté que moi pour effectuer un test ADN.

— Pourquoi maintenant? demanda Bear, se penchant en avant pour poser ses avant-bras sur ses cuisses.

Les lumières qui se trouvaient au-dessus de leurs têtes soulignaient les reflets argentés près de ses tempes, faisant ressortir les mèches métalliques parmi ses cheveux brun foncé.

— Ses parents sont-ils au courant? Que compte-t-elle faire?

— Elle est de retour ici. En ville. Elle a obtenu une bourse d'études et ses parents lui ont posé des questions concernant le père de Chris. Elle a tout avoué en leur disant que c'était un crétin homosexuel qui faisait des tatouages sur la jetée et non pas le lâche qu'ils n'avaient jamais rencontré. Ce sont eux qui l'ont encouragée à me parler de Chris, afin que je puisse décider si je voulais faire partie de sa vie.

— Ce qui veut dire que l'affaire va devoir passer devant un tribunal, glissa doucement Luke. Il n'a aucune autorité parentale et même s'ils acceptent de considérer Gus comme son père, il va falloir passer un accord officiel. Le tribunal familial va fouiller dans son passé, de son casier judiciaire jusqu'à…

— La délinquance juvénile ne compte pas, intervint Ivo.

— Si, elle compte, affirma Luke. Gus n'a jamais demandé que son dossier soit scellé et les archives ne le sont pas automatiquement. Son arrestation pour possession de substances illicites quand il avait seize ans apparaîtra dans son dossier. Le tribunal va se renseigner sur son salaire, la stabilité de sa situation et son logement. Les choses ont changé. À l'époque, on refilait des enfants à n'importe qui. Aujourd'hui, on doit montrer patte blanche pour pouvoir s'occuper d'un enfant.

— L'accord formel relatif à la garde devra être officialisé, déclara Bear en caressant la tête du chien. Ainsi, si les choses se passent mal, ils ne pourront pas retirer l'enfant à Gus. Nous allons avoir besoin d'un avocat. Quand as-tu appris la nouvelle ?

Le choc qu'il avait ressenti en apprenant l'existence de Chris résonnait encore en lui. Il avait été submergé par une vague d'inquiétude, de peur et d'un sentiment auquel il n'avait pas la force de réfléchir. Il avait pensé à tout ce qu'il avait été, tout ce qu'il avait fait et au fait qu'il n'en avait retiré qu'une vie de nomade, une moto cabossée et quatre frères qu'il avait déçus à maintes reprises. Il ne savait pas comment tenir le rôle de père et sentait son corps se comprimer autour de lui, chaque pore se resserrant jusqu'à ce qu'il ne pense plus qu'à une chose : quitter San Francisco sans regarder derrière lui.

— Jules m'a prévenu alors que j'étais sur les routes. Quand je suis arrivé à Portland, ses parents ont payé pour effectuer un test de paternité parce qu'ils voulaient que je sache que Chris était bien mon enfant. Bear, tu les as rencontrés. Ils sont dignes de confiance. Quant à Jules… elle venait d'emménager à San Francisco, alors je n'ai pas pu voir le petit.

À quelques semaines près, il aurait pu voir son fils. Il avait ressenti un soulagement, plutôt creux, mêlé à un sentiment de regret assez fort pour le tourmenter quand il essayait de s'endormir le soir.

55

— Ça fait un moment que je suis au courant, mais dès qu'elle me l'a dit, qu'elle m'a envoyé les résultats du test, je suis rentré à la maison. Je ne peux pas… je ne l'abandonnerai pas. Je ne lui ferai pas subir ce que nous avons subi. Je ne *peux* pas.

— Que veut-elle? La garde exclusive pour elle et un droit de visite pour toi ou bien une garde alternée? murmura Bear, joignant ses doigts devant son visage. Quelle position occuperas-tu et que souhaites-tu faire?

Gus avait envie de lui répondre qu'il voulait fuir en hurlant. Personne ne lui en aurait voulu – c'était peut-être même ce qu'ils attendaient de lui. Son absence dans la vie de Chris était peut-être ce qui pouvait arriver de mieux à son fils. Pourtant, alors qu'il était assis en face de l'homme qui avait tenu bon, offert une maison à Gus et Ivo, puis fondé une famille avec les brebis égarées qu'ils avaient trouvées sur leur chemin, Gus savait que ce n'était pas la meilleure solution. Il voulait offrir une vie meilleure au petit garçon qu'il avait seulement vu en photo et dans des vidéos bien trop courtes. Ce petit garçon ressemblait tellement à Ivo, mais on ne lisait aucune méfiance dans son regard brillant et il ne sursautait pas quand sa grand-mère levait une main pour récupérer un gobelet qu'une personne lui tendait.

Bien trop de blessures marquaient ces cinq hommes. Des blessures admises par les personnes qui auraient dû les protéger ou bien, dans le cas de Luke et Mason, causées par elles. Dans les quelques vidéos que Gus avait vues, il avait senti un lien fort et simple entre le bambin au visage rond et les personnes qui comptaient dans sa vie. Il souriait facilement, riant lorsqu'un teckel avec un gros ventre se dandinait jusqu'à lui et lui léchait le visage. Gus ne savait pas rire de cette manière. C'était un rire libérateur, une expérience magique qu'il n'avait jamais connue, mais qui était si ordinaire pour ce petit blondinet aux yeux bleu foncé, semblables à ceux de son petit frère.

Il voulait connaître ce sentiment. Il voulait que les gens puissent lire cet amour sur son visage. Il voulait devenir le visage vers lequel on se tournait au beau milieu de la foule pour oublier tous les soucis qu'on avait rencontrés à l'école. Un visage que Chris n'aurait pas à chercher parce qu'il saurait – sans l'ombre d'un doute – que Gus serait présent.

— Je suis son père, finit par répondre Gus, touché par le sourire bref et complice de Bear. Et j'espère que vous êtes tous prêts à endosser le rôle de tonton parce que je vais faire de mon mieux pour être son papa.

— ALLEZ, DEMANDA gentiment Gus à la cafetière en la tapant alors qu'elle gargouillait et chantait. Magne-toi.

Il avait été 3 h du matin quand il s'était enfin glissé dans son grand lit, installé sous les combles du grenier. Un petit palier et deux portes séparaient sa chambre du studio d'Ivo, mais c'était toujours plus calme qu'au rez-de-chaussée, surtout avec Luke et Mace qui se levaient à l'aube pour aller sauver le monde et Bear qui les suivait de près pour ouvrir les portes de 415 Ink. Il ne savait pas où était Ivo, mais la maison était vide. Il avait promis à Bear de passer au salon avant la fermeture, même s'il l'avait fait à contrecœur.

Le chien se mit à ronfler en même temps que la cafetière, ses reniflements et ses grondements se faisant entendre sous la longue table en bois installée dans la salle à manger. Une personne courageuse et optimiste avait couvert les coussins des chaises dépareillées qui entouraient la table d'un tissu bleu marine, mais la fourrure dorée de leur chien semblait l'emporter, tachetant quelques coussins et recouvrant presque entièrement celui qui se trouvait à la place du chef, où s'installait Bear. Earl laissa échapper un grand ronflement quand la cafetière laissa enfin couler un filet de café, redonnant espoir à Gus de pouvoir en boire une tasse avant la tombée de la nuit. Il appréhendait de conduire le SUV cabossé que Bear gardait comme véhicule de dépannage. L'idée de se rendre sur la jetée dans un Explorer rose pâle dont la vitre arrière était couverte d'autocollants à moitié décollés pour soutenir les jeunes équipes de football ne faisait que le déprimer davantage.

— Ce maudit véhicule est increvable, Earl, dit Gus en jetant un œil vers le chien, mais celui-ci ne bougea pas une narine. Bon sang, toutou. N'as-tu aucune fierté ? Sais-tu que tu as l'air idiot quand ta tête dépasse de cette voiture rose ? Et sérieusement, qu'est-ce qui cloche avec cette cafetière ?

Il n'entendit pas la porte s'ouvrir ni le bruit des pas sur le plancher. Gus vit la lumière changer dans la cuisine. Une ombre tomba sur le placard rustique en verre et en chêne qui se trouvait juste au-dessus de sa tête, le faisceau de lumière bloqué par le corps d'un individu. La matinée de Gus tourna au cauchemar quand il reconnut le reflet du visage de l'homme dans les panneaux en verre du meuble.

On ressentait une souffrance particulière quand un ancien petit ami entrait à nouveau dans notre vie. Elle était encore plus forte quand on avait été privé de cette relation sans s'y attendre. Gus ne savait pas si sa relation avec Rey avait été sérieuse ou unilatérale, tel un espace qu'il se serait construit dans son esprit et dans lequel il s'était surpris à rêver de tomber amoureux, mais la douleur – ce tourbillon brûlant de ressentiment mêlé aux cendres de son cœur – avait été bel et bien réelle.

Gus ne savait pas que sa moelle pouvait fondre ou que son visage pouvait devenir insensible lorsque son cœur se réduisait en miettes à l'intérieur de sa poitrine. Il le découvrit au moment où il leva les yeux et se rendit compte que Rey Montenegro se tenait derrière lui. Il dut faire attention à ne pas se sectionner la lèvre en la mordant alors qu'il essayait de ne pas laisser couler une seule larme. Le reflet de Rey se troubla, les cils de Gus devenant de plus en plus humides chaque fois qu'il clignait des yeux.

Le verre n'était pas aussi clair qu'un miroir, mais il lui permit de voir assez de choses pour que sa mémoire prenne le relais et dessine les traits ciselés de Rey.

Ses cheveux étaient plus longs que la dernière fois où ils s'étaient croisés, certainement lors d'une réunion de famille à laquelle il n'était resté que cinq minutes après l'arrivée de Rey. Il avait passé son temps à fuir, se faufilant par la porte arrière sans même adresser un mot à l'homme qui l'avait un jour fait fondre avec ses lèvres, ses mains et son sexe. Sa peau se souvenait de ces lèvres à l'orée de son nombril, de ces dents pénétrant la chair tendre à l'intérieur de sa cuisse gauche. Ses doigts avaient tracé la petite cicatrice triangulaire sur la mâchoire de Rey, qu'il avait gagnée en voulant courir avec des ciseaux lorsqu'il était enfant. Gus avait exploré la moue de Rey avec des lèvres affamées, leurs corps nus étendus sur un matelas qu'ils avaient posé à même le sol dans le grenier – le même matelas que Gus avait traîné jusqu'à un sommier à ressorts et sur lequel il avait dormi la nuit dernière.

*Bon sang.* Regarder Rey Montenegro était douloureux, mais mourir d'envie de sentir le goût de cet homme dans sa bouche allait l'achever.

— Salut, Ivo. Je t'en supplie, dis-moi qu'il y a de place dans le congélateur, dit Rey en soulevant deux grands sachets bleu en plastique qui portaient le logo rouge d'un marché aux poissons sur la jetée.

Le plastique bruissa et quelque chose bougea à l'intérieur, mais la poigne de Rey était ferme, serrée autour des poignées collées.

— Il y avait une promotion sur les crabes de Dungeness. Bear m'a demandé de vous en acheter quelques-uns. Nous devons simplement trouver un endroit où les ranger.

— Ivo ? Sérieusement ? Tu sais quoi, Rey ?

Gus renifla en secouant la tête. Puis il se retourna, déglutissant pour faire disparaître les pointes coincées dans sa gorge.

— Vu le nombre de fois où tu m'as plié en deux pour me baiser, je pensais que tu serais capable de me reconnaître de dos.

# VI

Depuis l'instant où Rey avait aperçu August Scott émergeant du nuage de fumée qui s'échappait de sa maison en feu, il avait compris qu'il était dangereux. Enveloppé par un brasier crépitant, il avait ressemblé à un ange déchu, ses ailes brûlées par la chaleur de ses péchés et portant la promesse d'une cruauté si terrible que même Rey, qui avait eu dix-sept ans, ne pouvait en imaginer la profondeur.

Et Gus n'avait alors eu que quatorze ans.

Une fois adulte, il avait été dévastateur.

Contrairement à Ivo, Gus n'avait jamais été beau, mais quelque chose dans la forme de sa bouche et la beauté virile de son visage attirait l'œil. Rey avait vu plus d'une personne se laisser envoûter par les yeux argentés de Gus, son regard de cristal étincelant comme celui d'un pirate. Ce garnement charismatique que l'on devinait à travers ses traits ciselés était un appât auquel peu de personnes pouvaient résister. Son charme magnétique était aussi naturel que sa crinière blonde décoiffée ou ses muscles bien dessinés. Il avait un corps de nageur avec ses larges épaules et ses longues jambes, se déplaçant avec grâce quand il marchait dans une pièce sans se presser.

Rey fût un peu blessé de voir que Gus était sur ses gardes. Son langage corporel criait sa méfiance et ses lèvres étaient pincées au lieu d'afficher leur sourire habituel. Personne ne pouvait esquiver une question comme Gus, mais il était incapable de mentir car ses humeurs défilaient sur son visage aussi rapidement que les nuages apparaissaient et disparaissaient dans le ciel de San Francisco. Un charme érotique se dégageait toujours de lui, une tentation indécente et inique qui suppliait qu'on y succombe.

Rey avait résisté. Dieu sait qu'il avait tout fait pour ne pas se laisser séduire par le doux sourire de Gus ou se demander à quoi ressemblerait son cou bronzé si on le marquait avec une constellation de morsures, mais il avait fini par se laisser consumer par le brasier qui n'avait pas quitté Gus depuis cette nuit fatidique.

Finalement, Rey avait été celui qui les avait tous les deux réduits en cendres et il ne reverrait certainement jamais Gus lui adresser un sourire.

— Tu as perdu du poids.

Ne sachant pas quel était le protocole à suivre lorsqu'on tombait sur un ancien amant au beau milieu d'une cuisine, Rey avait dit la première chose qui lui était passée par la tête.

— Mais tu as l'air... en forme.

Gus était plus mince. Il portait un jean délavé que Rey lui avait retiré plus d'une fois, mais il pendait un peu plus bas, si bien qu'on voyait sa ceinture d'Apollon. Son visage était creux, ses pommettes et sa mâchoire plus ciselées que dans son souvenir. Ce physique élancé le rendait encore plus attirant, lui donnant un air sauvage. On aurait dit qu'il suppliait ou défiait quelqu'un de l'apprivoiser.

Le grognement qu'il provoqua chez Gus était pour le moins contrarié.

Il l'avait interrompu. Cela ne faisait aucun doute, étant donné qu'une tasse vide était posée sur le comptoir, attendant que la cafetière finisse de faire son travail. Gus portait un jean et un tee-shirt 415 Ink bien trop grand pour lui, mais ses pieds étaient nus ; il avait certainement l'intention de se rendre au salon, mais pas dans l'immédiat. Un carnet à dessin était posé sur la table, ainsi que plusieurs crayons graphites étalés près d'une gomme mie de pain, sa forme étrange marbrée de lignes fines et sombres.

Un bambin aux cheveux frisés apparaissait sur une photo, son petit nez et ses yeux bleu océan paraissant énormes à cause du cadrage. Apparemment, Gus avait dessiné la moitié de ce portrait avant de changer de page, déchirant celle où se trouvait le dessin inachevé pour la caler sous un grand shaker en plastique dans lequel les frères gardaient des piments rouges séchés et du sel à l'ail.

— Qui est ce...

Le regard de l'enfant était familier et quand il leva les yeux vers Gus, la ressemblance le frappa. Soudain, il comprit le sens des mots que Mason avait grognés dans la cuisine alors qu'il n'était pas tout à fait réveillé.

— Merde. C'est vrai. Mace m'a dit que tu avais un enfant.

— Évidemment, remarqua Gus en se frottant le visage, un geste que Rey l'avait vu faire un millier de fois. Comment s'y est-il pris ? A-t-il composé ton numéro dès que je suis monté me coucher pour que vous puissiez rire de ma connerie ?

— Non, il me l'a dit en rentrant ce matin, tout en me prévenant qu'il n'allait pas venir courir avec moi. Nous partageons un appartement à Chinatown. C'est plus simple, maintenant que nous travaillons dans la même caserne.

61

Il se demanda s'il avait le droit de regarder la pile de photos presque cachées sous le portrait, jetant un œil vers son ex pour jauger son humeur, mais pour une fois, il ne réussit pas à décrypter son expression.

— Il ne m'a pas donné beaucoup de détails. Et je n'étais pas bien réveillé. Il est rentré à l'appartement avant que j'aie le temps de boire un café, a marmonné quelques paroles, puis il est parti se coucher. Je n'avais pas bien compris ce qu'il avait dit avant de voir cette photo. Lui ? Elle ?

— Lui.

Gus réfléchit un instant, puis il ajouta :

— Il s'appelle Chris. Il va avoir trois ans.

Trois ans ? C'était serré. Vraiment serré. Il essaya d'empêcher son esprit de remonter dans le temps, de compter les mois et les jours qui s'étaient écoulés depuis sa rupture avec Gus. Ce qui avait semblé serré devint improbable, puis carrément impossible quand il termina ses calculs.

Ils étaient ensemble. Cela tombait au beau milieu des semaines durant lesquelles Rey avait commencé à douter de la capacité de Gus à entretenir une relation sérieuse. Un énième dîner manqué avait mené à un silence fragile brisé par Rey, qui avait pris le taureau par les cornes et déclaré que c'était terminé entre eux.

Il s'était douté que Gus partirait. Après tout, il avait toujours pris la fuite quand la situation devenait délicate. Comme de fait, quelques semaines plus tard, Gus s'était laissé porter par le vent, parcourant la côte ouest à la recherche de peau nue à tatouer et certainement de derrières à baiser. Il passait parfois en coup de vent au salon. Le reste du temps, il décrochait des missions ponctuelles en tant que tatoueur invité dans des villes dont Rey ne connaissait même pas l'existence, mais Gus rentrait toujours à la maison.

Cette fois, il était rentré avec un enfant. *Un enfant de trois ans.*

L'imaginer avec quelqu'un d'autre – qui plus est, une femme – lui coupa le souffle. Il s'appuya sur la table, cherchant à rester debout tout en fixant le fruit de l'infidélité de Gus.

— Nous étions… bon sang, Gus.

Rey retint la colère qu'il avait en lui. Il n'avait pas le droit d'en ressentir. Leur fidélité n'avait certainement existé que dans son imagination. À l'époque, la possibilité que Gus aille voir ailleurs ne lui avait jamais traversé l'esprit, mais en fixant cet enfant, il avait la preuve que Gus n'avait jamais envisagé une relation sur le long terme. Ils avaient utilisé des préservatifs, mais à une ou deux reprises, Rey s'était laissé emporter par l'euphorie du moment. Il pressa une main contre son abdomen, se sentant mal à l'idée de ce qui se trouvait peut-être en lui.

— Putain de merde. Nous étions…

— As-tu fait tes calculs ?

Gus ne fit qu'amplifier la colère qui bouillonnait en lui, la défiant d'exploser, puis il s'écarta du plan de travail pour se rapprocher, mais le corps étendu du chien les garda à une certaine distance l'un de l'autre.

— Tu n'as rien. Nous n'avons rien, crétin. Chris est un prématuré. Il est né avec un mois d'avance. Je ne t'ai pas trompé. C'est bon de savoir que tu as toujours confiance en moi. Ça me fait sacrément chaud au cœur.

— Que suis-je censé penser ? demanda Rey en tapotant la photo.

Earl, qui sentait une tempête se préparer, se leva rapidement pour s'éloigner.

— Il y a trois ans, nous étions…

— Nous étions quoi ? l'interrompit Gus en relevant le menton.

Ils étaient face à face, mais Rey dominait l'espace, son corps imposant représentant un mur solide que Gus ne pourrait pas détruire. Coincé entre le plan de travail et Rey, Gus tenait bon, envahissant son espace personnel.

— En couple ? demanda Gus. Peut-être dans mon esprit, mais dans le tien ? Les seules fois où tu étais avec moi, c'était quand tu me baisais.

Rey sentit la rage monter en lui, bouillonnante et brûlante, mais à l'intérieur de ces émotions en fusion se trouvait le désir doux et profond qu'il ressentait pour l'homme qu'il n'avait pas su garder. Il avait du mal à se rappeler la raison pour laquelle il avait eu besoin de prendre ses distances avec Gus, en particulier lorsqu'il se trouvait assez près de lui pour sentir le savon au citron qu'il aimait utiliser et l'odeur de propre sur son tee-shirt en coton séché à l'air libre. Mais quand Gus n'avait pas tenu la dernière promesse qu'il avait faite à Rey, cela était devenu nécessaire. C'était une promesse idiote, qui n'avait rien eu d'extraordinaire. Pourtant, elle avait permis à Rey de comprendre où il en était avec l'homme auquel il avait failli ouvrir son cœur.

Durant les années qui avaient suivi, il avait passé son temps à se tenir à distance du petit frère de son meilleur ami, évitant tout contact intime, se persuadant que cela n'avait été qu'une liaison passionnelle et non la relation éternelle à laquelle il n'avait jamais osé espérer.

Il se sentit à la fois humble et furieux en découvrant que la distance qu'il avait méticuleusement installée – le mur qu'il avait bâti afin que Gus ne puisse pas l'atteindre – s'effaçait quand la chaleur corporelle de l'artiste effleurait sa propre peau échaudée.

Ses mains le démangeaient. Littéralement. Ses doigts avaient envie de s'enfoncer dans les cheveux blonds de Gus. Il avait adoré glisser ses mains dans cette crinière douce comme de la soie et lui tirer la tête en arrière, se délectant du sifflement d'excitation qu'il provoquait chez son amant. Leur relation avait été explosive, presque dangereuse ; ils avaient connu un élan passionnel de pulsions primitives et de douleurs érotiques exquises qui leur avait permis de repousser leurs limites. Cela avait été tellement fort qu'il avait cru se désintégrer chaque fois que Gus perdait le contrôle.

La réaction de son corps était claire, tout comme le souvenir alléchant de Gus sous lui, les fesses serrées autour de son sexe, et de la douceur salée sur sa langue alors qu'il traçait la colonne vertébrale de son amant avant de plonger plus profondément à l'intérieur de son corps doré. Son sexe savait que Gus n'était pas loin, alors il gonflait et devenait douloureux au simple souvenir de sa chaleur, de sa bouche et de son derrière.

— Tu veux savoir à quel moment je l'ai mise enceinte ? La nuit même où tu m'as dit de prendre mes affaires et de sortir de ta vie. Pour quelle raison, déjà ? Parce que je n'avais pas l'intention de rester ? Tu t'en souviens ? demanda Gus en poussant un doigt contre sa poitrine, blessant Rey jusque dans son cœur. Alors je me suis rendu à une fête, j'ai bu comme un trou et Jules était là. Nous n'aurions peut-être pas dû coucher ensemble, mais j'avais besoin qu'une personne me touche, me dise que tout irait bien, que je n'étais pas un déchet. Ce qu'elle a fait. Elle était *présente*, Rey. Elle était présente au moment où j'en avais besoin. À ta place. C'était *toi* qui aurais dû *me* dire que je valais quelque chose. Que je méritais qu'on me choisisse. Que je méritais d'être *aimé*.

Gus attrapa les sachets en plastique que Rey tenait encore dans ses mains et les arracha à ses doigts engourdis.

— Alors fais-moi une faveur : trouve la putain de porte par laquelle tu es entré ici et laisse-moi tranquille. C'est ce que tu sais faire de mieux.


QUAND EARL et Gus se frayèrent un chemin à travers un groupe de touristes et passèrent la porte d'entrée de 415 Ink, ses mains avaient déjà cessé de trembler. Le bruit de cuivre produit par la cloche du salon, déclenchée par l'ouverture de la porte, était un prélude à la douceur des machines en train de vrombir, des conversations murmurées et du sifflement occasionnel d'un client dont une partie sensible du corps était en train d'être parcourue par des pointes vibrantes.

Si la maison d'Ashbury était son foyer, alors le salon était son champ de bataille et son terrain de jeu. Avec le chien sur les talons, Gus avança dans la pièce, ses bottes de cowboy usées frappant un rythme fort sur le sol en ciment coulé. Le salon comptait un nouveau visage, un homme du même âge qu'Ivo ou un peu plus âgé. Quant à l'apprenti que Bear avait engagé – un ancien banquier traversant la crise de la quarantaine –, il était toujours présent. Sa cabine était propre et, à vue d'œil, équipée de tout l'attirail de base. Gus devait reconnaître que Noob méritait son salaire.

Les murs étaient recouverts d'illustrations. Missy n'était pas là, sauf si elle se trouvait dans un endroit où il ne pouvait pas la voir, mais elle avait retiré certaines de ses pièces New School pour les remplacer par des pièces réalistes. Si l'on se fiait à ce qui était affiché dans la cabine du nouvel artiste, il avait une préférence pour le tatouage néo-traditionnel et les aquarelles, avec un peu de pièces illustratives pour faire bonne mesure.

Alors que Gus se dirigeait vers les pièces réalisées par le nouveau tatoueur pour mieux les voir, il passa doucement devant l'espace de travail d'Ivo et en profita pour lui donner un coup de pied dans le derrière, le faisant tomber alors qu'il était accroupi devant le placard où était rangé son équipement. Gus éclata de rire en entendant son frère jurer, puis il approcha du mur afin d'observer les croquis et les pièces du nouvel artiste qui, pendant ce temps, riait à l'arrière du salon, dans la salle de repos ; apparemment, il prenait un malin plaisir à se moquer de l'incapacité de Noob à préparer une bonne tasse de café.

Earl l'abandonna pour aller retrouver la pile de coussins douillets qui se trouvaient à la réception. Aussi stupide que cela puisse paraître, quand il partit, le poids du chien contre sa jambe lui manqua. Sa chaleur avait été agréable, voire nécessaire ; tout était bon pour apaiser le froid glacial qui s'était installé dans ses entrailles.

Bien qu'il ait bouilli de colère en posant les yeux sur Rey, regarder son ex s'éloigner l'avait laissé froid et mort à l'intérieur. La torpeur qui avait suivi Gus sur les routes s'était infiltrée à travers les fissures de son cerveau, lui retirant le peu d'amour-propre qu'il avait réussi à retrouver. Après avoir cuit les crabes et les avoir mis au réfrigérateur, l'idée qu'un enfant l'appelle « papa » lui avait fait mal au ventre. Puis après une bataille courte, mais intense, pour mettre un harnais au chien, Gus s'était demandé s'il ne valait pas mieux qu'il retourne au premier étage, se terre sous les couvertures et mette fin à cette journée. Il avait fini par récupérer ses chaussures et s'était forcé à sortir, même s'il n'avait pas pu s'empêcher de grimacer en voyant le SUV rose qui l'attendait sur le côté de la maison. Mais il avait réussi.

— Tu as enfin décidé de te pointer au travail ? demanda Ivo en lui donnant un coup d'épaule, le frappant plus fort que nécessaire.

— Je n'ai aucun rendez-vous aujourd'hui. Je suis venu pour m'installer et servir de chauffeur au chien, répondit-il, son attention fixée sur les croquis du nouveau plutôt que sur son frère. La régularité de ses lignes est plutôt bonne. La réalisation est un peu bâclée, mais reste jolie. Il est meilleur en néo-traditionnel qu'en illustratif, mais c'est un style difficile à maîtriser quand on n'a pas l'œil. Comment s'en sort-il avec le réalisme ?

— Pas très bien, grogna Ivo. Il dessine ce qu'il a devant les yeux sans l'analyser, alors ses proportions ne sont pas toujours bonnes. Maintenant que tu es de retour, tu vas pouvoir rectifier ça.

— Je ne suis pas ici pour apprendre à des gosses à dessiner, s'esclaffa Gus.

Il jeta un œil vers son frère, puis fronça les sourcils en se rendant compte qu'il devait lever la tête pour le voir. Il regarda alors ses pieds, puis grommela :

— Pourquoi portes-tu ces chaussures au travail ?

— Parce qu'elles sont classes. Des chaussures divinement noires avec une face cachée rouge comme le sang. Comme si j'avais marché sur les restes de ma victime, répondit-il en posant une main sur l'épaule de Gus pour lever son pied et lui montrer la semelle rouge de son talon aiguille. Elles se marient parfaitement avec un jean. En plus, ce sont celles que Bear m'a offertes pour Noël.

— Bear t'a demandé de ne pas porter ce genre de choses au travail.

Gus attendit qu'Ivo arrête de l'utiliser comme béquille, puis lui mit une fessée.

— Le sol est souvent humide. Tu vas finir les deux fers en l'air, comme la fois où tu es tombé avec tes autres chaussures classes.

— Bear m'a déjà passé un savon, dit Ivo en haussant les épaules. Si tu savais comme j'ai hâte d'acheter tous les trucs que nous n'avions pas quand nous étions gamins à ton fils. Je crois que je vais commencer par une batterie et deux kilos de Crunch Berries, puis je vais œuvrer pour qu'il ait une paire de chaussures Jimmy Choo.

— Il a trois ans, rappela Gus en le fusillant du regard, défiant Ivo d'afficher ce grand sourire qui menaçait d'apparaître sur son visage. Ne peux-tu pas au moins attendre qu'il ait cinq ans avant de commencer à le rendre bizarre ?

— Il n'est jamais trop tôt pour être bizarre, répliqua son petit frère. En parlant de choses bizarres, je te présente Rob. Je pourrais dire que c'est le petit nouveau, mais…

— Hé, je ne suis pas la personne la plus bizarre de ce salon. Ce titre te revient, Ivo.

Le nouveau était plus petit que dans les souvenirs de Gus, mais il ne l'avait jamais vraiment observé. Rob lui tendit une main et Gus la serra brièvement.

— Ravi de te rencontrer, déclara Rob. J'ai énormément entendu parler de toi.

Il était trapu, davantage taillé pour la force que pour l'endurance. Son débardeur et son short cargo dévoilaient ses cuisses et ses bras très musclés. À en croire le mélange asiatique et européen de ses traits, le noir qui se trouvait à la racine de ses cheveux bleus était certainement sa couleur naturelle, mais l'ambre clair de ses yeux venait de ses lentilles de contact – ou bien l'un de ses ancêtres avait couché avec un tigre. Sa peau était légèrement dorée, une nuance sur laquelle Gus adorait tatouer ; on aurait dit un parchemin, ce qui était parfait pour faire ressortir le bleu sarcelle, les verts et les violets. Le bras droit du tatoueur était totalement recouvert de pièces interconnectées, reliées entre elles par des enjolivements, mais son bras gauche était nu, hormis un petit cœur rouge sur son épaule.

— Ravi de faire ta connaissance. Je n'ai jamais entendu parler de toi, mais c'est de ma faute. Je suis dans un sale état quand je suis sur les routes, avoua Gus.

L'absence d'encre sur le bras gauche et imberbe de l'artiste était étrange. Ivo, qui se trouvait derrière Rob, vit que Gus observait cette peau vierge et haussa les épaules.

— Apparemment, reprit Gus, je suis censé t'apprendre quelques petites choses.

Le rire de Rob était doux, bien plus désolé que Gus n'aurait pu l'être si on avait laissé sous-entendre qu'il devait s'améliorer dans son travail.

— C'est ce que Bear…

— Barrett, l'interrompirent Ivo et Gus en même temps.

Gus se mit à rire et Ivo continua :

— Tu n'as pas le droit de l'appeler Bear. C'est soit Barrett ou M. Jackson…

— Si tu as été méchant, termina Gus alors que Bear sortait de la réserve avec les bras chargés de serviettes en papier. Quand on parle du loup…

— Il montre sa queue, termina Ivo.

— Seigneur, ça ne m'avait pas du tout manqué, grommela leur grand frère en passant près de Gus avant de pousser les serviettes contre le torse d'Ivo. Range-les. La dernière fois, Noob a acheté des rouleaux plus courts, alors ils durent moins longtemps. Et quand tu auras fini, je veux que tu commences à lui apprendre comment réaliser des portraits…

— Moi ? Gus est juste devant toi. Il…

Quand Bear pencha la tête sur le côté, Ivo resserra ses bras autour des serviettes, puis fit la moue. Discuter avec Bear ne menait jamais nulle part et comme à son habitude, leur grand frère continua comme s'il n'avait rien entendu :

— Occupe-toi aussi de Rob. Il a dit qu'il devait travailler sur les silhouettes.

Ivo s'éclipsa en grommelant et en traînant des pieds. Rob le suivit, intrigué. Gus se laissa alors tomber dans le fauteuil d'Ivo, posa ses jambes par-dessus le bras et leva les yeux vers Bear.

— Avant que tu poses la question, oui, j'ai cuit les crabes. Ils sont dans le frigo.

— Bien.

Une réponse trop courte selon Gus, mais il n'allait certainement rien obtenir de plus de cet homme robuste s'il n'insistait pas.

— Rey a-t-il appelé pour te parler des crabes ? le sonda Gus. Ou bien l'as-tu appelé en premier afin de lui donner une excuse pour passer à la maison ?

Gus venait de jeter son grand frère dans le vide intersidéral à travers lequel il voguait depuis qu'il avait vu le reflet de Rey dans la vitre du placard.

— Car si tu l'as appelé, je peux te dire que c'est une des pires choses que tu m'aies faites. Et pourtant, tu m'as fait de sacrées crasses.

— Je t'ai aussi offert de belles choses, lui rappela Bear en récupérant une des chaises en bois bizarrement peintes à la réception.

Son frère passa une jambe par-dessus le siège, posa ses bras sur le dos de la chaise et l'observa avec un regard intense et critique que Gus connaissait très bien.

— Garde ton truc de Bouddha en colère pour quelqu'un d'autre, dit-il en ignorant son froncement de sourcils. J'ai du travail. Un phénix d'inspiration russe. As-tu la moindre idée des heures de recherche que…

68

— Un avocat a appelé. Il voulait te parler. Il appelait de la part du tribunal familial.

Cette voix douce comme du velours était un avertissement. Bear enveloppait souvent des nouvelles terribles dans ce grondement soyeux et tendre, mais peu importe la délicatesse avec laquelle il essayait d'emmener le sujet, le monde de Gus s'embrasait chaque fois.

— Enfin, ils ont appelé pour voir si tu travaillais ici. Puis ils m'ont demandé depuis combien de temps je te connaissais.

— Leur as-tu dit que j'avais pissé dans ta bouche quand tu avais essayé de changer ma couche ? demanda-t-il en se redressant, posant ses pieds au sol. Que se passe-t-il ? Cet homme a-t-il laissé un numéro ? Dois-je le rappeler ou voulait-il simplement des informations ?

— Il n'a rien dit, mais il a posé des questions à propos de toi. Je lui ai dit que nous étions de la même famille, puis… commença-t-il avant de pousser un grand soupir. Puis il a commencé à m'interroger au sujet de ta mère et de Puck. Je lui ai dit que s'il avait des questions à ce sujet, il valait mieux qu'il en parle avec toi, mais j'avais l'impression qu'il fouinait. Qu'il essayait de savoir comment tu gérais cette situation. De voir si tu étais passé à autre chose. Tu sais comment fonctionnent ces gens. Ils posent des questions auxquelles ils veulent des réponses et te guident jusqu'à l'endroit où ils veulent t'emmener.

Il comprenait parfaitement ce que disait Bear. À la suite du décès de leur mère, alors qu'il sortait tout juste de l'hôpital et que son jugement était altéré par les antidouleurs et le deuil, Gus avait dit ou fait quelque chose qui les avait obligés à attendre des années avant que l'État accepte de rendre Ivo à leur famille. Peu importe combien il avait supplié les assistants sociaux, on l'avait séparé de son petit frère et de Bear pendant de longues années. Gus était passé de thérapeute en thérapeute, se retrouvant parfois dans des séances en groupe avec d'autres enfants perdus dans leur propre monde. Une pensée glaçante lui traversa l'esprit et l'angoisse qui l'avait seulement effleuré déferla et le renversa.

— Ont-ils vraiment accès à toutes les informations qui se trouvent dans mon dossier de délinquance juvénile ?

Earl enfouit sa tête sous sa patte en geignant et Gus gratta l'oreille du chien, frottant la douce touffe de poils le long de son cou.

— Ils ne vont quand même pas se servir de ce que… ce n'était même pas moi. C'était Mélanie. Ce que j'ai fait de plus grave dans ma vie, c'était pour elle, quand elle me demandait de livrer de la drogue. L'herbe que je vendais à seize ans, ce n'était *rien*.

— Je ne sais pas comment ça se passe, admit Bear. Mais nous pouvons le découvrir. J'ai appelé Luke. Il peut intervenir…

— Je n'ai besoin de l'intervention de personne !

Gus baissa d'un ton quand Earl se mit à trembler sous ses doigts.

— Désolé, mon grand, s'excusa-t-il auprès du chien. Bear, j'ai fait tout ce qu'ils m'ont demandé. Je suis revenu à San Francisco, j'ai donné des échantillons de salive et de sang et maintenant, ils posent des questions sur Puck ? Ma journée a déjà assez mal commencé. Je n'ai pas besoin que ça empire. Pas après…

— Rey ? intervint Bear en levant les sourcils.

— Oui, Rey.

— Non, je veux dire… qu'il est ici, dit son grand frère en indiquant l'entrée du salon.

La cloche sonna, la charnière de la vieille porte grinçant assez fort pour être entendue jusqu'au fond du salon. Gus se tourna à temps pour voir son ancien petit ami passer le pas de la porte, un homme inscrutable et dévoué pour lequel Gus aurait bravé les flammes… si Mace ne l'avait pas pris de vitesse. Rey posa les yeux sur lui, s'arrêta près de la réception et plongea ses mains dans les poches de son jean.

— Il faut qu'on parle, déclara-t-il sèchement. Maintenant. Avant que… *maintenant*.

— Eh bien, petit frère, on dirait que ta journée va devenir encore plus pénible, dit Bear en donnant une tape sur l'épaule de Gus, manquant de le faire tomber par terre.

Son grand frère se mit debout et pendant un instant, il fit régner une certaine tension.

— Merci pour les crabes, Rey. Pour ton information, mon poing se fera un plaisir de finir dans ta face si tu fais du mal à Gus, alors n'oublie pas de me dire combien je te dois avant que je te fasse avaler toutes tes dents.

# VII

*Tu AS le droit de dire non, Gus. Tu as toujours le droit de dire non.*

Les mots d'Ivo le suivirent en dehors du salon, lui pinçant le derrière quand la cloche sonna au-dessus de la porte. Alors même qu'il avait passé sa vie à envoyer balader les gens et à refuser des choses qu'il aurait dû faire, il semblait incapable de dire non à Rey.

S'il n'avait pas accepté de lui parler, il aurait tiré un trait sur une histoire à laquelle il n'était pas encore prêt à mettre fin. Un refus aurait divisé la famille, du moins dans son esprit, séparant Mason de ses cousins. Luke se serait tenu en retrait, refusant de prendre parti, même si Gus espérait secrètement que son jumeau d'adoption l'aurait soutenu.

Il aurait pu refuser, mais les paroles de Bear – *ne laisse pas la fierté ou la méchanceté influer sur tes décisions* – résonnaient plus fortement que celles d'Ivo, alors il avait suivi Rey à l'extérieur du salon. Maintenant, il errait sur la jetée parce que Rey n'avait apparemment pas encore réfléchi à ce qu'il voulait dire.

Au milieu de l'après-midi, les jetées étaient un lieu animé avec des bonimenteurs de kiosques essayant d'attirer les touristes et des employés de restaurant qui se pressaient sur le trottoir pour prendre leur service. En bas de la rue où se trouvait le salon, le bar de blues ouvrait tout juste ses portes, les volets du premier étage s'ouvrant dans un claquement et leur structure en bois frappant contre la façade détériorée et érodée du bâtiment. Rey traversa la rue, se mêlant à un flot de personnes habillées pour profiter d'un temps plus ensoleillé, ce que San Francisco n'était pas en mesure de leur offrir. Le ciel était gris, l'air assez lourd et étouffant pour déposer une couche moite sur chaque parcelle de peau qu'il trouvait. Chaque fois que Gus pensait arriver à l'endroit où Rey allait s'arrêter, celui-ci continuait de marcher, jetant à peine un regard par-dessus son épaule pour vérifier que Gus le suivait toujours. Apparemment, Rey ne serait pas satisfait avant d'avoir mis le plus de distance possible entre eux et le salon. Gus se résigna alors à se promener en étant tout collant et humide, entouré de mouettes bruyantes et de personnes encore plus bruyantes.

Une brise salée se leva quand ils passèrent devant une boulangerie dont la spécialité était le pain au levain, atténuant légèrement cette chaleur persistante. Gus ralentit le pas, peu disposé à suivre Rey plus longtemps. Ils avaient atteint la fin de la promenade. Rey tourna au coin d'un ancien entrepôt qui avait été réaménagé pour accueillir un musée de jeux et jouets mécaniques, empruntant une route en bitume qui menait vers le bout de la jetée.

Gus traîna des pieds, refusant presque de le suivre, mais la colère brûlante dans les yeux de Rey – et sur son visage – le poussa à continuer, même si chaque pas le rapprochait d'un endroit isolé qu'il avait tant aimé par le passé. Après avoir noué une forte amitié, Rey et Mason avaient passé des heures à vagabonder dans ce quartier, amenant Gus avec eux afin qu'il ne reste pas seul et s'attire des ennuis. Du moins, c'est la manière dont ils avaient réussi à rassurer Bear lorsqu'il avait commencé à réfléchir à l'ouverture de son propre salon.

Ils avaient mangé des barbes à papa, écouté des musiciens le long de la promenade et proposé des tours en pousse-pousse aux touristes. Ils avaient fabriqué cet engin à partir d'un vélo et d'un chariot achetés à un vieil homme pour dix dollars. N'ayant pas d'autorisation, ils avaient réalisé une pancarte pour demander des dons, puis avaient récolté quelques centaines de dollars avant que leur vélo soit vandalisé.

Ils avaient été jeunes, bronzés et insouciants, volant des verres de vin à moitié vides, abandonnés sur les tables des cafés, pour verser leur contenu dans un pichet en plastique. Ils finissaient toujours par boire jusqu'à l'ivresse, assis au bout de la jetée qui se trouvait derrière le musée, en partageant un sachet de morceaux de pain au levain encore chaud trempés dans du beurre à l'ail que Mason obtenait d'un boulanger en échange d'un baiser.

Il ne se rappelait pas à quand remontait leur dernier voyage jusqu'au bout de la jetée, à l'arrière du musée. Gus n'avait pas réalisé que ce moment précieux ne se reproduirait plus jusqu'à ce qu'il disparaisse, tout comme beaucoup de choses dans sa vie. Suivre Rey jusqu'à l'endroit où il avait compris qu'il avait des sentiments pour le meilleur ami de Mason ne semblait pas être l'idée du siècle.

De toute manière, sa vie n'était qu'une succession de mauvaises idées.

Entouré par la baie agitée, les îles troublées par les embruns salés et un nuage de drapeaux nautiques claquant au vent, Rey se tenait debout, silencieux, attendant que Gus le rejoigne. De nombreux souvenirs étaient liés à cet homme et à ces eaux agitées. Leur premier baiser – un frôlement timide nourri par un mélange de whisky et de vin rouge – avait été échangé à seulement quelques dizaines de mètres d'ici, sous le ciel étoilé de San Francisco. Il avait fallu attendre quelques années avant que leurs lèvres se touchent à nouveau, lors d'une fête d'anniversaire où leurs bouches avaient malencontreusement dérapé en jouant à un jeu.

Cette jetée était celle où Mason et lui avaient retiré leur sweat à capuche et relevé leur manche pour montrer à Rey leur nouveau tatouage représentant une étoile nautique à cinq branches, un symbole partagé par leur fratrie. Ils avaient ri en notant l'irrégularité des lignes tracées par Mace, mais ils l'avaient fait un peu trop fort, si bien qu'un agent de sécurité qui passait par-là leur avait demandé de partir. Plus tard dans la nuit, installés sur le balcon au premier étage du bar de blues, les cuisses entre les barreaux et les jambes se balançant dans le vide, Rey l'avait embrassé avec assez de fougue pour le rendre muet et dans un murmure, il l'avait encouragé à devenir tatoueur s'il en avait vraiment envie.

Gus n'avait eu besoin de rien d'autre pour croire en son rêve.

— Pourquoi m'as-tu emmené jusqu'ici, Rey ? cracha Gus, laissant quelques mètres de bitume entre son ex et lui. Que peux-tu bien avoir à me dire que je ne puisse entendre au salon ? J'ai du travail.

Rey ne dit rien. Il resta en position et l'observa comme s'il le voyait pour la première fois. Gus se retrouva désarçonné, chaque seconde le privant peu à peu de sa nonchalance et du contrôle qu'il avait sur ses émotions.

Rey, qui se tenait au bord de la jetée, impatient, n'était pas l'adolescent maigrichon et maladroit qui avait fait rater un battement à son cœur. Plus maintenant. Il avait pris du poids. Ses muscles et sa carrure s'étaient développés, se mariant désormais avec son visage et sa mâchoire qui avaient été trop prononcés par le passé. Mais il était difficile de tourner le dos à ces yeux – ce regard couleur prunelle avec une profondeur douce et chaleureuse – et à cette bouche qui connaissait parfaitement le corps de Gus. Il avait été idiot d'accepter, de suivre Rey le long d'un chemin qu'ils avaient bien trop souvent emprunté tout en sachant que, cette fois, seul le chagrin l'attendait au bord de l'eau.

— Soit tu me parles, soit je retourne au salon, l'avertit Gus.

Il ignora le regard insistant d'une femme qui quittait la jetée en poussant une poussette dans laquelle se trouvait un bébé endormi, enfoui sous une montagne de jouets. Elle accéléra le pas, les laissant seuls avec les mouettes et une étendue d'eau saumâtre.

73

— Ce n'est pas vraiment privé comme endroit. Le salon...

— Je ne te parlerai pas dans un endroit où tu te sens à l'aise. *Cet* endroit est neutre.

Rey avait frappé, dur et fort, sa voix brisée par une émotion indescriptible, dissimulant un ouragan de paroles qu'il avait toujours gardées pour lui.

— Bien plus neutre que la maison, continua Rey. Je ne vais pas me laisser prendre de court une nouvelle fois.

— Neutre ? Tu trouves que cet endroit est neutre ?

Gus avait du mal à garder un ton calme et ses mots s'envolèrent, portés par le bruit des vagues qui déferlaient. Il indiqua un endroit qui avait été autrefois dissimulé par des palettes.

— Je t'ai fait une fellation juste ici, une ou deux fois. Et cet endroit ne te dit rien ? demanda-t-il en indiquant le portail qu'ils venaient de passer. Tu ne te rappelles pas m'avoir poussé contre le montant, nos pantalons à moitié baissés, avant qu'un garde nous surprenne ? En quoi *cet* endroit est-il neutre ?

— C'est toujours mieux que votre maison, répliqua Rey. Ou le salon. Personne ne peut entendre...

— Quoi ? Entendre quoi ? demanda Gus en penchant la tête. T'entendre dire que tu es désolé d'être un vrai connard ? Personnellement, je trouve que même si tu t'excusais devant le monde entier, ça ne suffirait pas.

— *Désolé* ? Désolé pour *quoi* ? As-tu la moindre idée de ce que j'ai ressenti ce matin en entrant dans la cuisine et en tombant sur toi, Gus ? C'est comme si on m'avait donné un coup de poing dans le ventre. Puis tu commences à me raconter que notre aventure avait de l'importance à tes yeux, mais que tu as été tellement blessé quand je t'ai dit que notre couple ne fonctionnait pas que tu as décidé de boire comme un trou et de faire un enfant.

Les narines de Rey se dilatèrent et soudain, l'espace qui les séparait ne semblait plus assez important – ou assez réduit. Ils se rapprochèrent encore lorsque Rey avança vers lui.

— C'est toi qui as décidé que ça ne...

— Décidé ? Je n'ai rien décidé. Tu n'étais jamais *là*, Gus. C'est ce que tu as raconté à Bear ? grogna Rey en se penchant vers lui. Que nous étions en couple et que j'ai mis un terme à notre relation ? Je ne vais pas te laisser me traîner dans la boue. Je *refuse* de couper les ponts avec les gars parce que tu les obliges à choisir un camp. Je me fiche que tu les considères comme tes frères. Mace et le reste d'entre eux font autant partie de ma famille que ma petite sœur. Je refuse de les perdre parce que tu ne sais pas gérer tes relations avec les mecs que tu baises.

Bon sang, Rey sentait bon. Gus se détestait de réagir à son odeur. Ses bourses étaient lourdes et son désir tirait sur son sexe. Nier son attirance pour Rey ne fonctionnait pas et se focaliser sur la rage de cet homme, qui se déversait dans ses mots, ne changeait rien. Ils avaient formé un beau couple. Leurs rapports sexuels avaient été passionnés et affectueux, les laissant lessivés et fatigués. Le sexe lui manquait, ainsi que l'état léthargique dans lequel il se retrouvait quand ils finissaient par se séparer pour reprendre leur souffle. Si Rey pensait que rien de tout cela ne lui importait... Gus se pencha en arrière, essayant d'accepter l'idée que leur relation n'avait rien représenté pour Rey, si ce n'est des draps trempés de sueur et des orgasmes extraordinaires.

Il faisait le deuil d'une fiction, d'une relation unilatérale dans laquelle il était le seul à avoir eu le cœur brisé quand elle avait pris fin.

— Oui, c'était important, déclara Gus. *Tu* étais important.

Gus avait du mal à tenir en place. Un sentiment de colère et d'angoisse brûlait en lui, soufflant sur les braises d'une souffrance qu'il avait enfouie des années plus tôt.

— Alors pourquoi ne pas me l'avoir montré ?

Gus aurait préféré qu'on lui tire une balle dans la tête plutôt que de voir la douleur qui traversa le visage de Rey.

— Tu n'étais jamais avec moi, continua Rey. Sauf si tu voulais t'envoyer en l'air ou parfois manger quelque chose.

— Ce n'est pas ce que...

— C'est l'impression que tu me donnais, l'interrompit-il sur un ton plus calme, mais avec véhémence, tel un siroco de mots abrasifs assez violents pour écorcher la peau de Gus. Je vais te donner un conseil : si tu as l'intention de te comporter de la même manière avec cet enfant, évite. Ne lui fais pas de promesses. Pas comme tu l'as fait avec moi. Car personne ne dit autant de paroles en l'air que toi. *Personne.*

— Tu n'as pas le *droit* de dire ça.

Gus le repoussa et lui rentra dedans. Leurs poitrines se cognèrent légèrement et Rey resta immobile, telle une masse de muscles solides que Gus ne pouvait pas déplacer. Une puissance habitait le corps de cet homme, une force qu'il aurait aimé sentir autour de lui, sous lui, *en* lui. Mais à cet instant, elle était aussi malvenue que les accusations de Rey. Il posa une main sur l'épaule du pompier et le poussa. Rey recula de quelques centimètres, durement gagnés. Gus en profita pour avancer dans l'espace qu'il avait libéré.

— Tu ne me côtoies plus depuis trois ans, Rey. Trois longues années. En effet, je ne m'attendais pas à l'arrivée de Chris, mais ça ne te donne pas le droit d'utiliser les épreuves que nous avons traversées durant notre enfance contre moi. Oui, je ne suis pas fiable. Je tiens ça de ma mère. Tout comme mes yeux.

Gus se retint de planter un doigt dans la poitrine de Rey, même s'il en avait envie. Il voulait lui mettre son poing dans la figure pour chaque mot désobligeant qu'il avait prononcé, mais au fond de lui, il avait peur que son ex ait raison.

— D'accord, je fais des erreurs – énormément – et je ne serai peut-être pas le meilleur père du monde. Je n'ai jamais eu de père. Pour moi, la personne qui s'en rapproche le plus est Bear. Il n'est pas beaucoup plus âgé que moi, mais je suis tellement reconnaissant qu'il fasse partie de ma vie. Je vais certainement perturber Chris plus que je ne vais l'aider, mais au moins, je vais essayer. Ce qui est déjà bien plus que ce qu'on a fait pour moi.

— Bear t'a donné *tout* ce qu'il…

— Bear m'a donné une vie et une famille et je ne le remercierai *jamais* assez pour ça, mais il n'est *pas* mon père, il est mon *frère*, l'arrêta immédiatement Gus. Je ne peux pas promettre monts et merveilles à Chris, mais je peux être présent pour faire ce dont il a envie, pour le voir accomplir des choses. Je peux le soutenir et si tu es là – si tu comptes faire partie de la famille –, alors tu ferais mieux de ne pas lui dire quoi que ce soit de négatif à mon sujet. Je vais faire de mon mieux pour ne pas le décevoir. Chris doit pouvoir compter sur moi – sans même avoir à réfléchir. Je n'ai pas besoin que tu viennes mettre ton grain de sel et que tu lui apprennes à s'attendre au pire de ma part.

— Jamais je ne ferai une telle chose, que ce soit pour toi ou pour lui.

Gus sentit la main de Rey effleurer ses côtes et eut le souffle coupé lorsque ses doigts frôlèrent sa hanche.

— Je veux simplement…

— Je ne peux pas, l'interrompit Gus. Je ne peux pas te laisser me toucher.

Il dut mobiliser toute sa volonté pour s'écarter de son ex, alors que chaque partie de son âme brûlait d'envie de s'accrocher à la force qui résonnait en Rey. Il voulait se sentir en sécurité, entendre quelqu'un lui dire que tout allait bien. Il avait envie que Rey le prenne dans ses bras jusqu'à ce que son cœur arrête de chanceler et que cessent les murmures pétrifiants qui s'élevaient depuis les bancs obscurs dans lesquels vivaient ses cauchemars. La chaleur de Rey ne le quitta pas, lui rappelant de façon désagréable ce qu'il avait perdu.

— Tu me rends fou, Rey. Tu me rends *toujours* aussi fou, alors que pour l'instant – peut-être même pour toujours –, je dois me concentrer sur Chris et sur la personne que je veux devenir pour lui. Je suis désolé de ne pas avoir été l'homme que tu voulais que je sois, mais tu sais quoi? Tu n'étais pas non plus la personne dont j'avais besoin, même si tu étais tout ce dont j'avais envie.


GUS BATTIT en retraite.

Retour au salon. Sur la feuille. Dans les lignes.

Une marchande ambulante avait interpellé Gus quand il s'était retrouvé bloqué au coin d'une rue, immobilisé par un feu rouge et la densité de la circulation en plein après-midi. Elle vendait des cristaux et des huiles essentielles apaisantes, mais quand il l'avait repoussée, elle était devenue agressive, posant sa main sur son bras et l'insultant. S'il avait pu chasser Rey de ses pensées grâce à une cuillère d'épices italiennes et à un quartz mystique, il aurait dévalisé tout le rayon dédié aux épices et en aurait recouvert toutes les pierres qu'il aurait trouvées.

Il s'était plongé dans la seule tranquillité qu'il avait trouvée : une feuille de papier et un crayon gras.

Le salon bénéficiait d'une pièce réservée aux artistes, une petite réserve que Bear avait transformée en bureau et dans lequel ils pouvaient dessiner sans être dérangés. Mason et lui avaient galéré pour faire entrer quelques tables d'architecte dans la pièce et les avaient placées contre le mur, sous une des longues fenêtres, mais Gus préférait dessiner sur la vieille table de cuisine installée au centre. Elle venait de leur maison. Ils s'en étaient débarrassés au moment où Luke avait rejoint leur famille car ils avaient eu besoin de cinq places autour de la table. Elle était solide, alors il leur avait suffi de poser un stratifié dessus afin de cacher les rayures causées par des lames qu'ils utilisaient pour couper le papier hectographique sans prendre la peine de mettre un tapis en dessous. Cette pièce était carrée et rudimentaire, faite de parpaings et de longues fenêtres situées en hauteur.

Il y régnait un calme que Gus appréciait, surtout quand son esprit devenait trop bruyant.

— Un phénix d'inspiration russe, marmonna-t-il en regardant ce qu'il avait griffonné avant de jeter un œil aux recherches qu'il avait effectuées. Seigneur, pourquoi veut-il se faire tatouer cette pièce sur le bras ? Ça aurait été dément sur son dos.

— Tu te parles encore tout seul ?

La voix de Bear brisa la tempête silencieuse qui grondait dans son cerveau et Gus leva brusquement la tête, surpris par cette intrusion. Souriant, son grand frère le rejoignit à table, retournant une chaise pour s'asseoir à califourchon dessus.

— Tu pourrais t'asseoir comme tout le monde, de temps en temps, fit remarquer Gus en indiquant le dos de la chaise avec son crayon. Ou encore mieux, ne pas entrer dans cette pièce. J'essaie de travailler.

— Tu as dessiné le même bec trois fois de suite. Et il ne s'arrange pas.

Bear regarda ses éléments de référence.

— Pourquoi ne prends-tu pas une pause ?

— Premièrement, je dois commencer par le bec ou bien mon dessin devient bizarre quand j'arrive à l'arrière de son crâne, expliqua Gus.

Même si ça lui faisait mal de l'admettre, Bear avait raison. Le bec du phénix était difforme. Il reprit les documents des mains de Bear, les retourna et observa les formes qu'il aimait. En levant brièvement les yeux, il croisa le regard inquiet de son grand frère et sourit.

— Deuxièmement, oui, j'ai contacté les avocats et Jules, mais j'ai été obligé de leur laisser un message. Je n'ai plus qu'à attendre leur appel. Et troisièmement, je n'ai pas envie de parler de Rey.

— C'est marrant comme tu termines toujours ta liste par les choses qui te perturbent le plus, remarqua Bear, son humour atténuant le grondement de sa voix. Tu t'inquiètes plus au sujet de Rey que des avocats ?

C'était frustrant d'avoir un frère qui savait lire dans les pensées. Le plus difficile était de ne pas oser contrarier cet homme au naturel sympathique et raisonnable. Gus ne cherchait même plus à le faire, surtout depuis que Bear avait menacé de l'attraper par le crâne pour faire ressortir sa cervelle par ses oreilles. En observant les mains énormes de son frère, il avait décidé de se conformer aux règles établies par Bear et c'était une décision qu'il n'avait jamais regrettée.

— Les parents de Jules ont engagé des avocats, mais que peuvent-ils me reprocher ? De gagner ma vie en réalisant des tatouages ? Jules fait la même chose, dit-il en haussant les épaules avant de poser son crayon. Je n'ai pas mon propre chez moi, mais elle vit chez ses parents. Je vis avec toi et Ivo. Mon dossier de délinquance juvénile est scellé, alors ils ne peuvent pas l'utiliser contre moi. La seule chose sur laquelle ils peuvent s'attarder, c'est... *maman*.

Le chagrin n'était pas loin, à la limite du contrôle exercé fragilement par Gus. Sa mère lui avait légué davantage que ses yeux et sa négligence. Elle lui avait volé beaucoup d'instants de sa vie, mais les derniers agissements de Mélanie Scott lui avaient laissé des cicatrices qu'il ne pourrait jamais dissimuler, encore moins ignorer. Son cœur, son âme et son esprit étaient recouverts de chéloïdes, inhérentes au legs brutal d'une femme si égoïste qu'elle ne supportait pas l'idée de perdre le contrôle de quelque chose – ou quelqu'un – qu'elle pensait posséder.

S'adossant à sa chaise, Gus poussa un long soupir, puis leva la tête vers le plafond. Ses frères partageaient les mêmes traits que lui, des formes similaires qu'il voyait dans le miroir, mais une partie de lui – qui geignait et souffrait – cherchait *toujours* son propre visage dans la foule.

— Pourquoi cherchent-ils des informations sur toi? demanda Bear, l'arrêtant dans ses pensées. Peut-être parce que tu es de retour en ville?

— Parce que je veux le voir. Je lui ai dit que je voulais le voir.

Il baissa les yeux sur Bear, se souvenant du silence à l'autre bout du fil lors de sa dernière conversation avec Jules.

— Je ne veux pas le voir seulement deux heures par-ci et trois heures par-là. Je veux des week-ends entiers et les dessins animés du samedi matin. Je veux pouvoir faire des trucs de père avec lui. Comme jouer au ballon et tout ce que ça englobe.

— Je ne pense pas que les dessins animés du samedi matin existent encore, Goose, dit Bear avant de croiser les bras sur le dos de sa chaise, se pencher et poser son menton sur ses avant-bras. Maintenant, je crois qu'on regarde le même film d'animation huit fois de suite jusqu'à ce qu'on ait envie de se planter des baguettes dans les oreilles.

— Je vais avoir besoin d'aide, Bear.

La peur le submergea, plantant ses ongles aiguisés dans ses pensées.

— Bon sang, je ne devrais peut-être pas...

— Tu ne devrais peut-être pas quoi? Aller de l'avant? l'interrompit Bear en levant un sourcil, mais l'esquisse d'un sourire se cachait sous sa barbe taillée. Nous sommes là, Gus. Peu importe ce qui se passe, nous sommes là. Tu n'es pas seul et tu n'es pas comme ta mère. Il faut que tu

79

ailles chercher au fond de toi-même ce qui t'a manqué pendant ton enfance, parce que c'est ce dont Chris va avoir besoin. Et tu sais quoi? Tu vas faire des erreurs.

— Waouh, merci pour les encouragements. Si tu pouvais essayer de ne pas me mettre un coup au moral.

— Tu ne comprends pas ce que je suis en train de te dire, continua Bear en tapotant la table. Tu vas faire des erreurs comme tout le monde en a fait avant toi et en fera après toi. J'ai fait de mon mieux pour vous élever, mais j'ai parfois dû faire marche arrière pour m'excuser parce que je m'étais trompé. La première chose que j'ai apprise, c'est que si je faisais une erreur, je devais m'excuser. Parce que si je peux m'excuser, alors vous aussi. Tu vas devoir être un modèle, Gus, parce que Chris va t'observer davantage qu'il ne va t'écouter.

— Alors pourquoi Ivo porte-t-il des talons et des robes? demanda Gus, perplexe. Ce n'est pas à la maison qu'il a vu ça.

— Parce qu'il a envie d'en porter, répondit son frère, ses larges épaules coupant les rayons du soleil lorsqu'il les haussa. Parce que ses vêtements ne sont pas plus importants que la personne qu'il est. Il aime les talons. Il aime les jupes. Beaucoup de monde porte un jugement sur lui par rapport à la manière dont il s'habille parce qu'il n'essaie pas d'être féminin, il *aime* juste porter ce genre de pièces. Mais il a un mental assez fort pour ne pas chercher à entrer dans des cases. Ivo est… Ivo. Tout comme tu es toi. Et Chris sera Chris. Le fait que ton petit frère porte des talons te pose-t-il vraiment un problème?

— Je ne sais pas. Oui, au départ, quand il est arrivé pour la première fois à la maison. Je voulais qu'il soit moins bizarre. Mais aujourd'hui, je frapperai la première personne qui lui ferait une réflexion. Je pense que c'est une question d'habitude.

— Des habitudes que tu vas devoir oublier parce que tu ne sais pas quelle personne va devenir ton fils. Si tu critiques quelque chose – une personne ou ce qu'elle fait –, ton fils va croire que c'est mal. Tu ne vaudras alors pas mieux que les personnes qui te traitent de tafiole ou pensent que tu ne vaux rien dès qu'elles voient tes tatouages. N'adopte pas la mentalité des personnes contre lesquelles tu te bats, Gus, et fais de ton mieux pour que ton fils ne te craigne pas, car ce que tu tournes en ridicule et dénigres pourrait constituer son identité.

— Vais-je devoir arrêter de taquiner Ivo quand il porte des jupes d'écolière? demanda Gus en souriant.

— Oui, ce serait bien, murmura Bear. Parce que je préfère qu'il porte cette jupe plutôt qu'il s'ouvre les veines afin que la douleur puisse s'échapper de son corps.

— Oui. Je comprends.

Gus ne pouvait qu'être d'accord, surtout quand ça concernait leur cadet. Il poussa un soupir et joua avec le bout de son crayon, le bec difforme de son phénix oublié.

— Promets-moi seulement que tu seras présent pour m'aider à faire le moins d'erreurs possible, parce que je ne sais pas si tu l'as remarqué, mais je ne suis pas doué pour les excuses.

— Oui, je l'avais remarqué.

Cette fois, le sourire de Bear était amusé.

— Maintenant, explique-moi quelle est la place de Rey dans tout ça. Où en êtes-vous ?

— Où en sommes-nous ? Au même stade qu'avant cette course-poursuite sur le quai. Nulle part. Rey n'a pas sa place dans cette histoire. Dans rien du tout.

Bear l'observa pendant un long moment, certainement pour décrypter chaque mot qu'il venait de prononcer et en sortir la vérité. Il se mordilla la lèvre inférieure, soupira, puis dit :

— Est-il au courant que tu es toujours amoureux de lui ?

— Non et je ne peux pas l'être, Bear, répondit Gus en secouant la tête, refusant de succomber au flot d'émotion qui le gagnait. Il se passe trop de choses dans ma vie et il est… je ne suis pas ce dont il a envie. Ce dont il a *besoin*. C'est toujours la même rengaine. Rien n'a changé. Et je ne veux pas que ça change parce que je refuse de m'investir dans une nouvelle histoire avec lui pour qu'elle finisse en ruines. La première fois m'a suffi, Bear. Si je me fais avoir une deuxième fois, ça voudra dire que je n'ai tiré aucune leçon de ce que ma mère a essayé de me faire.

81

# VIII

LA PEUR était une garce.

Elle volait l'assurance d'un homme, lui prenait tout. Elle le faisait parfois à travers des murmures, ébranlant sa capacité à penser et fissurant ses certitudes. Parfois, elle frappait avec la puissance d'un tsunami, absorbant la force d'un homme pour s'en nourrir, puis déchaînant sa fureur dans son esprit, le vidant de toute raison jusqu'à ce qu'il ne puisse plus respirer.

La peur était l'amie de la Mort, écourtant le temps de vie d'un homme en mettant des obstacles sur son chemin, tel un assemblage fragile de mauvaises décisions mêlées à des moments de panique et de désespoir.

On pouvait tenir la peur à distance grâce aux rituels et à la répétition. Chaque fois qu'il revêtait sa tenue de feu, Rey gardait en tête la discipline qu'on lui avait inculquée et l'entraînement rigoureux qu'il avait reçu. Passer une porte en sachant qu'un incendie faisait rage de l'autre côté avait de quoi attaquer la détermination d'un homme, laissant le champ libre à la peur pour s'infiltrer en lui et l'arracher à son monde.

Mason se trouvait à sa gauche, évoluant à l'intérieur du labyrinthe de couloirs et d'appartements bizarrement construits dans un ancien bâtiment de Chinatown. Par endroit, les murs étaient droits, mais d'autres étaient inclinés, provoquant des vortex de chaleur et de cendres quand les flammes trouvaient une vieille couche de papier peint particulièrement alléchante et des meubles en bois aggloméré. S'efforçant de respirer normalement, Rey contourna Mason, son masque cognant contre un morceau de porte dont la peinture bullait sous l'effet des flammes envahissantes. Leur équipement était encombrant, un poids lourd distribué aussi justement que possible sur leur corps, mais il valait mieux être mal à l'aise que de mourir, chose que Rey n'oubliait pas de rappeler à Mace chaque fois qu'ils attachaient tout ce dont ils avaient besoin pour sécuriser un étage.

Suivre l'équipe qui utilisait la lance à incendie pendant un ratissage était difficile. Le bâtiment était ancien et son système de gicleurs automatiques était défectueux, à en croire l'un des résidents qu'ils avaient extirpé d'un studio au rez-de-chaussée. Alimenté par un buffet de combustibles logés dans les murs extérieurs en brique, le feu se déchaînait autour d'eux, des boules étincelantes bondissant d'un mur à l'autre. La cage d'escalier était impraticable, ayant été la première à être ravagée par les flammes, et les escaliers de secours extérieurs étaient infranchissables à partir d'un certain niveau.

Ils avaient investi les lieux avant que le premier étage soit totalement submergé par l'incendie, espérant pouvoir dégager tous les résidents piégés dans les trois niveaux supérieurs du bâtiment. Une nacelle attendait au niveau de la fenêtre cassée qui se trouvait au bout du couloir, prête à accueillir les personnes qu'ils trouveraient. Murphy, leur nouvelle recrue, réalisa le premier sauvetage de la journée, installant une vieille dame frêle et ses trois chats dans la nacelle après avoir bataillé pour faire entrer les félins dans deux cages. Les jurons de la vieille dame le suivirent jusque dans le bâtiment alors qu'elle sermonnait le jeune homme aux taches de rousseur pour l'avoir forcée à sortir alors qu'elle n'était pas encore prête.

— Nous lui devons une bière ! cria Mason à travers la radio.

— Est-il assez vieux pour boire ? demanda Rey en riant tout en continuant de ratisser l'appartement. Rien à signaler dans la pièce arrière.

— Crawford, Montenegro, au rapport.

La voix de leur chef grésilla à travers leur casque, éclatant dans les tympans de Rey.

— Combien vous reste-t-il de pièces à vérifier ? demanda-t-elle.

— Nous sommes à mi-chemin, répondit Mason, jaugeant le sol près d'une plaque de plâtre qui s'émiettait. Le sol est instable. Les binômes d'extinction sont en train d'éteindre le feu. De notre côté, il nous reste environ trois appartements à vérifier. Devons-nous…

Un bruit se fit entendre, assez léger, mais il perça la cacophonie qui entourait Rey. Celui-ci coupa sa radio, resta immobile et tendit l'oreille. Le casque étouffait certains sons et en amplifiait d'autres, projetant parfois des échos jusqu'à ce qu'il ne puisse plus s'orienter. Se tenir dans le silence d'une tempête de feu crépitante pouvait sembler étrange, mais une belle quiétude se dégageait de ces flammes affamées et une urgence se manifestait par le temps qui s'écoulait et l'adrénaline qui coulait dans ses veines. Pour la plupart des personnes, un incendie était un fait accompli, mais ce n'était pas le cas pour les individus insensés qui perçaient sa défense pour le repousser jusqu'à ce qu'il capitule.

Le bruit se fit à nouveau entendre, assez fort pour l'attirer vers la prochaine porte du couloir. Ils avaient investi les lieux sans vraiment réfléchir à la manière dont ils allaient en sortir, envoyant une petite prière au saint qui était d'astreinte au paradis. La poignée ne tourna pas lorsque Rey l'actionna, puis il baissa brusquement la tête lorsque des flammes s'élevèrent sur sa gauche.

— Mace! Rey! Nous allons nous retirer! cria Stevens, leur responsable, à travers la radio. Avez-vous terminé?

— Je vais enfoncer une porte! grommela Rey en guise de réponse.

Il se tourna et tapa Mace sur l'épaule avant que son ami s'éloigne trop.

— Je crois avoir entendu quelque chose. J'ai besoin d'une cale en bois.

— Ils nous demandent de sortir… attends… Stevens nous autorise à entrer, résonna la voix de Mace, ses lèvres remuant sous son casque. Je couvre tes arrières. Nous avons…

La voix de Mace fut étouffée par l'effondrement des dalles au plafond, juste au-dessus de leur tête. De la fumée stagnait dans le couloir, bloquée par le manque de courants d'air et le feu se déplaça, enflammant un morceau de plâtre qui pendait. La peur fit son apparition, marmonnant son chant funèbre, mais Rey la repoussa et se fia seulement à la confiance qu'il avait en Mace. Personne n'était plus doué que son meilleur ami dans leur équipe. Mace avait promis de le protéger, alors il pouvait enfoncer la porte et entrer dans le studio.

Oubliant tout ce qui l'entourait sauf le crochet qu'il avait entre les mains, Rey en coinça une extrémité dans l'encadrement de la porte. Le rythme de sa respiration à travers l'ARI s'intensifia, telle une mélodie d'inspirations trop rapides. Ses muscles brûlèrent quand il exerça une pression sur l'outil, puis il fit basculer son poids, enfonçant le crochet au niveau de la serrure. Ses épaules se crispèrent et ses mains faillirent glisser du manche.

— Nous allons devoir utiliser le seau à incendie, annonça Mace. L'échelle se trouve de l'autre côté de la brèche. Ils vont la déplacer.

— J'y suis presque, grogna Rey.

Il appuya, faisant peser tout son poids sur la barre et sourit derrière son masque quand la cornière céda. La douleur dans ses épaules promettait de futurs hématomes, mais un second mouvement brusque donna assez d'espace à Rey pour enfoncer le crochet afin de tirer.

Le chambranle de la porte crissa, dévoilant un solin métallique qui se plia sous la pression exercée, sa couverture en métal ondulant et se décrochant de la serrure. Après un instant qui parut durer une éternité, la poignée sauta, volant dans le couloir pour rejoindre les flammes. De la fumée s'échappait par la porte d'entrée enfoncée, plus claire que les panaches de fumée noire qui sortaient du plafond. Mace bloqua la porte avec une cale, plaçant le lourd morceau de bois correctement. De l'eau se mit à jaillir dans le couloir qui se trouvait derrière eux, Stevens marchant le long du tapis déjà humide avec une lance d'incendie coincée contre ses côtes.

Ils avaient passé un nombre d'heures incalculable à s'entraîner et combattre ensemble, une plongée éreintante et pénible au sein du danger et de l'épuisement. Quand le feu approcha de Rey, celui-ci essaya de mettre ses propres pensées en sourdine afin de se concentrer sur les geignements qu'il avait entendus, portés par les courants d'air soulevant des tourbillons de cendres jaune-orangé. La peur l'obsédait. Elle était sur ses talons, mais il n'avait pas le temps de s'en préoccuper alors que les cendres et la fumée menaçaient de laisser la Mort entrer.

— Au secours !

Le cri était faible, à peine audible avec le bruit du feu crépitant et de l'eau jaillissante, mais Rey l'entendit.

— *Je vous en prie.*

La pièce ressemblait à un four sans fenêtre, ses murs obscurcis par des colonnes de fumée roulant à travers la porte, la chaleur cherchant un air plus frais, espérant assouvir sa faim. À première vue, il devait s'agir d'un salon ou peut-être d'un studio, mais Rey n'arrivait pas à distinguer grand-chose. Un îlot faisant la hauteur d'un bar était installé contre le mur qui se trouvait près de la porte. Rey avança dans la pièce, respirant aussi calmement que possible pendant sa recherche.

Il sentit un courant d'air frais dans son dos et le feu déferla, se frayant un chemin à travers la plaque de plâtre qui se trouvait de l'autre côté de la pièce. En regardant à droite, il fut surpris de trouver les placards de la kitchenette renversés. Ils étaient probablement tombés sous le coup de la première explosion causée par une fuite de gaz qui avait eu lieu avant que leur équipe arrive sur place et coupe l'arrivée de gaz. Un système de ventilation traversait le mur en parpaings qui séparait ce minuscule appartement du couloir en ruines, des filets de fumée caressant ses lamelles. Il se demanda si cette ventilation avait porté le cri qu'il avait entendu jusqu'au couloir, mais cela n'avait pas d'importance. Il approcha des décombres et commença à pousser les débris d'une armoire à vaisselle, la partie supérieure du meuble coincée entre le comptoir du bar et le mur.

Un élément rose attira son regard ; puis un mouvement modifia les ombres, captant son attention. Enfin, le cri se fit entendre, faible, léger et clairement féminin.

— Mace !

Rey avança et un animal en peluche couina sous son pied quand il marcha dessus. Ce bruit ressemblait beaucoup au cri d'une femme, mais il n'avait pas imaginé cet appel à l'aide. Elle était là, sous ces placards. Elle bougea une nouvelle fois, offrant un aperçu de sa peau blanche animée par un tatouage représentant une envolée de coccinelles.

— Je l'ai trouvée ! On va avoir besoin de médecins !

Il commença à déblayer avec puissance et rapidité, écartant les débris jusqu'à ce que sa main se referme sur une peau douce. Hurlant à travers son micro pour appeler Mace, il creusa, jetant au loin l'argenterie, la vaisselle et les portes de placard brisées. Une ombre se dessina dans la fumée et Mason émergea de son voile gris argenté.

Il leur fallut une longue minute, voire deux, pour trouver le visage de cette personne. La femme avait une entaille sur la tempe, puis elle se mit à haleter et tousser quand ils voulurent la sortir des décombres. Elle était habillée de façon décontractée avec un pantalon de yoga et un débardeur qui dévoilait ses bras tatoués. Sa peau était humide, du sang coulant de chacune de ses entailles. Quand Rey souleva ce qu'il restait d'un placard afin de libérer son buste, elle se mit à crier, enfonçant ses doigts dans le biceps du pompier, sa jambe semblant se détacher de sa hanche. Elle fut alors prise d'une quinte de toux ainsi que de tremblements. Rey glissa son bras sous ses épaules, la soutenant lorsqu'elle perdit conscience.

— Vont-ils finir par ramener un brancard ? demanda Rey.

— Donne-le-moi, ordonna Mace à Stevens en passant un bras par-dessus le comptoir pour attraper le brancard qu'il tenait. Nous devons faire vite. Le deuxième étage est en train de s'écrouler. Le couloir est praticable. Nous avons le champ libre pour effectuer le transfert.

Ils lui rendirent sa respiration, puis l'installèrent sur le brancard pour pouvoir la faire descendre. Après avoir placé un masque sur son visage fin et dégagé, Rey la transporta jusqu'à la nacelle qui la mènerait aux secouristes. De la poussière recouvrait sa peau, gluante aux endroits où sa salive et son sang l'avaient collée, mais elle respirait normalement. Rey s'éloigna du monte-charge afin de retourner examiner les pièces de l'appartement que personne n'avait vérifiées, en compagnie de Mace. Cette décision mutuelle avait été prise sans prononcer un mot. Leurs grognements et le signe de tête de Rey en direction de la chambre avaient été amplement suffisants.

— Nous sommes au beau milieu de la journée. L'enfant est peut-être à l'école, dit Rey en continuant à inspecter l'appartement. Mais…

— Ça ne coûte rien de vérifier, concéda Mace. De toute manière, nous ne pouvons pas descendre pour le moment. La nacelle doit d'abord remonter.

Des jouets étaient étalés sur le sol et sous les placards. Des morceaux d'anneaux à empiler se trouvaient près d'une chaise renversée. Une assiette en plastique sur laquelle était dessiné un ourson en train de rire était posée sur le plan de travail de la cuisine avec une cuillère à manche épais pour lui tenir compagnie pendant que le brasier brûlait. Il entendit des conversations à travers sa radio et son attention se focalisa à la fois sur l'arrivée prochaine de la nacelle et la convergence de deux nouvelles équipes sur le site pour maîtriser l'incendie qu'il espérait en baisse d'intensité.

En dehors du salon et de la kitchenette, l'appartement ne comptait pas beaucoup de pièces, hormis une petite chambre avec une fenêtre avec simple vitrage et une salle de bains attenante minuscule. Mace examina le reste du salon pendant que Rey vérifiait la chambre, curieusement heureux de trouver le matelas posé sur un sommier à ressorts plutôt que sur un cadre de lit. Le placard était vide. Il entendait plein de voix dans sa radio. Puis Mace cria son prénom, troublant sa concentration et lui ordonnant de sortir.

— Rien à signaler ! répondit Rey en criant. J'évacue.

La fumée était plus épaisse à la sortie, mais les cendres étaient pâles, des flocons bleuâtres tachetant le masque qui protégeait son visage. Il était sur les lieux depuis trop longtemps, ce qui semblait être des heures, et son corps était en sueur sous sa tenue. Mace l'attendait à la porte de l'appartement gardée ouverte par une cale, son expression dissimulée derrière son masque, mais Rey sentait presque les vagues d'adrénaline qui se dégageaient du corps de son ami.

Le feu se propageait à travers l'espace ouvert et les pourchassait, mais Rey l'ignora, impatient de quitter ce bâtiment. À quelques mètres d'eux, une fenêtre extérieure vola en éclats, brisée par la hache d'une équipe de secours. De leur côté, Mace et Rey s'échappèrent par la fenêtre du couloir alors que les lances d'incendie commençaient à battre les flammes. Mace attrapa le bras de Rey pour le faire passer par-dessus le bord de la nacelle de transport.

Cherchant à tout prix de l'air frais, Rey arracha son masque dès qu'ils furent hors de danger. Il aspira de l'air chaud et cendreux, mais c'était agréable d'être libéré de son ARI. La nacelle toucha le sol quelques instants plus tard. Rey trébucha en la quittant, ses jambes vacillantes après avoir couru à travers le bâtiment. Chaque pas semblait ajouter un poids sur ses épaules, sa tenue de feu gouttant de l'intérieur à cause de sa sueur. Les bras et les jambes douloureuses, il s'effondra contre la carrosserie du camion de leur caserne, leur chef de garde faisant signe à son équipe de quitter la ligne de front. Une bouteille d'eau tiède tapa contre sa joue et Rey leva les yeux, l'attrapant des mains de Mace.

— Merci.

Sa gorge lui faisait mal. C'était toujours le cas après un incendie, malgré le matériel qu'ils utilisaient pour protéger leurs voies respiratoires. L'eau avait un goût aussi pollué que l'air cendré, mais elle soulagea suffisamment sa gorge pour qu'il se risque une nouvelle fois à parler.

— Nous devons toujours payer une bière à Murphy ?

— Pas aujourd'hui.

Mace se glissa près de lui, son regard fixé sur Stevens et un petit groupe de pompiers réunis autour d'un véhicule d'intervention. Il se racla la gorge et murmura :

— Murphy a été blessé. Il se trouvait de l'autre côté du mur quand une partie du deuxième étage s'est effondré. C'est Stevens qui me l'a dit. Il ne sait pas si le gamin a été gravement blessé, mais il était réactif. C'est déjà une bonne chose.

— Putain de merde.

Rey se laissa enfin rattraper par la peur, ses longues dents se plantant dans la chair de son cerveau, et il trembla, souhaitant que la bouteille d'eau qu'il tenait dans sa main contienne un liquide assez fort pour faire disparaître le goût amer et métallique qu'il avait dans la bouche. Murphy était une nouvelle recrue, arrivée si récemment que sa tenue était encore étincelante et propre, mais il avait été un atout précieux pour leur caserne et leur équipe.

— Quelle journée de merde, Mace. Carrément merdique.

— Je ne peux pas dire le contraire. Mais Murphy est entre de bonnes mains, alors il s'en sortira. Ils vont le remettre sur pieds et nous le renvoyer rapidement.

Après avoir bu sa bouteille, Mace écrasa le plastique et la transforma en boule.

— En rentrant à la maison, nous allons devoir parler de Gus, déclara Mace. Car si j'en crois le message qu'Ivo m'a envoyé pendant que nous étions dans ce brasier, j'ai deux frères qui n'hésiteraient pas à t'écorcher vif et à garnir leurs sushis de tes restes.

— SEIGNEUR, TON… *fichu*… frère.

Rey se tenait au centre du salon, dans l'appartement exigu qu'il partageait avec Mace à Chinatown, empêchant son meilleur ami de regarder la télévision.

— En fait, ce sont presque tous des connards, mais Gus, qu'il aille se faire voir.

— Il y a un match, dit Mason en indiquant l'écran avec la télécommande. J'essaie de le regarder. Je croyais que tu ne voulais pas discuter de Gus. *C'est bien trop enfantin. On en fait tout une histoire. Pas envie.* C'est ce que tu as dit, non ? Alors, maintenant, laisse-moi regarder le match.

— Ce fichu match est enregistré, répliqua Rey en tapant dans les pieds de son meilleur ami, les faisant tomber de la table basse. Ça fait au moins trois mois qu'il a été joué. Vérifie le résultat sur Internet si ça t'intéresse à ce point.

Il était 2 h du matin. Ils auraient dû être au lit, mais aucun d'eux n'arrivait à se détendre. Ils avaient fait une petite course-poursuite, torturant leurs corps meurtris pendant une dizaine de minutes afin de brûler leur surplus d'énergie, mais cela n'avait pas fonctionné. Après avoir pris leur douche et enfilé des vêtements confortables, ils s'étaient affalés sur le grand canapé en forme de L qu'ils avaient hérité de Bear et s'étaient mis d'accord pour boire de la bière et manger du *chow fun*.

Même s'il savait désormais que Murphy quitterait rapidement l'hôpital, l'esprit de Rey tournait toujours à mille à l'heure en pensant à Gus. Il réfléchissait au couinement du jouet sous son pied et à la peur à laquelle il avait refusé de succomber, le doute l'envahissant parce qu'ils n'avaient *pas* retrouvé d'enfant sur les lieux de l'incendie. Il n'arrivait pas à se raisonner. Ils étaient à la maison, épuisés et attendaient une livraison de nourriture cantonaise venant du restaurant qui se trouvait juste en bas de chez eux. Il y a moins d'une heure, il avait interrompu Mason quand son meilleur ami avait essayé de lui parler de Gus, mais ses pensées n'arrêtaient pas de revenir vers l'homme avec lequel il savait qu'il ne devrait pas s'investir.

On sonna à la porte avant que Mason puisse répliquer. Trente dollars et cinq minutes plus tard, ils étaient vautrés dans le canapé et avalaient des fourchettes de *chow fun* pendant que Mason jurait en regardant la fin du match enregistré. Il finit par éteindre la télévision, récupéra sa bière, puis invalida toutes les idées préconçues que Rey avait eues concernant les sentiments de son meilleur ami envers son petit frère.

— J'ai promis à Bear de te refaire le portrait si tu faisais du mal à Gus... *une nouvelle fois*. Je ne savais même pas que tu l'avais blessé une première fois, mais apparemment, tu l'as laissé dans un sale état. Selon Bear.

Mason but quelques gorgées de son India Pale Ale provenant de chez Finnegan, puis il posa sa bouteille sur un des cageots en bois installés de chaque côté du canapé.

— Je pensais que vous ne faisiez que batifoler. Quand tu l'as quitté, je me suis dit qu'il n'y avait pas mort d'homme. Maintenant, Bear me dit que ce n'est pas ce qui s'est passé.

— Que dit Gus? Parce que, dans mon souvenir, Bear ne partageait pas notre lit.

— Tu as raison. Je n'ai pas discuté avec Gus. Rey, tu sais que je t'aime *comme* un frère, mais Gus...

Mason tapota la partie de son bras où il s'était fait tatouer l'étoile fraternelle.

— Gus est mon petit frère. Il l'est depuis longtemps, mais c'est le bordel parce que tu es mon meilleur ami. Alors si tu veux me parler de ce qui se passe entre vous, je t'écoute. J'aime ce petit, mais je *sais* que c'est un crétin. Je n'apprécie pas que Bear me mette au milieu de vos histoires alors que j'ai beaucoup à perdre des deux côtés. Est-il *nécessaire* que je m'interpose entre vous ou êtes-vous en train de régler vos différends?

Récupérant une châtaigne d'eau dans ses nouilles presque terminées, Rey chercha par où commencer. Ses émotions étaient trop confuses, partagées entre le désir et la prudence. Croquant dans la chair tendre de la châtaigne, il réfléchit à ce qu'il voulait dire. Son esprit était embrouillé par Murphy, ainsi que par la femme qu'ils avaient sortie des décombres. La bière avait été une erreur. Il aurait dû prendre quelque chose de plus fort, un bourbon dont le degré d'alcool était assez élevé pour lui couper le souffle.

Comme avaient réussi à le faire les baisers de Gus.

— Je n'arrête pas de penser à cette femme. Celle que nous avons sauvée aujourd'hui. La dernière. Avec l'enfant que nous n'avons pas retrouvé.

— L'enfant n'était pas dans l'appartement, lui rappela Mason. La femme va bien. Elle est un peu amochée et va devoir porter un plâtre, mais elle va bien. Sa petite fille était à l'école. C'est une victoire, Rey. Pour quelle raison t'en soucies-tu encore?

— Parce que Gus a un enfant. Aussi idiot que cela puisse paraître, je n'arrête pas de l'imaginer dans cette cuisine. Sous ces fichus placards. Ce qui est totalement fou parce que je ne l'imagine pas une seconde en train de…

Rey cessa immédiatement de parler, détestant le chemin que prenaient ses pensées.

— Mon cerveau n'arrête pas de me répéter que Gus ne serait pas dans cet appartement en train de surveiller un enfant. Ce n'est pas son genre. Mais…

— Ce « mais » est rempli de sens, Rey, l'interrompit calmement Mason. Je ne vais pas te dire que Gus est un bon père et une bonne personne. Il n'a même pas encore vu l'enfant, mais c'est parce que la famille de la mère est… je pense qu'ils veulent être certains que Gus est une personne fiable. On ne peut pas leur en vouloir. Nous savons tous que ce n'est pas parce qu'un homme est le géniteur d'un enfant qu'il peut être son père. Ils ne vont pas lui faciliter la tâche, mais Gus est prêt à tout affronter.

— Il ne l'était pas pour moi.

Cette vérité le blessait encore. Rey n'avait pas assez compté aux yeux de Gus pour qu'il remette de l'ordre dans sa vie et peu importe les regrets qu'il avait éprouvés en laissant partir le jeune homme, il n'avait pas eu d'autre choix. S'il ne l'avait pas fait, il aurait été coincé dans une relation où l'amour était destructeur, comme celle que sa mère avait entretenue avec son père.

— Je n'étais pas une priorité pour Gus. Pas à cette époque. Alors je me suis dit qu'il ne serait pas chagriné d'apprendre que je voulais mettre un terme à notre histoire. J'avais l'impression qu'il n'en avait rien à faire, Mace. Bon sang, combien de fois est-il arrivé en retard à des rendez-vous importants ? Et quoi, j'aurais dû en rire ? Si je ne décide pas que je vaux mieux que ça, alors je demande qu'on me traite comme un moins que rien.

— Ça fait trois ans que tu aurais dû avoir cette conversation avec Gus, dit Mason.

— Nous avons eu cette conversation. Du moins, je pensais que nous l'avions eue.

Gus avait été debout face à lui et l'avait regardé, la lumière étincelant sur son visage, faisant ressortir la couleur argentée de ses yeux bleu clair. Son expression avait été rebelle, puis vide, comme si Rey n'existait plus pour lui.

— Je suis peut-être le seul à avoir suivi cette conversation. Je ne sais plus, Mace. Ce matin, il m'a balancé tout ça au visage. Juste après que... bon sang, il suscite toujours des émotions fortes chez moi. Je sais que c'est ton frère, mais il me rend dingue. Je ne me rappelle même pas la dernière fois où je l'ai vu et pourtant, ce matin... à la maison... dans la cuisine...

— Je ne veux pas savoir si vous avez baisé dans cette cuisine, l'arrêta son ami en secouant la tête, puis il récupéra sa bière. Écoute, vous êtes des adultes et que tu le veuilles ou non... enfin, *non*, vous n'êtes pas obligés de vous côtoyer, mais tu dois réfléchir à une chose : as-tu simplement envie de retrouver quelqu'un avec qui coucher ou es-tu vraiment amoureux de ce pauvre crétin ?

— Ce n'est pas si simple...

— C'est on ne peut plus simple, Rey.

Mason détourna les yeux et poussa un soupir.

— Gus... m'agace. Il possède toutes les qualités pour réussir et il gâche son potentiel. Il pourrait aller à l'école, en apprendre davantage sur l'art ou n'importe quoi d'autre. Il est terriblement intelligent, mais il avait toujours de mauvaises notes parce qu'il *s'ennuyait* en cours. Maintenant, il traîne à droite à gauche et vit au jour le jour comme un flemmard alors qu'il pourrait faire tellement mieux. Je sais qu'il n'est pas fainéant. Il a *peur*. Il est effrayé à l'idée de se lancer parce qu'il a peur d'échouer et c'est la faute de sa timbrée de mère. Elle l'a rendu comme ça. Parle-lui, Rey. Demande-lui comment il va. Et pour l'amour du ciel, écoute ce qu'il cache derrière ce caractère fort et son air fanfaron. Écoute-le *vraiment*.

— Jamais je n'aurais cru me retrouver assis sur un canapé à t'écouter me dire de tenter ma chance avec ton frère.

C'était la dernière chose à laquelle il s'était attendu de la part de Mason. Pourtant, les mots étaient bien là, telle une onde de choc qui venait de le renverser.

— Je pensais que tu serais la dernière personne à soutenir Gus, ajouta Rey.

— C'est là que tu as tort. Je suis son plus *grand* soutien. Personne ne souhaite autant que moi qu'il réussisse. Pas Bear. Pas Ivo. Pas même Saint Luke, déclara Mace en souriant avant de boire une gorgée de sa bière. Et si tu tentes à nouveau ta chance avec lui, mais que tu *finis* par le trahir, j'espère que tu seras toujours mon ami une fois que je t'aurai mis la raclée du siècle.

Le téléphone de Mason se mit à sonner avant que Rey puisse répondre. Ils se figèrent. Les appels avant l'aube n'étaient jamais de bon augure, surtout dans leur corps de métier. Quand Mace articula silencieusement « Bear », l'inquiétude de Rey ne fit que croître, allant puiser dans ses craintes liées au salon de tatouage, aux frères et à la folie de leur monde. Mace resta silencieux pendant une longue minute, son visage se décomposant au fil de l'appel.

— Non, sérieusement ? Que puis-je faire ? Avez-vous l'intention d'y aller ? demanda Mace en fronçant les sourcils.

Son meilleur ami leva les yeux, son regard inquiet rencontrant celui de Rey.

— Tu es certain ? Bon Dieu. Bear, nous n'étions pas au courant. Nous pensions que... tu parles d'une coïncidence. Et si nous passions à la maison demain après-midi ? ... D'accord, aujourd'hui, mais dans l'après-midi ? Oui, Rey sera avec moi. Non, c'est...

Il marqua une pause et observa Rey avec considération.

— Ça va bien se passer. Et si ça se passe mal, j'en assumerai la responsabilité. Nous arriverons vers 13 h. Penses-tu que ça lui laissera assez de temps ?

Un court instant passa, puis Mace hocha la tête.

— Très bien. À plus tard.

— Que se passe-t-il ? demanda Rey avant même que Mace ait posé son téléphone.

— Tout d'abord, nous avons des nouvelles de la femme que nous avons sauvée des flammes. C'était Jules Wagner... annonça Mace en jurant dans sa barbe. La mère du fils de Gus. Elle se trouvait dans l'appartement d'une amie à elle. Elle était passée chercher quelques affaires pour Chris, puis l'explosion a eu lieu. Bon sang. C'est complètement dingue. Nous devrions dormir un peu.

— Comment veux-tu que je dorme ? Nous avons secouru l'ex de... nous l'avons sortie d'un bâtiment en feu, Mace. Je ne vais jamais réussir à trouver le sommeil.

Il se frotta le visage, ses mains rêches contre ses joues.

— Et qu'allons-nous faire à 13 h ?

— Nous rendre chez Bear parce que Gus va rencontrer son fils demain matin et qu'il sera certainement dans un drôle d'état quand il rentrera à la maison.

Mason frappa la cuisse de Rey, faisant picoter sa peau sous son survêtement.

93

— Ce qui signifie que tu as moins de douze heures pour décider si tu as l'intention de reconnaître que tu es amoureux de Gus et peut-être le lui dire. Parce qu'en étant assis avec toi à te regarder parler de mon frère, je me rends compte que tu aimerais qu'il fasse partie de ta vie. Et connaissant Gus… vu son attitude… il est tout aussi épris de toi. Alors il serait temps de t'affirmer, Rey, car mon petit frère va avoir besoin de beaucoup de soutien et si tu n'as pas l'intention de t'impliquer dans cette histoire, renonce maintenant. Avant de le décevoir. Ainsi, aucun des membres de ma famille ne sera obligé de te mettre une raclée.

# IX

— ÇA VA aller, Goose. Ce n'est qu'un terrain neutre. Nous devons bien commencer quelque part, expliqua Luke en lui tapotant le dos. La nuit dernière a été éprouvante pour tout le monde. Même si Jules va bien, elle a eu la peur de sa vie. Ses parents aussi. Nous devons faire apparaître ton nom sur l'acte de naissance de Chris afin que tu puisses donner ton avis sur ce qui se passe dans sa vie. C'est une chose sur laquelle nous devons travailler. La famille de Jules ne cherche pas les problèmes, mais nous leur demandons de te laisser entrer dans leur vie. Garde ton calme et reste concentré sur Chris, d'accord ?

Il prononça d'autres mots qui furent noyés par des émotions trop éphémères pour que Gus puisse les nommer. Ils se trouvaient dans une pièce carrée peinte en vert kaki, dépourvue de tout confort et de toute chaleur. Elle ressemblait aux centaines de pièces dans lesquelles Gus s'était retrouvé quand il était plus jeune : les murs étaient recouverts de prospectus et une pile de jouets usés étaient rangés dans un panier à linge en plastique calé dans un coin. Les meubles étaient fonctionnels, accompagnés de quelques chaises en résine avec des pieds en métal, facilement empilables pour nettoyer la pièce. Seul un idiot plutôt naïf penserait que le panneau argenté installé le long du mur était autre chose qu'un miroir sans tain derrière lequel les gens pouvaient juger ce qui se passait à l'intérieur.

Il avait beaucoup été jugé à travers ce genre de miroir, casé dans une maison puis dans une autre, isolé de ses frères et traîné à travers un système rempli de formulaires, de tampons et de robots apathiques et insensibles. Gus savait ce que l'on ressentait en passant cette porte – d'ailleurs, il était possible qu'il ait franchi le seuil de celle-ci des années plus tôt – pour être confié au prochain assistant social sans visage qui pouvait lui promettre la lune tant qu'il faisait *l'effort* de ne pas faire l'imbécile dans sa prochaine famille d'accueil.

L'odeur de cet endroit le rendait malade. *L'idée* que Chris le rencontre dans une de ces pièces lui faisait mal au ventre. Il ne pouvait pas s'asseoir. Il avait essayé. S'installer sur une de ces chaises lui rappelait bien trop de souvenirs du temps où il s'était avachi dans une chaise similaire, rouge ou

95

bleu ciel, et avait voulu se faire aussi petit que possible pour que personne ne remarque sa présence.

Les gens se querellaient dans ces pièces – se battaient comme des chiffonniers –, mais ce n'était pas dans le but de bien agir pour l'enfant coincé sur cette chaise, trop effrayé pour bouger et trop en colère pour parler. Au lieu de ça, ils se disputaient et s'interrompaient les uns les autres en parlant des ressources financières et des placements à risque, ne voulant pas perdre une bonne famille d'accueil en leur confiant un enfant comme Gus. Combien de fois avait-il entendu qu'il était trop difficile à gérer pour telle ou telle famille ? Quand Bear, alors à peine majeur, était arrivé avec sa maison abîmée et ses liens de sang, les services sociaux avaient été heureux – reconnaissants, même – de le voir débarquer, malgré les années qu'ils avaient passées à refuser les multiples demandes des frères pour rester ensemble. Ils avaient mis une éternité à récupérer Ivo et, encore une fois, ils avaient dû livrer des batailles dans une pièce étroite et verte comme celle-ci.

— Nous aurions dû faire ça dehors. À la lumière du soleil, marmonna Gus en serrant le lapin en peluche qu'il avait apporté. Pas dans un trou à rats…

Il ne prononça pas le reste de sa phrase, se souvenant du miroir et des personnes qui pouvaient se trouver derrière. La mauvaise odeur métallique qui flottait dans l'air commençait à l'étouffer et le col de sa chemise menaçait de l'étrangler.

— Bon sang, Luke, je…

— Respire, Goose, le rassura son frère en posant une main sur son dos pour caresser la zone entre ses omoplates. Ce n'est pas un combat. N'oublie pas que nous sommes ici pour faire un premier pas. Ils t'ont appelé. Jules est d'accord. Ses parents sont d'accord. Nous sommes ici parce que Lynn – ne me regarde pas comme ça –, la *mère* de Jules, travaille ici et que c'est proche de l'hôpital. Elle peut amener Chris pendant que son mari tient compagnie à leur fille. Parmi les personnes que je connais, toutes celles qui ont travaillé avec Lynn disent qu'elle est gentille et qu'elle a un vrai sens de la justice. Il est temps de saisir ta chance, Gus, au lieu de rester tapi dans un coin à te morfondre. Tu vas très bien t'en sortir.

Le lapin était peut-être une mauvaise idée, mais il l'avait choisi parce qu'il était doux et souple, une chose qu'il aurait aimé avoir étant enfant. Il s'était habillé aussi soigneusement que possible, portant un jean noir et une chemise grise à manches longues avec des rayures bleues et fines. Il n'avait pas d'autres chaussures que ses bottes, mais elles étaient propres. Il les avait astiquées jusqu'à ce qu'elles brillent et nourries avec une crème à cirer. Bear s'était occupé de son rasage car les mains de Gus avaient tellement tremblé qu'il avait eu peur de se trancher la gorge.

La nuit dernière, quand le père de Jules l'avait appelé, son cœur avait cessé de battre en entendant Doug parler de l'incendie et des blessures de sa fille. Gus avait prononcé le prénom de Chris avant qu'il ait fini de parler et ses jambes s'étaient dérobées sous lui quand Doug lui avait annoncé que son fils allait bien. Un froid glacial s'était infiltré en lui, puis avait envahi son corps pendant que Doug continuait de le rassurer et que Bear attrapait le téléphone niché dans ses mains tremblantes. La voix rauque de son frère lui avait alors ordonné de se pencher en avant s'il ne voulait pas perdre connaissance. Le reste de la conversation avait été une longue série de questions posées par Bear et Doug y avait répondu de sa voix rocailleuse, mais indistincte à travers le haut-parleur du téléphone.

Gus avait vomi sur place, se vidant du contenu de son estomac sur le sol de la cuisine pendant qu'Ivo hurlait au chien de partir et que Bear préparait l'arrivée de Chris dans sa vie.

— Cette satanée pièce est bien trop petite. C'est…

Il prit une vive inspiration en entendant frapper à la porte et un nœud se forma dans sa gorge. La poignée tourna et les murs se refermèrent sur lui. Il n'était pas prêt. Il ne le serait jamais. L'énormité d'avoir un fils, qui plus est assez grand pour comprendre qui était Gus, l'oppressait. Il prit une grande bouffée d'air.

— Luke, je vais être…

— Épatant, termina Luke à sa place. Tu vas t'en sortir comme un chef. N'importe quel enfant serait chanceux de te compter dans sa vie.

— Je t'en prie, je ne me suis jamais *occupé* d'un enfant, marmonna-t-il.

Puis son monde changea pour toujours.

Les murs s'estompèrent, la couleur disparaissant de toute chose qui l'entourait, sauf du petit garçon que l'on poussait à entrer dans la pièce. Sa crinière bouclée et claire était presque blanche, avec des nuances dorées, et son regard incroyablement bleu brillait, contrastant avec son teint hâlé. Avec ses grosses joues et son petit nez, il ressemblait tellement à Ivo que le cœur de Gus se serra. Il était en train de parler, d'une voix douce et chantante, en disant qu'ils allaient acheter une glace plus tard et peut-être un chameau, son attention entièrement portée sur la femme d'un certain âge qui l'accompagnait. Ses All-Stars étaient dépareillées, une basket rouge à son pied gauche et une basket bleue à son pied droit. Il n'arrêtait pas de tirer sur l'ourlet de son tee-shirt noir Crossroads Gin, essayant de le rentrer dans son jean.

Quelques paroles furent échangées, des murmures entre Luke et cette femme, mais Gus ne les écoutait pas. Sa poitrine lui faisait *mal*, comme si elle avait encaissé un coup plus violent qu'elle ne pouvait le supporter. Ces yeux bleus se posèrent sur le visage de Gus et la bouche du petit garçon – des lèvres en forme d'arc qui ressemblaient tellement aux siennes – se transforma en un *sourire* qui lui était destiné ; Gus tomba amoureux.

Il s'accroupit et tendit le lapin vers Chris, puis déglutit difficilement quand son fils tendit une main pour le prendre, leurs doigts s'effleurant. Il repartit avant que Gus puisse le saluer, gazouillant des choses incompréhensibles à sa grand-mère avant qu'elle le positionne doucement face à Gus.

— Chris, mon chéri, qu'est-ce qu'on dit ?

Elle était douce, mais ferme. C'était une femme mince avec un air malicieux et des cheveux roux coupés courts, clairement trop jeune pour être grand-mère.

— Que dis-tu à ton père ?

— Nous allons acheter une glace, dit-il en marchant d'un pas lourd vers Gus, serrant le lapin contre lui, à l'envers, les longues oreilles tombant le long de ses cuisses. Plus tard. Pas maintenant. Mais plus tard.

— Il est un peu borné. Il n'aime pas qu'on lui dise non. Et il insiste pour s'habiller seul, alors pardonnez-nous pour son accoutrement. Nous avons du mal à lui retirer ce tee-shirt quand nous voulons le laver. Nous travaillons encore sur les bonnes manières, dit-elle avec un air triste.

— Oui, nous en sommes au même stade avec Gus, plaisanta Luke.

Gus voulut envoyer balader son frère, mais s'arrêta juste à temps.

— Il est grand, remarqua Luke.

— Nous nous demandions d'où il tenait sa taille, dit-elle alors que Chris montrait la queue du lapin à son père. Maintenant, on comprend mieux.

Lynn se pencha et posa une main sur l'épaule de Chris.

— Chéri, cet homme est ton père. Tu te souviens ? Nous avons parlé de lui. C'est comme Daddy…

— Daddy ? répéta Gus en levant les yeux vers elle.

— Mon mari. Chris l'appelle Daddy, dit-elle avant de pousser un léger soupir. C'est difficile de faire comprendre à un bébé ce qu'est un père. Pour lui, Doug est ce qui s'en rapproche le plus.

— Je prendrai la place que vous voudrez bien me donner, murmura Gus.

Puis il s'installa par terre. Chris se tourna vers lui, son sourire toujours aussi radieux et Gus tira sur l'oreille du lapin. Il avait envie de prendre le garçonnet dans ses bras, de le serrer contre lui et de ne jamais le laisser partir, mais tout cela était tellement frais et il ne… il ne méritait pas encore la confiance de ce petit garçon. Encore moins celle de sa grand-mère.

— Tu as de bons goûts musicaux, Chris. Et je ne savais même pas qu'ils vendaient des Converses aussi petites.

— Les chaussures de maman. Comme les miennes.

Chris leva son pied droit, puis leva son bras pour montrer le tatouage éphémère et un peu abîmé qui était collé sur le dos de sa main.

— Regarde mon poisson.

— Oh, petit bonhomme, il faut avoir au moins dix-huit ans pour se faire tatouer, le prévint Gus en riant.

Ils avaient les mêmes mains, leur index étant plus petit que le majeur et l'annulaire.

— Mais ce poisson est foutre… incroyablement beau. Waouh, tes doigts sont si petits.

— Oh, des voitures, s'exclama le garçon en tirant sur la chemise de Gus, le traînant vers le panier. Des voitures !

Ils jouèrent, fouillant dans le panier pour trouver des petites voitures en mauvais état et un jeu de construction en bois avec assez de pièces pour construire un garage et faire semblant d'être un pilote. Gus ne savait pas à quel moment il avait arrêté de retenir sa respiration. Cela avait peut-être eu lieu la première fois où Chris avait ri ou bien quand son fils lui avait tapoté délicatement les joues pour le consoler après sa défaite lors de leur fausse course de vitesse. Mais Gus avait mis un long moment à se rendre compte que sa poitrine n'était plus serrée et que ses tremblements avaient disparu. À un moment donné, les Converses avaient terminé aux pieds du lapin et Chris avait trouvé un livre dans le panier, rampé jusqu'aux jambes de Gus pour s'asseoir sur ses genoux et lui avait demandé de lui faire la lecture.

Chris avait l'odeur du shampoing à la pomme verte, mais aussi celle du petit garçon sale, un drôle de mélange doux et élémentaire qui lui manquerait une fois que l'enfant serait trop grand pour qu'on le porte. Tenant tendrement son fils dans ses bras, il savourait ce poids sur ses genoux et riait lorsque Chris décidait qu'il en avait assez et tournait la page avant que Gus ait le temps de la lire.

Cette parenthèse prit fin avant que Gus ait le temps de reprendre son souffle.

Ils avaient passé deux heures dans cette pièce, un moment trop court que Gus aurait aimé prolonger. Il n'avait pas envie de le lâcher. Il n'avait pas envie de se lever et de donner le lapin à Chris. Voir ce garçonnet prendre le lapin était déchirant, mais une vague d'amour le submergea lorsque Chris enroula ses bras autour de ses jambes, le lapin claquant contre les mollets de Gus. Après avoir récupéré les chaussures du petit pour les lui mettre, Gus se recroquevilla sur lui-même lorsque Lynn prit Chris dans ses bras, faisant reposer le poids de l'enfant sur sa hanche.

— Nous allons devoir prendre rendez-vous pour nous revoir.

Son air désolé se lisait sur son visage et Gus entendit l'hésitation dans sa voix.

— Nous aimerions qu'il apprenne à vous connaître, que vous fassiez partie de sa vie, mais…

— Vous ne me connaissez pas, intervint doucement Gus.

Luke se tenait derrière lui, en silence, telle une présence réconfortante.

— Je comprends. Sincèrement. Je me contenterai du temps que vous voudrez bien m'accorder. Évidemment, j'adorerais passer des week-ends entiers avec lui, mais c'est encore trop tôt. J'ai besoin de savoir ce que je fais, de remettre de l'ordre dans ma putain de vie – *merde. Désolé.*

— Il a entendu bien pire dans la bouche de sa mère, le rassura Lynn en riant. Nous essayons de lui apprendre les bonnes manières à elle aussi. Nous sommes trois. Nous pouvons faire en sorte que ça fonctionne. Je serai ravie que vous puissiez finir par l'accueillir chez vous. Jules a compris qu'elle aurait dû vous faire une place dans la vie de Chris depuis le début et je suis… nous sommes désolés que vous ayez manqué toutes ces années. Excusez-moi, mais je dois l'emmener chez le pédiatre. Il doit passer un examen pour pouvoir entrer à l'école maternelle.

Gus récupéra l'enveloppe qu'il avait glissée dans sa poche arrière.

— Je peux payer…

— Par terre ? demanda Chris en tendant une main vers lui.

Gus toucha la main de son fils en secouant la tête.

— Non. Par terre, ordonna Chris.

— Chéri, nous devons partir. Gus, vous devriez placer l'argent que vous mettez de côté pour lui sur un compte et le dépenser lorsque vous passerez du temps avec lui. Chris, ça suffit, dit-elle pour essayer de calmer les ardeurs de son petit-fils. Il grandit tellement vite. Nous allons devoir faire un emprunt pour investir dans ses chaussures.

— Merci de l'avoir amené, dit Luke en faisant signe à Chris pour lui dire au revoir.

L'enfant se penchait en arrière pour descendre, retenu par le bras de sa grand-mère.

— Je suis impatient de devenir tonton, ajouta-t-il.

— Je suis impatiente d'avoir plus de personnes qui nous soutiendront pour lui dire non quand il nous demande un poney, dit Lynn avec un sourire en coin, tout en remettant Chris en place. N'oubliez pas, Gus : non au poney et tout ira bien.

Quelques instants plus tard, la porte se referma, Luke et Gus se retrouvant seuls dans une pièce qui n'était plus illuminée par un bambin aux cheveux blond pâle avec des baskets dépareillées et l'autoritarisme d'Ivo. Il répondit au sourire de son frère par un sourire crispé, puis s'assit lourdement sur le sol en linoléum et dispersa le convoi de voitures en métal avec lesquelles ils avaient joué.

Il y avait trop de choses à assimiler. Il était responsable de ce petit garçon et sa vie était aussi chaotique qu'avant son départ, lorsqu'il avait fui la ville, ne supportant plus de voir Rey durant les fêtes organisées dans le jardin ou sur les talons de Mace quand ils passaient au salon. Il avait essayé de partir. Pendant deux ans et demi, il avait essayé, mais il revenait toujours à la maison. Seulement, un jour, il avait vu un sourire sur le visage de Rey et savoir qu'il n'en était pas la cause avait eu raison de lui. Ce voyage de six mois était le plus long laps de temps qu'il avait passée loin de sa famille, de Rey. Désormais, il devait réparer les liens qui s'étaient abîmés et effilochés au fil de ces longs mois.

— Comment vais-je pouvoir les aider à élever cet enfant alors que je n'arrive même pas à remettre de l'ordre dans ma propre vie ? Putain, Luke, je vais faire tellement d'erreurs, gémit-il en plongeant son visage dans ses mains. Des erreurs monumentales.

— Oui, ça risque d'arriver.

Son frère s'assit près de lui, enroula ses bras autour des épaules de Gus et l'étreignit fermement, le berçant doucement lorsqu'il réprima un sanglot.

— Mais tu vas être le meilleur père au monde, Goose. Parce que si l'un de nous mérite d'être aimé par ce petit garçon, c'est toi, frérot. C'est bien toi.

Rey avait juré qu'il ne s'y rendrait pas. 13 h sonna, le soleil de l'après-midi dissimulé par un léger crachin et un voile de gros nuages, mais il était resté à la maison pour faire toutes les choses sans intérêt qu'un adulte devait faire. Mason l'avait harcelé, amadoué, puis menacé gentiment pour qu'il l'accompagne à la maison, mais cette idée le mettait mal à l'aise.

Du moins, à cause des raisons pour lesquelles Mason voulait qu'il vienne.

À cause de celles pour lesquelles Rey voulait y aller.

Mais une heure après avoir sorti une pile de vêtements du sèche-linge, il se retrouva en train de faire le tour du pâté de maisons où habitaient les frères pour trouver une place.

Il était assez tard pour que la plupart des places de stationnement soient occupées. Le temps bruineux n'avait apparemment pas dissuadé les promeneurs de se rendre au parc qui se trouvait face à la maison, entraînant un flot de véhicules vers cette grande étendue de collines.

Enveloppée par de vieux arbres, la maison des frères se tenait dans les ombres du soir. C'était une ancienne bâtisse avec une structure solide et une élégance discrète. Bear l'avait restaurée minutieusement au fil des années. Rey avait donné un coup de main pour poser les bardeaux, les fixant sur la tourelle qui se trouvait à l'étage, puis avait failli se casser la jambe en tombant du toit quand on l'avait soudoyé pour aider à peindre une partie des moulures. Se tenant au bout de l'allée qui menait au vieux garage que personne n'utilisait pour ranger son véhicule, il écouta le raisonnement des voix masculines qui s'échappaient par les fenêtres ouvertes, des paroles indistinctes mêlées de tendresse et emballées dans un chœur de plaisanteries et de moqueries.

D'une certaine manière, ces hommes étaient sa famille. Il avait regardé grandir un Gus folâtre et malicieux qui avait gagné en maturité et était devenu grand et imposant, son visage ayant changé sans pour autant trahir la promesse de sa beauté adolescente. Rey avait été présent lorsque Bear avait ramené Ivo à la maison, un jeune garçon nerveux et réticent à l'idée de s'impliquer dans quoi que ce soit. Ivo s'était épanoui lorsque Luke les avait enfin rejoints. Rey avait ressenti un élan de regret et de jalousie quand les cinq frères s'étaient fait tatouer l'étoile qu'ils avaient dessinée ensemble.

Il savait que ses sentiments étaient hors de propos. Il avait une famille. Une mère qui avait rencontré un homme bien et s'était mariée avec lui, offrant une vie stable à Rey ainsi que la surprise d'une petite sœur. Aujourd'hui, c'était une jeune fille enjouée de huit ans. Il l'adorait et la kidnappait pour se rendre à Marin chaque fois qu'il en avait la possibilité. Il avait eu droit aux vacances avec des dîners formels, aux maisons remplies de membres de sa famille qui lui ressemblaient, parlaient comme lui et ne réglaient pas leurs comptes en public.

Les frères étaient compliqués, bruyants et parfois violents dans leurs propos. Ils étaient constamment en conflit, se disputant pour des affronts passés et des manques de respect présumés. Le sarcasme cinglant était parfois tempéré par la raison, quand Bear ou Luke était dans les parages, mais la plupart du temps régnait un combat d'égos et de personnalités.

Jusqu'à ce que chute l'un des leurs.

Aujourd'hui, Gus avait peut-être chuté, alors ils étaient tous réunis, consolidant leur défense et planifiant leur vengeance. Ce groupe de frères était uni par un lien que Rey ne comprenait pas, auquel il ne pouvait pas appartenir, mais qu'il enviait malgré tout.

Alors qu'il se tenait au bout de cette allée, Rey se demanda s'il ne ferait pas mieux de tourner les talons, de remonter en voiture et de s'éloigner avant que quelqu'un remarque sa présence. Il y réfléchit brièvement en faisant les cent pas tout en marmonnant. Puis une voix rauque appela son prénom, le surprenant.

Il avait entendu cette voix délicieuse prononcer son prénom dans ses souvenirs et dans ses rêves, rendue plus rauque par le désir ou plus faible par l'épuisement et le manque de souffle. Il avait léché chaque parcelle du corps bronzé et doré de cet homme, mordillé les lignes de ses tatouages, depuis le mot « rebelle » et l'étoile tremblante de ses cinq frères qui se trouvaient sur son avant-bras jusqu'au poisson coloré d'inspiration japonaise qui descendait le long de ses côtes. Rey connaissait le goût de la jouissance de Gus et savait combien sa peau était sensible à l'intérieur de sa cuisse. Mais il savait aussi que dans quelques jours, Gus retournerait à l'endroit où sa vie s'était brisée et regarderait fixement l'eau glacée et agitée, se demandant comment et pourquoi alors que personne ne pouvait lui apporter une réponse.

Puis il s'en irait, refusant de regarder derrière lui jusqu'à ce qu'une autre année passe et qu'il soit à nouveau attiré vers cet endroit, vers ce moment.

— Si tu cherches Mason, il est à l'intérieur, annonça Gus, à moitié caché par la voûte de branches qui couvraient l'allée étroite.

Il était assis sur un demi-mur assez large qui se trouvait à quelques mètres de la rue, adossé au mur de la maison, les talons de ses tennis plantés dans la brique mal peinte.

— Et si tu es venu pour me gueuler dessus, tu peux retourner d'où tu viens. Je n'ai pas besoin de ça aujourd'hui.

L'amertume dans la voix de Gus toucha profondément Rey, atténuant les quelques doutes qui persistaient encore dans son esprit. Gus souffrait. Rey pouvait le sentir. Quand il était blessé, Gus avait pour habitude de repousser les gens en s'en prenant à eux. Rey s'était souvent laissé duper. Mais Gus ne faisait que lancer une remarque cinglante pour cacher la peur qu'il ressentait dans son cœur. Du moins, Rey avait décidé de miser là-dessus.

— Je ne suis pas là pour te gueuler dessus, promit Rey, marchant doucement vers lui.

Le gravier n'était pas tassé, glissant sous ses chaussures quand il marchait. Il s'arrêta devant Gus, perçut une odeur sucrée dans son souffle, puis remarqua quelque chose de rouge au coin de sa bouche. Son pouce se posa à cet endroit avant que son cerveau comprenne qu'il était en train de toucher Gus, de sentir la chaleur de sa peau et une partie légèrement rugueuse de son menton qu'il avait oublié de raser. Alors qu'il était en train de lui caresser la joue, Gus tressaillit et les doigts de Rey se figèrent.

Ce mouvement de recul n'était pas nouveau. Pas avec Gus. Les mouvements brusques provoquaient un sursaut chez lui. À l'époque, Rey lui en avait voulu quand il baissait les cils et sursautait, de manière discrète, mais assez perceptible pour qu'il laisse retomber sa main. Il laissa son pouce au coin des lèvres de Gus, puis frotta cette tache rouge, souriant tristement quand elle refusa de disparaître.

— Cocktail de fruits ? demanda-t-il d'une voix douce en continuant sa caresse, traçant la lèvre inférieure de Gus avec son pouce.

Quelques jours plus tôt, il avait éprouvé une colère irrationnelle en discutant avec Gus, ce qui ne l'avait pas empêché de vouloir s'emparer de sa bouche et d'aspirer le souffle qui était actuellement en train de réchauffer sa paume.

— Sucette à la cerise, répondit Gus en redressant la tête, rompant presque leur contact.

Un voile défensif descendit sur son visage, défiant Rey de le contrarier.

— Qu'est-ce que tu veux ? demanda son ancien petit ami.

Gus ne s'était pas écarté, mais son regard gris clair s'assombrit, une tempête argentée se levant derrière ses longs cils noirs. Une quarantaine de centimètres les séparaient, l'air se réchauffant grâce à la proximité de leurs corps. Rey résista à l'envie de se glisser entre les jambes écartées de Gus pour le plaquer contre le mur et l'embrasser jusqu'à ce que la tristesse disparaisse de son regard méfiant.

— Seigneur, j'ai foutu notre histoire en l'air, murmura-t-il en prenant le visage de Gus dans le creux de sa paume.

Gus eut un autre sursaut, plus léger cette fois-ci, mais sa méfiance ne fit qu'accroître.

— Je m'en veux de t'avoir fait du mal, continua Rey. Au point que tu aies fini par avoir peur de moi. D'être touché par moi. Je suis désolé pour l'autre jour. Pour ce qui s'est passé il y a trois ans. Pour avoir tout foutu en l'air entre nous. Je suis désolé, chéri. Je…

— Je ne peux pas, Rey. Pas maintenant. J'ai un enfant. Un fils. Et je ne peux pas te laisser revenir vers moi, revenir dans ma vie, parce que je ne peux pas… je marche déjà sur une corde raide avec Chris. Je ne peux pas en gérer *deux*.

Gus plaqua une main sur la bouche de Rey pour l'empêcher de reprendre la parole, puis laissa retomber son bras avant de mettre un peu d'espace entre eux. Gus secoua la tête et ajouta d'une voix cassée et triste :

— Je ne peux pas passer mon temps à me demander si ce que je m'apprête à faire va te mettre sur les nerfs ou si ce que je m'apprête à ne *pas* faire pourrait te pousser à rompre avec moi. Tu m'as complètement détruit. D'accord, j'avais aussi ma part de responsabilité. J'ai aussi fait des erreurs. Mais aujourd'hui, je ne peux pas me permettre de décevoir mon fils. Il est ma priorité. Je dois…

— Je sais. Je comprends.

Contrairement à sa mère, Gus était prêt à faire des sacrifices pour son fils – comme la mère de Rey l'avait fait. Rey comprenait son combat. Il avait lui-même été témoin de ce dévouement, sa mère s'étant entièrement consacrée à lui durant les années qui avaient suivi le jour où son père avait fui l'incendie qu'il avait provoqué.

— Je te demande seulement de nous donner une chance, Gus. Nous finissons toujours par nous retrouver. Même quand nous essayons de nous éviter, nous sommes attirés l'un vers l'autre. Je pense à toi en parcourant un bâtiment sur le point de s'effondrer alors que je devrais me concentrer sur

105

ma mission. Essayer de ne *pas* penser à toi est la seule chose à laquelle je pense. Je ne suis pas parfait. Tu ne l'es pas non plus. Nos sentiments sont sincères. Nous avons aussi quelques problèmes – j'en ai conscience –, mais il semblerait que nous ayons besoin l'un de l'autre.

— Nous avons essayé, lui rappela Gus.

Ce coup délicat et douloureux avait été asséné par un poignard que Rey avait aiguisé quelques années plus tôt.

— Tu m'as détruit, Rey. Tu as décidé pour nous, pour *moi*, que je n'étais pas assez bien pour faire partie de ta vie. Je n'ai pas eu mon mot à dire. Je n'ai pas eu le *choix*. Tu as simplement pris la décision.

— Et j'en paierai le prix jusqu'à la fin de mes jours, Gus.

Le sentiment de frustration qui montait en lui atteignit son paroxysme et il perdit tout contrôle. Ses mains se posèrent sur les cuisses de Gus, empiétant sur un droit qu'on lui avait un jour accordé, mais qu'il avait perdu.

— Je n'arrête pas de te chercher au milieu de la nuit et tu n'es jamais là. Je me réveille en voulant te goûter. Même après trois ans, je te sens encore à l'intérieur de moi. Je me suis comporté comme un *crétin* et je veux tout arranger, réparer notre couple. Nous ne pouvons pas continuer à nous fuir, Gus, car nous finissons toujours par revenir au même point.

Leurs lèvres se rencontrèrent, même si Rey ignorait lequel d'entre eux s'était penché en premier. L'incendie qu'il avait traversé la veille – avec sa chaleur accablante et son contact mortel – lui semblait désormais tiède face au plaisir succulent qu'il ressentait lorsque la langue de Gus venait taquiner ses lèvres. Il gémit ou peut-être était-ce Gus ? Il n'en était pas certain, mais il s'installa entre les jambes de son ancien amant et glissa ses mains sur sa taille, ses doigts effleurant sa peau douce et ses hanches.

Le jean que Gus portait était fin, ancien et usé. Il était taché de peinture et de lasure, presque blanc au niveau des cuisses et déchiré à des endroits que Rey avait envie de lécher. Son sexe durcit en sentant l'érection de Gus lorsqu'il approfondit leur baiser. Il glissa ses doigts dans les cheveux blonds de l'artiste pour pouvoir l'attirer contre lui. Il se délecta du changement de saveur de la bouche de cet homme, qui passa de la cerise sucrée à la virilité érotique.

Le désir qui brûlait entre eux était indéniable, surtout quand Gus tremblait alors que la bouche de Rey descendait le long de son cou en le mordillant et le suçant. Les mains de Gus agrippèrent les épaules de Rey, pétrissant ses muscles, puis elles s'accrochèrent à sa nuque pour l'attirer dans un autre baiser vertigineux et époustouflant.

Habité par le désir, Rey fut surpris de sentir des paumes s'enfoncer dans sa poitrine et le repousser. À bout de souffle, Gus déglutit et tendit les bras pour l'empêcher d'approcher. Un froid tomba sur la chaleur qui était montée entre eux, l'air du soir devenant glacial. Rey recula, puis se balança d'avant en arrière. Débraillé, Gus passa une main dans ses cheveux, son regard à nouveau dur et méfiant.

— Que me répète toujours Ivo? « *Tu as le droit de dire non, Gus* ».

Sa voix était cassée et grâce à la faible lumière qui traversait les fenêtres du salon, Rey se rendit compte que le regard argenté de Gus était larmoyant.

— Alors, je vais te dire non, Rey. Oui, j'ai envie de toi. Dieu sait combien j'ai envie de toi, mais… *non*.

# X

— QU'ATTENDS-TU DE moi, Rey?

Ses regrets donnaient une pointe d'amertume à ses mots; Gus la sentait dans le fond de sa gorge.

Il voulait s'accrocher, enrouler ses bras autour de la taille de Rey et se lover contre lui. Cela faisait trop longtemps qu'il n'avait pas été enlacé par une autre personne que ses frères. Sans compter que leurs étreintes étaient brèves et furtives, assez fermes pour l'étouffer, mais terminées avant que la chaleur puisse atteindre la cavité glaciale qui se trouvait en lui.

Rey recula suffisamment pour que le froid s'installe, laissant l'air du soir combler le vide entre eux. C'était plus simple de regarder son ancien amant quand il était baigné dans une lumière faible et des ombres. Le visage de Rey avait quelque chose d'unique, une force par laquelle Gus avait toujours été attiré, une stabilité auprès de laquelle il avait adoré se réveiller. Rey exprimait ouvertement ses émotions, voguant au fil de ses passions et de ses colères avec élégance et fluidité. Quand son regard marron et doux devenait froid, ses mots se faisaient tranchants, rapportant avec une justesse terrible les faiblesses d'un argumentaire.

— Je ne sais pas. J'aimerais simplement que tu ne me détestes pas. Que tu puisses te confier à moi.

Cet aveu surprit Gus. Cela dut se lire sur son visage parce que Rey laissa échapper un rire court et plein d'auto-dérision qu'il accompagna d'un haussement d'épaules.

— Tout ce que j'ai dit et ressenti ces trois derniers jours… enfin, ces trois dernières années, ne tournait qu'autour de moi. Ce que *je* ressens. Ce qui *me* manque. Tu as raison. J'ai décidé pour nous. J'étais tellement obsédé par ma petite personne que je ne voyais pas que… en fait, je n'avais pas compris que nous étions tous les deux censés nous adapter à la vie de l'autre, pas seulement toi. Je n'ai réalisé qu'hier que je m'étais mal comporté à l'époque. Je n'étais pas amoureux de toi. Enfin, *si*, se corrigea-t-il en attrapant Gus avant qu'il puisse descendre du mur et s'en aller. Écoute-moi. *Je t'en supplie.* Je voulais que tu entres dans un moule qui ne te correspondait pas. Qui ne te *correspond* pas. J'étais amoureux de toi, mais tout devait se passer selon mes exigences. Tu ne m'as jamais demandé d'apprendre à tatouer quelqu'un ni de passer la nuit à errer entre plusieurs soirées. Je t'en voulais quand tu faisais ce genre de choses sans moi. Alors oui, j'étais amoureux de toi, mais je ne te *voyais* pas. Je ne *t'entendais* pas. Je ne *t'écoutais* pas. En tout cas, pas assez. Mais ce n'est *plus* le cas aujourd'hui, Gus. Je sais qu'en ce moment tu as mal et tu as peur. Beaucoup de parasites vont venir envahir ton esprit dans un jour ou deux et tu vas vouloir fuir, mais tu ne vas pas le faire. Tu es plus fort que ça et je suis désolé de ne pas avoir décelé cette force chez toi lorsque nous étions ensemble. Je suis désolé de ne pas avoir été assez fort pour arranger les choses entre nous. Tu as raison, j'ai tout gâché. Je me suis comporté comme un pauvre idiot et il ne se passe pas un jour sans que je le regrette. Tu mérites qu'on te choisisse. La question est de savoir si je vaux la peine d'être choisi par toi ?

Un nœud était en train de se former dans sa gorge, mais Gus réussit à marmonner :

— Aujourd'hui, j'ai rencontré mon fils pour la première fois et tu me fais ça ?

— Je n'en avais pas l'intention, répondit Rey en plongeant ses mains à l'intérieur de ses poches. Mais quand je t'ai vu, je n'ai pas pu faire autrement. Je suis toujours en colère. Blessé. C'est compliqué, mais en même temps, c'est tellement simple. J'ai fait ce qui était le mieux pour moi sans me demander si c'était ce qu'il y avait de mieux pour toi. Même si tu penses vraiment ce « non », je te devais une vraie explication.

Regarder ce qui se trouvait derrière Rey l'aida un peu. C'était un paysage familier qu'il avait vu changer et qu'il avait endommagé – il grimaçait encore en voyant le trou dans l'arbre qui se trouvait au bout de l'allée. C'était sa maison, sa première maison et il était assis sous une rangée de fenêtres à écouter la conversation feutrée de ses frères alors que le premier homme dont il était tombé amoureux appuyait sur des plaies qu'il ne voulait pas rouvrir.

La lumière était en train de déserter le ciel, transformant les gris en pourpres. Des pointes d'orange et de jaune apparaissaient alors que les lampadaires s'allumaient. Le parc qui se trouvait en haut de la colline était bruyant ; des chiens aboyaient le long d'un sentier et deux jeunes femmes portant un pantalon de yoga et des baskets colorées passèrent devant la maison en courant, se dirigeant vers une des entrées piétonnes du parc.

— Ils nous ont séparés.

Un couple accompagné de ses deux enfants passa devant la maison, mais Rey et lui se trouvaient derrière un bosquet, une cachette naturelle faite d'ombres, de courbes et de feuilles. Gus sourit en voyant la petite fille se dandiner sur l'allée en ciment, des clochettes tintant sur ses chaussures.

— Pas seulement Bear et Ivo, mais aussi Puck et moi. Ils nous ont tous séparés quand ils sont venus nous chercher chez maman.

— Je ne savais pas, reconnut Rey. Pourquoi ont-ils fait ça ?

— Parce que nous étions déjà considérés comme de la merde. Il y a une autre manière de le dire. Je ne sais plus quel mot ils utilisaient pour rester politiquement corrects, mais nous étions marqués au fer rouge avant même d'avoir intégré le système. Nous manquions les cours. Nous étions turbulents en classe. Notre mère était... notre putain de mère.

Il déglutit pour faire disparaître le nœud qui se formait dans sa gorge, une multitude de pièces et de chaises défilant dans son esprit.

— Je ne savais pas où étaient partis les autres. Ils ne te le disent pas. Tu te retrouves simplement séparé des personnes avec lesquelles tu es venu et personne ne répond à tes questions. Alors tu arrêtes d'en poser. J'ai été placé dans quatre familles d'accueil avant que ma mère... avant qu'elle réussisse à nous récupérer, Puck et moi. Je n'avais pas vu mon frère depuis une éternité, alors quand elle s'est garée devant mon école et que j'ai vu Puck installé à l'arrière de la voiture, je n'ai pas réfléchi une seconde avant de monter.

Les larmes menaçaient de couler et il cligna des yeux, refusant de s'effondrer.

— J'ai passé environ une heure avec mon frère avant qu'elle... enfin, tu sais. Après cet événement, c'est devenu plus difficile. Les assistants sociaux se disputent et te critiquent alors qu'ils sont juste en face de toi parce que tu n'es rien – je n'étais rien. Ce qu'ils disaient, ce que j'entendais, ça n'avait aucune importance puisque j'étais impuissant. Et je ne ressentais plus rien, avoua-t-il en haussant les épaules. Il y a des familles d'accueil qui... je ne sais pas quel mot ils utilisent, mais ce sont de *bonnes* familles. Celles auxquelles on confie un enfant parce qu'il a des chances de finir par être adopté ou tout du moins, choyé. Et les connards qui se trouvent dans ces pièces protègent ces putains de familles comme un trésor. D'accord, c'est peut-être le cas. En tout cas, je me retrouvais dans une pièce – qui pourrait bien être celle dans laquelle j'ai rencontré Chris – à *écouter* quatre assistants sociaux éplucher la liste des places disponibles et éliminer les familles que je ne méritais pas de rejoindre. Parce que… comment disaient-ils, déjà ? Je ne deviendrai qu'un paria qui n'apporterait rien à la société.

— Tu avais *huit* ans, dit Rey d'une voix cassée.

Il tendit une main vers Gus, mais s'arrêta quand celui-ci secoua la tête.

— Tu n'es *pas* un bon à rien…

— C'est là que tu te trompes. Je n'étais pas assez bien pour être placé dans une maison avec des personnes qui… avec une vraie famille. Je ne savais pas comment me comporter. Je ne savais pas comment parler correctement. Je n'allais pas à l'école. Je me bagarrais.

Gus prit le risque de toucher l'épaule de Rey, cherchant à s'ancrer dans la réalité grâce à la chaleur de sa peau.

— Ces familles d'accueil sont réservées aux enfants qui ont une chance de réussir. Ceux dont on entend parler dans les journaux parce qu'ils ont surmonté des épreuves difficiles dès leur plus jeune âge. Si quelque chose arrive à Jules, à ses parents, Chris devra traverser ces mêmes épreuves. À cause de *moi*. À cause de *ma mère*.

Il avait trop de larmes dans les yeux pour voir au-delà des feuilles et la nuit inondait doucement l'allée, les enveloppant dans l'obscurité.

— Quand tu as… *cette nuit-là*, tu m'as renvoyé dans cette pièce, Rey. Tu m'as planté sur cette foutue chaise, tu as parlé plus fort que moi et tu as pris des décisions concernant *ma* vie. Tu m'as exilé à la place que tu avais imaginée pour moi au lieu de chercher à comprendre ce dont j'avais besoin. Alors, pour l'instant, je dois dire non. Du moins, je ne peux pas dire oui parce que je ne suis pas certain que tu ne recommenceras pas.


— Il a *refusé* ma proposition, souffla Rey en essayant de rattraper son meilleur ami. Du moins, pour le moment. Le plus dur, c'est qu'il refuse de parler. Pas seulement avec moi, mais aussi avec vous.

— Tu as merdé.

La côte devenait de plus en plus raide, mais Mason continuait de la gravir comme si la route était plate, marchant à grandes enjambées. Il finit par jeter un coup d'œil par-dessus son épaule et ralentit pour que Rey puisse le rattraper, ce qui ne fit que l'exaspérer.

— Hier. Avant-hier. Il y a trois ans. Tu n'as jamais eu confiance en lui, reprit Mason. Pour ta défense, il n'est pas très fiable, même si c'est moins vrai aujourd'hui. Bon sang, Montenegro, devrais-je t'offrir un déambulateur ?

— Je te déteste.

Il avait mal aux côtes, même si c'était surtout dû à la chute dans les escaliers dont il avait été victime ce matin durant leur service.

— Je ne peux pas le faire.

— Tu ne peux pas faire quoi ? demanda Mason en se retournant, mais en continuant à courir en arrière. Parler de Gus ? Ou suivre mon rythme ?

Rey ralentit le pas et appuya sa main contre ses côtes. Elles lui faisaient mal à l'endroit où il avait cogné contre une poutre en manquant une marche durant une intervention matinale. La chute avait été courte, mais lui avait valu quelques hématomes. Mason s'arrêta et plissa les yeux en voyant son meilleur ami se tenir les côtes.

— Le docteur était-il vraiment d'accord pour que tu reprennes le travail ? demanda-t-il en soulevant le tee-shirt de Rey, puis il fronça les sourcils lorsque celui-ci le repoussa.

— Oui, il m'a autorisé à travailler. Et arrête de faire ta mère poule.

Mason laissa échapper un petit grognement, le faisant rire. Soudain, l'estomac de Rey gargouilla, leur rappelant que cela faisait plusieurs heures qu'ils avaient mangé un sandwich à la caserne.

— J'ai déjà une mère et, en effet, je n'ai pas envie de parler de ton frère alors que tu es en train de me mettre une raclée sur cette côte.

Rey n'était pas entré dans la maison et avait quitté Gus à l'extérieur, emportant sa saveur – et son odeur – jusque chez lui. La folie ou la compassion l'avait poussé à approcher de Gus, à lui toucher le visage alors qu'il aurait dû laisser une certaine distance entre eux afin qu'ils puissent discuter, respirer. Le chagrin sur le visage de son ancien amant l'avait ému et il avait caressé sa bouche avant même de se rendre compte qu'il avait envie de savourer le goût de la cerise sur sa langue. Il s'était promis d'aller doucement, de n'approcher Gus qu'après lui avoir parlé, mais en apercevant une lueur argentée dans l'obscurité, un ange déchu entouré par ses démons, Rey n'avait pas pu s'empêcher d'aller à sa rencontre, voulant faire apparaître un sourire sur ces lèvres qu'il avait envie de capturer.

Même s'il savait que ce n'était pas la bonne chose à faire.

Les deux hommes ne discutèrent pas avant d'atteindre le stand de tacos que Mason désigna comme la destination finale de leur course. Il partit commander leur repas tandis que Rey s'installait sur une des petites tables de pique-nique installées sur le patio. Il se glissa sur un banc et relâcha son corps pour détendre ses muscles crispés.

Il était tard, presque 22 h, mais le stand était encore en effervescence, une dizaine de personnes faisant la queue autour de la cabane peinte en orange fluo. Une petite femme d'origine vietnamienne gérait la caisse, passait commande aux deux hommes qui s'affairaient en cuisine avec leurs grils et leurs friteuses, puis servait des repas fraîchement cuisinés avec une poignée de serviettes en suggérant aux clients d'essayer la sauce salsa qui se trouvait sur la table des condiments, installée au bout de la cabane. Près d'elle, un jeune homme presque joli, qui pouvait être son frère ou même son fils, s'occupait des huit tables du patio ; il passait un coup du chiffon mouillé, qui était accroché à un passant de son pantalon cargo, sur les tables sales et servait de la sauce salsa quand un client en réclamait.

Comme le stand était installé dans un quartier multiethnique, les clients étaient de toutes origines. Certains étaient clairement affamés, si l'on se fiait aux cinq sachets de nourriture qu'un étudiant blond récupéra à l'endroit où sa commande avait été livrée. Des insectes voletaient autour des guirlandes à grosses ampoules accrochées au-dessus du patio, des bestioles aux grandes ailes livrant bataille aux filaments jaunes et brillants. L'air frais était agréable contre sa peau surchauffée. Rey réfléchissait à la possibilité de poser sa tête sur la table abîmée quand Mason le rejoignit.

— On dirait que tu as été renversé par un camion, dit Mace en glissant un plat de tacos devant Rey, ainsi qu'une barquette en aluminium de frites recouvertes de *carne asada*, de fromage et de *pico de gallo*. Le jeune homme va nous apporter des bouteilles de *horchata*.

— Tu viens juste de partir prendre notre commande, dit-il, perplexe. Et la file d'attente est longue.

Le *carne asada* crépitait, faisant fondre le fromage qui se trouvait en dessous. Rey en prit un morceau et souffla dessus pendant que ses doigts étaient en train de brûler.

— La propriétaire m'aime bien et je lui ai laissé un très bon pourboire.

Les boissons arrivèrent peu de temps après la nourriture. Mace suivit le serveur du regard lorsqu'il traversa la foule pour rejoindre la cabane.

— Mignon.

— Jeune, fit remarquer Rey en sortant une des fourchettes qu'il trouva dans la pile de serviettes étalées sur la table. Peut-être même assez jeune pour être encore au lycée.

— Non, il est à l'université. Il m'a dit qu'il étudiait la biologie, mais tu as raison, il est bien trop jeune pour moi, admit Mace. Mange. Ensuite, nous pourrons parler de Gus. Hier soir, tu es parti sans même venir nous saluer. Quand Gus est rentré, il est passé à côté de moi sans m'adresser un seul regard, puis il est directement monté à l'étage. As-tu été méchant avec lui? Ou a-t-il été méchant avec toi?

— Je ne sais pas.

Il fit la moue en regardant Mason.

— Arrête. Ce n'est pas simple. Je ne sais même pas ce que je suis en train de faire avec lui. Je suis passé à la maison parce que je pensais… je ne sais pas ce qui m'est passé par la tête. J'avais le sentiment qu'il aurait besoin d'une personne extérieure à laquelle se confier.

— Les confidences n'existent pas, fit remarquer Mace. Pas avec lui. Nous le harcelons tout le temps pour qu'il se livre. Enfin, je le harcèle. Bear et Luke le cajolent. Ivo se moque. Quant à Gus, il ne *parle* avec…

— Il me parle, l'interrompit Rey. As-tu déjà réfléchi à la possibilité que Gus puisse en avoir marre de se disputer avec toi?

— C'est mon *frère*, souligna Mason en plantant une fourchette dans les frites. Je suis *censé* me disputer avec lui. C'est une des règles de base dans une famille. Gus et moi nous comprenons parfaitement. La question est de savoir ce que tu comptes faire. Tu es passé à l'attaque. Vas-tu abandonner ou réessayer?

— Je n'en sais rien.

— Si tu veux mon avis, je préférerais que vous ne sortiez pas ensemble. Ma vie serait beaucoup plus simple, déclara Mace, la bouche pleine.

Il arrêta de parler, le temps d'avaler sa nourriture.

— Cela étant dit, il est différent. Il n'est plus le même que lors de son départ. Il est plus calme. Je pensais que c'était parce que le moment de l'année où il sort pour ruminer approchait, mais ce n'est pas le même calme. Je comprends que son frère lui manque, mais il doit faire son deuil. Il ne peut pas continuer à culpabiliser pour ce qui est arrivé ce jour-là.

— A-t-il déjà parlé de ce qui s'était passé avec toi? Concernant sa mère et son frère.

Le *horchata* était froid, assez frais pour lui faire mal aux dents, mais il descendit en douceur le long de sa gorge, laissant une pointe légère et crémeuse de cannelle dans sa bouche. Rey prit sa fourchette et poussa quelques frites, réfléchissant aux questions qu'il avait le droit de poser concernant le passé de Gus.

— Parle-t-il de Puck ? Il ne m'en a jamais parlé quand nous étions ensemble. Du moins, pas beaucoup.

— Il en parle peut-être avec Bear, répondit Mace en posant ses coudes sur la table. Probablement *pas* avec Ivo. *Certainement* pas avec moi. Pourquoi ? Il t'en a parlé ?

— Un peu, mais il n'a rien dit sur… hier soir, il a mentionné Puck pendant que nous discutions. Ça m'a fendu le cœur, Mace, avoua-t-il en posant sa fourchette. Maintenant qu'il a cet enfant – Chris –, je me demande s'il a peur de faire quelque chose qui…

— Sa mère était tarée. Non seulement elle avait des troubles mentaux – Dieu sait qu'elle était atteinte –, mais elle était brisée de l'intérieur. Bear n'était plus un enfant quand il a intégré leur famille. Il était assez âgé pour comprendre que même si on lui proposait de l'aide, Mélanie ne l'accepterait jamais. Elle *adorait* être paumée. Ça la rendait euphorique. Gus n'est pas comme ça.

— L'esprit de Gus est contaminé par sa mère, par les années qu'il a passées dans le système et même par son frère, dit Rey avant de soupirer en voyant Mace pousser le plat vers lui. Elle a essayé de les *tuer*. Enfin, elle a essayé de tuer Gus. Mais elle a *vraiment tué* Puck. Je ne veux même pas imaginer ce qui se passait dans la tête de cette femme.

— N'oublie pas que ton père a mis le feu à ta maison. C'est la même chose. Il a essayé de te tuer. La différence, c'est que tu avais une mère pour te protéger. Contrairement à Gus.

Mace détourna les yeux, mais pas avant que Rey aperçoive une pointe d'amertume sur son visage.

— Contrairement à nous tous, continua son meilleur ami. Aucun de nous n'avait… écoute, je ne vais pas pleurer sur ton épaule en te racontant à quel point c'était difficile d'être traîné de famille en famille. On te vole tes affaires ou elles finissent abandonnées quelque part car on te place dans une autre famille sans te ramener chez toi pour récupérer la boîte dans laquelle tu as rangé tout ce qui t'appartient. Quand tu déménages, tu te trimballes avec des sacs-poubelles qui contiennent des affaires que les gens ont jeté en se disant que tu devrais déjà être content de pouvoir porter leurs tee-shirts déchirés et tachés. Et parfois, *tu l'es*. Bear a eu de la chance. Il a vécu de longues années dans une famille correcte avant que ce chauffeur d'autocar se saoule et tue ses parents. D'accord, il a fini chez Mélanie, mais à ce moment-là, il était déjà devenu Bear. Gus n'as pas eu cette chance. Puck et Ivo non plus.

115

Mace but une longue gorgée, puis il posa la bouteille sur une serviette trempée par la condensation.

— Nous nous en sommes sortis. Du moins, nous sommes retombés sur nos pieds et nous vivons toujours ensemble. Au départ, nous avons peut-être créé un lien parce que nous sommes homosexuels et que c'est une vérité difficile à affronter quand on est complètement paumé. Ou bien ça a tout simplement collé entre nous. Mais nous allons bien. *Aujourd'hui*. Je sais que les gens ont du mal à comprendre notre relation, mais ce n'est pas grave. Je n'ai pas besoin qu'on valide ma relation avec chacun d'entre eux. Mais ce n'est peut-être pas le cas pour Gus. Avant, je pensais qu'Ivo était le plus paumé d'entre nous, mais comparé à Gus, il va bien. Ivo est simplement *bizarre* et je ne veux même pas *imaginer* tout ce qu'il a enduré.

Les côtes de Rey recommencèrent à lui faire mal et il s'étira, essayant d'atténuer la douleur. Ce mouvement permit de soulager ses côtes, mais ne fit pas disparaître le poids qu'il avait sur le cœur. Mace l'observait de son regard perçant, ne manquant pas la légère grimace que Rey ne put réprimer lorsqu'il se redressa. Il était fatigué. Ils l'étaient tous les deux. Aujourd'hui, leurs interventions avaient été courtes, avec de nombreuses fausses alertes, mais la dernière – les escaliers pourris et trempés qui s'effondraient – avait été brutale. Fouiller un appartement inondé pour trouver le chat d'une vieille dame aurait dû être une partie de plaisir, ce qui avait été le cas avant que le sol se dérobe sous ses pieds. Comme si la chute n'avait pas suffi, la vieille dame s'était plainte que son chat soit mouillé lorsque Rey était sorti en boitant, tenant un chat tigré très énervé dans ses bras pour le lui rendre.

— Je te rappelle que c'est toi qui as voulu courir, fit remarquer Mace en pointant sa fourchette vers le torse de son ami. Cette idée était stupide. Presqu'autant que celle de parler à Gus au lieu d'entrer dans la maison et d'attendre qu'il vienne vers toi.

— Merci pour ta franchise, répliqua Rey. Et il ne serait pas venu vers moi. Bon sang, il ne se confie pas à *vous* et tu penses qu'il viendrait se confier à *moi* ?

— Qu'attends-tu de lui, Rey ?

Entendre les mots de Gus dans la bouche de Mace était d'une ironie sans nom.

— Veux-tu qu'il fasse partie de ta vie ? Si oui, de quelle manière ? Il y a quelques jours, tu étais furieux contre lui parce qu'il se comportait comme... lui-même. Et tout d'un coup, c'est le monde des Bisounours.

— Non, ce n'est pas...

Rey se tut et fit le tri parmi toutes les émotions qui bouillonnaient en lui.

— Il m'a dit des choses l'autre jour, des choses qui m'ont touché. Je l'ai traité comme de la merde, Mace…

— Arrête tes conneries. J'étais là. Tu te conduisais très bien avec lui.

— Non, c'est *faux*.

Rey s'était réveillé au beau milieu de la nuit et avait ressassé les nombreux moments de colère qu'il avait vécus pendant sa relation avec Gus. Leur poids pesait sur ses épaules, ne faisant que croître à chaque souvenir.

— Je pensais m'être bien conduit. Je pensais… putain, toi et moi vivons presque la vie que je pensais un jour partager avec Gus. Il manque juste le sexe.

— Tu sais que je t'aime, mais…

— Bien sûr, pouffa Rey. Ça t'arrangerait que j'en pince pour toi. D'ailleurs, ce serait logique. Tu m'as sorti d'une maison en feu et qui me fait tourner la tête ? Ton petit frère, que je voulais façonner à mon image plutôt que de l'accepter comme il est.

— Autant demander à un crabe de voler, plaisanta Mace.

— Je ne dis pas qu'il… ce n'était pas le bon moment pour nous. Nos attentes étaient vraiment différentes. Nous ne savions pas comment exprimer ce que nous attendions chez un partenaire. Je m'énervais quand il avait une demi-heure de retard, oubliait que nous avions quelque chose de prévu, ne passait pas chercher ce que je lui avais demandé de récupérer. J'avais des attentes et n'importe quelle petite chose devenait une épreuve qu'il devait réussir. À la moindre erreur, je m'emportais contre lui et il s'éloignait un peu plus de moi. Tu as raison. Il y a trois ans, j'ai tout foutu en l'air et aujourd'hui, je ne peux pas renoncer.

Rey écarta le plat et se pencha en avant, prenant une vive inspiration quand la douleur dans ses côtes se réveilla.

— Gus ne se confie à personne, mais il avait *l'habitude* de se confier à moi, reprit-il. J'aurais dû me concentrer là-dessus plutôt que de compter les fois où il ne passait pas la barre que je lui avais fixé. Et au lieu de la baisser pour l'aider, je ne faisais que la monter plus haut parce que j'étais un vrai connard.

— Je suis certain que cette phrase était compréhensible dans ta petite tête, mais comment cela se traduit-il dans ta relation actuelle avec Gus ?

Mason abandonna les tacos, faisant signe à l'homme qui travaillait au comptoir pour lui demander de leur apporter une boîte afin d'emporter les restes.

— Il me manque, Mace. Terriblement. Il me faisait rire. Il est intrépide même quand il est saisi par le doute, il va de l'avant parce qu'il doit le faire. Je ne l'ai jamais reconnu, mais j'aurais dû le faire. J'adorais le regarder dessiner ou s'inspirer de documents pour composer le tatouage d'un client. Dans ces moments-là, il parlait. Bon sang, je n'arrivais même pas à le faire taire, dit-il en riant. Ça me manque aussi. De simplement passer du temps à ne rien faire avec lui. Je n'arrête pas de revenir vers *Gus*. Quand nous sortons en ville, personne ne lui arrive à la *cheville*. J'étais juste trop têtu pour le reconnaître. Aujourd'hui, il a besoin d'une personne pour le soutenir. D'accord, il peut compter sur vous, mais ce n'est pas la même chose. Pas s'il refuse de vous dire ce qui se passe dans sa tête.

Il soupira et se frotta le visage. Il le regretta immédiatement, la douleur passant de ses côtes vers sa chute de reins.

— Je vais essayer de reconquérir ton frère, déclara Rey en laissant retomber ses bras sur la table. Même si je n'y arrive pas, je veux qu'il sache qu'il peut compter sur moi. Il mérite de savoir à quel point il est *apprécié*. Que son amour mérite *tous* les sacrifices. Voilà ce que je veux, Mace. J'aimerais que ton frère sache qu'il est formidable et combien je suis reconnaissant qu'il soit en vie.

# XI

LES CRIS étaient horribles. Ils étaient perçants, terrifiants et raisonnaient à travers tout le quartier dans un chœur surprenant, presque assez fort pour déclencher l'alarme des voitures qui se trouvaient aux alentours. La scène était épouvantable. Rey ne savait pas combien de temps il allait encore pouvoir tenir. Le pire était l'âne. *Mon Dieu*, ce pauvre âne, avec son derrière arraché et ses pattes déchiquetées par ce qui semblait être des milliers de couteaux. Pourtant, personne n'avait encore trouver la cible.

— Bon sang, je ne vois pas ce qu'il y a de compliqué à attacher une queue sur un âne en papier mâché, marmonna Rey depuis son perchoir relativement sécurisé sur la terrasse arrière de leur maison familiale.

Il fit la grimace lorsque sa sœur, Sarah, se mit à crier et danser quand l'un de ses amis, qui avait un bandeau sur les yeux, planta sa punaise sur le flanc de l'animal.

— C'est une licorne, le corrigea sa mère. Une fois que quelqu'un lui aura rendu sa queue, ça deviendra une piñata. Le thème de la fête est la licorne. Même si tu refuses de porter une corne.

— Chaque enfant en porte une, selon les ordres de ta sœur, dit son beau-père en tapotant la corne gonflable attachée à son front par un élastique fin et tendu.

Les trois autres parents qui avaient été manipulés pour venir surveiller les enfants en portaient une, mais lorsque Rey avait posé les yeux sur cet accessoire scabreux, il avait immédiatement passé son tour.

— Où est passé ton acolyte ? demanda son beau-père. Ce n'est pas dans ses habitudes de refuser de la nourriture gratuite.

— J'ai essayé de le traîner jusqu'ici, mais il avait prévu quelque chose avec ses frères.

Rey avait gentiment refusé de donner un coup de main à Mace et ses frères pour poser des pavés dans le jardin arrière de la maison, mais il avait promis de passer chez eux une fois que la fête de sa sœur serait terminée.

— Je passerai les voir tout à l'heure. Je suis certain qu'ils accepteront chaleureusement les restes de gâteaux dont vous pourrez leur faire don.

Histoire que ça ne reste pas ici, bien sûr. Car si tu manges tous les restes, maman te tueras.

Sa mère s'arrêta en haut des marches qui menaient à la grande pelouse verdoyante désormais couverte de confetti, de chaussures abandonnées et d'emballages de cupcakes. Rey savait exactement ce qu'elle allait dire avant même qu'elle ouvre la bouche. Son visage prenait une expression particulière et ses lèvres s'entrouvraient légèrement quand elle était sur le point de se mêler de sa vie personnelle.

— Ce ne sont pas vraiment ses frères. Pas comme Sarah est ta sœur. Je ne comprends pas pourquoi Mason continue de se rendre chez ces gens alors qu'il n'a aucun lien avec eux.

Ces paroles étaient dites sans malice, mais condamnaient tout de même la famille de Mason, fabriquée de toutes pièces. Le cri perçant de Sarah fut bientôt accompagné par une explosion d'encouragements alors qu'une fillette d'origine hispanique hurlait de joie en tapant sur le derrière de l'animal, son bandeau glissant sur son nez.

— Donna, intervint son beau-père. Rey est mon enfant, comme Sarah. En me mariant avec toi, j'ai gagné un fils. Mace n'a simplement pas eu besoin d'épouser quelqu'un pour faire partie d'une famille.

— Je trouve ça bizarre. Le mariage est un cas particulier. Tu ne peux pas simplement décider qu'une personne est ton frère.

Elle attrapa la corne de licorne dorée et gonflable qu'elle avait laissée sur une table et ajusta l'élastique autour de sa tête.

— Mince, ils ont réussi à lui mettre sa queue. Je vais aller leur dire d'aller jouer dans la piscine. Ensuite, nous pourrons faire la piñata. Vous deux, ne bougez pas d'ici tant que la viande hachée n'est pas sur le barbecue. Ne vous échappez pas dans la maison pour jouer aux jeux vidéo. Vous avez une seule mission : mettre de la viande sur ces petits pains.

Elle se précipita vers le jardin, ne réalisant ou ne se souciant pas d'avoir donné un coup de massue à son fils avec l'impertinence de ses mots.

Rey ne l'avait pas corrigée. Cela n'aurait servi à rien. Sa mère arrangeait son propre monde en remplaçant des mots par d'autres jusqu'à ce que ça lui convienne. Mace était son meilleur ami, une relation qu'elle pouvait mettre dans une boîte et ranger sur une étagère, comprenant la manière dont ils étaient liés. Mais dès qu'on ajoutait l'un de ses frères dans l'histoire, elle réfutait leurs liens familiaux.

Et parfois, Rey avait l'impression que sa mère le rejetait par la même occasion.

De temps en temps, elle le blessait par sa négligence. Ses affirmations ébranlaient Rey car elle ne comprenait pas comment une partie de la vie de son fils, dans laquelle elle ne tenait aucun rôle, pouvait avoir forgé son identité. Même si Bear l'avait sauvée d'une maison en feu, elle refusait de dire que Mace était son frère. Elle préférait dire qu'il était l'ami de Bear, alors même qu'elle lui offrait un cupcake aux deux chocolats avec une garniture aux noix de pécan grillées pour le remercier.

Rey ne lui avait jamais parlé de sa relation avec Gus, bien que Randy soit au courant et qu'elle ait certainement quelques soupçons. Il ne savait pas s'il aurait supporté qu'elle refuse d'approuver la famille dans laquelle Gus s'était épanoui. À l'époque, Gus avait dit que ce n'était pas grave, mais Rey avait culpabilisé de garder leur relation secrète en disant qu'il n'était qu'un *ami*.

La prochaine fois – si Gus acceptait qu'il y en ait une –, les choses seraient différentes. D'ailleurs, pensa-t-il en regardant sa mère convertir le nettoyage du jardin en nouveau jeu, il devait changer les choses dès maintenant.

— C'est le chaos, voilà ce que c'est, murmura son beau-père quand sa mère rejoignit les enfants sur la pelouse, faisant retomber la tension qui avait envahi Rey. Quelle personne saine d'esprit invite une foule d'enfants de huit ans à une fête d'anniversaire ?

— Le type avec une piscine qui cherche à prouver quelque chose aux autres parents ?

Rey observa le groupe d'enfants qui criaient et vérifia s'il ne restait aucun invité dans la piscine.

— Avoue que tu m'as seulement invité parce que je connais les gestes de premiers secours et que tu ne voulais pas que quelqu'un se noie.

— Non seulement ça, mais tu es aussi passé chercher les énormes sucettes en forme de tourbillons, répondit Randy en levant sa bouteille de racinette pour le saluer, se laissant glisser plus profondément dans son fauteuil. Parce que si cette fête manque bien de quelque chose, c'est de sucre.

Ils avaient parcouru un long chemin depuis l'incendie, surtout Rey et sa mère, Donna. Quelques années après la tentative de meurtre du père de Rey, elle était tombée amoureuse de Randy, le propriétaire d'un garage automobile qui lui était venu en aide lorsqu'un de ses pneus avait crevé sur l'autoroute. Robuste et généreux, il l'avait non seulement séduite, mais aussi aidée à reprendre sa vie en main. Il n'avait pas sourcillé en apprenant

121

que Rey était homosexuel et avait grondé de plaisir quand sa femme était revenue du cabinet médical en lui annonçant une grossesse inattendue sur le tard.

Aucun d'eux n'avait prévu d'avoir un enfant, mais Sarah était quand même arrivée, aussi vibrante et expansive que son père. Randy avait abordé le rôle de père comme il le faisait pour tout le reste : avec bonne humeur et simplicité. Après avoir grandi pendant des années auprès de son père, Rey avait eu du mal à savoir ce qu'il devait faire de cet homme à la barbe poivre et sel qui riait tout le temps et avait pris une si grande place dans leur vie, mais il *l'appréciait*. Surtout quand Randy souriait à sa femme et que le regard de sa mère se mettait à étinceler de bonheur.

— Génial, encore plus de sucre, ironisa Rey.

Il tourna les yeux vers son beau-père. Randy était en forme. C'était un bloc de muscles avec des gènes de Viking et un rire tonitruant, mais il avait un peu minci, se rendant chaque matin à la salle de sport avant d'aller au travail.

— Comment se passe le régime ?

— J'ai envie de fromage et de bacon. Sérieusement, as-tu la moindre idée du nombre de cheeseburgers que je mangeais en une semaine ? Maintenant, ce sont des salades, du poulet grillé et du saumon fumé, dit Randy dans un rire, en tapotant son ventre plat. Mais pour suivre le rythme d'une femme canon et d'une jeune fille, je dois faire des sacrifices.

— C'est de ma mère dont tu parles, s'esclaffa Rey. Aucun homme ne veut entendre dire que sa mère est canon.

— Elle a de bons gènes et n'était encore qu'une enfant quand elle t'a eu. Crois-tu vraiment que je me range sur le bas-côté pour n'importe quelle femme avec un pneu crevé alors qu'il pleut à verse ?

— Évidemment, répondit Rey. C'est la raison pour laquelle elle t'a épousé.

— Bon, d'accord, il faut être un connard pour ne pas s'arrêter, mais si une femme – ou un homme – te tape dans l'œil alors que tu roules à 80 km/h, ça veut dire qu'elle est canon.

Randy se redressa sur son fauteuil pour le faire reculer jusqu'à ce qu'il soit à l'ombre de la toile tendue sur une grande partie de la terrasse.

— Je vais bientôt avoir soixante ans, mais j'ai une fille de huit ans qui déborde d'énergie et une femme séduisante qui gagne sa vie en préparant des gâteaux. Tu n'imagines pas combien c'est dur pour un homme comme moi de se rendre à un entraînement de foot ou à un cours de danse. Les autres pères ont à peu près ton âge et je préfère mourir que de voir un hipster barbu m'appeler Papy Noël alors que ma fille est en train de mettre une raclée à son enfant sur le terrain.

— Papy Noël? Sérieusement?

Rey le regarda avec un sourire amusé et Randy lui lança un regard chagriné.

— Je laisserai bien pousser ma barbe, juste pour voir ce que ça donne, songea Randy en passant une main sur sa barbe parfaitement taillée. Après avoir entendu la remarque de cet homme, j'ai décidé d'arrêter le bacon et je me suis rendu dans cet endroit qui fabrique des piñata afin d'offrir un bel anniversaire à Duckie pour avoir fait mordre la poussière au gardien de l'équipe adverse.

— Est-elle encore d'accord pour que vous l'appeliez Duckie? Elle a huit ans, tu sais.

Rey étendit ses jambes, s'appuya contre le bras du fauteuil, puis se déplaça lorsque la structure s'enfonça dans ses côtes, à l'endroit où ses hématomes guérissaient encore.

— Elle est presque adulte. Du moins, c'est ce qu'elle m'a dit. Puis elle a commencé à me parler de son premier soutien-gorge et mon cerveau a court-circuité.

— Les femmes portent des soutien-gorge, fiston, souligna Randy. Tu ne peux pas faire l'autruche chaque fois qu'elles parlent de leurs sous-vêtements.

— Si maman me demandait d'aller lui en acheter un, je le ferai. Mais je ne suis pas encore prêt à faire un deuxième voyage pour en acheter un à ma petite sœur. Elle porte encore une combinaison panda pour dormir.

— Oui, tout comme ta mère, sauf que la sienne est un hamster.

Rey fut pris d'une quinte de toux, masquée par le rire de Randy. Ce dernier posa sa bouteille sur la terrasse, se pencha en avant et lui tapota le haut du dos.

— Bon sang, je t'aime tellement, gamin, dit son beau-père. Il faut que tu te détendes.

— Espèce de crétin, haleta Rey en reprenant son souffle.

Son dos et ses côtes lui faisaient mal, provoquant une douleur lancinante.

— Seigneur, Randy. Ne tue pas le seul invité qui sait comment réanimer les gens.

— Tu vas t'en sortir. Contente-toi de respirer, dit Randy en lui frottant le dos. Ce n'est pas aujourd'hui que tu réaliseras des gestes de premiers secours. Comme si quelqu'un allait prendre le risque de s'attirer les foudres de ta mère en se noyant pendant une fête sur le thème de la licorne.

Ils restèrent assis à regarder les enfants danser, gigoter et crier en se dirigeant vers la piscine. Sa mère se tenait près du grand bassin et discutait avec une femme qui portait un jean et avait attaché une corne gonflable de chaque côté de sa tête. Leurs corps étaient tournés vers l'étendue d'eau, leurs yeux observant constamment la piscine agitée. Randy avait raison. Au fil des années qui s'étaient écoulées depuis le jour où leur vie avait repris à zéro, le temps n'avait eu aucun effet sur le visage et le corps de sa mère. Après lui avoir donné naissance alors qu'elle était encore au lycée, puis avoir bataillé pour joindre les deux bouts alors que son mari s'auto-détruisait, sa mère *méritait* d'être heureuse. C'était juste ironique de voir qu'elle avait trouvé le bonheur en construisant une nouvelle famille tout en refusant d'admettre que Mace puisse connaître ce même bonheur.

— Elle finira par changer d'avis, murmura Randy d'une voix basse et rassurante. Il faut lui laisser du temps. Elle n'est pas toujours d'accord avec moi, mais elle fait des efforts. Ta mère *fait de son mieux*. Et elle t'aime profondément.

— Je l'aime aussi.

Il se mordit la lèvre, se redressant brusquement lorsque sa sœur plongea dans le grand bassin et faillit heurter un enfant.

— Bon sang. Comment fais-tu pour ne pas avoir une crise cardiaque ? Ils sont pires que des félins. Gus va devenir fou avant que Chris fête ses cinq ans. Mince. Je ne t'ai toujours pas parlé de Gus.

Randy resta silencieux un moment, puis il se racla la gorge.

— Qui est Chris ?

— Bien. Parlons de Chris.

Rey se lança dans une explication brève tout en regardant sa mère qui surveillait la piscine avec son adjointe à deux cornes. Il ne mentionna pas la conversation qu'il avait eue avec Gus pour exprimer sa volonté de recoller les morceaux entre eux, mais il lui expliqua qu'il avait sauvé Jules lors d'un incendie et que la mère de celle-ci avait organisé une première rencontre entre Chris et son père dans un bureau des services sociaux qui se trouvait près de l'hôpital.

— Voilà la situation actuelle des choses.

— Ce petit garçon, commença Randy en hésitant. Il est…

— Né prématurément. Elle est tombée enceinte la nuit où nous…

Il s'arrêta immédiatement.

— Je n'arrête pas d'y penser comme à la nuit où *nous* avons rompu alors que c'est moi qui lui ai claqué la porte au nez. Nous en avons discuté. Le jour où il a rencontré Chris – ça fait déjà cinq jours –, je me suis rendu chez eux. Quand je suis arrivé, Gus était dehors et j'ai mal géré la situation. Je l'ai revu depuis. Que ce soit au salon ou bien chez Bear, pendant une longue minute, mais il part toujours avant que je puisse lui parler.

Rey soupira.

— Je fais tout mon possible pour reconstruire quelque chose avec lui, mais peut-être que nous ne sommes pas *faits* l'un pour l'autre. Peut-être que je me trompe en voulant qu'il me donne une autre chance.

— Tu veux un conseil? demanda son beau-père en faisant signe à Sarah, qui avait cessé de jouer un instant pour lui sourire. De la part d'un vieil homme qui s'est subitement retrouvé avec une femme et une enfant au moment où il s'y attendait le moins?

— Randy, tu es ce qui se rapproche le plus d'un père pour moi, dit Rey en levant son verre de soda. J'écouterai tous les conseils que tu pourras me donner. Surtout s'ils concernent ma mère ou la manière dont je peux gérer les erreurs que je fais avec Gus.

— En fait, ta relation avec Gus ressemble beaucoup à ma relation avec Donna.

Il leva une main quand Rey pouffa de rire.

— Écoute-moi. La situation est similaire. Il y a des choses que vous aimez et que vous partagez, mais parfois, vos différences vous semblent insurmontables. Fiston, l'être humain est comme un puzzle en trois dimensions. Il y a des personnes avec lesquelles ça colle sur deux côtés, sur trois côtés et pour les autres… les crétins… ça ne colle pas du tout. Enfin, il y a celles avec lesquelles ça colle presque parfaitement. Ce sont elles que tu dois chérir. Les personnes que tu finiras par épouser ou par considérer comme des frères. Ces relations sont fluides, mais il y a toujours des petits détails qui pèchent et paraissent difficiles à surmonter ou ignorer. C'est alors que le vrai travail commence.

— Oui, confirma Rey. La dernière fois, j'ai fui ce travail. Je n'ai fait aucun effort. C'était une erreur. Du moins, c'est mon impression.

— Alors c'est probablement vrai, continua Randy. Maintenant, vous devez décider si votre relation vaut la peine d'être sauvée. C'est la partie la plus difficile. Prenons l'exemple de ta mère. Je l'aime, mais elle ne comprend pas comment fonctionne la famille de Mace. Elle ne les déteste pas. D'ailleurs, elle apprécie certains d'entre eux, mais elle ne comprend pas la force de leur lien. Le fait qu'ils soient *frères*. Selon elle, si deux personnes ne partagent pas le même sang, ils ne sont pas de la même famille, ce qui est idiot quand on voit que toi et moi n'avons aucun lien biologique, mais que nous sommes en train de regarder des personnes que nous aimons dans le jardin d'une maison dans laquelle tu n'as pas grandi. Selon moi, ça fait de toi et moi une famille. N'est-ce pas ?

— Oui, même si vous ne m'avez pas donné le frère que je voulais, dit-il en désignant sa sœur d'un signe de tête. Mais elle fera l'affaire.

— Je dois dire que je suis attaché à notre Duckie, dit Randy en riant. Je vais faire de mon mieux pour faire comprendre à ta mère qu'une famille ne se constitue pas seulement par le mariage et le lien du sang. Elle sait que tu es homosexuel. Elle le comprend de manière *théorique*. Mais jusqu'ici, elle n'a pas été confrontée à ce que cela signifie pour elle, même si elle devrait y réfléchir. Un jour, tu vas nous présenter un homme – peut-être Gus, peut-être un autre –, puis vous vous marierez et vous voudrez peut-être des enfants. Bon sang, Gus est déjà fourni avec un bébé. Mais vos enfants ne partageront pas un lien biologique avec vous deux et ta mère va devoir se faire à l'idée d'avoir un petit-enfant qui pourrait ne *pas* partager son sang. Ça va certainement lui prendre un certain temps et il est possible qu'elle fasse des erreurs en chemin, mais elle finira par l'accepter. Finalement, ta mère ne veut que ton bonheur et pour cela, elle devra aimer toutes les personnes que *tu* aimes.

— Et pour Gus ? demanda Rey en jetant un œil vers son beau-père. Que suis-je censé faire ? Je ne sais même pas par où commencer.

— Commence par lui montrer de quelle manière vous vous correspondez, dit Randy en attrapant sa racinette. Ensuite, prouve-lui que tu es prêt à faire des compromis quand il est question de vos différences. Ta mère et moi ne sommes pas d'accord sur tout. Ce n'est le cas de personne, mais ça ne veut pas dire que nous n'allons pas tenir le coup jusqu'à ce que la mort nous sépare. Personne n'est parfait. Et si tu décides d'attendre cette pièce de puzzle qui te correspond parfaitement, alors tu mourras seul sans avoir jamais connu l'amour. Gus n'est pas irréprochable, mais c'est un bon garçon, une personne sur laquelle tu peux compter pour les choses importantes. Il connaît l'importance de la famille et de l'amour, ce qu'il y a de plus essentiel. Maintenant…

Randy se leva et lança une corne à Rey.

— Gonfle-moi cette corne, accroche-la sur ta tête et allons nourrir ces monstres avant qu'ils dévorent ta mère. Parce que si cette fête ne termine pas dans les annales comme ayant été la meilleure fête du monde avec des licornes, toi et moi allons devoir rendre des comptes à nos petites femmes.


— ATTENTION AUX mains ! siffla Ivo en retirant ses doigts lorsque Gus posa deux briques sur la grille. J'ai rendez-vous ce soir et ma cliente a la peau lâche.

— Je n'ai même pas posé ces briques près de toi, crétin, répliqua Gus en le regardant avec lassitude. Comme si tu étais le seul à travailler. Bear et moi nous occupons de beaucoup plus de clients à la peau lâche que toi, étant donné que tu les aimes jeunes et fermes.

— Ces mots sonneraient tellement mal aux oreilles de quelqu'un qui ne vous connaît pas, intervint Luke en riant tout en transportant une brouette remplie de sable vers l'endroit où Gus et Ivo posaient les derniers pavés.

Il renversa le sable sur la bâche et fit demi-tour.

— Ivo, arrête de toucher à la bordure et attrape une pelle pendant que je vais chercher une autre brouette de sable. Nous devons juste remplir les trous et tasser.

— Tu parles comme si tu maîtrisais le sujet, s'esclaffa leur petit frère. Nous faisons ça après avoir regardé une seule vidéo.

— J'ai le Guide entre les mains ! Obéissez au Guide !

Se dressant au-dessus d'eux sur la terrasse arrière de la maison, Bear soulevait un gros manuel dont les bords avaient été abîmés par des années d'utilisation.

— Même si, en effet, nous avons aussi regardé une vidéo, continua Bear. Maintenant, Ivo, étale-moi ce sable avec une pelle. Terminez, puis nous pourrons griller ces steaks.

Bear avait trouvé ce manuel dans une bouquinerie lorsqu'ils avaient emménagé dans la maison. Il était rapidement devenu leur source d'informations principale pour tous travaux, de la plomberie à la pose d'un encadrement de porte. Les pages trente-deux et trente-trois avaient fini par se coller, mais ils n'avaient pas l'intention d'installer un autre ballon d'eau chaude. Récemment, ils avaient trouvé un site Internet qui expliquait comment réaliser des travaux, ce qui les avait aidés à réduire leur nombre d'erreurs, mais Le Guide était toujours la Bible de leur maison.

Dommage que ce fichu manuel n'explique pas comment se conduire avec un ancien petit ami que l'on aimerait garder dans sa vie sans savoir si on le supportera.

Le week-end, dans les rues de leur quartier, la fin de la journée sonnait l'heure des barbecues et d'un jeu de ballon près de l'école. Pour la maison parfois branlante des frères, cela signifiait aussi quelques heures passées à renforcer la vieille dame pour qu'elle tienne debout. Maintenant que la maison n'était plus trop bancale, Bear se concentrait sur d'autres projets, comme celui de supprimer la pente longeant la clôture qu'ils partageaient avec un couple de lesbiennes et leurs cinq serpents. D'ailleurs, en s'échappant un matin, leur boa rosé s'était pris d'affection pour une sculpture en métal fabriquée par Ivo qui décorait le jardin.

Les arbres fruitiers qu'ils avaient plantés n'avaient pas aussi bien pris que le noyau d'avocat cultivé par Ivo sur l'évier de la cuisine, dans lequel il avait planté des cure-dents. Le verre en plastique qui le contenait ayant été renversé des dizaines de fois, Luke avait fini par convaincre leur petit frère de jeter ou planter le noyau. Ils avaient cru que la maison et son jardin trop ombragé ne seraient pas adaptés au développement d'un avocatier, que ce soit au niveau du climat, de la terre – de *tout*. Mais comme c'était souvent le cas avec Ivo, ce satané noyau avait pris et refusé de mourir. Terrasser la partie basse de la pelouse leur donnerait un autre endroit où installer un salon de jardin, libérant une grande étendue d'herbe pour que l'arbre résistant et tenace d'Ivo puisse vivre.

Quand ils avaient commencé ce projet, ils avaient cru pouvoir réaliser une parcelle de terrain nivelé de trois mètres sur six en un après-midi. Mais cela faisait déjà deux mois que Bear les avait traînés dehors pour construire sa terrasse en contrebas. Elle était presque finie. Ils étaient déterminés à poser les derniers mètres de pavés pour pouvoir rayer cette terrasse de leur liste des travaux à effectuer.

Gus se releva et tendit les bras au-dessus de sa tête, se mettant sur la pointe des pieds pour effacer les quelques centimètres supplémentaires d'Ivo. Les mèches de cheveux violet et turquoise de son frère tombaient sur son visage, des gouttes de sueur couleur lavande tachant le tee-shirt de travail qu'il avait volé dans la pile de linge propre de Gus. Le tee-shirt pendait un peu au niveau de ses bras, mais il moulait aussi fermement les épaules de son frère que les siennes. Ils avaient tous les deux de longues jambes et en observant son petit frère, Gus se demanda s'il se trouvait devant la version adulte de Chris.

128

Les pavés oubliés, Gus fixa Ivo, une vague de tristesse le submergeant. Gus n'aurait jamais dû tenir le rôle d'aîné au sein de sa famille biologique. Puck avait pris ce rôle *très* au sérieux et après sa mort, Gus avait été soulagé que Bear l'endosse. Mais quelque chose – quelqu'un – manquait toujours à leur cercle. Son propre visage avec un peu plus de malice, ou bien n'était-ce que la manière dont il s'en rappelait ?

— Ça va, frérot ? demanda Ivo en lui donnant un petit coup de tennis. On dirait que tu as vu un fantôme.

— Impossible.

Gus se redressa, attrapa son petit frère sale et en sueur et l'étreignit d'un bras.

— Je ne crois pas aux fantômes, continua Gus.

— Lâche-moi, idiot. J'ai l'impression de faire un câlin à un lézard humide.

— J'arrive ! Dernier chargement de sable. Poussez-vous de mon chemin.

Luke passa près d'eux avec la brouette et faillit heurter Ivo. Son épaule se contracta sous l'effort de manœuvrer cette lourde charge.

— Désolé. Je vais la laisser ici. Pas la peine de verser le sable. Mace, ramène le balai.

— Tiens, lança leur grand frère en lui tendant le balai. Je vais aller chercher l'autre pelle. Quant à toi, dit Mason en poussant Gus de son chemin, va sur la terrasse pour aider Bear à superviser les opérations. Luke peut passer le balai.

— J'ai transporté le sable ! protesta Luke, barrant le chemin à Gus avec la roue de la brouette. Et si je te plantais ce balai dans…

— Les garçons.

La voix rauque et profonde qui venait de raisonner depuis la terrasse aurait dû sonner comme une question, mais les quatre hommes qui se tenaient au bout de la petite terrasse en pavés savaient que ce n'en était pas une.

— Gus, va te laver les mains pour m'aider à décortiquer le maïs. Ivo, qui est la cliente que tu vas tatouer ? Ce soir, nous sommes censés passer la soirée ensemble.

— Mme Branson. Il y a quelques semaines, elle est allée à l'hôpital et un aide-soignant lui a fait un petit trou dans le haut du bras. Elle a besoin d'une retouche. Ce n'est que sur deux centimètres. Elle m'a offert un peu de rhum en échange.

Ivo s'appuya sur sa pelle, puis tripota un nouvel accroc dans son jean.

— Elle veut que je retouche son tatouage de geisha, reprit-il. Celui qu'elle a fait faire à Honolulu quand Collins a ouvert son salon sur Smith. Je lui ai dit qu'elle devrait plutôt voir avec toi, mais elle ne voulait pas te déranger pour si peu. C'est du bon rhum.

Bear laissa échapper un long sifflement.

— Dois-je comprendre que c'est particulier ? demanda Mace. La geisha. Pas le rhum.

— Bon Dieu, jura Gus en levant les yeux au ciel, ne sachant pas si Mace plaisantait ou s'il était totalement sérieux. Parfois, j'ai juste envie de te frapper.

— Seulement parfois ? demanda Ivo avant de se tourner vers l'aîné de leur famille. Veux-tu m'accompagner ? Je préférerais que tu t'occupes d'elle. Si je me loupe… bon sang, je ne suis même pas certain que je *devrais* y toucher.

— Elle a environ quatre-vingts ans, c'est ça ? demanda Bear en se mordillant la lèvre supérieure, fixant la pelouse, puis il tourna les yeux vers Gus. Merde. Si j'y vais, je gâche la soirée que nous étions censés passer ensemble.

— Oui, mais tu veux voir ce tatouage et elle a quoi ? Deux-cent-vingt ans ? le taquina Gus, puis il sourit en entendant le rire étouffé de Mace. Vas-y, Bear. Tu en meurs d'envie et je suis certain qu'elle aimerait que tu t'occupes d'elle. Nous trois, nous allons nettoyer le jardin. Enfin, si Mace arrive toujours à marcher. Il se fait vieux et ne peut plus faire toutes ces tâches en extérieur.

— Va te faire voir, Goose, pouffa Mason. Voyons voir qui…

— Bon sang, je vous entends depuis la rue.

Rey marchait tranquillement le long de l'allée et bloqua le portail avec son pied avant que celui-ci se referme sur lui. Il s'arrêta en bas des marches qui menaient à la terrasse, soulevant deux sacs rose portant le logo des cupcakes de sa mère.

— Mince, j'étais venu pour vous donner un coup de main. Mace m'a dit que vous ne finiriez probablement pas aujourd'hui.

Dieu existait. Gus en était certain. Un Dieu qui le haïssait et maudissait son existence, lui rappelant constamment qu'il n'aurait pas dû être celui dont le pied avait été bloqué, dont la cheville portait un bracelet de cicatrices. Puck serait alors l'homme qui mourrait d'envie de plonger sa langue dans la bouche de Rey, puis de le traîner au premier étage.

Gus savait qu'il arrivait de la fête d'anniversaire de sa sœur, bronzé après avoir passé un après-midi sous le soleil, le nez un peu rouge. Rey Montenegro n'avait rien d'exotique et n'était pas particulièrement ravissant. C'était un homme séduisant aux yeux marron foncé et aux cheveux blond ambré, décoiffés, tirés en arrière pour dégager son visage ciselé. Il n'était pas déplaisant à regarder. Son corps avait beaucoup changé depuis leur enfance, les muscles de son torse et de ses cuisses étant mis à contribution dans le cadre de son travail.

Rey s'était cassé quelques doigts – et le nez – avant même d'atteindre l'âge adulte, les rendant un peu tordus à la suite des quelques bagarres qu'il avait dû livrer au côté de Mace. Gus aimait l'aspect et la texture de la bouche sensuelle de Rey, mais il aimait encore plus le frôlement de ses grandes mains sur son corps et la puissance de ses doigts quand il les plantait sur ses hanches, les tenant fermement avant de le marteler dans une longue partie de jambes en l'air, torride.

Seigneur, le sexe lui manquait. Presque autant que leurs conversations. Et que leurs câlins sous des couches de couvertures alors que le froid se faufilait par la fenêtre entrouverte parce qu'ils avaient été trop fainéants pour aller la refermer.

— Veux-tu des cupcakes ? demanda Rey en agitant un sac devant Gus. Maman m'en a donné beaucoup, mais j'ai volé un cupcake au chocolat et à la noix de coco pour toi avant que Duckie les mange tous.

— Je suis toujours choqué que vous l'appeliez Duckie, marmonna Gus, ayant envie des cupcakes et de l'homme qui les offrait.

— Nous t'appelons bien Goose, lui rappela Bear.

Son grand-frère tendit un bras par-dessus l'épaule de Gus et plongea sa main dans le sac. Il en sortit une boîte en plastique dans laquelle se trouvait seulement un cupcake marron avec un nappage au chocolat. Il fit un clin d'œil à Rey, puis descendit les marches et récupéra l'autre sac.

— Je vais apporter ça aux autres. En échange, puis-je te proposer un steak ?

— Avec plaisir. Du moment qu'il ne soit pas carbonisé. J'avale bien assez de cendres quand je suis au travail. Je vais aller mettre le reste des cupcakes au frais.

Rey monta les marches et s'arrêta lorsqu'il se trouva à la hauteur de Gus. Quand il se pencha vers lui, Gus prit une vive inspiration ; la peau de Rey avait l'odeur d'huile de coco, de savon et de racinette. Le souffle du pompier réchauffa sa joue et son cou, ravivant un feu qu'il pensait avoir éteint une semaine plus tôt.

— Ça ne te dérange pas que je reste ? Je peux t'aider à préparer le repas.

Il prononça ces derniers mots en déshabillant Gus du regard, ne laissant planer aucun doute quant à la signification de ce regard brûlant ou de la promesse contenue dans cette voix grave et sombre.

— Oui, tu peux rester, répondit-il en s'éloignant du rebord. Pourquoi refuserais-je ? Tu es le meilleur ami de Mace. Suis-moi, nous avons du maïs à décortiquer.

Gus sentit un tiraillement au niveau de sa ceinture.

— Qu'en est-il de nous ? demanda Rey qui l'avait attrapé par le passant de son jean. Sommes-nous au moins amis ?

— Je n'en sais rien, Rey. Mais peu importe ce que nous sommes, il faudra bien plus qu'un cupcake pour arranger la situation.

# XII

— As-tu remarqué que dans la plupart des romans d'amour historiques, le personnage principal a toujours les cheveux longs ? Tous autant qu'ils sont. Pourtant, ce n'était pas à la mode. À une époque, tous les hommes ont adopté le *Bedford crop*, puis il y a eu un retour des coupes inspirées des Ides de Mars, mais les types dans ces bouquins ? Ils ont les cheveux bien trop longs.

Ivo détacha son regard du livre aux pages jaunies afin de regarder Gus, qui venait d'entrer dans la salle de dessin du salon.

— Mais après tout, si *chaque* homme a les cheveux aussi longs, alors c'est tendance.

Gus s'arrêta au bout de la table. Du moins, à l'endroit où elle aurait dû s'arrêter si Ivo ne l'avait pas poussée afin de libérer de l'espace pour le fauteuil extra-large qu'il avait traîné jusqu'ici depuis le bureau de Bear. Son ensemble du jour était plutôt classique : comme Gus, il portait des bottes de cow-boy et un jean noir, mais il les avait associés à un débardeur couvert de plumes soyeuses bleu marine et violet. Entre le moment où il était parti avec Bear pour retoucher le tatouage d'une femme âgée et celui où il s'était réveillé pour venir au salon, ses cheveux avait pris la couleur de son débardeur.

— Dans mon esprit, j'imagine ta salle de bains remplie de pots de peinture, ce qui expliquerait comment tu peux te réveiller chaque matin en te demandant : «*Aujourd'hui, de quelle couleur vais-je peindre mes cheveux ? Jolie Pétale de Pétunia ou Bleu Saphir ?*».

Gus posa son carnet à dessin et sa boîte à matériel, puis il chassa les pieds de son frère du coin de la table.

— Si tu mets de la boue sur mes dessins, je t'arrache les yeux.

Ivo passa un peu trop de temps à se décider, mais finit par s'installer en travers du fauteuil, posant ses jambes sur le bras. Ses yeux bleu marine étaient visibles au-dessus de la couverture excessivement dramatique du livre, sur laquelle figurait une femme rousse à moitié dévêtue portant une robe jaune. Elle était accompagnée d'un pirate blond habillé comme au temps de la Régence qui la tenait par les épaules et louchait sur son décolleté

133

très plongeant. La composition était un peu brouillonne ; il était impossible de savoir où se trouvaient les mains de la femme et bizarrement, une vache highland dans toute sa splendeur, avec sa robe épaisse et rouge, se trouvait juste au-dessus de l'épaule du séducteur en gilet vert. Gus ne comprenait pas ce que cette brave bête avait à voir avec ce couple.

— Il y a une vache sur la couverture.

Gus était certainement en train de verbaliser une évidence, mais il ne put s'empêcher de le faire remarquer.

— Oui. Je n'ai pas encore croisé de vache. Ils se sont rencontrés à Hyde Park. Il n'y a pas beaucoup de vaches par là-bas, souligna Ivo en haussant les épaules. Peut-être qu'à une époque, il y en avait. Ce n'est pas un livre d'histoire. C'est un roman, mais je peux te dire que quand une personne n'a pas fait ses recherches, ça se ressent. Et ce livre est plutôt bon. Ils ne se sont pas trompés sur les véhicules qu'on utilisait à cette époque.

— Ils ? Le prénom de l'auteure est Katie.

— Beaucoup d'auteurs de romans d'amour sont des hommes, expliqua Ivo en laissant retomber sa tête contre le fauteuil tout en lançant un regard noir à son frère. Enfin, certains. Il y en a aussi qui écrivent à plusieurs. Alors c'est plus simple de dire « ils ». Maintenant, tais-toi et laisse-moi lire.

— Tu peux aller lire dans la salle de repos.

Encore une fois, il verbalisait une évidence, étant donné que la salle de dessin avait été aménagée pour pouvoir y *dessiner*.

— Au cas où ça t'aurait échappé, elle est faite pour se *reposer*, ajouta Gus.

— Alors il faudrait que je dessine pour avoir le droit de rester ici ? Très bien.

Ivo vola un crayon dans la boîte à matériel de Gus. Après avoir dessiné la main d'un homme vue de trois-quarts avec le poing fermé et le majeur levé, Ivo jeta le crayon sur la couverture du bloc-notes, puis reprit sa lecture.

— Tiens, le voilà ton pauvre dessin.

Quelques secondes plus tard, il baissa son roman abîmé, puis le fusilla du regard.

— Au fait, que fais-tu ici ? Quelle heure est-il ? 13 h ? Ne devrais-tu pas être en train de broyer du noir ? En mode gargouille et emo ? Ou bien est-il encore trop tôt pour que tu deviennes aussi dépressif que Batman ?

— J'ai du travail. Ma composition pour ce tatouage ne me plaît pas et mon client vient la semaine prochaine. Je dois pouvoir lui présenter autre chose qu'un poulet difforme qui tient un œuf de Fabergé.

Il déplaça la table pour la remettre en place, le poids de celle-ci lui brûlant les épaules. Il s'installa sur sa chaise et voulut attraper son carnet à dessin, mais Ivo le retira.

— Sérieusement, je vais finir par t'en mettre une.

— Oui, bien sûr.

Ivo ouvrit le carnet, observa les esquisses de portraits qui se trouvaient sur la première page, puis fronça les sourcils en continuant à le feuilleter.

— Les dessins d'enfants sont mignons. Il est mignon. Difficile de croire que c'est ton fils. Mais les portraits de Rey ? C'est pathétique, Goose.

— Arrête avec ça.

Gus préférait lui servir une réponse machinale plutôt que d'admettre que ses doigts ne pouvaient s'empêcher de dessiner Rey.

— Arrêter quoi ? De dire que tu es pathétique ou de t'appeler Goose ?

Ivo recourba sa lèvre, comme l'avait fait Puck quand il défiait son jumeau de faire une chose que Gus ne voulait pas faire.

— Va te faire voir, répliqua Gus.

Sa réponse ne fit rien pour dissuader son petit frère de feuilleter le reste des pages.

— Si j'étais toi, je…

— Oh, Seigneur, je n'avais pas besoin de voir ça, s'exclama Ivo dans un mouvement de recul avant de faire glisser le carnet sur la table. Frérot, je dois dîner avec ce type. Je n'ai pas besoin de savoir qu'il a un prépuce.

— On récolte ce que l'on sème. Maintenant, laisse-moi travailler.

Que ce soit à cause de la lumière ou de la date du jour, Ivo se révéla être distrayant. Plongé dans les pages de son livre, son petit frère était concentré, mais ce qui se passait dans son cerveau le faisait bouger. Il remuait son pied gauche, un mouvement léger qui suffisait à capter l'attention de Gus. Sa bouche était clairement la leur. On ne pouvait pas manquer la moue perpétuelle et le rictus qu'ils avaient hérités de leur mère. Même si les yeux d'Ivo étaient plus foncés, ils avaient la même forme que ceux de Gus… et de Puck. Il retrouvait des morceaux de son grand frère chez son cadet, des traits de personnalité et des manies qui n'avaient jamais eu la chance d'éclore, si ce n'est en perdurant à travers Ivo.

— Arrête de me fixer, imbécile, marmonna Ivo, caché derrière son livre. Occupe-toi plutôt de ton poulet. Tu me fais flipper.

135

— Venant de toi, ça fait peur.

Gus trouva une forme qui lui plaisait pour le bec, puis l'utilisa comme point de départ pour dessiner la tête du phénix selon un angle plus droit. Une forme se dessina dans son esprit, mais lui échappa. Il ferma les yeux, respira calmement pour faire passer sa frustration, puis la retrouva. Alors qu'il commençait à faire une esquisse au coin de la feuille, il leva les yeux et réalisa qu'Ivo l'observait.

— Maintenant, qui fixe qui ?

— Que vas-tu faire à propos de Rey ? demanda Ivo en indiquant le carnet à dessin. La seule chose que tu n'as pas encore faite, c'est signer Gus Montenegro sur chaque dessin pour prendre l'habitude de le faire. Dimanche, après notre départ, avez-vous discuté ? Ou bien l'avez-vous fait ces derniers jours, au cours des dix-sept fois où vous vous êtes croisés ? Si ça continue, il ferait mieux d'emménager à la maison.

— Non, Mace et lui sont partis après avoir regardé le match. Ne me regarde pas comme ça. Rey et moi avons couché ensemble. Nous avons pris du bon temps, dit Gus en essayant de ne pas s'étouffer avec ses mensonges. Puis l'euphorie est passé. Il s'est juste lassé avant moi. Rien de…

— Bon sang, ce que tu peux être bête.

Ivo plaqua son livre sur la table en grognant. Il se rassit correctement sur son fauteuil, posant les pieds par terre et les coudes sur la table.

— Tu n'avances pas, Gus. Rien de ce que tu fais ne t'aide à avancer. Tu éprouves du désir pour Rey. Je peux le sentir quand il est dans les parages. Chaque fois que Mace passe le pas de la porte, tu manques de te faire un torticolis car tu espères que Rey se trouve juste derrière lui. Ce type est fou de toi. Quand vous êtes dans la même pièce, j'ai l'impression de regarder un mauvais feuilleton télévisé. Je passe mon temps à attendre que vous vous mettiez dans une bonne position pour que la prise de vue soit parfaite. Il est…

— Il veut une deuxième chance, avoua Gus en posant son crayon.

Son envie de dessiner avait disparue, chassée par l'insistance d'Ivo.

— Avec moi, ajouta-t-il.

— Sans blague. Avec qui d'autre voudrait-il une deuxième chance ? Earl ?

— Je lui ai dit non.

Même s'il était douloureux de le dire à haute voix, Gus faillit sourire en entendant Ivo bredouiller.

— Je te rappelle que tu as menacé de le tuer, continua Gus. Puis du jour au lendemain, tu le soutiens ?

— Seulement parce que tu te languis de lui comme un pauvre Norwegian Blue. Tu es coincé dans cette cage, les pattes clouées au sol. Maintenant, tu as le choix entre deux choses : refuser sa proposition et prendre tes distances ou accepter et... donne-moi une seconde.

Ivo se leva pour fermer la porte, puis la verrouilla. Il retourna vers son fauteuil, s'assit et tapa du doigt sur les esquisses de Gus.

— Tu le dessines. Nu. De mémoire. Sauf si vous couchez discrètement ensemble sans que nous soyons au courant.

— Non, nous ne couchons pas ensemble.

Gus avait l'impression que son visage était tendu, que sa peau était tirée. Il bâilla pour détendre ses muscles, mais seules ses oreilles se débouchèrent.

— Je lui ai dit que ce n'était pas possible pour le moment. Ivo, je dois... il se passe tellement de choses en ce moment. Il y a Chris et... *aujourd'hui*.

— Ça fait vingt ans, Gus, dit son petit frère en pinçant les lèvres, son visage prenant un air désapprobateur. Pourquoi persistes-tu à te rendre là-bas ? Que penses-tu que cela puisse t'apporter ? Des réponses ? À quel propos ? Afin de comprendre pourquoi maman a fait ce qu'elle a fait ? J'ai la réponse : c'était une psychopathe et son acte était démentiel, mais tu dois laisser toute cette histoire derrière toi. Tu dois laisser partir *Puck*.

C'était comme si Ivo venait de lui donner un coup de poignard dans le ventre.

— Ce n'est pas si simple. Il me *manque*.

Le monde devint trouble devant lui, voguant sur un voile de larmes qu'il refusait de verser. Il préférait devenir aveugle plutôt que de pleurer, mais le poids de son chagrin devint trop lourd. Gus détourna les yeux et fixa la lumière du soleil qui filtrait à travers les fenêtres de la pièce.

— Je sais que c'est idiot. Je comprends. Je n'ai vécu que quelques années avec lui, mais parfois, j'ai l'impression qu'elle... j'ai l'impression qu'elle ne pouvait pas se contenter de le tuer. Elle a fait en sorte que je reste en vie pour que je sois dans cet état pour le restant de mes jours. Je le vois quand je te regarde. Quand je regarde Bear. Je vois des petits morceaux de lui en vous et ça me fait tellement mal. Tu souris comme lui. Bear a toujours ce drôle de hoquet quand il finit de rire ou quand il appelle Earl ; Puck faisait le même bruit quand il appelait le chihuahua du voisin. C'est comme si son fantôme traînait toujours autour de moi et je ne sais pas si c'est une chance ou une malédiction. Une partie de mon âme cherche toujours sa présence alors qu'il n'est plus. Chaque fois que je regarde dans le miroir, je le vois et parfois, je me demande si je ne suis pas lui, si je n'ai pas seulement pris l'identité de Gus parce que c'est trop dur de laisser partir mon autre moitié.

Les larmes se mirent à couler, chaudes et brûlantes, de manière si abondante que Gus ne put les essuyer assez vite.

— Ce jour-là, j'ai perdu une partie de moi-même. J'ai peur d'en perdre d'autres si je m'autorise à... j'ai peur d'aimer Rey. Bordel, j'ai même peur d'aimer Chris.

— Bon sang, viens là.

Ivo se leva, l'attrapa et éloigna le fauteuil de la table pour faire une place à Gus.

— Allez, viens. Et si tu en parles à qui que ce soit, je te casse la figure.

— On ne passe pas à deux.

— Ça va passer. Ce sera bizarre et certainement pas très confortable, mais ça va passer.

Ses mains étaient chaudes et le poids de son bras sur son épaule était le bienvenu. Gus renifla, luttant pour ne pas s'effondrer au contact réconfortant de son frère. Il se laissa guider vers le fauteuil qui, malgré sa largeur, ne put accueillir les deux frères. Il se retrouva alors assis en équilibre entre la cuisse d'Ivo et le bras du fauteuil. Il se sentait bien dans les bras de son petit frère, le cœur de celui-ci battant sous son épaule. Bientôt, ils commenceraient à ressentir des douleurs et finiraient par tomber du siège, peut-être même par casser ce pauvre fauteuil, mais Gus avait besoin de sentir Ivo contre lui.

Parce qu'il ne sentirait plus jamais Puck.

Et ne sentirait peut-être même plus jamais Rey.

Ils restèrent enlacés, prisonniers d'une tempête engendrée par Gus.

— Tu es tellement idiot. Tu me fais honte, murmura Ivo, son menton s'enfonçant dans l'épaule de Gus. Tu ressembles à ces chiens qui gigotent en l'air quand on les tient au-dessus d'une étendue d'eau. Il faut plonger. Pourquoi attendre le pire ? Saisis ta chance avec Rey. S'il te la fait à l'envers, nous le tuerons. D'ailleurs, ça fonctionne avec n'importe qui. Mace ne nous aidera peut-être pas à le tuer, mais il creusera la tombe. Et Chris...

— Jules a quitté l'hôpital aujourd'hui. Nous avons un peu discuté, puis elle m'a passé Chris. Ce gamin...

Gus esquissa un sourire, se souvenant de la conversation improbable qu'il avait eue avec son fils.

— Il adore les pingouins, termina-t-il. Cet enfant a un souci.

— Les pingouins sont géniaux, contesta Ivo. Même s'ils ne sont pas aussi cool que les dinosaures. Vas-tu passer un peu de temps avec lui? Je parle de Chris, pas de Rey. Non pas qu'entretenir une relation stable avec Rey soit une mauvaise chose, tant qu'il se comporte bien avec toi.

— Nous sommes en train de préparer un planning entre moi, Jules et ses parents. Auquel il faudra certainement ajouter Bear parce que je vais devoir jongler entre Chris et mon travail. Heureusement que je suis tatoueur. Je peux passer quelques matinées avec lui et Jules le conduira jusqu'à chez nous le week-end.

Gus remua pour se frotter le nez, murmurant ses excuses lorsque son coude s'enfonça dans le torse d'Ivo.

— Quant à Rey, je crois que tu n'as pas bien compris. J'ai refusé sa proposition quand il est passé à la maison, le jour où j'ai rencontré Chris pour la première fois avec Luke.

— Tu as refusé à ce *moment-là.*

— Ça fait moins d'une semaine, dit-il en déplaçant sa jambe pour laisser de la place à Ivo. J'ai besoin de temps pour remettre de l'ordre dans ma vie. Dans mes idées. Même s'il ne reste que deux jours avant la fin de la semaine, je dois la surmonter. J'ai besoin de survivre à cette *journée.* Veux-tu m'accompagner?

— Non. Elle n'est pas venue *me* chercher. Elle est seulement venue pour *vous.*

— Elle n'a certainement pas réussi à venir jusqu'à toi. Nous étions des cibles faciles. Il lui suffisait de se ranger derrière les bus, de se garer devant l'école et de nous récupérer.

Gus ferma les yeux, balayant ce flot de souvenirs.

— Et Bear n'était pas son vrai fils, alors il n'avait aucune importance.

— Aucun de nous n'avait d'importance à ses yeux, Goose. C'est pour cette raison qu'elle a essayé de te tuer. C'est pour cette raison qu'elle a tué Puck, expliqua son petit frère en lui tapotant la cuisse. Mais elle n'avait pas prévu de mourir en le faisant.

LE PONT marqua l'arrivée de Gus à son premier pylône par une symphonie familière, le vent soufflant et se faufilant à travers le clac-clac retentissant de la circulation sur sa travée. Ses câbles massifs grinçaient, absorbant les chancèlements du pont, et le bruit de pas rapides et irréguliers produisait un rythme discordant que l'esprit de Gus avait du mal à suivre. Il n'y avait pas foule. Le temps était trop brumeux et humide pour attirer les touristes, mais les personnes les plus robustes faisaient leur pèlerinage, des petites poignées de gens marchant au pas de course pour effectuer la traversée du pont avant que le vent les transforme en statues de glace. Gus ne sentait plus le mordant saumâtre du vent et ne cherchait pas à distinguer quoi que ce soit à travers le brouillard épais qui dissimulait la Baie et ses îles.

Il était venu pour faire ses adieux, mais à son grand désespoir, il ne trouvait pas les mots nécessaires pour laisser toute cette histoire derrière lui.

Il n'était jamais amené à traverser le pont durant ses trajets quotidiens. Il s'aventurait rarement au-delà des jetées, sauf les quelques fois où il s'était rendu au Palace pour assister à des spectacles. Ce grand pont orange ne faisait tout simplement pas partie de sa vie ; ce n'était qu'un édifice qui se trouvait au-dessus de la mer, s'élançant de chaque côté du rivage, mais dans la vie de tous les jours, ce n'était pas un paysage dont il jouissait ou auquel il pensait.

Mais alors qu'il se tenait dessus, sentir ce balancement et entendre ces rythmes divers et incessants priva ses poumons d'air et lui vola ses pensées avant qu'il puisse nier leur poids.

Les bruits de ce pont étaient restés gravés dans sa mémoire. Ainsi que le vent. Tout le reste était étouffé, bloqué derrière une plaque de verre dépoli à travers laquelle il ne voyait rien. Il y avait eu un arrière-goût dans la bouteille de jus de fruit qu'elle lui avait donnée, un goût sucré et écœurant qu'il n'avait pas apprécié. Comme Puck n'aimait pas le soda que leur mère lui avait donné, il avait échangé la bouteille de Gus contre sa canette glaciale.

Puck avait été complètement assommé, trop faible pour suivre leur mère sur le pont, mais Gus l'avait suivie comme il le faisait toujours, marchant quelques pas derrière elle en chancelant. La bouche engourdie, il avait essayé de dire à sa mère de ralentir, mais sa langue avait été trop gonflée et ses lèvres avaient refusé de bouger. Elle avait porté Puck comme un sac de riz, la tête de son frère cognant de temps en temps contre la rambarde. Gus lui avait hurlé d'arrêter, de ne pas lui faire mal, mais le vent avait emporté ses mots ou bien elle ne l'avait tout simplement pas écouté.

L'air avait eu un goût de métal et de sel. Accompagnée par le déchant du pont, sa mère avait posé Puck sur la rambarde et attendu que Gus les rejoigne. Elle s'était enfin arrêtée, juste après le premier pylône. Gus avait été saisi par le froid, sa peau aussi engourdie que sa bouche, et il n'avait pas pu empêcher le tremblement qui l'avait parcouru.

Il tourna brusquement la tête en entendant klaxonner derrière lui, sortant du brouillard dans lequel il était tombé. La main qui tenait fermement les soldats en plastique vert lui faisait mal. Malgré le caban épais qu'il avait emprunté à Bear, il n'arrivait pas à se réchauffer. Il n'y arriverait pas tant qu'il se tiendrait à l'endroit où un piège glacé avait été tendu par la haine et la fourberie de sa mère.

Il ignora le bruit des pas qui approchaient comme il le faisait chaque fois qu'il venait ici. Ceux-ci appartenaient à la mélodie funèbre que le pont jouait chaque année pour lui, de drôles de sons se mêlant au rythme du vent, du métal et du vrombissement des voitures. Mais ces pas cessèrent et Gus ferma les yeux, *sentant* l'homme qui se tenait près de lui.

— Que fais-tu ici, Rey?

Il n'était pas certain de pouvoir être entendu au-delà du vent, mais Rey se rapprocha, se positionna près de lui et apporta une chaleur agréable. Gus ouvrit les yeux et fixa l'étendue d'eau, réticent à l'idée de regarder le seul homme auquel il avait donné son cœur.

— Pourquoi es-tu venu jusqu'ici? demanda Gus.

— Ça fait presque une heure et demie que tu te tiens sur ce pont. Tu donnes des sueurs froides aux employés qui s'en occupent. Je suis ami avec l'un d'entre eux. Il est en service. Ils étaient sur le point de tirer à la courte paille pour désigner celui qui allait devoir s'aventurer sur le pont et essayer de te sortir du froid.

Rey lui tendit un mug isotherme contenant une boisson chaude. Gus sentit les arômes qui s'en dégageaient; il s'agissait d'un café corsé avec du sucre et du lait.

— Ivo m'a demandé de te rejoindre et de t'arracher à la rambarde, ce que j'avais déjà l'intention de faire. Je devais juste convaincre tes frères de me laisser venir à leur place.

— Je n'allais pas sauter. Ça ne m'a jamais traversé l'esprit. J'ai juste perdu la notion de temps.

Gus rangea les soldats dans la poche du caban, puis il prit le mug et se brûla la langue en buvant une première gorgée.

— Putain, c'est chaud.

— Ça va te faire du bien. Il fait très froid, aujourd'hui. C'est plutôt agréable après les chaleurs que nous avons eues, mais ce froid est dément.

Rey se positionna de façon à bloquer le vent avec son corps, tout l'air lui arrivant dans le dos. Gus trembla, reconnaissant de pouvoir profiter d'un moment de répit.

— Je suis venu en me disant que tu aurais certainement besoin d'une personne avec qui parler. Je me suis dit que tu serais peut-être encore ici.

— Bear…

— Bear sait que je suis ici. Il m'a dit que j'étais idiot de me lancer à ta poursuite sur le pont, mais il m'a souhaité bonne chance.

Quand Gus le regarda avec un air suspicieux, Rey lui adressa un sourire triste.

— J'avais rendez-vous au salon. Je me suis fait gentiment engueuler par Ivo, Earl m'a renversé, puis Bear m'a conseillé de t'offrir une épaule sur laquelle pleurer étant donné que tu ne te laisseras approcher par aucun d'entre eux aujourd'hui.

— Quelle bande de connards. Ils pensent que je *m'apitoie* sur mon sort.

— Est-ce le cas ?

Rey se pressa contre son dos et Gus se lova contre lui, se détestant immédiatement. Il voulut s'écarter et se crispa en sentant le bras de Rey glisser autour de sa taille.

— Laisse-moi être là pour toi, Gus. Cela est-il si difficile ?

— Disons que je suis compromis sur le plan émotionnel. Ce sont des moments durant lesquels je fais de très mauvais choix de vie. À titre d'exemple, j'ai un fils de trois ans parce que je n'ai pas supporté que tu rompes avec moi.

Son nez était froid, telle une stalactite sur son visage, mais ses joues se réchauffaient.

— Tu dois me promettre de ne pas coucher avec moi quand nous quitterons ce pont parce que, dans l'immédiat, c'est ce que je désire le plus. Je ne sais pas si c'est parce que tu me manques ou simplement par envie de me sentir vivant.

— Je promets de ne pas te prendre. Ou de me laisser prendre par toi. Peu importe combien tu me supplieras. Mais ce n'est valable que pour aujourd'hui. Je ne peux rien te garantir pour demain, dit Rey, son sourire étincelant contrastant avec sa peau bronzée et ce ciel gris et brumeux. Nous pouvons discuter. Nous pouvons ne pas discuter. À toi de décider. Nous resterons ici aussi longtemps que tu en auras besoin ou jusqu'à ce que nous devenions des cubes de glace.

142

Gus tourna la tête sur le côté. Ses cheveux fouettaient son visage, de longues mèches s'échappant du bonnet qu'il avait enfilé pour avoir un peu plus chaud. Elles lui mordaient la joue, donnant des coups sur ses lèvres et son nez. Ce jour-là, sa mère lui avait donné une grande gifle sur la joue et il avait craché du sang, ce qui avait accentué le goût du métal déjà présent dans sa bouche. Le bracelet de cicatrices autour de sa cheville le démangeait, ce qui était certainement dû au froid et non pas au souvenir de l'acier qui avait lacéré sa chair. Les anciennes brûlures de cigarette sur son avant-bras lui firent mal, réagissant au frottement qu'il exerça sur la manche de son manteau pour essayer de se réchauffer.

Il avait couvert les brûlures avec son premier grand tatouage : un aigle conquérant qui glatissait, dont les serres étaient recourbées sur une bannière où était inscrit le mot « rebelle ». Il avait eu droit à quelques moqueries car ce mot ne lui correspondait pas vraiment. Bear en avait profité pour raconter les bêtises les plus marquantes qu'il avait faites depuis son enfance. Gus était resté silencieux malgré la douleur des aiguilles contre sa peau, écoutant les railleries et les taquineries, mais il n'avait pas choisi ce mot pour représenter ce qu'il était. C'était plutôt une manière de se souvenir qu'il ne fallait jamais suivre aveuglément une personne et se laisser guider vers sa propre mort par elle, surtout lorsqu'il la chérissait.

Gus but une autre gorgée de café et s'appuya contre la rambarde, puis il sortit un des soldats qu'il avait apportés avec lui. Il le souleva pour le montrer à Rey et dit doucement :

— Je vais te parler de Puck.

# XIII

— PUCK ÉTAIT un connard, murmura Gus.

Ses paroles étaient à peine audibles à cause des sifflements du vent. Rey se plaqua contre son dos. La gorge de Gus se serra, sa voix cassée par l'émotion.

— Nous n'étions que des enfants, mais Puck était un vrai connard.

Gus fixait le brouillard épais en faisant jongler un soldat en plastique entre ses doigts. Il attendait que ses embruns glacés viennent les dévorer. Il n'y avait plus beaucoup de chaleur en lui et il se mit à trembler, malgré la chaleur transmise par son ancien petit ami qui était pressé contre son corps mince.

— Les enfants sont des connards. Il y a une semaine, j'ai passé mon après-midi avec un certain nombre d'entre eux, tu te souviens ? demanda gentiment Rey, ses lèvres délicieuses esquissant un sourire. Si tu veux mon avis, « connard » est le réglage par défaut de la plupart des enfants.

— Au début, Puck n'en était pas un, mais en grandissant, ma mère… Seigneur, elle faisait des choses terribles et le traînait partout avec elle. Elle aimait avoir un complice et Puck tenait parfaitement ce rôle.

Gus secoua la tête. Il commençait à avoir la sensation de se noyer, ce qu'il détestait.

— Elle l'emmenait au club de strip-tease lors des soirées pour amateurs, continua Gus. Elle s'inscrivait en tant que danseuse, puis elle l'envoyait faire le tour des tables pour récolter les pourboires et fouiller les poches des clients. Il n'avait pas conscience de ce qu'il faisait.

— Et toi, où étais-tu ? demanda Rey, l'encourageant à continuer.

— Si Bear était occupé par l'école, Ivo et moi attendions dans la voiture. Je le gardais pendant qu'ils étaient au club.

Gus haussa les épaules en entendant les grommèlements de Rey, qui était abasourdi par la négligence de Mélanie.

— Il valait mieux que ce soit moi plutôt que Puck. Il détestait Bear et Ivo. Il détestait qu'il y ait un bébé. Il voulait qu'on ne voie que lui. Les choses se sont améliorées lorsque Bear a emménagé à la maison ; il remettait Puck à sa place et Mélanie nous autorisait à rester l'appartement avec lui.

144

La première fois qu'elle l'a fait, j'ai *remercié le ciel* parce qu'il était en sécurité. Tu étais… tu es toujours… en sécurité avec Bear.

Rey et lui n'avaient jamais vraiment discuté de Puck. Du moins, Gus avait toujours refusé d'en parler. C'était plus simple. En gardant ses démons et ses cauchemars enfermés derrière un mur de sarcasme et de sourires forcés, son cœur était hors de danger. Baisser sa garde le laissait vulnérable. Le regard fixe de Rey – ses yeux sombres et expressifs – le brûla, devenant presque aussi mordant que la fraîcheur de l'air. Il n'appréciait pas la sympathie dans son regard car il savait qu'elle était empreinte de pitié.

— Bear est un type bien, confirma Rey. Après tout, il a sorti ma mère d'une bâtisse en feu, alors je l'ai toujours su. Tu n'es pas si mal non plus, tu sais.

— Enfant, j'étais loin d'être un saint, s'esclaffa Gus. C'était le rôle de Luke. Je faisais tout ce que ma mère me demandait de faire. Je n'étais simplement pas doué pour fouiller les poches des gens. Elle voulait un steak ? Pas de problème. J'étais le professionnel du vol à l'étalage, mais je n'étais pas un très bon voleur à la tire. Et je refusais de faire du mal aux gens. Puck aimait faire du mal aux autres. Quand elle se battait avec quelqu'un, elle *adorait* le voir intervenir et frapper des gens, que ce soit des femmes qui séduisaient l'homme qu'elle convoitait ou une personne qui était passée devant elle à la caisse. Elle était incapable de garder un travail parce qu'elle se disputait tout le temps avec ses collègues, alors nous n''avons pas arrêté de déménager jusqu'au jour où les services sociaux nous ont trouvé une maison. Je crois que c'était surtout grâce à Bear. Les choses allaient tellement mieux quand Bear était là. Mais un jour, Puck…

Le vent lui vola ses larmes, les attrapant et les transformant en glace le long de ses cils et de ses joues. Puis Rey lui vola son souffle en embrassant tendrement ses lèvres glacées.

— Dis-moi simplement ce que tu penses avoir besoin de me dire, chéri, murmura Rey en enroulant ses bras autour de la taille de Gus. D'accord ?

Ils se tenaient l'un contre l'autre et Gus se laissa aller dans ses bras pendant un long moment, profitant de cet instant de calme en pleine tempête avant de s'écarter. Il se raisonna en se disant qu'il avait mis de l'espace entre eux pour pouvoir parler, pour pouvoir respirer, mais c'était un mensonge. Il était sur le point de se briser en mille morceaux et ne savait pas s'il pourrait aller jusqu'au bout de son histoire en restant dans les bras de Rey. C'était trop agréable. Même sous ce vent, sentir les bras de cet homme autour de son corps était une sensation délicieuse. Il ne méritait pas cela, pas maintenant. Pas tant qu'il n'aurait pas tout raconté afin que Rey sache enfin qui était vraiment Gus et ce qu'il avait fait.

Gus gonfla les joues et expira un bon coup.

— Ivo ne se rappelle pas de ça, alors ne lui en parle pas, d'accord ?

Rey pinça les lèvres, puis il hocha la tête.

— D'accord. Je ne lui en dirai pas un mot.

— L'ASE a toujours eu maman dans son collimateur, mais elle les manipulait. Elle a fait tout son possible pour obtenir la garde de Bear parce qu'elle pensait qu'il serait livré avec de l'argent. Après avoir obtenu ce qu'elle voulait, des personnes ont commencé à passer régulièrement à la maison pour nous interroger. Une assistante sociale envisageait déjà de nous retirer Bear parce que, selon elle, il ne méritait pas de voir sa vie gâchée comme la nôtre.

Un frisson fit trembler Gus. Il se pencha en avant, mettant de la distance entre Rey et lui. Il s'appuya sur la rambarde, ferma les yeux et tourna son visage face au vent.

— Je ne sais pas où était partie maman la nuit où Ivo a été blessé. Il faisait chaud, une chaleur étouffante et humide qu'on retrouve en été. J'avais tellement de mal à dormir. J'étais exténué, alors Bear m'a dit de m'installer dans la chambre où se trouvait le ventilateur. J'ai dû m'endormir parce que je me suis réveillé en entendant les hurlements d'Ivo dans le salon. Bear a commencé à crier mon prénom, puis il a ordonné à Puck de reculer. Il était fou de rage. Avant cette nuit-là, je ne l'avais jamais vu *en colère*.

— Que s'est-il passé ? demanda Rey, sa main posée dans le bas de son dos, frottant assez fort pour que Gus puisse sentir son geste à travers la matière épaisse du manteau.

— Il a poignardé le bébé. Puck a poignardé Ivo avec un couteau à steak. Il le tenait encore quand je suis arrivé dans la pièce. Bon sang, Rey, il y avait du sang partout. Il y en avait sur les murs. Partout. Bear était en train d'appuyer sur la poitrine de mon petit frère et il m'a hurlé dessus pour que je l'aide. Quand j'ai approché d'Ivo, Puck…

Gus se frotta les côtes à l'endroit où il portait encore une cicatrice depuis cette nuit fatidique. C'était une ligne fine et blanche que Rey avait vue et embrassée après avoir gobé un mensonge selon lequel Gus aurait chuté sur un vase cassé en chahutant avec son jumeau.

— Il m'a blessé au niveau des côtes. Puck. C'était comme s'il était ivre. Je me suis approché d'Ivo et Bear m'a expliqué ce que je devais faire, puis il a appelé les secours. Quant à Puck, il se tenait dans le salon et riait à pleins poumons, comme si c'était la chose la plus drôle du monde. Ensuite, la police est arrivée et les services sociaux ont emporté Ivo avant que ma mère ait le temps de ramener ses fesses à la maison. Des personnes en costumes ou en uniformes l'attendaient, installés sur le canapé, nous fixant comme si nous étions des bêtes sauvages. Puck se tenait devant eux et mentait comme il respirait. *C'était un accident. Il était tombé. Il ne voulait pas lui faire du mal.* Et Bear… l'assistante sociale n'avait pas l'intention de le laisser vivre avec nous plus longtemps, murmura Gus.

Il cligna des yeux, perdu dans ce souvenir de personnes aux visages froids, portant un jugement dans leur regard.

— Ils sont venus chercher Bear le lendemain. Ils ont continué à convoquer Puck pour lui parler, puis ils s'entretenaient ensuite avec moi, mais ils nous ramenaient toujours à la maison. Les services sociaux ont mis du temps à nous arracher à notre mère ; ils ont réussi à le faire le jour où ils l'ont attrapée en train de livrer de la drogue pour son dealer.

— Pourquoi ? Cette nuit-là, ils auraient dû sortir tout le monde de cette maison. Lors de certaines interventions, nous avons dû appeler la police parce qu'en arrivant sur les lieux, un type hurlait sur sa femme parce que sa tartine était brûlée, siffla-t-il, la mâchoire serrée. Je sais que c'était il y a vingt ans, mais vous étiez des enfants. Pourquoi personne n'a… vous auriez dû être protégés.

— Aujourd'hui, on nous sortirait peut-être de cette galère, mais à l'époque, ils ne l'ont pas fait. Il y a toujours des cas aussi graves que le nôtre. Si ça n'existait plus, Luke n'aurait plus de travail, lui rappela Gus. Personne ne se souciait de nous, Rey. *Personne.* C'était vrai à l'époque et ça l'est encore maintenant. Il y a des personnes comme Luke et la mère de Jules qui se battent pour faire avancer les choses, mais ils luttent contre l'apathie, pas contre la malveillance. Les assistants sociaux ne cherchent pas à faire du mal aux enfants, ils sont simplement indifférents. S'ils ne l'avaient pas été, je ne me trouverais peut-être pas sur ce pont avec toi. Je ne sais pas. Après cela, je me suis retrouvé seul avec Puck et j'avais l'impression de vivre en *enfer*. Ivo et Bear étaient des sources de revenus. Tout comme nous. L'État versait beaucoup d'argent à Mélanie pour qu'elle prenne soin de nous et du jour au lendemain, elle a perdu la moitié de ses revenus parce qu'on avait

147

retiré deux enfants de sa maison. Elle était furieuse. Puck était vénéré par ma mère. Moi ? Pas vraiment.

Il se tourna vers l'eau, sa colère remontant soudainement à la surface.

— La nuit où Ivo a été blessé, on m'a recousu dans l'ambulance avant de me rendre directement à ma mère. J'ai passé plusieurs jours chez elle jusqu'à ce que j'attaque un de mes enseignants avec une chaise parce que je voulais désespérément quitter cette maison. Je me fichais qu'on me mette en prison du moment qu'on ne me laisse pas avec elle.

— Je ne savais pas, mon chéri.

De l'horreur se lisait dans le regard perdu de Rey. Il leva les mains vers le visage Gus, mais finit par laisser retomber ses bras le long de son corps.

— Pourquoi ne m'as-tu jamais rien dit ? Seigneur…

— C'était à cause de Puck qu'ils nous avaient retiré Ivo, mais elle me le reprochait. *J'aurais dû empêcher Bear d'appeler la police. J'aurais dû empêcher Ivo de pleurer parce que les voisins s'en plaignaient tout le temps.*

Gus regarda Rey, se concentrant sur son visage. Son expression s'était adoucie et on pouvait y lire de la peine. Gus détourna les yeux, détestant voir sa propre angoisse reflétée dans le regard de cet homme.

— Ma mère *adorait* Puck. Elle avait pour habitude de dire qu'il était si exceptionnel qu'une partie de lui avait dû se détacher et que c'était la raison pour laquelle j'existais.

— C'est terrible.

— C'était ma mère. Elle n'avait pas de filtre. Tu trouves que je suis sans filtre ? Elle était bien pire. Il y avait toujours quelque chose qui n'allait pas chez moi. Un jour, j'ai trouvé un portefeuille et je l'ai rendu à la personne qui l'avait perdu. Le monsieur m'a donné vingt dollars pour me remercier. Quand je suis rentré à la maison, elle m'a frappé en me disant que j'aurais dû garder le portefeuille.

Gus tressaillit lorsque Rey serra un bras autour de sa taille.

— Quand je l'énervais, elle aimait écraser une cigarette sur mes bras ou mon dos et demandait à Puck de me tenir par les poignets ou les épaules pendant qu'elle le faisait. Elle l'a rendu méchant. Je l'aimais parce qu'il était mon frère, mais si Bear n'avait pas été là, je pense qu'il aurait tué Ivo.

Le jouet en plastique qu'il tenait dans la paume de sa main s'enfonça dans sa chair. C'était une provocation sensorielle qu'il avait toujours associée au goût léger et sucré qui avait recouvert sa langue et à l'engourdissement progressif de son visage. Sa cheville lui faisait mal. Elle lui faisait toujours mal quand il faisait froid, les cicatrices raidissant sa peau. Alors qu'il se tenait sur le pont, il voyait clairement la rambarde à laquelle il avait été accroché et l'endroit où il avait vu sa mère pour la dernière fois. Ce moment lui avait toujours paru étrange. Pas le meurtre. Il avait accepté le fait qu'elle soit venue jusqu'ici pour les tuer, mais désormais, il n'en était plus si certain.

Il trembla si fort qu'il en claqua des dents. Rey approcha alors de lui, poussa quelques mèches de cheveux de son visage et se plaça de manière à le protéger du vent qui soufflait. Gus prit le jouet entre ses doigts et le souleva pour le montrer à Rey. Son corps vert foncé était difforme ; c'était un jouet basique qu'il avait acheté pour un dollar dans un magasin qui se trouvait en bas de la rue où travaillait Luke.

— Il aimait ces soldats. Je dirais même qu'il les adorait. Il en avait toujours un sur lui. Ce jour-là, je ne me sentais pas bien. J'avais vomi à l'école et je n'aimais pas le jus de fruit que maman m'avait donné dans la voiture. Aujourd'hui, je sais qu'elle avait mis quelque chose dedans, mais à l'époque, je m'étais simplement rendu compte que ça me donnait des fourmis dans le visage.

— Ont-ils fait une analyse de sang pour voir ce qu'elle t'avait donné ? demanda Rey, doucement, en prenant les mains de Gus dans les siennes et en les caressant. Ou personne n'a pensé à le faire ?

— Ils n'étaient pas au courant. Ils l'ont appris plus tard et quand ils m'ont emmené au bloc opératoire, il ne devait plus y avoir de trace de drogue dans mon système. Je n'ai bu que deux gorgées, mais Puck a bu le reste de la bouteille. Il m'a donné un soldat en échange.

Gus se mit à rire, une drôle d'ironie s'emparant de ses pensées et faisant le lien entre des choses auxquelles il n'avait pas pensé auparavant.

— Quand maman a garé la voiture, je tenais ce soldat dans ma main. Puck avait perdu connaissance à l'arrière et moi, j'étais dans le coaltar. Tout était un peu flou, mais quand elle l'a sorti de la voiture, elle n'arrêtait pas de l'insulter. C'était la première fois que ça arrivait.

— Comment ça ? Pourquoi l'insultait-elle ?

— Parce qu'elle était obligée de le porter.

Gus se tourna et mit du temps à trouver le point de vue qui se trouvait au bout du pont.

— Elle s'était garée là-bas. De l'autre côté. À l'endroit où les touristes prennent des photos. Puis elle nous a emmenés jusqu'ici. Elle nous a fait traverser presque tout le pont. Le long du chemin, comme elle devait le porter, elle ne faisait que jurer en disant qu'il ne servait à rien et qu'il était minable. Elle ne faisait pas attention à ce qu'elle faisait. La tête de Puck cognait contre la rambarde et parfois, une personne passait en sens inverse et lui donnait un coup de coude, mais elle continuait d'avancer. Nous sommes arrivés ici... *juste ici, Rey...* et elle l'a tout simplement jeté par-dessus la rambarde.

Il fut pris de nausée et se plia en deux. La voix de Rey s'estompa et un bruit blanc s'infiltra dans le flot de sang qui grondait dans son cerveau. Sa peau picotait et Gus s'attrapa le ventre, mais il était trop tard : son corps réagit au poison qui se trouvait encore dans son esprit, son estomac voulant se purger des acides qui avaient commencé à bouillir en lui au moment où son pied avait touché la promenade du pont.

Rien ne sortit. Gus déglutit afin d'atténuer la brûlure au fond de sa gorge.

Ce jour-là, il avait aussi vomi. Sa gorge était devenue douloureuse à force de hurler le prénom de son frère, puis ses oreilles avaient failli exploser en entendant la douleur dans les hurlements saisissants de sa mère. Elle l'avait griffé, ses ongles s'enfonçant profondément dans son cou, attaquant son torse et son dos, mais il avait été trop dévasté pour le remarquer. Puck était dans l'eau, quelque part sous les encyclies provoquées par sa chute, un cercle blanc emporté par les eaux agitées de la Baie.

L'expression du visage de sa mère était passée de l'euphorie à... Gus n'avait jamais trouvé le mot adéquat pour décrire l'anéantissement qu'il y avait lu. Elle avait regardé le soldat qu'il tenait dans sa main, puis avait levé les yeux vers son visage. Il l'avait poussée de son chemin, cherchant désespérément à faire quelque chose – à sauver son jumeau –, mais son frère n'était plus.

Son monde avait alors basculé, le chamboulant de l'intérieur, et la violence du chagrin de sa mère l'avait frappé avant que ses poings le fassent. Meurtri, il avait escaladé la rambarde qui poussait contre son ventre, puis il avait hurlé en direction de l'eau, la suppliant de lui rendre Puck.

Il ne savait pas si sa mère avait arrêté de le frapper sur le dos ou s'il avait cessé de sentir ses coups. D'autres cris s'étaient élevés, mais Gus n'avait pas retrouvé la voix de Puck parmi eux. Inconsolable et complètement désemparé, il avait passé une jambe par-dessus la rambarde. Puis sa mère avait posé ses mains sur ses épaules et l'avait poussé, le faisant basculer de l'autre côté. La chute avait été rapide, tout comme son arrêt. En revanche, la douleur avait semblé durer une éternité. Il avait souffert en sentant une explosion dans sa cheville ; celle-ci s'était cassée lorsque son pied avait glissé dans un trou entre les grilles du pont. Il était resté pendu, se balançant au-dessus des eaux tumultueuses qui avaient déjà emporté son frère.

Un instant plus tard, sa mère avait chuté devant ses yeux, ses bras cognant contre la corniche du pont, ce qui avait lacéré sa peau et éclaboussé le visage de Gus de son sang. Elle avait claqué contre l'eau, atterrissant sur le côté, puis la Baie l'avait engloutie, l'attirant dans ses profondeurs pour rejoindre son fils. Gus avait été bouleversé et incapable d'arrêter de pleurer. Sa voix s'était cassée et la douleur avait été si forte qu'il avait perdu connaissance, l'obscurité l'enveloppant aussi soigneusement que l'eau avait enveloppé sa famille.

— Elle pensait que j'étais Puck. Nous étions identiques, expliqua Gus.

Il serra le jouet plus fort, cherchant à rester ancré dans le moment présent. Il se coupa, les finitions irrégulières et pointues de l'objet déchirant sa peau, puis sa paume devint moite à cause de la sueur et probablement du sang.

— Même la raie de nos cheveux se trouvait à la même place, mais il aimait avoir les cheveux courts et moi, je les aimais plus longs. Le père de ma famille d'accueil détestait ma coupe de cheveux, alors dès que je suis arrivé chez lui, il m'a rasé dans le jardin arrière avec une tondeuse. Elle n'arrivait pas à nous différencier. Elle lui avait donné une canette de soda, mais elle m'avait donné une bouteille de jus de fruit. Puck a bu les deux parce que je n'en voulais pas. C'est pour ça qu'il a perdu connaissance et qu'elle a dû le porter. C'est pour ça qu'elle l'insultait. Elle pensait que Puck était moi. Ça aurait dû être moi, mais elle a tué le mauvais jumeau. J'ai vu son visage quand elle s'en est rendu compte et c'était… *elle* était un monstre. Elle avait pris plaisir à me tuer. Je l'avais déjà vue faire l'amour. Elle couchait avec des types sur le lit pendant que nous dormions par terre, juste à côté. Je *connaissais* ce visage. Et quand elle a compris que ce n'était pas moi qu'elle avait…

Gus reprit son souffle, inspirant une grande bouffée d'air frais, ressentant le besoin de calmer la colère qui montait en lui.

— Un pauvre jouet, Rey. Ce satané jouet et la gourmandise de Puck m'ont gardé en vie. Ça aurait dû être moi. Ça aurait dû…

— Ça n'aurait dû être aucun de vous deux, déclara Rey avant de l'attirer dans ses bras, étouffant les maux que sa mère avait laissés en lui. Tu n'es pas coupable de la mort de Puck. C'est *elle* qui lui a fait ça. Qui vous a fait ça.

151

Rey prit le visage de Gus entre ses mains, éloignant le froid. Le vent soufflait toujours, les frappant, les harcelant, leur volant leur souffle, mais Rey le tenait à distance. Leurs lèvres se touchèrent, un baiser teinté de sel, de regret et de chagrin, mais il cachait une chaleur dont Gus avait envie, dont il se languissait. Il rêvait de Rey, faisant appel aux boîtes à souvenirs qu'il avait enfouies dans son âme afin de pouvoir y repenser quand la solitude devenait trop lourde et cherchait à lui voler sa raison.

Il lâcha le soldat. Celui-ci tomba, mais il ne l'entendit pas heurter le pont. Il avait peut-être rejoint Puck au fond de l'eau. Gus n'était pas certain que ce soldat soit le même que celui que son frère avait tenu ce jour-là, mais cela n'avait pas vraiment d'importance. Un grand coup de klaxon se fit entendre dans le brouillard, résonnant sur l'eau. Gus sentit ce bruit les atteindre, étouffant la conversation d'un couple qui passait près d'eux et le cliquetis des griffes de leur chien qui les suivait en trottinant.

Plus rien de tout cela n'avait d'importance. Plus rien. Ni les inconnus. Ni les échos des hurlements désespérés de sa mère ou les cris perçants et violents qu'elle avait gravés dans la mémoire de Gus en essayant de le tuer une seconde fois. Ni même le souvenir inoubliable de sa chevelure blonde trop claire, de ses membres bronzés et de la robe rouge à motifs floraux qui tombaient devant lui, telle une toupie volante engloutie par les eaux mortelles.

Gus était venu sur ce pont pour faire son deuil ou au moins pour y faire face, mais Rey en attendait plus que cela.

Gus se fichait qu'une personne le voit enrouler ses bras autour du jeune homme duquel il était tombé sous le charme au premier regard, alors qu'il était allongé sur la pelouse, crasseux, les poumons enfumés. Il glissa ses doigts dans les passants du pantalon de Rey et l'attira vers lui, se positionnant de manière à pouvoir capturer sa bouche, puis il savoura le goût sucré du thé glacé sur sa langue et raviva le brasier qu'ils avaient laissé en cendres.

Leur baiser bascula dans la sauvagerie, le désir et quelque chose de plus… complexe, qui se développait entre leurs corps pressés. Gus était clairement excité. Son sexe lui faisait presque aussi mal que son cœur. Il sentit un frisson dans son dos, son cerveau lui rappelant combien il était *agréable* de sentir les dents de Rey s'enfoncer entre ses omoplates.

Leur baiser prit fin lorsque le souffle leur manqua, non pas parce qu'ils en avaient envie. Il n'y avait aucune douceur dans leur baiser. La bouche de Gus picotait à la suite de ce contact, marquée par la férocité de

Rey. Alors qu'il essayait de reprendre ses esprits, un passant éclata de rire et leur cria :

— Prenez une chambre !

— Ce n'est pas une mauvaise idée, murmura Rey en posant son front contre celui de Gus. Enfin, presque.

— C'est une très mauvaise idée.

Gus voulut bouger, mais il était cloué à la rambarde par le corps musclé de Rey. Il ne tarda pas à sentir le membre dur et long du pompier qui appuyait contre sa cuisse.

— N'oublie pas que tu as promis de ne pas coucher avec moi, lui rappela Gus.

— Je n'ai pas oublié.

Une lueur dangereuse étincela dans les yeux foncés de Rey, une promesse sensuelle et éclatante qui se refléta dans le sourire espiègle qu'il adressa à Gus.

— Mais il m'arrive de mentir.

# XIV

UN LÉGER parfum de bois ciré, de vieux livres et de mâle imprégnait la maison des frères, une pointe de douceur et de musc que Rey avait toujours appréciée. Ce parfum appartenait à une famille qu'il aimait. Alors qu'il était assis sur un grand lit couvert d'une couette et que la douce lumière qui traversait les lucarnes faisait ressortir les longues mèches dorées de Gus, Rey comprit pourquoi son ancien amant trouvait du réconfort entre ces murs qui craquaient. Surtout quand c'était la seule vraie maison que Gus avait connue.

Il avait été un peu surpris quand Gus l'avait emmené dans sa vieille chambre, celle qu'il avait occupée avant que Mason et Luke déménagent, mais même dans sa propre maison, Gus était un peu rebelle, errant à travers les pièces pour trouver un endroit où dormir.

La pièce dans laquelle ils se trouvaient avait encore une légère odeur d'adolescence, mais cela était peut-être dû au brouillard de San Francisco et au tourbillon émotionnel qui n'avaient pas encore quitté Gus. Des posters recouvraient un mur et d'autres pendaient aux murs mansardés. Rey avait observé un nombre incalculable de fois le duo de rockeurs locaux en se demandant s'ils avaient couché ensemble, même s'ils affirmaient être frères. Il était étonné de ne pas trouver une affiche de leur nouveau groupe accrochée dans un espace vide. À en croire les esquisses apparaissant sur les papiers calques et les papiers à dessin qui étaient accrochés sur le panneau de liège installé au mur près de la porte, Gus devait passer beaucoup de temps dans cette petite pièce exiguë.

Il avait mis tout son cœur et toute son âme sur ces pages. Des créatures en colère et sanglantes dessinées à l'encre noire surgissaient sur le papier, mais entre elles se glissaient des pièces plus douces, des esquisses dessinées au crayon dans des nuances de bleu et de gris clair qui volaient sur le papier dans une danse délicate et frivole. Rey reconnaissait certains visages – dont le sien – ainsi que l'ode visuelle dédiée au chien touffu que les frères disaient partager, mais qui n'appartenait vraiment qu'à Bear.

Cette chambre était familière. Il y avait passé beaucoup de temps, que ce soit seul avec Gus ou en compagnie d'un ou plusieurs de ses frères. Le matelas était posé sur un sommier, sans aucun cadre de lit pour le solidifier. Une petite pile de vêtements avait été jetée dans un panier à linge en plastique qui se trouvait dans un coin de la chambre, mais connaissant Gus, ils étaient certainement propres. Gus les avait certainement laissés traîner parce qu'il ne rangeait jamais rien. De nombreux livres d'art se trouvaient sur la vieille commode installée contre le mur, en face du lit. Rey était prêt à parier que la plupart des tiroirs étaient vides.

— J'ai couché avec toi sur un de ces lits, mais je n'arrive pas à me rappeler si c'était dans cette chambre, marmonna Rey à l'homme qui somnolait près de lui. D'ailleurs, où avez-vous réussi à trouver des draps aussi grands avec des vaisseaux spatiaux dessinés dessus ?

Il obtint un bredouillement endormi en guise de réponse.

Une élégance lasse se dégageait du corps étendu de l'artiste, un chaos sensuel qui imprégnait presque tout ce qu'il faisait. C'était ce qui avait attiré l'œil de Rey la première fois qu'il avait vu Gus, la nuit de l'incendie. Même si son esprit adolescent n'avait pas su mettre le doigt sur ce qui avait déclenché son intérêt pour le jeune homme arrogant aux cheveux blonds, une fois charmé, il n'avait jamais pu s'en défaire. Ils avaient grandi ensemble. Du moins, c'est ce qu'il avait cru. En repensant aux quelques heures qu'il venait de vivre, Rey se rendit compte que son passage dans le monde adulte avait été simple alors que Gus avait dû s'écorcher les mains et les genoux en rampant sur des morceaux de verre pour devenir l'homme compliqué, impertinent et rebelle qu'il était aujourd'hui.

Allongé sur le ventre, une jambe repliée vers le haut alors que l'autre était tendue vers le bas, Gus était niché dans un berceau d'oreillers. C'était une pile de douceur et de plumes contre laquelle Rey avait parfois dû se battre au beau milieu de la nuit pour se faire une place. Les deux hommes avaient débarqué dans la maison en vacillant, Rey tenant Gus maintenant que son taux d'adrénaline était retombé. Gus avait un peu pleuré durant le trajet, recroquevillé sur le siège passager, mais il avait été heureux qu'on le ramène à la maison après avoir pris le taxi jusqu'au pont. Il avait failli tomber la tête la première sur le trottoir en quittant le SUV, ses jambes étant devenues trop flageolantes pour le soutenir.

Ils n'avaient pas discuté. Rey avait un peu bataillé pour ouvrir la porte d'entrée, puis il avait traîné Gus au premier étage pour l'emmener jusqu'à sa chambre, soulagé que la maison soit vide. Gus avait seulement pris la peine de retirer ses chaussures avant de se laisser tomber sur le lit dans un grognement de fatigue. Rey avait tenu sa promesse et n'avait pas couché avec lui. Il avait dit avoir menti pour le taquiner, mais il savait ce n'était pas le bon moment. Gus méritait mieux que… Rey ne savait pas comment se référer au fait de coucher avec quelqu'un après s'être dévoilé et mis à nu face aux éléments rigoureux du brouillard de San Francisco. En revanche, il savait qu'il aurait eu l'impression d'abuser de lui.

— Comme si tu ne l'avais pas déjà fait, se reprocha Rey.

Il caressa la mâchoire hirsute de Gus.

— Cette fois, je vais faire les choses comme il faut. Je te le promets.

— Va-t'en, marmonna Gus dans son oreiller. Ou tais-toi. Ou les deux. À toi de voir.

— Sympa. C'est comme ça que tu traites l'homme qui se demande si tu as besoin de boire un peu d'eau ?

Rey voulait toucher la peau de Gus. Ses doigts picotaient, rêvant d'explorer son dos, ses bras et ses côtes afin d'apaiser des blessures guéries depuis longtemps. Malheureusement, il ne pouvait rien faire pour sécher les larmes de sang qui coulaient dans son cœur brisé.

— Tu as certainement besoin de t'hydrater après…

— Bon sang, on dirait Mace, grommela Gus en s'enfonçant davantage dans son nid. Je suis juste fatigué et je n'arrive pas à me détendre. Puis tu te mets à parler, alors j'écoute.

— Veux-tu que j'aille te chercher à boire et à manger ? demanda Rey en soulevant un petit traversin, souriant quand le luminaire éclaira l'œil gauche légèrement ouvert de Gus. Ou veux-tu que je m'allonge près de toi jusqu'à ce que tu t'endormes ?

— Si tu t'allonges, vas-tu te taire ?

— Non. Je vais probablement passer quelques minutes à m'excuser d'avoir agi comme un connard avec toi, puis regretter d'avoir promis de ne pas te déshabiller et te marteler assez fort pour que le lit se retrouve de l'autre côté de la chambre.

— Rey, tu sais que je t'aime, mais si tu ne me laisses pas dormir au moins deux heures, je vais finir par *te* jeter par-dessus le pont.

Gus grogna. Puis sa bouche se tordit sous l'effet du regret.

— Merde. Je suis désolé d'avoir dit ça.

Rey avait la gorge serrée et du mal à déglutir.

— Tu es désolé d'avoir dit quoi ? demanda Rey en essayant de garder un ton léger. Que tu m'aimais ou ce truc sur le pont ?

— À toi de choisir. C'est le désordre dans ma tête et j'ai mal au crâne.

156

Désormais, ses yeux étaient grand ouverts, tel un océan bleu de regret et de douleur ancienne. Gus se tourna sur le dos et le fixa, son visage encore rougi par le vent agressif dans lequel il s'était tenu.

— J'ai faim, j'ai soif et je suis fatigué. J'ai envie de tout et peut-être de toi, mais pour le moment, je ne peux rien faire d'autre que dormir. Je n'aurais pas dû me rendre là-bas tout seul. Je n'aurais pas dû dire à mes frères de me laisser tranquille et Ivo n'avait aucun droit de te dire de venir me retrouver, mais...

— Es-tu au moins heureux qu'il l'ait fait ? demanda Rey en passant ses doigts dans les cheveux de Gus afin de dégager son visage. Parce que si tu ne l'es pas, je vais devoir prendre sa défense.

— Oui, j'en suis heureux. Ce petit con savait que j'avais besoin de toi et si tu lui répètes ce que je viens de dire, je t'étripe.

Gus poussa un grand soupir, nourri par une journée bien trop longue et un énorme sentiment de culpabilité.

— Je ne peux pas réfléchir pour le moment. Je suis exténué. Je veux que tu restes, mais je ne veux pas te le demander parce que...

— Je vais rester jusqu'à ce que tu t'endormes. Ensuite, j'irai te préparer quelque chose à manger pour que ce soit prêt à ton réveil, promit Rey, se décalant vers le bas du lit pour s'installer près de Gus.

Ils s'allongèrent côte à côte, leurs épaules et leurs hanches se touchant et Rey sentit les membres de Gus se détendre, son corps relâchant la pression.

— Ce sont tes nerfs qui te font tenir, ainsi que le gallon de café que tu as bu.

— Le demi gallon, marmonna Gus. Je n'ai pas eu le temps de boire tout un gallon. Jules et moi étions en train de mettre un planning en place au téléphone. Parfois, Chris se rend à l'école le matin, ce qui rend la situation un peu compliquée. Je suis obligé de me caler sur leurs horaires jusqu'à ce qu'on m'accorde le droit de le garder seul. Jusqu'à ce que les avocats et les assistants sociaux s'assurent que je ne représente pas un danger pour lui.

— C'est le bordel, mais...

— C'est compréhensible, termina Gus. Ils ne me connaissent pas. Pas encore. Je ne leur en veux pas. Quand on voit ce que ma mère a fait.

Gus clignait des yeux de plus en plus lentement ; ses cils tombaient et restaient posés sur ses joues avant de se relever brusquement.

— Bon sang, je ne peux pas faire face à tout ça. Je ne suis pas prêt, mais je ne peux pas l'abandonner. C'est un enfant génial. Certainement meilleur que je ne l'étais. J'essaie de lui parler un peu tous les jours en appel vidéo, mais c'est difficile. Il bouge dans tous les sens.

— Comme tu avais l'habitude de le faire, le taquina Rey.

La respiration de Gus ralentit et son regard faiblit, perdant toute intensité.

— Et ne t'inquiète pas, continua Rey. Je ne te tiendrai pas rigueur de ce que tu as pu dire aujourd'hui. Ne t'en fais pas.

— Je le pensais vraiment. La première partie et parfois la deuxième, murmura Gus en se tournant sur le côté pour lui faire face.

Ses cheveux tombèrent sur son visage, cachant presque sa beauté. Ses épaules se contractèrent quand il serra tendrement un petit oreiller contre sa poitrine.

— Je ne te l'ai jamais avoué, mais j'étais follement et éperdument amoureux de toi, déclara Gus. Quand tu m'as dit que c'était fini, quelque chose s'est brisé en moi, mais je comprends que tu aies pris cette décision. J'avais tellement peur de te laisser entrer dans ma vie. Je n'arrêtais pas de tout foutre en l'air entre nous, mais je ne peux même pas expliquer pourquoi. Je savais que tu m'attendais, mais je n'arrivais pas à me rendre au point de rendez-vous, même si je savais que tu serais en colère ou blessé. Je ne pouvais pas...

— C'était il y a des années, chéri.

Il trouva la bouche de Gus entre la cascade de soie dorée et la taie d'oreiller en coton paisley, puis l'embrassa passionnément. Alors qu'il caressait les cheveux de Gus, Rey traça la longueur de son oreille et trouva l'entaille qu'il s'était faite en se battant pour qu'on lui passe une manette quand Rey ne connaissait encore aucun des frères. Il connaissait ces paysages familiers qu'il n'avait pas su apprécier quand on lui en avait donné un premier aperçu, les histoires que le corps de Gus racontait, ainsi que certaines de celles qu'il gardait au plus profond de son âme.

— Nous pouvons recommencer où nous nous sommes arrêtés, dit Rey. Ou reprendre à zéro. Peu importe la manière dont tu veux le définir. Mais sache que tu n'étais pas le seul à être follement et éperdument amoureux. En revanche, tu étais assez intelligent pour le savoir.


— BON SANG, ils ont dix-sept marques différentes de haricots en boîte, mais ils n'ont pas d'ail?

Rey se tenait au milieu d'un ancien débarras que Bear avait converti en garde-manger, fouillant dans un panier d'oignons de Maui avant de se rendre compte qu'une tresse d'ail était accrochée juste devant ses yeux. Étant donné que la moitié de la tresse était déjà arrachée et rangée dans le garde-manger, il pouvait l'utiliser sans craindre qu'une personne s'aperçoive qu'il s'était servi.

— Ça m'étonnerait qu'il pende de l'ail pour faire joli.

Rey commença à séparer les gousses de la racine tout en faisant un inventaire rapide.

— Le riz est en train de cuire. La viande hachée est en train de dorer. Les oignons sont déjà à l'intérieur. J'en ai gardé quelques-uns. Qu'est-ce que j'oublie?

— Ça dépend de ce que tu prépares, retentit la voix de Bear derrière lui.

Le cliquetis des médailles et le bruit des griffes sur le parquet permirent à Rey de se préparer psychologiquement à l'arrivée du chien dans la cuisine. Dans son excitation, Earl se cogna la hanche contre la table.

Le chien percuta les jambes de Rey, tel un homme puissant, mais avec des poils et une langue humide en plus. Rey perdit l'équilibre et se tapa le coude contre le plan de travail. Earl badigeonna de salive tout ce qu'il pouvait atteindre avant de faire un petit bond et de planter ses pattes avant sur les pieds nus de Rey. Ce dernier siffla entre ses dents et gratta la tête du chien tout en poussant sur une de ses épaules poilues, espérant retrouver un peu d'espace pour respirer.

— Earl, *assis*, ordonna Bear.

Le chien posa son derrière par terre, se tortillant sur place.

— N'oublie pas qu'il est éduqué. Dis-lui simplement ce que tu veux qu'il fasse. Où est passé Gus?

— En haut, endormi. Je l'ai rejoint sur le pont et nous avons un peu discuté. C'était difficile pour lui cette année. Enfin, plus difficile que d'habitude.

Il contourna le chien pour récupérer une spatule en bois afin de mélanger la viande.

— Je lui ai promis que je cuisinerai quelque chose avant qu'il se réveille…

— C'est certainement à cause de l'enfant, songea l'aîné de la famille en approchant de la cuisinière pour humer l'odeur de la viande en train de dorer.

Bear ne faisait que cinq centimètres de plus que Rey, mais face à sa carrure imposante, Rey se sentait comme un Oompa Loompa.

— Que prépares-tu ?

— Du chili. Ce choix me semblait être le plus judicieux étant donné que vous avez au moins vingt kilos de viande hachée dans votre congélateur et que c'est l'une des seules choses que je sais cuisiner.

En reculant, Rey faillit trébucher sur la patte tendue du chien. Earl le regarda, un sourire moqueur se dessinant sur sa gueule.

— Du chili ? Parfait. C'est un plat qu'Ivo acceptera de manger. Ce garçon est difficile, dit-il en secouant la tête. Il mange du *balut*, mais il ne toucherait jamais une côte de porc. Nous avons aussi des saucisses dans le congélateur. Ivo mangera un chili dog, du moment qu'il y a de la crème aigre à l'intérieur. Puis-je t'aider à faire quelque chose ?

— Tu pourrais éplucher et émincer les gousses d'ail tout en me sermonnant pour que je laisse ton petit frère tranquille, dit Rey en posant la spatule, puis il poussa légèrement Earl avec son pied. Si le chien ne me tue pas avant. Il faut que tu bouges, mon grand.

Taquiner le grand frère de Gus était certainement la chose la plus idiote qu'il ait jamais faite, mais ce trait d'humour lui valut l'esquisse d'un sourire cachée derrière la barbe brune et taillée de Bear. Des rides apparurent autour de ses yeux bleu nuit et il ordonna au canidé de s'allonger dans un panier qui se trouvait au bout de la cuisine, tout en ouvrant le robinet pour se laver les mains. Earl se traîna jusqu'au panier et soupira de façon dramatique en se laissant tomber sur le matelas douillet.

Bear était de loin l'homme le plus effrayant parmi les connaissances de Rey. Quelque chose chez ce patriarche auto-proclamé à la carrure impressionnante et à l'air taciturne lui faisait perdre ses moyens. Il n'y avait pas une grande différence d'âge entre eux – peut-être cinq ans –, mais il fallait ajouter à cela les décennies d'autorité et de force que Bear portait sur ses larges épaules. C'était un roi parmi des princes blessés. Il avait protégé ses frères pendant qu'ils guérissaient et leur avait donné le droit à l'erreur. Rey savait qu'il y avait sans doute, quelque part, une limite à ne pas franchir pour ne pas déclencher sa fureur. Il espérait ne jamais assister à une telle scène.

— Je ne vais pas te sermonner, mais je vais te donner un coup de main, finit par dire Bear en essuyant ses mains sur un torchon.

Après avoir récupéré deux bols en plastique dans un placard, Bear mis les gousses d'ail dans le premier, puis le recouvrit avec le deuxième.

160

Alors que Rey se demandait ce qu'il était en train de faire, il souleva les bols et secoua vigoureusement. Quelques secondes plus tard, il reposa les bols sur le plan de travail, retira celui qui se trouvait au-dessus et récupéra les gousses épluchées et séparées. Il les plaça ensuite sur la planche à découper que Rey avait utilisée pour les oignons.

— C'est plus simple de faire comme ça. Donne-moi le couteau. Nous verrons plus tard si je dois te menacer encore un peu ou t'accueillir dans notre famille.

Ils travaillèrent de manière efficace, ne se mettant pas en travers du chemin de l'autre quand la cuisine devenait trop étroite. Bear étant Bear, l'homme resta muet, laissant Rey préparer le chili sans faire de commentaires – plaisir dont il ne jouissait pas quand il cuisinait avec Mace. Quand il goûta pour la première fois le chili, il sentit une explosion de poivrons séchés, de cumin et de tomates claires, mais il savait que le goût changerait dans les deux prochaines heures ; sa concoction deviendrait plus lisse et plus douce lorsque les saveurs se mélangeraient.

— La vaisselle est dans le lave-vaisselle, dit Bear qui se tenait devant la porte ouverte du réfrigérateur. Nous pourrons râper du fromage plus tard. Je vais dire à Ivo de passer acheter de la crème aigre au magasin s'il en veut dans son plat. Sinon, il prendra le petit-lait dans un des yaourts à la grecque. Le goût est presque le même. Veux-tu boire une bière ? Il est 16 h passées. Nous pouvons aller nous installer dans le salon familial.

— Une fois l'heure du midi passée, je ne me refuse rien, déclara Rey en acceptant la bouteille fraîche d'India Pale Ale que lui tendait Bear.

— Bien. Allez, viens. J'ai passé toute la journée debout. J'ai besoin de me reposer.

Bear se dirigea vers le salon en claquant sa langue pour appeler Earl. Le chien porta un regard noir sur Rey, puis il suivit son maître, sa queue tapant en rythme contre les placards et l'encadrement de la porte lors de son passage.

— Que de jugement dans ton regard, Earl, dit Rey en regardant le canidé s'éloigner. Tu es pire que Mace.

Le salon était calme. Rey s'installa sur le canapé en forme de U qui occupait une grande partie de la pièce. Bear était étendu dans un coin, les jambes installées sur le repose-pied et les bras posés sur le dos du canapé, tenant lâchement sa bière dans sa main gauche. Earl était par terre, allongé sur un pouf, sa tête et ses pattes pendant sur les côtés.

Curieusement, la télévision était éteinte. Il n'y avait aucun bruit dans la pièce, hormis leur respiration, les ronflements de Earl et les bruits provenant de la rue qui se trouvait de l'autre côté de la maison. Les bribes d'une conversation enjouée entre adolescentes leur tinrent compagnie pendant quelques secondes. Puis une personne passa en courant, suivie par une pluie d'aboiements étouffés dont Earl ne s'inquiéta pas; il leva simplement une oreille, puis ses ronflements reprirent de plus belle.

— L'habitude la plus difficile que j'ai dû prendre en vivant avec Mace est de toujours laisser quelque chose allumé dans l'appartement, dit Rey, savourant le silence. Il ne met pas la télévision ou la chaîne-hifi à fond, mais il a toujours besoin d'écouter quelque chose.

— En effet, confirma doucement Bear. Tu sais comment ça fonctionne. Le bruit l'aide. Tout comme le fait de bouger. Ça va mieux depuis qu'il peut compter sur toi pour courir le matin, même si je suis certain que les gens vous prennent pour des fous. Deux jeunes hommes qui se courent après dans Chinatown.

— Je crois que personne ne nous remarque.

Lors d'une course, Rey se rappelait avoir vu des policiers cherchant à appréhender une femme qui tenait un rouleau à pâtisserie et les menaçait en pointant deux cuisses de poulet cru dans leur direction.

— Du moins, nous ne faisons rien qui pourrait nous faire arrêter. Allons-nous parler de tout le monde avant d'en venir à Gus? Si c'est le cas, je vais aller me chercher une autre bière pour qu'elle soit encore fraîche quand nous arriverons au cœur du sujet.

— C'est toi qui as mentionné Mace, lui rappela Bear en pointant sa bouteille vers lui. Je ne vois pas pourquoi je discuterais de Luke avec toi. Comme Ivo est en train de te tatouer, nous pourrions en parler, mais nous finirions quand même par revenir vers Gus. Inutile de parler de la conversation que vous avez eue sur le pont. Vu ta tête, il a dû te raconter ce que Mélanie a fait et te parler de Puck.

Avec son regard franc et son expression impénétrable, Bear avait un talent pour mettre un homme à nu. Il pouvait patienter des heures, tel un rocher qui restait immobile malgré le courant de l'eau. Rey était partagé entre l'envie de retourner dans la cuisine pour vérifier la cuisson du chili et celle d'avouer tout ce qu'il avait fait de mal depuis qu'il était assez grand pour savoir que ses actes allaient lui causer des ennuis.

— Je ne sais pas quoi faire de ces informations, finit-il par admettre à voix basse.

162

Rey était sidéré par la culpabilité que Gus ressentait. Installé dans le salon familial, entouré par des morceaux de la réussite de cette fratrie, il se rendit compte du chemin qu'avait parcouru Gus depuis ce jour fatidique sur le pont.

— Elle lui a volé son innocence. Enfin, tu le sais, étant donné que tu étais là, mais…

— Je n'étais pas là, l'interrompit Bear. Les services sociaux nous ont séparés. Je n'ai pas eu le droit de les voir pendant longtemps et quand on m'a enfin autorisé à le voir, il était très mal en point. Ils n'ont pas pris soin de lui. Ils s'en sont débarrassés en le plaçant dans des mauvaises familles d'accueil, puis ils sont partis sans jamais se retourner.

Bear détourna les yeux, les lèvres pincées. Il se redressa et posa sa bière sur la table qui se trouvait derrière le canapé.

— Ces personnes ne se sont pas bien comportées avec lui. Ni avec Ivo. C'étaient de jeunes garçons qui avaient perdu leur mère et Gus a perdu bien plus que cela. Je ne veux pas qu'il perde quoi que ce soit ou qui que ce soit d'autre. Surtout pas maintenant qu'il a enfin décidé de se reconstruire.

— Je ne…

Rey prit une profonde inspiration, puis une gorgée de bière. Il s'essuya la bouche et choisit attentivement ses mots parmi les milliers qui occupaient son esprit.

— Je pourrais dire que ce qui se passe entre Gus et moi ne te regarde pas.

— En effet, confirma doucement Bear en hochant la tête. Mais tu sais que la dernière fois, c'est moi qui ai ramassé les pots cassés et ce n'était pas joli à voir. Aujourd'hui, la situation est différente. Chris est apparu dans sa vie et tu es un homme plus sérieux. Vivre avec Mace a été bénéfique pour toi car tu as dû faire des compromis, apprendre à t'adapter à une personne un peu folle.

— Une personne un peu folle ? Mace ne serait pas d'accord avec toi, s'esclaffa Rey. Il pense être le plus posé d'entre vous.

— À mon avis, c'est plutôt Luke. Mace est le plus déterminé. Il a parcouru le plus long chemin. Il ne veut pas régresser. Alors que Gus ne veut pas aller de l'avant.

— Nous allons aller de l'avant. Je ne veux pas le perdre une nouvelle fois.

Rey remua sur le canapé et entendit le sol craquer au-dessus de leurs têtes.

— Je l'aime, Bear. Sincèrement.

— Parfois, ça ne suffit pas.

— C'est vrai. Il ne me fait pas confiance. Il ne fait confiance à personne. Désormais, je le comprends. Je pensais que c'était déjà le cas, mais après ce qui s'est passé aujourd'hui, je comprends pourquoi il est effrayé et je suis en colère contre… une morte. Je sais que c'était ta tante, mais…

— C'était un parasite, l'arrêta Bear. Elle voulait obtenir ma garde pour recevoir un revenu régulier censé servir à mon bien-être, puis elle l'a perdu quand ils ont compris qu'elle utilisait cet argent pour financer sa consommation croissante de drogue. Après avoir effectué une première visite à l'appartement, l'ASE a tout fait pour me retirer de chez elle.

— Tu ne voulais pas partir, n'est-ce pas ? Parce qu'en partant, tu abandonnais Gus et les autres, supposa Rey avant de hocher la tête en voyant Bear hausser les épaules. Tu n'étais qu'un enfant. Et d'après Gus, tu as fait de ton mieux pour les aider.

— Mais je n'ai pas réussi à faire en sorte que nous restions ensemble.

L'aîné des frères se pencha en avant pour gratter les côtes de son chien. La queue de celui-ci frappa le sol dans une cadence rapide.

— Je me fais du souci, reconnut Bear. Surtout pour Gus. Alors, maintenant que tu es de retour, je vais m'inquiéter. Non pas parce que je ne t'apprécie pas…

— Mais tu as envie de m'attraper par le crâne et de le serrer jusqu'à ce qu'il explose ? s'enquit Rey, avant de sourire quand Bear se mit à rire. Si tu veux que je te rassure en te disant que je ne vais pas tout gâcher, ça ne va pas être possible. J'aimerais pouvoir le faire, mais je peux seulement promettre de faire de mon mieux. Et cette promesse, c'est à Gus que je la fais, pas à toi.

Bear tendit les bras devant lui, observant ses ongles ou peut-être une tache d'encre que lui seul pouvait voir. Rey avait plaisanté en mentionnant la possibilité qu'il lui explose le crâne, mais cette idée ne semblait pas déplaire à Bear. Il était aussi possible qu'il soit en train de réfléchir à la manière dont le prix du thé en Chine pouvait être affecté par un papillon qui battait des ailes. Le silence devint lourd, un courant d'air froid et gênant soufflant sur leurs paroles et la camaraderie qu'ils partageaient depuis des années.

— Gus est bien plus fort que les gens ne le pensent, y compris toi, finit par murmurer Bear en relevant la tête pour regarder Rey dans les yeux. Il serait le premier à m'insulter pour avoir osé m'immiscer entre vous et cette assurance est une bonne chose, même si nous savons tous les deux qu'il aboie plus qu'il ne mord. Je sais que tu tiens à lui. Même Mace peut le voir. Je n'ai besoin d'aucune promesse, je te demande simplement d'être patient. Quand vous étiez en couple, vous ne faisiez que manger et coucher ensemble. Vous allez avoir besoin d'autre chose. Passe un peu de temps avec lui. Faites des choses ensemble. Le sexe, c'est bien, mais si vous voulez avoir un avenir, vous allez devoir construire une bonne fondation.

Bear laissa échapper un rire, tel un roulement de tonnerre sourd et amusé.

— Prenez le temps de *sortir* ensemble. Et quand le système se mettra à sa poursuite et lui demandera de filer droit s'il veut voir Chris, sois présent pour lui montrer que le jeu en vaut la chandelle. Tu as une famille aimante. Je t'ai entendu parler de ton beau-père. Je serais ravi que Gus entretienne une relation comme la vôtre avec son fils. Je compte sur toi pour ça. Aime-le, Rey. Fais-lui comprendre que tenir à quelqu'un et lui faire confiance ne veut pas dire que l'on est faible. C'est ce que je lui dis depuis toujours, mais ça ne s'est jamais imprimé dans son cerveau. Il finira peut-être par le comprendre avec toi.

— Ça, je peux te le promettre.

Rey imagina la série d'interrogatoires qui l'attendait.

— Vais-je devoir revivre ce moment avec chacun de vous? Si c'est le cas, j'aimerais étaler mes entretiens sur deux semaines. Pourriez-vous faire en sorte que le prochain rendez-vous soit avec Mace? Parce que je sais comment le prendre et après toi, c'est celui qui me fait le plus peur.

— Non, c'est juste moi. Nous avons tiré à la courte paille et j'ai perdu, expliqua Bear en récupérant sa bière. Mace n'est pas celui dont tu devrais te méfier. En cas de défaite, Luke avait prévu de te tirer une balle dans le crâne et de t'enterrer dans un trou très profond. Ce sont les personnes les plus discrètes dont il faut se méfier, Rey. Toujours.

# XV

— WAOUH. IL n'y a pas encore de couleurs, mais le tatouage est déjà sublime, dit Ivo, son souffle chatouillant l'oreille de Gus. As-tu fait une composition ?

— Elle est là-bas, sur ma table. Et arrête de me respirer dessus, crétin.

Un léger coup de coude fit reculer son petit frère de quelques centimètres, mais Ivo n'allait pas se laisser faire. Il esquiva le deuxième coup, souriant comme un idiot. Gus secoua la tête en voyant le sourire en coin de son client.

— Laisse-moi deviner… tu as des frères.

— Oui, des petits frères, confirma Alex. Ils me rendent fou.

— J'aimerais être celui qui le rend fou, murmura Ivo tout bas pour que seul Gus puisse l'entendre. Seigneur, ton client est appétissant.

— Va t'asseoir, petit frère. Tu es en train de me baver sur l'épaule.

Gus trempa ses pointes dans un pot d'encre noire, frotta une ligne avec du baume, puis se focalisa sur son tatouage.

— Brandt, ne l'encourage pas. Ivo est comme un chat errant. Si on lui accorde un peu d'attention, il vient miauler à la porte au petit matin pour qu'on lui ouvre.

— En général, j'ai simplement besoin de dire que je fais partie de l'agence américaine de lutte anti-drogue et ça fonctionne, se targua Alex.

Quand Ivo laissa échapper un rire moqueur, les yeux brun foncé de l'homme se mirent à scintiller. Il replaça ses larges épaules vers la droite en sentant la légère pression exercée par Gus sur son bras.

— Désolé. Je ne voulais pas bouger.

— Ce n'est rien, dit Gus. Préviens-moi si tu as besoin de t'étirer ou autre chose.

Il avait déjà réalisé la moitié des contours noirs. En jetant un œil vers l'horloge, il se rendit compte qu'il pourrait terminer la structure de cette grande pièce avant leur prochain rendez-vous. Il attendrait que les contours cicatrisent avant d'ajouter de la couleur au phénix, mais s'il avait le temps, il pourrait potentiellement commencer l'ombrage.

166

— Je veux finir le tracé aujourd'hui et peut-être ajouter un peu d'ombrage, mais si tu ressens le besoin d'arrêter une fois le tracé terminé, je peux reprendre la prochaine fois.

— Non, ça ira, déclara fermement Alex. J'ai connu pire. C'est la raison pour laquelle je me fais tatouer. Il y a peu de temps, j'ai failli mourir, alors j'ai décidé de me faire tatouer un phénix. Pour montrer que je suis toujours en vie.

— Comme pour renaître de tes cendres ? commenta Ivo en récupérant la composition colorée sur le poste de Gus avant de l'étudier avec attention. Je n'ai jamais vu un tatouage comme celui-ci. Inspiration russe avec des nuances de rouge, de noir et d'orange ? Un vrai souci du détail. Cette pièce va être fabuleuse.

— Oui. Je vais ajouter du doré au bout de certaines plumes, expliqua Gus. Peut-être un peu de vert et de gris au bord du noir pour avoir un contraste plus prononcé. Je veux beaucoup de textures au bout des ailes et sur les plumes de la queue, mais je ne veux pas perdre la belle courbe de la tête et du bec. Il faut qu'ils ressortent.

— J'aime l'inspiration japonaise du poisson koï que l'on retrouve dans les plumes.

Son frère retourna le dessin sur la table et tapota la courbe extérieure des épaules de l'oiseau, à l'endroit où les ailes étaient rattachées au corps.

— Ça te plaît, Alex ? demanda Ivo.

— C'est parfait. C'est exactement ce que je voulais. On m'a tabassé alors que j'étais en mission. Je me suis retrouvé dans un état critique, mais on a réussi à me sauver et pendant que j'étais à l'hôpital, mon ami Kane m'a dit que je devrais me faire tatouer un phénix dès ma sortie. Une sorte de doigt d'honneur à l'univers pour avoir essayé de me tuer.

Alex cessa de bouger lorsque Gus commença à tracer de nouvelles lignes. Il grimaça un peu lorsque les pointes frappèrent la peau sensible sous son bras.

— Tout allait bien jusqu'à maintenant…

— La plupart des gens ont mal lorsqu'on s'attaque à cette zone, expliqua Gus. La douleur passe d'une brûlure douce et régulière à un pincement nucléaire. L'épaisseur de chair et de muscle est fine, alors je n'y reste pas longtemps, mais j'y reviendrai de temps en temps. Sauf si tu préfères que je m'en occupe en une fois. Si Ivo te dérange, nous pouvons lui demander d'aller s'asseoir dans un coin.

— Il ne me dérange pas. Les petits frères nous rendent fous. C'est leur mission, dit-il avant de se mettre à rire. L'un de mes frères s'est marié avec un de mes anciens partenaires de travail. Depuis, il pense que ça lui donne le droit de me taquiner encore plus.

— Tu lui as bien fait comprendre qu'il se trompait, n'est-ce pas ? Parfois, il faut leur donner la fessée ou bien ils deviennent présomptueux.

Gus éclata de rire en voyant son petit frère lui faire un doigt d'honneur.

— Ça leur permet de garder les pieds sur terre, termina Gus.

— Exactement, confirma Alex, sifflant lorsque les pointes de la machine frappèrent un endroit délicat. Je voulais que mon tatouage soit d'inspiration russe car j'ai vu des œuvres d'art chez Dimah et elles m'ont beaucoup plu. Ça me parlait. Tu as parfaitement compris ce que j'attendais. Je suis impatient de voir la pièce une fois terminée. Ton dessin représente exactement ce que j'avais en tête. Il est même plus beau que ce que j'avais imaginé.

— Gus est l'un des meilleurs artistes que je connaisse, murmura Ivo en jetant une ombre sur le corps d'Alex.

Alors que son grand frère était sur le point de l'attraper par les cheveux, la cloche de la porte sonna et deux jeunes femmes minces entrèrent dans le salon.

— Aujourd'hui, je suis le gardien du temple, déclara Ivo. Voyons voir ce que le trottoir nous a apporté.

— Ne le prends pas mal, commença Alex dans un murmure alors qu'il regardait Ivo s'éloigner sur ses talons hauts, mais j'attends qu'il se brise la nuque en portant ces chaussures.

— C'est plus simple de ne pas regarder. Le cœur a moins de chance de lâcher.

— Cela dit, ça lui fait de jolies jambes.

Alex observa son bras et siffla lorsque Gus repassa sur une partie délicate.

— Combien de temps penses-tu que cela va prendre ? Enfin, en tout. Pas seulement aujourd'hui.

— Certainement deux autres séances de quatre heures, si tu arrives à tenir le coup. Il y a beaucoup de détails, mais je pense qu'il rendra bien. Il aura un aspect cloisonné. Les nuances de rouge et d'orange ressortiront sur ta peau. Je dois juste m'assurer de bien doser le noir pour qu'il y ait un beau contraste. As-tu besoin de faire une autre pause ?

— Non, ça va. En plus, ton frère nous observe. Si je prends une pause maintenant, il va penser que la partie au niveau de l'aisselle m'a achevé.

Lorsque Gus entendit Alex prendre une vive inspiration à travers sa mâchoire serrée, il leva les yeux et rencontra le regard plissé de son client.

— Non, continue, insista Alex. N'oublie pas, on le fait en une fois.

C'était facile de se laisser emporter par l'encre. Il y avait une différence entre le dessin et le tatouage, qui était un tourbillon d'aiguilles, d'encre et de sang. Par moment, Gus oubliait que la toile sur laquelle il était en train d'œuvrer était la peau d'un être humain, surtout quand il travaillait les détails. Puis son support se mettait à bouger, ramenant Gus à la réalité. Le vrombissement et le rythme des pointes vibrantes le berçaient, chassant le bruit des pensées qui occupaient son esprit, puis des lignes se formaient au passage de la machine, des boucles et des angles noirs et épais se superposant au calque violet de son dessin finalisé.

Après deux heures et demie, Gus sentit que la peau d'Alex se fatiguait et éloigna la machine. Un tremblement secoua l'épaule de son client. Gus récupéra le nettoyant qu'il gardait sur son établi. Il étudia la pièce en passant son produit dessus, cherchant à voir s'il y avait des trous ou des zones de saturation qu'il fallait retravailler.

— Tu as terminé ? demanda Alex en fronçant les sourcils. Je vais bien.

— Je ne veux pas surmener ta peau. Je vérifie juste si j'ai fait tout ce que je voulais durant cette séance, puis nous pourrons emballer tout ça.

Il examina une partie du bec du phénix et se demanda s'il ne devrait pas ajouter plus d'encre sur les plumes qui entouraient sa courbe.

— Les lignes sont nettes, mais cette pièce est assez grande. Un tatouage qui s'étend de l'épaule jusqu'au coude a besoin d'équilibre. Avec l'encre, on peut vite passer de l'obscurité à la lumière. Je veux rester prudent parce que nous allons ajouter des couleurs vives. Je ne veux pas que le noir vienne ternir les couleurs claires que nous allons poser, alors attendons de voir comment le tatouage cicatrise et nous aurons une meilleure idée de l'ombrage nécessaire.

— Maintenant, ça me fait mal, mais l'adrénaline fait son effet.

Alex expira un bon coup, puis laissa retomber sa tête en arrière lorsque Gus rafraîchit son bras avec du produit nettoyant.

— Waouh, je suis aussi surexcité que nauséeux, mais ce n'était pas douloureux. Ça ressemblait plus à une brûlure. Sauf au niveau de l'aisselle, où j'avais l'impression qu'on me plantait des lames de rasoir.

— Pour un premier tatouage, tu as choisi une bonne partie de ton corps. Je vais nettoyer ton bras et utiliser ce film protecteur pour l'emballer. Il est transparent, comme les pansements médicaux, mais tu vas devoir le garder quelques jours. Une couche d'encre et de liquide va se former à l'intérieur, mais ne t'en préoccupes pas.

Il essuya le surplus d'encre, puis déroula le film protecteur, mesurant quelle quantité serait nécessaire pour recouvrir le tatouage.

— Ce truc est génial. Tu n'imagines pas la quantité d'encre qui ressort durant les deux premiers jours. Ça laisse des taches sur les draps et les vêtements. Ce film empêche cela et il est imperméable, alors tu peux prendre ta douche et faire tout ce que tu veux. Donne-moi un instant pour emballer ça, puis je te donnerai des produits pour réaliser les soins.

— Je vais aussi prendre rendez-vous pour la séance suivante.

Alex leva les yeux en entendant la cloche de l'entrée sonner.

— Dimah vient d'arriver pour me récupérer. Belle synchronisation. Il n'a pas arrêté de me charrier car il pensait que je finirai par me dégonfler.


LA JOURNÉE avait été bonne. Gus avait pris son petit déjeuner avec Chris grâce à un appel vidéo, bien trop tôt à son goût, mais il avait dormi quelques heures après avoir vu son fils lui dire au revoir en embrassant l'écran. Jules était alors apparue pour déconnecter l'appel, riant tout en essuyant les miettes de Pop-Tart qui avaient fini sur son ordinateur.

Le phénix était encore plus beau qu'il ne l'avait espéré et Alex était resté immobile pendant une longue durée, ce qui suggérait qu'il serait capable de supporter les prochaines séances nécessaires pour terminer la pièce. Deux clientes étaient arrivées sans rendez-vous et avaient demandé à Gus de leur tatouer des pièces d'inspiration japonaise sur l'épaule. Ivo avait composé un tatouage pour deux sœurs. Quant à leur apprenti, Noob, il s'était chargé de la réception, programmant des rendez-vous pour la fin de la semaine. Étant donné que Bear ne partageait pas les mêmes horaires que Gus, le salon avait paru un peu vide sans sa forte présence, mais dans l'ensemble, Gus avait apprécié de travailler toute une journée. Il serait bientôt 20 h, ce qui signifiait que le salon ne fermerait ses portes que dans deux heures. Comme Gus n'attendait aucun client, il pouvait utiliser ce temps pour dessiner le vol de dragons qu'un policier de Chinatown voulait se faire tatouer autour du bras droit. Il espérait pouvoir le convaincre de réaliser une pièce aux couleurs nettes et vives.

170

Armé d'une tasse de café frais, il se dirigea vers l'entrée du salon et se retrouva face à une personne qui hantait ses cauchemars. Celle-ci l'attendait à la réception, la porte du salon grand ouverte derrière elle, laissant entrer le bruit de la jetée et son air salé.

Contrairement à l'image qu'il en avait dans ses cauchemars, l'homme n'avait rien d'impressionnant. Il était plus vieux que dans son souvenir, maigre et perdait ses cheveux. Il se tenait à quelques mètres de la porte d'entrée, les épaules baissées et le menton en avant. Ses cheveux étaient plus fins, en bataille, avec quelques mèches grises qui tombaient sur son front tacheté. Ses yeux pâles étaient presque cachés derrière une paire de lunettes à la monture noire et épaisse. Il ressemblait au cliché qu'on se faisait des comptables dans les années 50 : chemise à manches courtes, mocassins noirs à glands et pantalon marron remonté au-dessus des hanches. Il semblait inoffensif avec son air un peu renfrogné. C'était le genre d'homme qui n'attirait pas le regard.

Mais Gus connaissait son vrai visage : ce n'était qu'un des rouages détestables qui faisaient tourner le système, un moins que rien sadique et manipulateur qui se faisait passer pour un être humain.

— August Scott ? demanda l'homme en laissant échapper un rire bref.

Son estomac se noua. Il se souvenait des remarques désobligeantes et fielleuses qui avaient plu sur lui alors qu'il était assis dans une petite pièce, attendant que la juge décide si elle l'autorisait à vivre avec Bear.

— Vous n'êtes pas parti loin. Vous ne vous souvenez certainement pas de moi. Je suis…

— Un connard, termina Gus pour lui.

Le bureau d'accueil servant de barrière entre lui et cet assistant social qui avait plaidé longuement pour l'envoyer en prison pour mineurs, Gus se prépara à entendre la raison pour laquelle cet homme avait passé le pas de la porte.

— Je vous connais, continua Gus. Je ne me souviens pas de votre nom, mais je vous connais. Si vous êtes venu pour un tatouage, faites demi-tour et sortez d'ici. Aucun employé de ce salon ne vous fera ce plaisir.

Il n'avait pas besoin regarder par-dessus son épaule pour savoir que son petit frère arrivait derrière lui. Ses talons frappaient un rythme franc et déterminé sur le sol et le bruit cessa à quelques centimètres de Gus, sur sa gauche. Ivo posa ses mains sur le comptoir et observa l'homme, le regard dur et provocateur. Gus était heureux de sentir la chaleur de son frère près de lui, tel un baume apaisant de folie et de familiarité.

171

— Pourquoi voudrais-je mutiler mon corps de cette façon ?

Le nom de cet homme dansait avec cynisme sur le bout de sa langue, tel un son léger qu'il n'arrivait pas à attraper. Lorsque l'assistant social tourna les yeux vers Ivo, il se crispa et ses lèvres se pincèrent.

— Vous êtes… le *cousin* ?

— Non, je suis son *frère*. Gus vous a demandé de sortir, dit Ivo en indiquant la porte. Pourquoi êtes-vous encore devant moi ?

— Je suis ici pour le petit-fils de Lynn Wagner et si vous ne vous souvenez pas de mon nom, c'est Frank Bulcher.

Un de ses mocassins grinça lorsqu'il approcha du bureau, son grand nez jetant une ombre sur le portfolio de Bear.

— Elle et moi travaillons ensemble, expliqua-t-il. Quand elle a mentionné votre nom, je l'ai immédiatement reconnu et…

— Peu d'enfants s'appellent August à San Francisco, l'interrompit Gus. Et je dois être le seul que vous avez voulu mettre en prison parce que vous n'arriviez pas à me trouver une famille d'accueil.

— Sérieusement ? demanda son petit frère.

Ivo s'appuya sur le comptoir et tapa frénétiquement des doigts dessus.

— Quel sale connard.

— Oui, je lui ai déjà fait la remarque avant que tu arrives, dit Gus. Bulcher, il est presque 20 h. Jules et moi sommes en train de nous organiser pour la garde de notre fils sans impliquer les services sociaux. L'ASE n'envoie pas des personnes comme vous sur le terrain. Vous êtes le genre d'homme qui reste assis derrière son bureau et se plaint quand il doit répondre au téléphone. Lynn semble être une gentille femme. Elle accepte la personne que je suis et ce que je fais dans la vie. La seule question est de savoir ce que vous foutez là.

— Je suis venu voir si vous aviez mieux réussi que je ne m'y attendais. Lynn a besoin de savoir auprès de quel genre de personne son petit-fils va grandir. Sa famille est adorable, malgré les mauvais choix qu'a pu faire sa fille. Mais elle a décidé de retourner à l'école pour faire quelque chose de sa vie.

Bulcher plissa les yeux en entendant Ivo s'esclaffer.

— Elle mérite mieux que ce genre de travail, continua l'assistant social. Sa mère et moi avons beau ne pas être proches, j'ai vu Juliana devenir la femme charmante et dynamique qu'elle est aujourd'hui. Je ferai tout mon possible pour m'assurer que son fils ne soit pas influencé par des gens comme vous.

La conversation continua. Ce n'était que du bruit. Ivo grommela sa réponse, frappant Bulcher avec sa voix de baryton. La journée de Gus avait été bonne – voire parfaite –, mais c'était comme si l'univers n'était pas content quand tout se passait bien pour lui. Ce matin, Bear lui avait dit qu'il devait reprendre sa vie en main. Il avait voulu argumenter, mais en voyant la salive qui moussait au coin des lèvres de Bulcher et son visage qui devenait tout rouge pendant qu'Ivo le mutilait avec un regard acerbe et des mots tranchants, Gus se rendit compte que son grand frère avait non seulement raison, mais qu'il devait aussi en avoir marre de gérer ses problèmes. La vie aurait dû être simple. Il avait quitté l'enfance un peu froissé et brisé, mais en vie. L'arrivée de Bulcher sur le seuil de 415 Ink n'était pas son problème.

Bulcher ne pouvait rien lui faire. Il n'avait pas son avis à donner sur sa vie. Plus maintenant. Il avait peut-être eu ce droit quand le monde s'était refermé sur l'enfant que Gus avait été, submergé par le chagrin et la peur, mais alors qu'il se tenait dans le salon que Gus avait aidé à fonder, l'agitation et l'agressivité de Bulcher n'étaient plus que du bruit.

Il ressentit une vague de soulagement qui lui fit prendre une vive inspiration, puis il se frotta le ventre, déliant le nœud qui lui avait causé des crampes d'estomac pendant des années. Expirer la chaleur qui brûlait en lui se révéla libérateur et la respiration qu'il prit ensuite – aussi salée et âcre que les jetées de San Francisco – était la plus rafraichissante de sa vie.

— Vous n'avez aucun pouvoir sur moi, lança-t-il dans un rire las, plantant ses talons dans le sol. Bon sang, ces mots prennent enfin tout leur sens.

Le monstre dans l'esprit de Gus s'effondra, devenant un vieil homme maigre qui se battait encore pour anéantir des enfants qu'il avait laissés tomber des années plus tôt. Une certaine amertume hantait les paroles de Bulcher, transformant les mots les plus simples en répliques acerbes. Ivo ne se laissa pas marcher dessus ; il se défendit, ainsi que son frère et le reste du monde, contre un homme qu'il n'avait jamais rencontré, mais qui était entré dans leur vie avec pour seul objectif de détruire le monde de Gus.

— Ça suffit, Ivo, l'arrêta Gus d'une voix calme, douce et posée. Autant discuter avec un manche à balai.

C'était curieux de voir à quel point le monde devenait transparent quand la colère et la peur n'entraient pas en jeu. Quelques morceaux de verre restaient encore dans son ventre, afin qu'il n'oublie pas les disputes qui avaient eu lieu entre adultes pendant qu'il était assis sur sa chaise,

173

immobile, impuissant et silencieux, incapable de faire autre chose que d'écouter les personnes qui allaient décider de son avenir.

— M. Bulcher, vous n'avez rien à faire ici, que ce soit au salon ou avec moi. Alors soit vous partez, soit j'appelle la police afin qu'ils vous aident à trouver la sortie.

— Je crois que vous n'avez pas bien compris. Je vais m'occuper personnellement de votre cas. Si les tribunaux avaient suivi ma recommandation, vous seriez devenu un membre plus utile à la société. Mais au lieu d'assumer sa responsabilité en vous réhabilitant, l'État vous a confié à votre tafiole de cousin parce que c'était *plus facile*. Maintenant, vous êtes devenu exactement comme lui, dit-il avant de se pencher par-dessus le comptoir pour planter un doigt dans la poitrine de Gus. Vous êtes *répugnant*. J'ai su que vous étiez un malpropre dès l'instant où j'ai posé les yeux sur vous et si ce satané juge n'avait pas… vous n'êtes pas *apte* à vous occuper d'un enfant, encore moins du garçon Wagner.

Gus posa sa main sur le bras d'Ivo et le serra fort pour l'empêcher de sauter par-dessus le comptoir. Il sentit son petit frère trembler sous sa main, la colère retentissant en lui, mais Gus ne ressentait… rien. Il était plutôt fatigué, usé par cette longue journée et exténué par les deux pièces sur lesquelles il avait travaillé, même s'il était ravi du résultat. Bulcher était juste une distraction.

— Pour commencer, je n'avais pas besoin d'être réhabilité. Je n'avais rien fait de mal. J'ai été confié à l'État parce que ma *mère* était une droguée et qu'elle a voulu me tuer. Je ne suis pas entré dans le système parce que j'étais une mauvaise personne, mais parce que j'avais été *engendré* par une mauvaise personne.

Il lâcha sa prise sur Ivo et sourit en voyant son frère reculer d'un pas pour lui laisser un peu d'espace.

— Et ensuite, si vous *osez* encore parler de Bear ou d'une personne que j'aime – ou même que je déteste – en utilisant le mot « tafiole », je vais vous donner un coup qui fera remonter vos dents si loin dans votre gorge qu'on vous utilisera pour circoncire les hommes en leur faisant une fellation.

Gus marqua une pause et observa attentivement Bulcher.

— Selon vous, comment cette conversation était-elle censée se dérouler ? demanda Gus sur un ton plus calme. En conduisant votre voiture ou en venant par je ne sais quel moyen jusqu'ici, avez-vous répété ce que vous alliez dire ? Pensiez-vous pouvoir débarquer comme un ange vengeur et moralisateur, me condamner à l'enfer et me voir fléchir et sortir de la vie de mon fils ? Ce n'est pas ce qui va se passer. Et je ne vais pas non plus vous laisser me crier dessus dans mon salon – oui, mon propre salon.

— Notre salon, intervint Ivo. En théorie.

— Le *nôtre*, se corrigea Gus en regardant son frère avec un sourire en coin.

Il tapota l'étoile à cinq branches qui était tatouée sur son poignet.

— Vous voyez ce tatouage ? C'est la marque de ma famille. Le logo du *salon*. Chacun de nous possède une part de 415 Ink. Nous avons tous travaillé entre ces murs. Certains de nous y travaillent encore, mais cet endroit nous appartient à tous. Ça fait partie de l'héritage que je léguerai à mon fils. Mais ce n'est qu'une *infime* partie de ce qu'il va gagner en m'ayant pour père. Le plus important, c'est qu'il puisse compter non seulement sur moi, mais sur mes frères et mon travail. Je suis très doué dans ce que je fais. D'accord, Ivo est meilleur…

— Je conteste, intervint son frère en riant doucement.

— Bien, fais donc ça, répliqua Gus en haussant les épaules. En tout cas, je suis bon dans mon domaine. Des personnes viennent me trouver pour que je les tatoue. Elles volent jusqu'à San Francisco ou demandent aux salons qu'elles fréquentent de m'inviter parce que j'ai du talent. Peu importe ce que vous pensez de la personne que je suis ou du métier que j'exerce, ça ne me blesse aucunement. Je vais continuer à être le meilleur artiste possible et à travailler sur des pièces exceptionnelles que mes clients ont *envie* de voir sur leur peau pour le restant de leurs jours.

— Regardez-vous. Regardez ce qu'est devenu votre frère, dit Bulcher en se tenant plus droit, fixant Gus avec un regard acerbe. Je ne peux pas vous laisser nuire à la famille Wagner. Ils méritent tellement mieux que…

— Je suis d'accord. Ce sont des personnes formidables. Tout comme mon petit frère. Je ne laisserai *jamais* un connard comme vous entrer dans ma vie si c'est pour essayer de me faire croire que je suis inférieur aux autres. Vous avez déjà essayé quand j'étais enfant, sans succès. Et vous pensez que je vais vous laisser faire aujourd'hui ?

Gus prit une grande inspiration, à la fois pour se calmer et pour donner un moment à Bulcher afin qu'il entende tout ce qu'il avait à dire.

— Je ne porte plus les bagages de ma mère, continua Gus. Je ne veux pas non plus que mon fils les porte, mais vous savez quoi ? Ça ne vous regarde pas. Vous ne représentez *rien* pour moi et vous ne représenterez rien

175

pour mon fils. Alors si quelqu'un doit s'assurer qu'il est assez bien entouré pour grandir comme il faut, ce sera moi et le reste de sa famille.

Gus hocha la tête en voyant les narines de Bulcher se dilater.

— Maintenant, je vais vous ordonner – non pas vous demander – de faire demi-tour en emportant toute la connerie que vous avez laissée entrer dans ce salon. Comptez-vous y aller de votre plein gré ou allez-vous avoir besoin d'aide pour trouver la sortie ?

# XVI

— Résumons, dit Rey en tapotant la lèvre enflée de Gus avec un gant roulé en boule. Tu t'es battu avec un groupe d'Oompah venu d'Allemagne ?

— Je crois qu'ils viennent de la Bavière. Mais la Bavière appartient à l'Allemagne, non ? Je suis nul en géographie et en culture générale. C'est pour ça que je perds tout le temps dans cette catégorie quand on fait des quizz. Un type n'arrêtait pas de répéter qu'ils étaient membres d'un groupe d'Oompah venu de la Bavière. J'étais trop occupé à esquiver leurs poings pour m'intéresser au genre de musique qu'ils jouaient. Je voulais juste que ce crétin quitte le salon.

Gus pencha la tête en arrière, mais Rey avait anticipé et placé sa main sur sa nuque.

Rey avait garé sa voiture sur l'une des rares places de stationnement encore libres de la rue, à quelques mètres de l'entrée du salon. Afin de se frayer un chemin à travers la foule qui s'était entassée sur le trottoir, il avait dû présenter son badge du SFFD [1], avoir une courte discussion avec l'une des personnes qui gardaient l'entrée et donner le nom du jeune détective irlandais qui parlait avec un témoin. Quand Bear l'avait aperçu, il l'avait fait entrer, puis avait appelé Gus en criant pour se faire entendre au-delà des conversations tenues par un groupe d'hommes imposants avec des joues rouges et des sourires aguicheurs qui parlaient allemand.

En découvrant la lèvre gonflée de Gus, un sentiment puissant de rage s'était éveillé en lui. Il s'était alors tourné vers la foule, mais Bear l'avait attrapé par l'épaule et poussé derrière le comptoir en lui ordonnant d'emmener Gus dans la salle de repos et de nettoyer sa plaie. L'entendre marmonner « vas-y » de sa voix rauque n'avait pas suffi à le faire bouger, mais sentir Gus le tirer vers l'arrière du salon avait fonctionné.

— Tout allait bien jusqu'à ce qu'ils pensent que j'étais en train de frapper Bulcher – ce type des services sociaux. Quand le rouquin m'a sauté dessus, Ivo est passé à l'attaque. Puis la police est arrivée et tout est parti en vrille.

---

1 Corps de sapeurs-pompiers de la ville de San Francisco.

— Je pense que c'est parti en vrille dès l'instant où Bulcher a passé le seuil de la porte.

Rey marqua une pause, essayant de sonder Gus. C'était un sujet délicat, un sujet qu'ils n'avaient encore jamais abordé.

— Tu veux en parler?

— Non, il n'y a rien à en dire. Enfin, je n'ai rien à dire le concernant.

Gus haussa brièvement les épaules, mais son geste semblait lourd de sens, comme s'il se délestait d'un poids.

— Actuellement, il travaille avec la mère de Jules, mais avant, il était assistant social, expliqua Gus. Afin de libérer une place en famille d'accueil, ce connard a passé énormément de temps à essayer de me faire intégrer un programme de réhabilitation ou m'envoyer dans une prison pour mineurs. Il était fou de rage quand le juge a confié ma garde à Bear.

Rey se figea, arrêtant de rincer le gant dans le bol d'eau savonneuse qu'il avait préparé pour nettoyer le visage de Gus.

— Pourquoi? Tu ne faisais plus partie du système. C'était ce qu'il voulait.

— Il disait que Bear me jetterait dehors quinze jours plus tard et qu'on reviendrait au point de départ.

Quand Rey frotta plus fort, Gus siffla et renifla, mais il resta immobile.

— Une partie du sang doit être de l'encre rouge, dit Gus. Je m'en suis mis sur le bras avant l'arrivée de Bulcher et je n'ai pas eu le temps de la nettoyer. Il est possible que j'en ai étalé sur mon visage.

— Dans ce cas, je vais aussi nettoyer l'encre.

L'eau moussait et sentait l'alcool et la lavande. Rey fronça le nez.

— Est-ce le savon que vous utilisez sur les tatouages?

— Oui. Je n'ai rien trouvé de mieux pour nettoyer cette coupure. Nous ne tenons pas une pharmacie, plaisanta Gus avant de grimacer lorsque Rey souffla sur sa lèvre. Arrête tout de suite. Sérieusement, c'est pire que d'utiliser de la salive pour nettoyer une plaie.

— Dans ce cas, que penses-tu de ça? demanda Rey en approchant doucement de Gus, conscient de l'entaille sur sa lèvre charnue. J'ai décidé de me laisser aller.

Ils se trouvaient à l'arrière du magasin, dissimulés à la fois par les demi-murs, le léger renfoncement sur la droite et le *noren* représentant trois chats en train de danser. Les bruits qui provenaient de l'avant du magasin lui donnaient l'impression de se trouver en pleine rue. Embrasser Gus dans la salle de repos de 415 Ink lui semblait magnifiquement interdit, surtout en sachant que n'importe lequel des frères pouvait entrer dans la pièce et les surprendre.

Avant leur rupture, ils avaient été si vigilants, si réticents à l'idée d'annoncer la nature de leur relation, mais aujourd'hui, Rey avait envie de se laisser aller et de faire la seule chose à laquelle il avait pensé en se réveillant à la caserne et tout au long de son service.

*Gus* – cet homme grincheux, compliqué, sublime et borné – occupait presque chacune de ses pensées, si bien qu'il se retrouvait parfois au milieu de la caserne avec un sourire béat sur le visage pendant que le reste de son équipe lui lançait tout ce qui lui tombait sous la main pour le faire bouger avant l'arrivée d'un camion.

Ils n'étaient plus les jeunes adultes qui avaient partagé un premier baiser sur la jetée. La lavande embaumait l'air et le langage que l'on entendait au-delà des murs était fleuri, mais tout cela disparut lorsque la bouche de Rey rencontra celle de Gus. Il dut s'empêcher d'attirer l'artiste vers lui, de s'enrouler autour de son corps long et musclé et de savourer chaque parcelle de peau qu'il trouvait.

Il exerça une légère pression contre ses lèvres, effleurant leur douceur, puis il plongea sa langue à l'intérieur de la bouche de Gus. Resserrant sa prise à l'arrière de son crâne, Rey attira Gus contre lui et glissa ses jambes entre les siennes, le coin de leurs chaises en bois claquant doucement l'un contre l'autre. La chaleur de la bouche de Gus le titillait et jouait avec ses nerfs, promettant des choses que son corps n'avait pas oubliées. Puis de charmants souvenirs brûlèrent dans son esprit, figés dans le temps, mais désormais attisés par la pression de la main de Gus sur sa cuisse, puis le frôlement de ses doigts délicats le long de ses côtes.

Son sexe se rappelait parfaitement de la sensation de moiteur et de velours procurée par la bouche de Gus, la courbe de sa langue épousant la forme de son gland et traçant sa couronne. Entre ses cuisses, ses bourses remontaient et lui faisaient mal, suppliant de claquer contre le derrière de son amant, un martèlement régulier et puissant dicté par leur désir ardent.

La langue de Gus flirta avec la sienne de manière aguicheuse, donnant des petits coups au coin de ses lèvres, puis frôlant la zone sensible qui se trouvait juste à l'arrière de ses dents. Rey attrapa Gus par la nuque et raffermit le contact, emportant leur baiser dans des eaux plus sombres et excitantes. Il changea l'angle du baiser afin de l'approfondir, ce qui provoqua un doux grognement chez Gus.

La table qui se trouvait derrière eux semblait prometteuse, assez grande et solide pour supporter leur poids, mais il refusait de céder à la tentation de cette surface plate et résistante. Cela ne l'empêchait pas d'être obsédé par l'image de Gus étendu sous lui, sa peau dorée et tatouée étincelante de sueur et rougie aux endroits où Rey l'avait mordu et sucé.

— Bon sang, j'ai besoin de respirer, haleta Gus en s'écartant pour rompre leur baiser.

Il resta proche, ses cuisses coincées entre les jambes de Rey.

— Ça fait à peine une semaine que je t'ai dit non, reprit Gus.

— Un peu plus d'une semaine, dit Rey en embrassant son menton. Sois honnête. Ce n'était pas un non catégorique, mais plutôt une manière de dire… «*pas pour l'instant*». Il s'est passé beaucoup de choses entre le moment où tu m'as dit non et aujourd'hui.

— Oui. La dernière fois, je ne pouvais pas accepter. J'avais besoin de… c'était le gros bordel. Beaucoup de bonnes choses se sont passées, mais aussi des plus mauvaises, dit Gus en se penchant en arrière, laissant passer un peu d'air frais entre eux. Au fait, que fais-tu ici ? Ne devrais-tu pas être en train de récupérer entre deux services ?

— Je suis venu voir si tu voulais sortir dîner avec moi. Ce serait comme une sorte de rendez-vous nocturne.

Rey sourit, habitué au regard noir et dubitatif de Gus.

— Et il se pourrait que ton frère ne soit pas amené à rentrer à l'appartement durant les douze prochaines heures, mais ce n'est pas… je veux simplement passer du temps avec toi. Peu importe ce qui se passe, je veux partager un repas avec toi, puis nous pourrions peut-être regarder un mauvais film. Tu travailles demain ?

— Non, mais Chris vient à la maison. Jules va l'emmener pour qu'il puisse déjeuner avec nous tous, répondit Gus avant de commencer à remuer sur sa chaise en réfléchissant à quelque chose, ses émotions se lisant sur son joli visage. Aimerais-tu te joindre à nous ? Nous allons certainement préparer des hot-dogs. Je… je ne sais pas comment m'y prendre. Toi et moi serons… peu importe ce qui se passe entre nous, tu seras toujours dans les parages, mais je ne veux pas que tu te sentes obligé de…

— Il fait partie de ta vie, murmura le pompier en caressant les cuisses de Gus. Nous ne sommes pas officiellement ensemble et tu as envie que j'assiste à ce déjeuner, mais tu ne sais pas si c'est la bonne chose à faire.

— Ne le prends pas mal, mais je ne veux pas qu'il s'habitue à nous voir en couple si tu finis par me quitter, expliqua Gus, puis il referma sa main sur les doigts de Rey, faisant cesser les cercles qu'il dessinait. C'est méchant à dire. J'en ai conscience.

— C'est pertinent. Ça pique un peu, mais c'est pertinent.

Une vive douleur explosa dans sa poitrine et Rey pria pour qu'elle disparaisse. Mais comme c'était souvent le cas avec Gus, son angoisse ne disparut pas si facilement. Il ne fut pas surpris lorsque Gus posa une main contre sa poitrine et la caressa, apaisant la tension qui se trouvait au-dessus de son cœur.

— Si tu veux que je déjeune avec vous, je le ferai, déclara Rey. Si tu ressens une gêne, dis-le-moi et je m'en irai. Je ne te brusquerai pas. Cette fois, nous allons faire les choses comme il faut. Entendu ?

— Entendu.

Le sourire de Gus modifia la courbe de ses lèvres, altérant l'angle de leur baiser et Rey se mit à rire, ravi d'entendre un rire tout aussi franc chez Gus.

— Hé, prenez une chambre.

La voix grave de Bear les percuta de plein fouet. Rey se retourna, choqué de trouver le grand frère de Gus tout près de lui.

— Sérieusement, sortez d'ici, continua Bear. La police est partie. Les Allemands ont présenté leurs excuses et Ivo a envie de faire la tournée des bars avec eux, mais comme c'est lui qui t'a emmené, il veut savoir s'il peut te laisser avec Rey. Nous avons tout nettoyé, alors j'aimerais fermer le salon, mais deux pauvres idiots m'empêchent de partir.

— Que veux-tu faire ? demanda Rey en penchant la tête sur le côté.

Il joua des sourcils, provoquant un éclat de rire chez Gus, ce qui le fit sourire.

— Veux-tu que nous allions chez moi ou autre part ?

— Autre part, répondit Gus en désentrelaçant leurs jambes afin de se mettre debout. Même si ton chili est délicieux, c'est tout ce que tu sais cuisiner et vous connaissant, il n'y a certainement que des ramen et des raviolis en boîte chez vous. Nourris-moi, Montenegro. Ensuite, nous pourrons décider de ce que nous voulons faire du reste de notre vie.

CHINATOWN NE dormait jamais. Pas vraiment. Pour un pompier et un tatoueur dont les horaires étaient loin d'être réguliers, c'était agréable de vivre près d'un quartier qui gardait ses portes ouvertes au-delà des heures considérées par la plupart des gens comme raisonnables. Gus laissa

181

échapper un rire bref lorsque Rey se gara devant un vieux restaurant chinois très connu et qu'un adolescent travaillant comme serveur se précipita vers eux avec deux sacs en plastique, se frayant un chemin à travers la file de clients qui attendaient à la porte.

— Baisse ta vitre et donne-lui ça, ordonna Rey en lui donnant une poignée de billets tout en indiquant le garçon qui essayait de se détacher du sac à main d'une femme.

Gus le regarda bizarrement, mais prit l'argent.

— C'est pour qu'il ne soit pas obligé de faire du trafic dans la rue, expliqua Rey. Fais ce que je te dis. Je suis mal stationné. Une voiture ne va pas tarder à arriver et son conducteur va nous gueuler dessus.

— Je croyais que nous sortions dîner quelque part.

Gus donna l'argent au jeune garçon stressé et récupéra la nourriture. Le serveur rangea les billets dans sa poche et disparut avant même de pouvoir dire merci. Gus huma les arômes qui émanaient des sacs.

— Qu'as-tu acheté ?

— Une soupe de nouilles et de raviolis au canard pour toi, du crabe aux haricots noirs pour moi et un plat de crevettes à la plaque à nous partager, répondit Rey avant de lui lancer un petit regard. À moins que tu ne manges plus de canard ni de fruits de mer.

— Crétin. Tu aurais pu me demander ce que je voulais.

Gus voulut jouer les grincheux, mais son estomac gargouilla, mettant un terme à tout mensonge qu'il aurait pu vouloir proférer pour dire qu'il n'aimait pas la nourriture de cet établissement.

— J'aurais peut-être préféré des côtelettes de porc.

— La seule chose que tu préfères au canard, c'est la poitrine de porc et ils n'en avaient plus. Tu ne manges jamais de côtelettes de porc chez eux, lui rappela Rey en s'insérant sur Stockton. J'ai promis de te nourrir. C'est fait. Voilà quelques-uns de tes plats préférés. Tu sais que tu n'es pas le seul homme à me convoiter ? J'ai énormément de prétendants !

— Je suis le meilleur partenaire que tu aies jamais eu. Et tu ne trouveras jamais mieux que moi.

C'était agréable de pouvoir le rappeler à Rey, surtout quand le pompier affichait ce sourire malicieux. Son sourire suffisant se transforma et devint plaisant. Gus glissa un bras entre leurs sièges pour poser la nourriture derrière Rey.

— Où allons-nous manger ? Chez toi ?

— Je pensais plutôt au parc, répondit Rey, son attention quittant la route pour se porter un bref instant vers Gus. J'étais sérieux en disant ne pas vouloir te brusquer. En ce moment, tu vis des changements énormes. Je ne veux pas ajouter à ton…

— Écoute, Mace est au travail, je ne tiens plus debout, tu viens de terminer ton service et ton appartement se trouve à une centaine de mètres d'ici.

Même s'il était vraiment fatigué, Gus n'était pas non plus exténué.

— Je ne peux pas te promettre de ne pas m'endormir sur le canapé après avoir mangé, mais la chose la plus romantique que tu puisses faire pour moi est de me prêter un tee-shirt et un pantalon de survêtement pour que je puisse prendre une douche, continua Gus. C'est encore mieux qu'un bouquet de roses et une boîte de chocolats.

— Mais pas aussi bien qu'une soupe de nouilles et de raviolis au canard, n'est-ce pas ? Parce que même si tu refuses de l'admettre, j'ai tapé dans le mille.

Rey sembla réfléchir à quelque chose, puis son expression s'adoucit.

— Si tu es gentil, je te donnerai des raviolis frits.

— Leurs raviolis ne sont pas frits, répliqua Gus.

Cette idée était scandaleuse, surtout après toutes les années que Gus avait passées à pêcher ces poches délicates pour les sortir de leur bouillon et à se brûler la bouche avec la viande de porc qui se trouvait à l'intérieur.

— C'est une légende urbaine que des crétins dans ton genre entretiennent pour avoir l'air cool.

— Ils sont frits parce que c'est moi qui les commande. Si tu ne me crois pas, tu n'as qu'à regarder dans le sac.

Le sourire de Rey revêtit toute sa suffisance et Gus grogna.

— Nous sommes intervenus chez eux au beau milieu de la nuit pour éteindre quelques incendies causés par l'huile de cuisson, expliqua Rey. Depuis, ils me chouchoutent.

— *Connard*.

Gus ne put s'empêcher d'éclater de rire. Il hocha la tête, puis la posa contre la vitre.

— En effet, tu as tapé dans le mille, mais j'ai toujours besoin d'une douche. Et s'il y a vraiment des raviolis frits dans ce sac, tu n'auras pas d'autre choix que de les partager.


EN Y réfléchissant, se rendre chez Rey n'avait peut-être pas été une si bonne idée.

Dès que le pompier s'était approché lentement avec un pantalon en coton taille basse et un vieux tee-shirt 415 Ink épousant son torse et ses bras joliment dessinés, Gus avait eu envie de le plaquer au sol pour le baiser jusqu'à ce qu'il en oublie son nom.

Le film était mémorable, racontant l'histoire d'une jeune fille, de son frère kidnappé et d'une rock star en pantalon moulant qui se faisait passer pour le roi des Gobelins. Mais Gus n'arrivait pas à suivre, même en ayant vu ce film des milliers de fois. Alors qu'ils étaient assis côte à côte, Rey avait faussement rechigné à partager les ravioles croustillantes contenant une viande exquise dont Gus avait seulement entendu parler et qui étaient réservées aux personnes appréciées par les propriétaires. De légers baisers suivaient chaque bouchée, la saveur de Rey se mêlant à celles des ravioles épicées au chili et de la sauce soja au jalapeño. Ils avaient mangé tranquillement devant de vieux dessins animés, puis s'étaient installés pour regarder le film, nichés sur le canapé où Gus s'était souvent endormi lorsqu'il avait fait partie du mobilier du salon familial. La douche qu'il avait prise avait été rapide, un nettoyage hâtif dans la salle de bains de son frère suivi par une fouille précipitée dans les affaires de Mace pour trouver du lubrifiant et des préservatifs.

Il avait fini bredouille et sacrément déçu par Mace.

— Bon sang, moi qui pensais que Luke était le plus sage d'entre nous.

Gus s'était retrouvé à fixer longuement le tiroir de sa table de chevet qui ne contenait qu'une lotion, des Kleenex et un vieux roman érotique sur lequel il ne s'était pas attardé car il était trop énervé.

— À partir de maintenant, je t'appellerai Monk, avait-il marmonné en secouant la tête alors qu'il refermait le tiroir.

Cette absence de préservatifs et de lubrifiant dans la chambre de son frère l'inquiétait, mais pas autant que la possibilité que Rey décide de ne pas coucher avec lui parce qu'il n'en valait pas la peine. Il jeta un œil sur le côté et ne fut pas surpris de découvrir qu'on le fixait.

— Ton cœur bat à mille à l'heure. Sans rire, je le sens battre à travers ton bras.

La voix de Rey sortit Gus de ses idées noires.

— À quoi penses-tu ? demanda Rey. À moi ?

— Tu as vécu trop longtemps avec Mace. Ton égo est légèrement surdimensionné.

Gus replia ses jambes et les croisa. Il récupéra la télécommande qui se trouvait sur les cuisses de Rey et éteignit la télévision, puis réfléchit à ce qu'il voulait dire.

— Nous ne la regardons pas vraiment.

— Tu as raison, confirma Rey. Que se passe-t-il dans ta petite tête ? J'ai l'impression que si tu étais un personnage de bande dessinée, de la fumée s'échapperait de tes oreilles. Parle-moi, Goose. Nous étions d'accord pour communiquer davantage.

— Je ne sais pas. Il s'y passe beaucoup de choses et je ne suis pas certain que ce soit réel.

— Dans ce cas, commence par me dire quelque chose – n'importe quoi. Ce sera notre point de départ, dit Rey en se tournant, pliant une jambe sous lui et laissant l'autre pendre le long du canapé. La première fois, notre manque de communication nous a porté préjudice. Alors, maintenant, nous devons jouer carte sur table.

Observer le visage de Rey était étrange. Ses traits ciselés étaient familiers, tellement familiers, mais curieusement, Gus se souvenait parfaitement de la version adolescente de Rey, plus maigre, levant les yeux vers lui dans l'obscurité troublée d'une nuit enflammée. Son nez était désormais proportionnel à son visage, mais ses yeux étaient toujours doux comme ceux d'une biche et presque féminins. Ses lèvres s'étaient raffermies, le temps leur volant la rondeur qu'elles avaient eue quand il n'était qu'un jeune garçon afin de la remplacer par la puissance d'une bouche masculine. Sa mâchoire était carrée. Quant à son torse et ses épaules, qui avaient été légèrement trapus, ils étaient maintenant larges et solides grâce aux muscles qu'il avait gagnés depuis qu'il exerçait le métier de pompier.

Les mains que Gus avait parfois tenues sur la jetée étaient plus rêches, plus calleuses et ses ongles étaient coupés court, son index portant une marque sombre à l'endroit où il avait été blessé. Rey était bel homme, d'une beauté naturelle. Il était charmant et sincère. C'était le genre d'homme qui se levait tôt le dimanche matin pour tondre la pelouse, puis sortir le barbecue en début d'après-midi pour cuire la viande qu'il avait décongelée le matin. Son nez était un peu tordu à cause d'un coup. À une époque, il y avait eu beaucoup de tristesse dans son regard, mais ces ombres avaient été chassées par l'homme que sa mère avait épousé, puis une autre vague de bonheur leur avait rendu leur étincelle à la naissance de sa petite sœur.

Rey était un homme que Gus ne s'était pas attendu à croiser, encore moins à séduire. La mère de Rey ne jurait que par son fils, sentiment que

185

Gus n'avait jamais connu. Il était né d'une femme qui avait refusé toutes les opportunités qui s'étaient offertes à elle et essayé de détruire tout ce qu'elle avait créé. Il n'était pas digne de Rey. Loin de là. Mais il se languissait tout de même de cet homme au style négligé et au caractère brut et déterminé qu'était devenu l'adolescent qu'il avait connu. En faisant plier Bulcher et en lui arrachant son costume de monstre, quelque chose avait changé au plus profond de Gus. Une partie sombre en lui avait disparu et d'un seul coup, une vie en compagnie de Rey ne semblait plus hors de portée.

— Hé, fit Rey en passant son pouce sur la lèvre de Gus. Ça va ?

— Oui, je suis juste… nous jouons carte sur table ?

Rey hocha doucement la tête, la méfiance imprégnant ses traits.

— Oui. Sois honnête.

— Je suis le seul à pouvoir me sauver, annonça Gus. Si je veux qu'une chose se produise, je vais devoir en être à l'origine. Cela étant dit, j'ai envie de te prendre – ou que tu me prennes, étant donné que c'est la façon dont nous procédions la plupart du temps. Avec force, contre le mur, tes bourses claquant contre mes fesses, mais ça ne risque pas d'arriver si je ne *fais* rien, si je ne *dis* rien. De manière franche.

Gus leva une main pour empêcher Rey de s'esclaffer, mais un petit rire lui échappa quand même. Il attendit que l'étincelle dans le regard de Rey disparaisse, puis reprit :

— J'ai dit que j'avais besoin de temps et d'espace à cause de tous les bagages que je traînais. Mais tu me rends fou et même si tu me mets hors de moi, tu m'excites toujours autant. Dès que j'ai posé les yeux sur toi, j'ai eu envie de toi. Dès le départ, je t'ai *désiré* et j'ai toujours regretté que tu ne sois pas le premier. Aussi idiot que ce soit, j'avais la *haine* que tu ne sois pas le premier homme avec lequel je partageais ma première fois.

— D'accord. Ça commence fort.

Le canapé grinça quand Rey se déplaça pour lui faire face. Quelqu'un – certainement Mace – avait remplacé les pieds du canapé, mais Gus n'était pas certain que la structure soit assez solide pour supporter autre chose que des personnes tranquillement assises.

— Maintenant, je suis un peu énervé de ne pas avoir été cet homme, continua Rey. D'ailleurs, qui *était* le premier homme avec lequel tu as couché ?

— Tu te souviens de Jean-Michel ?

186

Leur jeu de séduction avait été torride, telle une tornade de chaleur et de feu. Gus avait su que cette relation ne durerait pas au-delà des deux jours que le tatoueur, venu de Montréal, avait prévu de passer au salon.

— Le Français? demanda Rey, sa lèvre supérieure se courbant de dégoût.

— Canadien, le corrigea Gus.

— Il parlait comme Pépé le Putois! Il n'arrêtait pas avec ses « *Salut, bébé, comment ça va aujourd'hui?* ».

— Il ne parlait pas comme ça. Bon sang, Rey, tu n'étais pas intéressé.

— Oh, j'étais plus qu'intéressé. Mais je voulais que ma tête reste à l'endroit où Dieu l'avait placée. As-tu déjà regardé les mains de Mace? Je me suis déjà battu avec lui. Je n'avais pas envie de devoir boire mes repas, dit Rey en laissant échapper un rire incrédule. Tu avais dix-sept ans? Quel âge avait le putois? Trente ans? Était-il au moins doué au lit?

— Il avait vingt-cinq ans et j'en avais dix-huit, le corrigea Gus. J'étais bien assez vieux. Et c'était… passable. Il était un peu naze. Ce n'était pas un mauvais coup, mais j'avais l'impression de croquer dans de la glace au lieu de savourer mon dîner. Le sexe était… cet homme n'était pas… *toi*. C'était comme si mon corps avait déjà su que ce serait meilleur avec toi. Et quand tu… quand tu as fini par franchir cette satanée limite, j'étais stupéfait. Je pense que si je n'arrêtais pas de fuir, c'est parce que tu me faisais une peur bleue. J'avais tellement envie de toi, peut-être même trop. Maintenant, je me retrouve avec toi sur ce canapé comme si nous étions des adolescents et que papa passait la nuit dehors, mais mon pauvre frère n'a pas de préservatifs ni de lubrifiant.

— Depuis toi, je n'ai couché avec personne sans me protéger, admit Rey à voix basse. D'ailleurs, je ne couche plus avec personne depuis un bon moment. Je me consacre à mon travail, surtout depuis que j'ai été transféré à la station numéro deux. Et toi?

— Jules? lui rappela Gus. Au cas où tu aurais oublié, j'ai un fils avec elle. Ce soir-là, j'avais trop bu et j'ai fait une énorme connerie, même si je suis heureux que Chris existe. Mais j'ai merdé. J'aurais dû couvrir mon engin.

Gus donna un coup dans l'épaule de Rey quand il se mit à rire.

— Je ne tatoue personne sans porter de gants. Mais je ne suis pas certain d'être sain, Rey.

— Je vois.

Soudain, Rey devint tout penaud.

— Si tu veux, j'ai des préservatifs et du lubrifiant. Dans ma chambre.

— Ah oui ? Tu étais si confiant que ça ? Ou bien ce sont ceux que nous utilisions avant notre rupture ? demanda Gus avant de froncer le nez. Ce qui voudrait dire que tu les as transportés lors du déménageant. Tu ne vivais pas encore avec Mace quand nous couchions ensemble.

— Ils ne sont pas à moi. Ils sont à Mace.

Rey prit les mains de Gus, les posa sur ses genoux et se mit à jouer avec ses doigts.

— Le jour où je me suis rendu chez vous avec des cupcakes, quand vous construisiez la terrasse, il m'en a lancé un paquet en rentrant à la maison. Il m'a dit qu'il savait que nous finirions par coucher ensemble et qu'il valait mieux que je sois préparé, même s'il trouvait que c'était une mauvaise idée. Je lui ai dit d'arrêter ses conneries, mais tu connais Mace.

— Cet enfoiré a toujours raison.

Gus eut un pincement au cœur en entendant ce que pensait Mace de leur relation.

— Seigneur, c'est un vrai connard. Rien de ce que je fais n'est assez bien pour lui…

— Non, tu te trompes. Mace ne me trouve pas assez bien pour *toi*, expliqua Rey en poussant une mèche de cheveux des yeux de Gus. Pouvons-nous arrêter de parler de ton frère et nous concentrer sur la manière dont nous allons avancer ensemble ?

— Tu sais quoi ? J'en ai marre de parler.

Gus déplia ses jambes et poussa Rey en arrière. Le canapé grinça, tremblant sous leur poids et Gus se figea, attendant de voir s'il allait céder. Un frisson d'excitation le parcourut, une drôle d'euphorie alimentée par les flammes qui brûlaient dans le regard marron de Rey et la forte possibilité qu'ils finissent par terre. Il plongea la tête en avant et captura la bouche de son partenaire, savourant ce baiser assez longtemps pour finir à bout de souffle.

— J'ai remarqué que tu avais quelques murs dans ta chambre, dit-il d'une voix rauque, aussi lourde de désir que le sexe de Rey qui durcissait contre sa cuisse. Que dirais-tu d'aller tester leur résistance ?

# XVII

LA PEAU était sa matière préférée. Gus aimait sentir sa texture sous ses doigts, sa chaleur et la manière dont elle fléchissait sous la vibration du métal.

Rey Montenegro savait exactement comment s'y prendre pour faire vibrer la sienne.

La lumière sur le plafond était étrange, n'illuminant qu'un coin de la pièce, le faisceau provenant de la lampe que l'un d'eux avait fait tomber de la table de chevet. Le lit défait était calé contre une grande partie du mur qui donnait sur l'extérieur ; c'était une monstruosité avec un haut matelas en mousse et une tête de lit de style Mission. Ses draps étaient sombres, d'un bleu situé entre le crépuscule et l'obscurité. Il y avait une pile d'oreillers dont les taies ne se mariaient pas avec les draps, puis un dessus-de-lit composé de carrés de mousseline brodés ou bruts drapé au pied du matelas.

Le lit était leur destination, mais avant de pouvoir l'atteindre, Gus se retrouva à moitié nu, à bout de souffle, plaqué contre un mur.

La surface en stuc était rêche contre son dos, sa texture accrochant sa peau. L'air frais balayait son ventre et ses côtes, provoquant des vagues de frissons chassées par les flammes contenues dans la bouche vagabonde de Rey. Il grogna et se cambra, mais Rey le maintint en place, l'attrapant par les coudes et le plaquant doucement contre le mur. Ses bras étaient bloqués devant lui, coincés dans le tee-shirt qu'il avait récupéré dans la commode de Mace. Rey projetait tout son poids sur lui afin de l'immobiliser.

Leur faim les poussait au péché, la luxure et le désir les incitant à explorer ces courbes familières. Gus ne se lassait pas de sentir Rey dans sa bouche, sur sa peau. Même en sentant son corps long et musclé coincé entre ses jambes, il n'arrivait pas à satisfaire son désir pour l'homme qui le tenait contre ce mur. Son corps lui faisait mal, attendant désespérément une caresse de son amant sur ses cuisses ou ses fesses – ou à n'importe quel endroit qu'il n'avait pas touché durant ces dernières secondes. Des flammes léchaient ses nerfs et tendaient ses muscles. Gus essaya de libérer ses bras pendant que Rey riait, sa langue faisant durcir le téton de son amant.

Une couture se déchira ou un fil sauta, permettant au coton enroulé autour de ses bras et de ses poignets de se détendre légèrement.

Cependant, Rey n'en fit rien.

Sa bouche semblait être partout à la fois. Ses mains *étaient* partout. La peau de Gus était en feu, sensibilisée par le désir, au point qu'il se demandait s'il allait finir par se scinder en deux. Rey le taillait en pièces, détruisant le mur qui s'était bâti entre eux au fil des années et ne laissant aucune trace d'excitation lui échapper. Comme les poings de Rey étaient serrés autour des biceps de Gus, ses épaules nues étaient gonflées de muscles alors même que Gus ne résistait pas. Ses dents titillèrent un endroit sous la clavicule de Gus, puis remontèrent le long de son cou afin de s'attaquer à l'endroit où son pouls battait le plus fort. Lorsqu'il aspira sa chair dans sa bouche, les jambes de Gus se dérobèrent sous lui et il faillit tomber à genoux, mais Rey l'attrapa avant qu'il tombe.

— Aide-moi à retirer ce truc, grogna Gus en essayant de libérer son bras du tee-shirt.

Quand il s'écarta du mur, son épaule cogna contre un cadre photo, le faisant pencher, mais il ne prit pas la peine de le remettre en place.

— Ensuite, ce sera au tour de ton pantalon, continua Gus.

— Tu es devenu bien plus autoritaire.

Rey jeta le tee-shirt après avoir réussi à en libérer les bras de Gus. Les mains du pompier étaient rugueuses, durcies par le travail, mais elles étaient exquises sur son torse nu.

— Je retirerai mon pantalon une fois que tu auras retiré le tien, déclara Rey. Non, en fait, j'ai une meilleure idée. Et si tu t'installais sur le lit et me laissais faire ce dont j'ai envie depuis l'instant où j'ai appris que tu rentrais à la maison?

La moquette lui brûla la plante des pieds lorsque Rey le poussa doucement sur le lit. Il atterrit maladroitement, mais à ce stade, la grâce n'avait plus vraiment d'importance. Il ne put se décaler vers le haut du lit car les doigts de Rey étaient enroulés autour de sa cheville, l'obligeant à rester allongé en travers du matelas. Le lit grinça, les ressorts se tassant sous le poids de Rey lorsqu'il grimpa dessus. Ses genoux firent onduler les draps, puis ses mains se dirigèrent vers la ceinture de Gus, détachant le cordon du pantalon de survêtement qu'il avait emprunté, avant de le tirer par-dessus ses hanches.

Rey se mit à genoux et l'observa.

Gus savait ce qu'il voyait. L'encre sur son corps racontait autant son histoire que les cicatrices qu'elle dissimulait. C'était une chose qu'ils partageaient : exposer leurs forces sur leur peau afin de cacher les blessures infligées par une personne qu'ils avaient un jour aimée. Alors qu'il était au repos, torse nu, une puissance émanait du pompier, son corps imposant sculpté par les muscles, une légère touffe de poils entourant son nombril et descendant avant de disparaître sous sa ceinture. Il y avait des petites cicatrices le long de ses hanches et de ses côtes, des parcelles marbrées et des stries qui avaient marqué la peau de Rey lors de cette nuit à la fois terrifiante et merveilleuse où ils s'étaient tous rencontrés pour la première fois.

Un bout de la queue d'un tigre apparut au-dessus de sa hanche, une pointe de fourrure orange, marron et noire qui flirta avec l'œil de Gus lorsque Rey bougea. De l'autre côté, les stries de la queue d'un dragon étaient tracées dans une couleur ébène qui contrastait avec la peau dorée de Rey ; le savoir-faire d'Ivo était identifiable au premier coup d'œil. D'autres tatouages recouvraient le corps de son amant : Ichiro avait tatoué les fleurs de cerisier éclatantes et le combattant [2] qui nageait depuis le bas du dos de Rey jusqu'à ses côtes, puis il s'était fait tatouer la copie minutieuse d'un dessin que sa sœur avait réalisé en maternelle pour représenter son grand-frère en tenue de feu secourant un chat dans un arbre, un gribouillage coloré désormais inscrit sur ses côtes, près de son cœur.

Gus avait goûté chaque parcelle du corps de Rey. Il connaissait la texture de sa peau et la manière dont elle réagissait quand on la mordait, la griffait ou la pétrissait, mais il n'avait jamais travaillé dessus.

— J'ai besoin de te tatouer, finit-il par murmurer en traçant le sexe de Rey à travers son pantalon. Aucune de ces pièces ne m'appartient. Tu exposes l'art de tout le monde, sauf le mien. Ça m'agace terriblement.

— Mon dos t'appartient. J'ai vu ces pièces en teintes de gris que tu as réalisées – les statues en marbre. Elles me plaisent beaucoup. J'aimerais avoir un Saint Florian, mais je veux quelque chose de différent, comme une sculpture.

Rey se baissa doucement, faisant reposer tout son poids sur ses mains et ses genoux. Il jeta une ombre sur le visage de Gus, les privant tous les deux de lumière. Il réclama un baiser, puis grogna quand son amant glissa une main le long de sa cuisse et se mit à jouer avec le membre rigide qui poussait contre le coton.

2 Espèce de poisson.

— Bon sang, si tu ne veux pas que je jouisse dans mon pantalon, arrête tout de suite.

— Une pièce dorsale est un engagement sur le long terme.

Gus ne parlait pas du tatouage. Pas vraiment. Ses paroles étaient subtiles et portaient un message évasif qu'il ne pouvait pas – n'oserait pas – adresser directement à Rey. Il voulait poser la question à haute voix, exiger autre chose qu'un « *peut-être* » ou « *attendons de voir où ça nous mène* ». Il avait déjà passé sa vie à tenir en équilibre sur un sol instable.

— Si je commence une chose aussi grande, aussi intense, j'ai besoin de savoir que tu resteras jusqu'à ce que ce soit terminé.

Il était difficile de voir la couleur des yeux de Rey dans la quasi-obscurité, mais ils étincelaient, illuminés par un feu que Gus n'était pas assez fort pour éteindre. C'était un signal pour annoncer la tempête que Rey allait déclencher. Le pompier se laissa aller contre le corps de Gus, le plaquant contre le matelas, puis murmura contre ses lèvres entrouvertes :

— Chéri, je n'ai pas la moindre intention de mettre un terme à cette relation. *Jamais.*

Son amant le déshabilla doucement, replaçant calmement ses bras le long de son corps lorsque Gus essaya de lui attraper son pantalon. Derrière les persiennes ouvertes, Chinatown commençait à fourmiller. Les pneus d'un camion de livraison claquèrent sur les pavés, son chauffeur chantant une chanson cantonaise entraînante qui était diffusée sur sa radio. Le soleil illumina petit à petit le ciel, donnant une atmosphère intimiste à la chambre en essayant de chasser la nuit. Sa lueur recouvrait le corps sculpté de Rey, projetant des ombres rougeâtres dans les creux de son torse musclé. Rey plongea en avant, plaqua sa bouche contre le cou de Gus et enfonça légèrement ses dents dans sa peau.

— Seigneur, tu me rends dingue, murmura Rey tout en mordant sa chair. J'ai *hâte* de me retrouver à nouveau en toi.

Rey continua de s'en prendre à son cou, provoquant une nuée de frissons le long de la mâchoire et du torse de Gus, puis elle se propagea dans tout son corps lorsque son amant lui pinça un téton. Il fut parcouru de tremblements, son sexe et ses bourses se retrouvant saisis par le plaisir. Rey connaissait chaque parcelle de son corps, mais les deux hommes ayant mûri avec le temps, ses doigts – ainsi que ses *mains* et sa *bouche* – découvrirent des zones sensibles sur son abdomen et ses hanches dont il n'avait jamais soupçonné l'existence.

Ses lèvres se déplaçaient lentement et Gus se tortillait, mais la pression exercée par l'épaule de Rey contre sa hanche le tenait en place. Son amant donna quelques caresses assez brusques le long de son sexe, puis sa langue prit la relève, mouillant tellement le tissu que celui-ci racla la peau sensible de Gus lorsque Rey fit glisser son sous-vêtement jusqu'à ses genoux. Une chaleur délicieuse enveloppa alors le gland de Gus et une langue le titilla. Rey prit ensuite son sexe entièrement dans sa bouche, ce qui faillit causer sa perte. Il n'arrivait plus à penser clairement lorsque Rey le chatouillait et le taquinait, léchant la couronne de son pénis avant de sucer longuement son gland. La pression, qui lui procurait une sensation à la fois vive et douce, devint trop difficile à supporter, si bien que Gus faillit se retirer au moment où une vague de plaisir ahurissante menaça de le submerger.

Cependant, Rey – cet homme sournois et érotique – enfonça le bout de ses doigts dans son derrière et avala presque entièrement son membre.

— *Putain*, jura Gus en attrapant les cheveux épais de son amant, une poignée de soie brune qui avait l'odeur de ce shampoing à la pomme que Rey refusait d'abandonner. *Merde*.

Les caresses de Rey avaient été difficiles à supporter, mais sentir sa bouche tout autour de son sexe fit court-circuiter son esprit. Gus se laissa emporter par les vagues de plaisir qui le consumaient. Le soleil continuait de monter dans le ciel, mais rien n'existait en dehors du lit sur lequel ils étaient allongés. Alors même que les ombres évoluaient sur les murs et que la ville se réveillait, remplissant la pièce des bruits d'une matinée agitée à Chinatown, seul un point dans ce vaste univers comptait vraiment : *Rey*.

Gus ne pouvait pas attraper le pantalon de son amant pour le lui retirer, mais ses doigts trouvèrent la courbe solide de son érection et titillèrent son gland qui dépassait de sa ceinture. Il tira une fois, ce qui fit glisser un côté de son pantalon par-dessus sa hanche. En tirant une deuxième fois, il libéra cette longue érection de sa prison enduite de liquide pré-séminal. Des hématomes recouvraient toujours la jambe de Rey, conséquences de son métier, mais on ne les voyait presque pas grâce au tigre en mouvement que Bear avait tatoué des années plus tôt dans une palette de couleurs vives.

— J'ai tellement envie de te tatouer, gronda Gus. Et quand ma pièce sera terminée, je te prendrai tellement fort que tu ne pourras plus marcher pendant cinq jours.

— Ça me plaît que tu sois jaloux.

Rey avait laissé glisser le sexe de Gus hors de sa bouche, riant tout en reprenant son souffle. Il enfonça à nouveau ses doigts dans le canal étroit de

193

Gus, provoquant une brûlure, mais cette intrusion était agréable, promettant l'arrivée d'un ébat plus long et vigoureux.

— Je crois que tu es prêt à m'accueillir.

Soudain, un courant d'air froid souffla sur son membre, mais il était tout de même plus chaud que le lubrifiant sur les doigts de Rey, qui le sondaient. Gus siffla, faisant apparaître un sourire en coin sur la bouche de Rey, gonflée par les baisers. Pour se venger, Gus tapa des doigts contre le gland de Rey.

— Fais le malin, grommela Gus en se levant sur les coudes alors que Rey se mettait à genoux pour retirer son pantalon. Mais n'oublie pas qu'il y a toujours un retour de flamme.

— Oh, j'en suis bien conscient.

Le sourire de Rey s'élargit et le lubrifiant se réchauffa grâce à la chaleur de ses doigts.

Curieusement, le claquement produit par le latex lorsqu'il enfila son préservatif excita Gus, son estomac se nouant d'impatience. Son corps se souvenait de la sensation du sexe de Rey s'introduisant en lui, de la douleur exquise qu'il ressentait lorsque son canal s'ouvrait, puis du glissement infernal de la chair d'un autre contre la sienne. Un instant plus tard, les ombres étaient de retour, les enveloppant lorsque Rey se pencha au-dessus de son corps. Le baiser qu'il vola à Gus lui coupa le souffle, l'obligeant à prendre une vive inspiration quand il prit fin.

S'installant doucement entre ses jambes écartées, Rey caressa l'arrière des cuisses de Gus, dessinant des cercles sur sa peau dénuée de tatouages.

— Veux-tu te retourner ?

La question était beaucoup plus délicate que son baiser, mais elle laissa tout de même Gus à bout de souffle.

— Je sais que tu aimes cette position, continua Rey. C'est notre première fois depuis que nous avons… je veux que ce soit agréable pour toi. Je veux que tu ne l'oublies pas, que tu te souviennes de *moi*.

Il aimait sentir Rey derrière lui, qui le tenait tendrement contre un lit ou un mur. Le sexe faisait bouillir son sang, mais sentir les bras de Rey autour de lui, son corps enveloppé par le sien, avait un impact profond ; cela apaisait le manque d'affection dont il n'arrivait pas à se détacher. Rey le connaissait et savait qu'il avait besoin d'être tenu, enlacé et protégé.

— Oui, murmura-t-il en réponse, prenant le visage de Rey dans sa paume. Merci.

Le changement de position s'effectua rapidement, un entrelacement de corps accentué par des baisers et des caresses emplis de tendresse. Son sexe lui faisait mal, le fluide perlant à son bout. Rey le poussa vers l'avant, la tête de lit s'enfonçant dans ses paumes et son torse, mais cette sensation désagréable était la bienvenue. Elle lui permit de prendre un peu de distance et lui donna assez d'espace pour exister jusqu'à ce que Rey le pénètre. Gus savait qu'il allait être submergé par l'émotion et lorsque Rey étala une autre couche de lubrifiant le long de sa raie, il ferma les yeux et attendit que sa vie change.

Il ressentit d'abord une brûlure et se focalisa sur la pression du sexe qui entrait dans son canal étroit. La pénétration fut éprouvante, un glissement de chair et de latex adouci par les bienfaits de l'huile et de la patience. Le membre de Rey était épais, plus long que sa main, et son érection était bien assez dure pour que le canal de Gus se soumette à ses volontés, mais son amant alla doucement, ondulant contre lui. Des mots, des marmonnements inintelligibles de plaisir et des gémissements murmurés se faisaient entendre. Gus laissa échapper un bruit euphorique lorsque Rey lui écarta les fesses, puis il écarta davantage les jambes et leva les fesses vers le haut pour l'accueillir en lui.

— Je suis là, chéri, chuchota Rey, son souffle chaud sur la nuque de Gus.

Ses doigts toujours enduits de lubrifiant, il trouva le membre de Gus et l'empoigna.

—Accroche-toi, le prévint-il. Je vais te faire monter au septième ciel.

Gus vit des étoiles lorsque son partenaire glissa doucement en lui, prenant subitement conscience de ce qu'il ressentait à l'intérieur et à l'extérieur de son corps, que ce soit par rapport aux textures ou aux sensations. Le frôlement de l'abdomen de Rey contre la partie haute de ses fesses fut bientôt rejoint par la pression de sa main, ses doigts creusant sa peau. Ses poumons étaient comprimés, tout air ayant disparu lorsque Gus avait expiré, puis oublié de reprendre sa respiration.

Lorsque son amant commença à bouger, Gus s'autorisa à voler.

Rey le prit dans ses bras, ses mains remontant le long du corps de Gus pour venir se refermer sur les siennes. Ses pénétrations étaient longues et lentes, provoquant tellement de friction que Gus se demanda s'il allait se consumer avant même de jouir. Des étincelles se cachaient en lui, des petites galaxies d'étoiles enfouies au plus profond de son corps que Rey semblait toucher à chaque pénétration.

Gus se redressa, épousant la courbe du corps de Rey, obligeant presque son amant à se tenir droit. Cela modifia l'angle de ses mouvements, réduisant sa précision lorsqu'il pénétrait la chaleur de son corps. Gus avait envie que ce moment dure le plus longtemps possible et serra les fesses autour de l'érection de Rey. L'air manquait autour d'eux, imprégné de sueur et de désir. Gus roula des hanches, entraînant Rey dans son mouvement.

— Bon sang, j'avais oublié que tu savais faire ça, haleta son amant en ondulant avec lui. Tu vas m'achever.

Le rythme accéléra et Gus attrapa la tête de lit, s'accrochant tout en accompagnant les mouvements de Rey. Il sentit une morsure cuisante sur son omoplate et comprit qu'il aurait un hématome, mais les baisers que Rey déposa ensuite le long de son dos étaient doux et tendres. Les doigts de son partenaire caressèrent les chéloïdes qui se trouvaient autour de sa cheville, à l'endroit où il s'était coincé le pied sur le pont, une menotte de métal et de douleur gravée de manière permanente sur sa peau.

Le monde était une toile complexe et sensuelle dans laquelle il s'était enveloppé. Il *ressentait* tout. Depuis le frôlement des doigts de Rey le long de son abdomen et de son sexe jusqu'aux plis irréguliers des draps qui se trouvaient sous ses genoux. Relevant les fesses pour rencontrer les hanches de Rey, Gus baissa la tête et ferma les yeux, appréciant les sensations qui se déployaient au plus profond de lui-même. Leur rythme devint effréné, un martèlement qui les rapprochait de plus en plus de l'orgasme. Ses bourses se mirent à bouillonner et la main de Rey le saisit une nouvelle fois, caressant son sac, puis empoignant légèrement son sexe lorsque Gus se crispa. Ses cheveux étaient trempés de sueur, ses mèches plaquées sur ses tempes et ses joues. Ses bras étaient contractés, prêts à supporter le martèlement intense que Rey lui réservait.

Deux caresses plus tard, la lumière commença à se fragmenter autour de lui, à l'orée de son orgasme. Tout d'abord, la peau à l'intérieur de ses cuisses tira, puis les muscles de son abdomen se contractèrent lorsque ses bourses remontèrent vers l'intérieur, se nichant dans le creux de ses jambes. Haletant, il s'abandonna, empoignant la cuisse de Rey, puis il plaqua sa main contre le mur dans un grognement lorsqu'une nouvelle pénétration le projeta contre la tête de lit. Le visage plaqué contre le stuc et la poitrine enfoncée contre des planches de bois, Gus serra les dents et lâcha prise.

La main de son amant l'empoigna avant qu'il commence à jouir. Ou bien avant qu'il cesse de jouir. Gus n'arrivait pas à dissocier le liquide chaud qu'il sécrétait de la chaleur volcanique produite par l'érection de Rey, dure comme de l'acier. Le plaisir de se faire remplir n'était pas présent, mais les pulsations le frappèrent aussi fort que les autres fois où il avait couché avec Rey. Cependant, quelque chose était différent. Plus doux. Plus pur.

Plus délicat.

Il fut submergé par une montée d'adrénaline et de désir qui lui vola ses pensées et le laissa en proie aux éléments. Il ne pouvait pas parler. Du moins, il ne trouvait pas les mots pour exprimer ce qu'il ressentait pour l'homme qui pouvait le détruire et le reconstruire en même temps. Gus jouit longuement, remplissant la paume de Rey, puis il sentit les épaules de son amant tressaillir et ses hanches se raidir, son corps devenant rigide lorsqu'il perdit le contrôle. Sa peau lui faisait mal, incendiée par le brasier qu'ils avaient allumé, et sa poitrine palpitait contre la planche qui s'enfonçait dans ses pectoraux. Gus n'était pas certain que ses jambes le soutiennent encore longtemps, mais Rey n'avait pas tout à fait terminé.

— Encore un peu, chéri, chuchota-t-il à son oreille. Je n'ai pas envie de te libérer.

Rey ondula contre lui, accompagnant Gus jusqu'au bout, tremblant sous les répliques insoutenables. À bout de forces et satisfait, Gus glissa vers le bas du lit, entraînant Rey avec lui. Il était collant et repu, la fatigue faisant tomber ses paupières. Il trembla et ses épaules se crispèrent.

— Reste ici. Je vais aller jeter mon préservatif.

Rey quitta Gus en déposant un léger baiser au coin de sa bouche, puis le lit s'enfonça lorsqu'il partit. Alors qu'il marchait lentement vers la salle de bains, il devint une ombre de plus en plus grise au milieu de la lumière qui l'enveloppait. L'eau se mit à couler et Gus se laissa emporter par la fatigue. Il poussa un cri lorsque les doigts froids de Rey caressèrent son abdomen. Rey lui adressa un sourire espiègle en grimpant sur le matelas.

— Ne t'endors pas avant de te remettre en place, jeune homme. Tu es en travers du lit.

— Trouve-toi une place autour.

Finalement, Gus se laissa manœuvrer pour libérer de l'espace, puis soupira lorsque son amant s'allongea près de lui. Ils étaient certainement un peu collants et une douche ne leur aurait pas fait de mal, mais Gus n'était pas prêt à se débarrasser de l'odeur que son partenaire avait laissée sur lui. Il se tourna sur le côté, s'installa confortablement sur un oreiller et en cala d'autres autour de lui jusqu'à ce qu'il soit à son aise. Il cligna des yeux pour chasser encore un peu le sommeil, puis laissa échapper quelques murmures de contentement lorsque Rey glissa sa jambe par-dessus son mollet.

— Je suis fatigué. Devrais-je aller dormir dans le lit de Mace, sur le canapé ou bien simplement rester ici ? demanda Gus.

— Si tu sors de ce lit, je t'y attache, répondit son amant en riant, approchant de lui jusqu'à ce que leurs ventres se touchent. En plus, Mace est certainement à la maison. Son service est terminé depuis une demi-heure. Tu n'iras nulle part.

— Bien.

Gus bâilla, puis fixa le visage ciselé de Rey quand celui-ci caressa l'aigle qui glatissait sur son avant-bras.

— Ça chatouille.

— Tu m'épates.

Rey frotta les cicatrices que Gus cachait sous son tatouage, les marques et les brûlures causées par la malveillance et la colère de sa mère. Il traça le bec de l'oiseau qui glatissait avec défi, puis demanda d'une voix douce :

— Penses-tu parfois à la manière dont ta vie se serait déroulée s'il ne s'était rien passé ce jour-là ? À la personne que ton frère aurait pu devenir ? Ce genre de choses ?

— Puck serait devenu exactement comme Mace et je devrais supporter non pas un, mais deux crétins moralisateurs et donneurs de leçons. Ils sont exactement pareils, à peu de choses près, dit Gus dans un rire. C'est la raison pour laquelle je me dispute tout le temps avec lui. Mace aime déplacer les gens comme les pièces d'un jeu d'échecs. Je n'apprécie pas qu'on me donne des ordres et il ne sait pas quoi faire quand il n'est pas en train de donner des coups de cravache à quelqu'un. Puck était pareil. Comme ces border collie qui ne savent pas rester concentrés sur leur mission. Il me manque, mais il voulait tout diriger. Pourquoi me poses-tu cette question ?

— Parce qu'il m'arrive de vouloir savoir ce que tu penses.

Rey mordit la lèvre inférieure de Gus, un pincement délicat suivi par un long baiser délicieux. Il laissa échapper un soupir quand il rompit le baiser et caressa les cheveux de Gus qui étaient en train de sécher, puis sa joue.

— Je t'aime, déclara le pompier. Je suis désolé d'avoir mis si longtemps à m'en rendre compte… trop longtemps à comprendre ce que tu représentais pour moi… mais je suis heureux que tu sois là. Avec moi. Dans ce lit. J'ai envie de dormir, mais si je m'endors, je ne te verrai plus avant mon réveil et ça va me paraître long.

— Je t'aime aussi.

Gus ferma les yeux, savourant la douceur rugueuse des doigts de Rey sur son visage.

— Mais si tu ne me laisses pas dormir un peu, je vais…

Les doigts de Rey se pressèrent sur la bouche de Gus, l'interrompant en pleine phrase, puis recommencèrent à caresser sa joue. Rey se pencha vers lui et embrassa sa lèvre inférieure et charnue.

— August Scott, pour une fois, accepte mes sentiments ainsi que mes paroles. Écoute-moi bien : je compte passer toute ma vie à tes côtés et je t'aime. De tout mon cœur. De toute mon âme et avec une grande partie de ma raison… *je t'aime*.

# XVIII

— BON SANG, j'ai l'impression d'attendre un premier rendez-vous, marmonna Gus en parlant au chien qui ronflait et occupait une grande partie du canapé du salon.

Fidèle à lui-même, Earl ne se réveilla pas, mais Gus considéra le mouvement convulsif de sa patte comme un accord tacite entre eux pour fuir tant qu'il était encore temps. Ses mains étaient moites et chaque fois qu'il entendait une voiture se garer, il se mettait sur la pointe des pieds pour voir s'il s'agissait de la Toyota de Jules.

— Si tu ne poses pas tes fesses sur ce canapé, je vais te briser les genoux, menaça Ivo dont la voix avait baissé d'une octave, chargée de malveillance.

Gus ne pensait pas son petit frère capable de mettre sa menace à exécution.

— Elle a appelé pour te prévenir qu'elle arriverait dans trente minutes, continua Ivo. Depuis, cinq minutes sont passées. Je savais que tu étais bête, mais pas à ce point.

— Ferme-la.

Gus avait seulement répliqué pour faire bonne figure, mais il n'était pas d'humeur à se chamailler. Il était à cran et chaque fois que l'ombre d'une voiture passait devant la fenêtre, la tension qu'il ressentait menaçait de lui enlever le peu de raison qu'il lui restait.

Il était préoccupé par Ivo. Son influence était trop explosive. Aujourd'hui, avec son kilt à imprimé tartan rose et son tee-shirt blanc sur lequel il avait dessiné des monstres à l'aide d'un marqueur noir, il allait être une source de questionnement pour un enfant curieux de tout. Bear avait déjà fait le tour de la maison pour sécuriser les prises de courant et installer des verrous sur les placards. Ils avaient aussi promené Earl dans des endroits fréquentés par des enfants afin qu'il s'habitue aux bruits et aux mouvements. Ils en avaient peut-être trop fait parce que maintenant, dès que quelqu'un prenait la laisse, le chien levait les yeux au ciel et refusait de bouger ; il ne se levait plus que lorsqu'il entendait le trousseau de clés de Bear quitter la serrure de la porte arrière.

— Rey et toi avez repris vos activités ? demanda son frère en le regardant par-dessus son livre, captant le regard surpris de Gus.

La couverture était sombre, dominée par un homme baraqué portant un uniforme. À en croire le bol à moitié rempli d'oursons en gélatine coincé contre la cuisse d'Ivo, son petit frère avait l'intention de rester ici un bon moment.

— Si tu comptes marmonner et m'empêcher de découvrir ce qui se passe entre Sloane et Dex, tu ferais mieux de me divertir un peu.

— Comment…

— Je t'en prie. Ce matin, quand tu as passé la porte de la maison, tu portais un tee-shirt de la caserne bien trop grand pour toi et tes cheveux étaient humides et sentaient la pomme, expliqua Ivo en riant. Même Earl a compris que tu venais de quitter le lit de Rey.

Il reprit sa lecture, mais ajouta en marmonnant :

— Bear m'a dit que vous étiez sorti manger un bout. J'ai immédiatement compris que le bout que vous vouliez manger se trouvait chez l'autre.

— Seigneur, je suis choqué par les conneries qui sortent de ta bouche.

Gus secoua la tête, puis recommença à surveiller la fenêtre.

— Ne dis pas ce genre de choses devant le gamin, le prévint Gus. N'oublie pas que j'essaie d'obtenir la garde partagée. Si le petit commence à jurer comme s'il vivait dans un club de strip-tease, le juge déchirera mes papiers au lieu de les signer.

— C'est fou comme chaque fois que je dis quelque chose, tu réagis comme si tu me rencontrais pour la première fois. En revanche, j'aimerais savoir si cette relation avec Rey va finir avec une bague au doigt ou si je vais devoir planifier ses rendez-vous en fonction de tes horaires de travail. Parce que je refuse de supporter vos scènes de ménage pendant que j'essaie de terminer ce dragon sur sa jambe.

— Le dragon. Parlons-en. As-tu réfléchi un seul instant au fait que je pourrais vouloir le tatouer ? demanda Gus en se tournant partiellement vers son frère.

Les pattes du chien se contractèrent une nouvelle fois, puis Earl poussa un ronflement fort et se roula en continuant à dormir.

— Tu aurais pu au moins me dire qu'il y songeait.

— Primo, tu n'étais pas dans les parages quand j'ai commencé ce tatouage. Deuxio, vous ne supportiez pas de vous voir, alors comment aurais-tu pu le tatouer ? Tu es énervé parce que j'ai eu sa cuisse. Quelles

201

parties de son corps sont encore vierges ? Ses épaules ? Le haut de son dos ? Il y a assez d'espace. Si tant est qu'il te laisse approcher avec une aiguille.

Ivo indiqua la petite voiture bordeaux qui entrait dans leur allée.

— On dirait que ton fils arrive. Bon sang, seul un crétin ne serait pas déjà dehors pour les aider à sortir Chris de la voiture. Quel connard.

— Seigneur, je te déteste. Je te dirais bien de faire attention à ce que le chien ne sorte pas, mais encore faudrait-il qu'il soit conscient.

La main de Gus se posa sur la poignée de la porte d'entrée avant que la mère de Jules finisse de se garer correctement dans l'allée. Il se regarda dans le miroir pour vérifier si ses cheveux étaient bien en place, les recoiffant avant de sortir.

— Les enfants ne sont pas compliqués, n'est-ce pas ? Ils sont petits. Merde, Rey vient de se garer juste derrière elle. Dis-moi que je vais m'en sortir, frérot.

— Évidemment. Rien de tel qu'une rencontre entre ton ex et la fille avec laquelle tu as couché juste après votre rupture pour pimenter ta journée. Juste au moment où elle arrive avec le fruit secret de votre union. Une véritable partie de rigolade.

— Parfois, je te déteste *vraiment*, marmonna Gus dans sa barbe, claquant la porte derrière lui. Bon sang, il est déjà sorti de la voiture.

Rey se tenait près de la portière de Jules, se présentant avec un grand sourire et une attitude sensuelle. Il s'accompagna de gestes pour la guider vers le trottoir, puis récupéra ses béquilles dans la voiture. Ils riaient à propos de quelque chose, cette jolie mélodie enjouée le rendant encore plus nerveux. Gus se frotta les mains sur son jean, descendit rapidement les marches et faillit trébucher sur la dernière. Lynn était en train de sortir de la voiture lorsque Gus les rejoignit. Quant à Rey, il avait fait le tour du véhicule et riait de ce que venait de lui dire Jules.

Gus avait eu l'intention de quitter l'appartement de Rey avant que Mace se réveille, mais les habitudes nocturnes de ce maudit homme étant imprévisibles, il s'était retrouvé nez à nez avec son grand frère – torse nu et très amusé par la situation – en ouvrant la porte de la chambre. Personne n'avait prononcé un mot. Puis Rey, qui se tenait derrière Gus, s'était raclé la gorge. Mace avait laissé échapper un rire et rejoint sa chambre de l'autre côté du couloir en grattant son abdomen légèrement poilu.

Le trajet jusqu'à la maison s'était passé dans un quasi-silence, mais Rey avait posé sa main sur la cuisse de Gus et cette légère pression avait calmé les papillons qui se déchaînaient dans son ventre. Les deux hommes s'étaient embrassés dans l'allée pour se dire au revoir, puis à quelques mètres de la route lorsque Rey avait arrêté sa voiture, quitté son véhicule et couru vers Gus pour lui voler un dernier baiser qui l'avait laissé à bout de souffle. Il avait fini par le lâcher, prendre une grande inspiration, puis sautiller sur le sol rugueux, sifflant entre ses dents lorsqu'il marchait pieds nus sur des petites pommes de pin cachées sous une masse d'aiguilles odorantes de conifères.

En voyant le regard que Rey portait sur lui par-dessus le toit de la citadine bordeaux, Gus eut à nouveau le souffle coupé, comme lors de leur dernier baiser. Il ne put s'empêcher de sourire bêtement.

— Gus ! cria Chris depuis la banquette arrière.

Il entendit des babillements concernant une histoire de cheval, puis de hot-dogs, mais Gus avait du mal à suivre. Chris tapait des pieds contre le siège avant et n'arrivait pas à retirer son harnais.

— Détache-moi, s'il te plaît !

— Un instant, petit bonhomme.

Gus prit le temps de faire la bise à la mère de Jules et ouvrit la portière. Il se figea, se demandant s'il avait dépassé les bornes. Il n'avait aucun droit de jouer les parents avec Chris. Pas de manière officielle. Pris d'hésitation, il recula d'un pas, mais la main de Lynn l'arrêta.

— Je suis désolé. J'ai simplement…

— Allez-y, prenez-le.

La mère de Jules n'était que chaleur et sourires. C'était un petit bout de femme qui avait rendu sa vie à la fois formidable et terriblement compliquée.

— Comme Jules est encore en béquilles, je vais demander à votre petit ami de m'aider à porter la salade de pommes de terre et les tartes qui se trouvent dans le coffre, dit Lynn. Doug a dit qu'il nous rejoindrait après son tournoi de golf. Il devrait être là dans une heure.

— Bonhomme, reste tranquille le temps que je comprenne comment ça fonctionne.

Gus plongea sa tête dans la voiture et examina les sangles qui retenaient son fils. Les doigts de Chris étaient sales et collants, certainement à cause de la tranche d'orange confite qu'il avait fourrée dans sa bouche lorsque Gus était entré pour le détacher.

— Seigneur, on dirait que tu pilotes un avion de chasse. Même Cthulhu possède moins de bras que ce put… que ce joli siège.

— Ici, dit Chris en appuyant sur un bouton. Je ne suis pas assez grand.

— Quand tu seras grand, tu n'auras plus besoin de siège.

Gus fronça les sourcils en déverrouillant la boucle de sécurité.

— Je vais devoir acheter un siège auto si je… putain, je vais avoir besoin de beaucoup de choses.

— « Putain » est un gros mot, annonça la copie conforme d'Ivo depuis son perchoir, sur le même ton désobligeant que l'original qui attendait à l'intérieur de la maison. Maman dit « merde », mais « putain » est aussi un gros mot.

— Pas de doute, tu es bien notre fils, marmonna-t-il en défaisant les sangles. Veux-tu que je te porte ou… très bien, tu escalades tout seul. Donne-moi une seconde. Je vais sortir d'ici. Attends.

— Il y a un chien à la fenêtre ! s'exclama l'enfant en glissant de son siège, tapant sur les mains de Gus avec impatience quand il l'attrapa pour l'aider à sortir. On va le voir ?

— Oui. Il s'appelle Earl et vit dans notre maison. Tu vas bientôt le rencontrer, mais pour le moment, reste ici. Ne bouge pas. Donne-moi ta main. Il y a des voitures.

D'accord, la route était un peu loin et personne ne circulait, mais il y avait toujours des risques. La maison semblait trop éloignée, pas assez sécurisée. Une clôture délimitait le jardin, assez haute pour que le chien ne s'échappe pas, mais Earl bougeait à peine alors que Chris considérerait certainement ce périmètre comme un défi. Son fils lui ressemblait tellement. Il faudrait être aveugle pour ne pas le voir. Alors qu'ils se tenaient dans l'allée et se livraient une petite bataille pour savoir si Chris allait lui donner la main et aller voir le chien, Gus avait l'impression de participer au premier acte d'une guerre longue et déchirante entre deux tempéraments forts.

— Chris, je suis sérieux. Donne-moi ta main, répéta Gus en lui tendant la sienne. Si tu ne me la donnes pas, je te porte. À toi de voir.

— Bon sang, tu parles *exactement* comme Bear, déclara Jules en faisant le tour de la voiture, les graviers étalés au bord de l'allée crissant sous le poids de ses béquilles. Chris, donne la main à ton père. Nous sommes près de la route et tu es en train de le mettre dans tous ses états.

— Il est trop grand, protesta Chris en levant les bras au-dessus de sa tête, remuant les mains en l'air. Je ne peux pas l'attraper.

— *Tout de suite.*

Sévère, la voix de Jules posa une limite que même Gus comprit. Chris se tut et poussa sa main dans la sienne, mais une lueur de défi continua à briller dans ses grands yeux bleu marine. Jules s'arrêta, leva la tête et fronça le nez en regardant Gus.

— Ma mère a droit à la bise, mais pas moi ?

— Soit je le surveille, soit je te fais la bise. Je ne peux pas faire les deux en même temps, dit-il en déposant un baiser sur sa joue. Rentrons avant que je fasse un arrêt cardiaque.

— Bienvenue dans le monde des parents, marmonna Jules en contournant son fils avec prudence. Il est toujours sale, il regarde le même film des centaines de fois et quand il porte un pyjama Batman en allant faire les courses, ce n'est pas parce qu'il est fainéant, mais parce qu'il affirme son style. Essaie de suivre, August. Cette aventure va être longue et périlleuse.


LA FIN de l'après-midi était l'un des moments préférés de Gus, surtout après une averse. L'air était propre et sec, avec un léger vent frais, mais le soleil tapait encore assez fort pour empêcher le froid de s'installer. Il passait souvent son après-midi au salon, à travailler ou à discuter avec les touristes qui franchissaient la porte de 415 Ink par simple curiosité, alors c'était agréable de passer un peu de temps avec ses frères dans le jardin qu'ils avaient réaménagé à la sueur de leur front. Même quand il fallait surveiller un petit garçon de trois ans qui avait trouvé son âme sœur en rencontrant le chien sale qu'ils avaient sauvé du froid.

Ou peut-être que cette surveillance, cet enfant de trois ans et ce chien ne faisaient que rendre ce moment plus précieux.

Il lui était arrivé de vomir dans les arbustes où Earl s'était jeté pour récupérer la balle que Chris lui avait lancée du haut de la pelouse. À quelques mètres de là, le garage détenait des morceaux de sa moto, des petites pièces de métal abandonnées lorsque son mécanicien était venu la récupérer après l'accident. Et le hamac couleur arc-en-ciel sur lequel se reposait Ivo était l'endroit où Gus avait appris que ce n'était pas parce qu'il s'imaginait pouvoir faire l'amour quelque part que c'était forcément possible.

Rey, Bear et Mace se tenaient près du barbecue. Ils écoutaient le père de Jules, Doug, leur parler d'un endroit où se rendre à San Jose pour manger de délicieux tacos à la crevette. Ils discutaient aussi du mérite de cuisiner en buvant des cannettes de bière. Luke et Lynn étaient installés près de la cascade en pierre qu'ils avaient obtenue pour trois fois rien dans un magasin de bricolage ; elle était restée démontée dans le garage pendant longtemps,

205

jusqu'à ce que Mace en ait assez de taper dedans avec sa voiture chaque fois qu'il rentrait à la maison.

Gus était accoudé à la rambarde de la terrasse et regardait Chris marcher pieds nus sur la pelouse. Ses pieds étaient devenus verts à cause de l'herbe et la sucette à la fraise qu'il avait partagée avec le chien avait laissé un grand cercle rose autour de sa bouche. Gus comprit qu'il avait perdu une partie de son cœur. Même deux parce qu'en jetant un œil vers Rey, qui passait du bon temps avec Bear et Mace, les braises qu'il avait étouffées au plus profond de son cœur se ravivèrent et l'envahirent de leur chaleur. Rey lui adressa un clin d'œil coquin et le sexe de Gus tressaillit lorsqu'il imagina toutes les choses que son amant pourrait faire avec le bout de cette langue qu'il avait tirée, de manière enfantine et moqueuse, dans le dos de Bear.

La rambarde tint le coup lorsque Jules apparut près de lui et s'accouda sur la planche épaisse et plate installée sur les barreaux de la terrasse. Jules était une femme belle et sensible dont les bras étaient recouverts de tatouages sublimes réalisés en grande partie par Bear. Son regard cerné de cils épais rayonnait de tendresse. Elle avait agi comme un baume apaisant sur ses blessures les plus vives et même aujourd'hui, après des années, il lui était reconnaissant d'avoir été présente pour le soutenir la nuit où son monde s'était effondré.

— On dirait un lion qui surveille son royaume. As-tu l'intention d'attraper Chris et de le soulever afin que les éléphants puissent se prosterner devant lui ? demanda-elle en souriant.

Le poids de Jules bascula vers l'avant, ne reposant plus sur ses jambes. Gus se hâta de l'attraper par le bras, puis s'étonna de voir que la rambarde ne bougeait pas.

— Désolé, bafouilla-t-il en la relâchant. Cette rambarde a penché si longtemps que je pensais qu'elle allait céder. J'avais oublié que nous l'avions remplacée il y a quelques mois, quand Ivo l'a renversée. Elle a atterri dans le plan de tomates de Bear. Il n'était pas content.

— Bear ou Ivo ? demanda-t-elle en lui adressant un sourire bref et complice, puis elle observa Ivo qui essayait de pousser Earl à courir après une balle de tennis.

— Bear, répondit tout de même Gus. Ivo n'a fait que jurer, puis il s'est mis à ramasser des tomates sous ses fesses. Il en a attrapé une et l'a lancée, alors la bataille a commencé.

Ils s'étaient battus à coups de tomates, se bombardant les uns les autres jusqu'à ce que des hématomes apparaissent sur leurs bras, leurs épaules et leur dos.

— Ces fichues tomates étaient encore vertes. Elles étaient dures et faisaient super mal.

Ils restèrent silencieux un long moment, probablement plus longtemps que n'avait duré leur relation sexuelle torride et désespérée cette nuit-là. Puis Jules reprit la parole, dans un doux murmure à peine audible au-delà des hurlements de rire de Chris.

— C'est un enfant génial. Maman m'a passé un sacré savon quand elle a découvert que je l'avais empêché de te voir. Je te dois mille excuses. Je t'ai fait manquer tant de choses, mais j'avais des doutes. Je n'étais pas certaine que tu voudrais faire partie de sa vie.

— Je comprends. Il n'y a pas de mal.

Il y avait beaucoup de vérité dans son raisonnement. Gus n'avait rien à redire. Trois ans plus tôt, il n'avait pas eu la tête sur les épaules et la douleur provoquée par le rejet de Rey avait été vive, une blessure qui l'avait rongé et avait refusé de guérir. Il avait fui la peine et trouvé du réconfort sur les routes et dans le travail, s'anesthésiant par l'épuisement.

— Quand tu as appelé – enfin, quand tu as réussi à m'avoir au téléphone –, c'était le bon moment. J'avais besoin d'arrêter de… bouger. Apprendre l'existence de Chris m'a donné une chose sur laquelle me focaliser en dehors de moi-même. Tu n'as pas à t'en vouloir.

Elle but quelques gorgées de thé glacé, faisant tourner la glace dans son verre. Son regard était porté sur Chris, mais son attention était autre part, dans un endroit où Gus ne pouvait pas aller. Quelque chose la tracassait. Gus commença immédiatement à entendre des murmures, comme des petites bêtes obscures avec des dents et des griffes qui attaquaient sa confiance en lui et permettaient au doute de s'infiltrer à travers ses failles.

— Aujourd'hui, l'avocat de l'aide sociale à l'enfance m'a appelée. Pour parler de toi.

Jules ne le regardait pas dans les yeux. Elle observait le jardin.

— En vue du procès, continua-t-elle. Maman dit que c'est habituel, mais… l'assistante sociale a aussi tenu à me parler. Elle s'inquiétait que…

— C'est ce connard de Bulcher qui m'a cherché, dit-il rapidement. Même les policiers ont dit qu'il avait dépassé les bornes. Et ta mère le pense aussi.

— Oui. Bien sûr que oui, cet homme est un sale type, confirma-t-elle en faisant la grimace. Maman a porté plainte contre lui, mais tu sais comment fonctionne l'État. Ils vont le transférer de bureau en bureau jusqu'à ce qu'il parte en retraite. Ils ne voulaient pas me parler de Bulcher. Ils voulaient me parler de ton frère… et de ta mère. De la manière dont ils sont morts. Cette dame s'inquiétait que cet épisode t'ait affecté et que tu… enfin, elle voulait que je sois au courant de ce qui s'était passé.

Son monde devint silencieux, un rideau tombant sur toute l'activité qui se déroulait autour de lui, étouffant les bruits de Chris en train de jouer et du reste de la famille en train de discuter. Il déglutit péniblement et regarda son fils. Chris et Ivo se défendaient face à Earl, la gueule du chien fermement accrochée à la corde du jouet. Le chien rentra les épaules et tira en arrière, les traînant un peu. Gus était stupéfait par l'adoration qu'il portait à ce garçon. Par la manière dont la vie de leur famille commençait à tourner autour de l'existence d'un jeune être humain qui avait peu de logique, beaucoup d'arrogance et un grand cœur qu'il était prêt à partager avec n'importe quelle personne de son entourage.

Une femme – une inconnue dans un bureau – menaçait cela. Ses mots s'enroulaient autour des chevilles de Jules, comme un serpent qu'il ne pouvait pas tuer. Gus pencha la tête en arrière et observa le ciel, des nuages blancs et cotonneux parsemant son étendue bleue, puis il expira la colère qui montait en lui.

— Qu'a-t-elle dit ?

Ses paumes lui faisaient mal, alors il desserra sa prise sur la rambarde.

— Finalement, peu importe, reprit Gus. La vraie question est de savoir comment votre conversation va affecter ma relation avec Chris.

Il ne voulait pas se disputer avec Jules, ne voulait pas devoir se battre pour un fils dont il n'avait même pas connu l'existence quelques semaines plus tôt, mais durant les mois qui s'étaient écoulés depuis le jour où elle l'avait appelé pour lui parler de Chris, quelque chose avait changé en lui. Un instinct curieusement semblable à celui de Bear s'était éveillé en lui et il n'avait pas l'intention de se séparer de son fils.

— Je ne savais pas que tu avais un jumeau. Ni qu'il était mort.

Elle posa son verre sur la rambarde et se tourna vers lui, prenant appui sur un coude.

— Et ta mère… tu ne m'en avais jamais parlé.

— Ce n'est pas une chose que tu mentionnes dans une conversation banale.

Son estomac était encore noué. Puis Jules posa une main sur son bras et Gus soupira.

— Je ne lui ferai jamais de mal, dit-il. Jamais. Pas comme...

— Je n'ai jamais pensé une telle chose, l'interrompit Jules en secouant la tête. Ça m'a mise hors de moi. J'avais la rage contre... tout et n'importe quoi. Ce connard de Bulcher, cette assistante sociale et tous ceux qui disent du mal de toi. Je te *connais*. J'ai travaillé avec toi... enfin, j'ai plutôt travaillé pour toi qu'avec toi... mais ça compte. Je t'ai vu dire à une cliente de ne pas se faire tatouer le prénom d'un gars sur les fesses parce qu'elle finirait par le regretter. Je t'ai vu calmer un type qui était entré dans le salon complètement ivre et qui voulait taper sur tout le monde parce que nous refusions de le tatouer. Ces gens ne te connaissent pas. *Moi, si.* Cette nuit-là, tu avais mal et nous allons devoir parler de Rey parce que je ne veux pas qu'il approche de notre fils s'il a l'intention de refaire la même connerie.

— Nous essayons d'arranger les choses. C'est différent. Nous avons changé.

L'attention de Gus, jusque-là portée sur la jolie femme à la chevelure violette qui se trouvait près de lui, se tourna vers Rey qui prenait les pinces que lui tendait Bear pour les donner à l'homme aux commandes du barbecue.

— Je l'aime. Aussi idiot que ce soit, je l'aime. Je comprends enfin pourquoi certaines personnes se font tatouer le prénom d'un homme sur la peau parce que leurs émotions sont trop fortes. Cette sensation t'emplit d'une chose que je ne peux même pas nommer. Je ressens la même chose pour Chris. Ce trop-plein d'amour qui me donne l'impression d'être à l'étroit dans mon corps. Tout à l'heure, quand je l'ai sorti de la voiture, j'avais peur que mon cœur explose. J'ai ressenti une émotion *très* forte. Je tiens à mes frères comme à la prunelle de mes yeux, mais Rey et Chris... je donnerai ma *vie* pour eux.

— Tu donnerais aussi ta vie pour tes frères, s'esclaffa Jules.

— Oui, mais en me plaignant.

Puck planait au-dessus de la conversation et Gus détourna les yeux, cherchant ce qu'il pouvait dire des fantômes qui hantaient sa vie.

— Ma mère aurait certainement eu besoin d'une aide psychologique, mais je n'en suis pas certain. Les personnes qui pourraient me le confirmer sont soit mortes, soit délibérément muettes. Après avoir fait ce qu'elle a fait, personne ne m'a rien dit. Je sais où sont enterrés ma mère et Puck, mais c'est seulement parce que Bear a insisté pour qu'on lui donne l'information.

209

Je ne veux pas de cette vie pour Chris. Je ne veux pas qu'il sache ce que ça fait d'être trimbalé de maison en maison, de ranger toutes ses affaires dans un sac-poubelle et de prier pour que personne ne vole ce qui lui appartient pendant qu'il est à l'école. On ne possède rien quand on fait partie du système. On n'est rien d'autre qu'un nom et un problème posé sur le bureau de quelqu'un.

Il cligna des yeux, sentant les larmes qui montaient.

— La vie est drôle. Les gens meurent et, soudain, le monde s'effondre. Bear a perdu deux personnes et s'est retrouvé dans l'endroit le plus pourri au monde. Quant à moi, je suis né dedans. Chaque décision que prenait ma mère ne faisait qu'ajouter des problèmes à ma vie. Je lui ai survécu et je suis heureux de l'homme que je suis devenu. Aujourd'hui, j'aimerais que mon fils soit en sécurité et heureux. C'est tout ce que je veux, Jules.

— Ne le prends pas mal, mais ta mère était une vraie connasse, murmura-t-elle.

Jules le prit dans ses bras. Elle faillit les faire tomber à la renverse en cognant son plâtre contre la jambe de Gus.

— J'ai remercié la dame des services sociaux pour sa vigilance, mais je te connais, continua-t-elle. Je comprends qu'ils veuillent s'assurer que tu ne représentes pas un danger pour mon fils, pour notre fils. Ma mère était la première à dire que tu devrais avoir une autorité parentale, mais elle voulait savoir à qui elle avait à faire.

— Je ne lui en veux pas. Cette idée ne me réjouissait pas, mais je comprends.

— Je veux qu'il y ait une audience pour la garde de Chris. Je veux que tu puisses le voir. Comme tu l'as si bien dit, le décès d'une personne peut causer l'effondrement du monde d'un enfant.

Jules désigna leur fils, qui avait apparemment convaincu Bear d'écouter une histoire interminable sur des animaux sauvages, au vu des expressions de son visage.

— Si ton nom apparait sur son acte de naissance, il héritera de toute ta famille. Ce qui signifie qu'il aura cinq personnes supplémentaires pour le soutenir lorsqu'il traversera des périodes difficiles. Je veux qu'il puisse compter sur vous. Je veux qu'il puisse compter sur toi. Tu es un homme bien, Gus. Le genre d'homme que j'aimerais que mon fils devienne. Et puis, pour information… commença-t-elle avec un air moqueur, je t'aime. Je n'aurais pas pu faire une plus belle erreur que de coucher avec toi. Tu m'as donné le meilleur enfant qui soit. Mais si Rey te blesse une nouvelle fois…

— Tu vas devoir te ranger derrière Bear, Ivo et Luke, l'interrompit Gus en riant.

Son rire porta au loin, attirant l'attention des autres, alors Jules les salua tous.

— Je ne sais pas quelle est la position de Mace sur le sujet, mais Rey est son meilleur ami, alors je ne peux pas lui en vouloir, continua Gus. Nous avons beaucoup discuté de notre relation. Je ne sais pas où nous en sommes, mais nous finirons par nous retrouver. Il le faut.

— Je vous le souhaite. Je t'ai vu au fond du trou et je sais que Rey était en grande partie responsable de ton chagrin, mais je suis heureuse que tu lui accordes une seconde chance. Parce que tu m'en as aussi donné une, murmura Jules. Après t'avoir caché l'existence de Chris, je suis mal placée pour parler, mais Rey ferait mieux de t'aimer comme un fou ou il va *regretter* que Bear ne l'ait pas trouvé en premier.

# XIX

Le soir commençait à tomber sur l'horizon, bordant le soleil de sa couverture, mais les couleurs du souci et de l'œillet teintaient les nuages qui embrasaient le ciel et les ombres légèrement grises devenaient opaques. Le quartier était plus tranquille à l'approche de la nuit. Des joggeurs intrépides couraient de l'autre côté de la rue, s'apprêtant à grimper une dernière fois la côte qui servait de périmètre au parc et esquivant au passage une femme qui conduisait son scooter sur le trottoir. Chez leurs voisins, l'adolescente qui avait appris à faire du vélo avec Ivo étant petite était en train de nettoyer le cabriolet qu'elle avait reçu en cadeau pour ses seize ans. Leur vieux setter irlandais se reposait sur la pelouse, près de leur garage.

Jules boitilla devant eux, avançant prudemment le long de l'allée alors que son père ne la quittait pas des yeux et restait tout près d'elle. Quand il la bouscula en approchant un peu trop près, elle marmonna sa frustration. Ils se chamaillèrent un peu, Jules disant qu'elle était assez grande pour marcher toute seule et Doug répliquant qu'elle serait toujours sa petite fille. Quand ils arrivèrent près de la voiture de Doug, celui-ci déverrouilla la portière côté passager et l'ouvrit pendant qu'elle le rattrapait.

— Je peux porter quelques sacs, Lynn, proposa Gus en la suivant.

Il tenait fermement la main de Chris, mais le garçonnet était bien trop agité, tirant sur son bras pour se libérer.

— Non, ça va aller. Ne lâchez pas ce petit monstre, dit-elle en riant, portant les cabas remplis de boîtes pleines des restes du barbecue que Bear lui avait donnés. Doug, n'achète pas trop de choses au magasin. Nous avons assez de nourriture pour les deux semaines à venir.

— Je pense plutôt que nous en avons assez pour un jour, plaisanta Doug depuis le trottoir sur lequel il s'était garé. Je compte bien manger les restes du barbecue dès ce soir. On se retrouve à la maison. J'ai la liste des courses.

Son visage poupin s'arrondit lorsqu'il sourit à Gus, amusé par le bras de fer qui avait lieu devant la maison entre un père et son enfant. Jules prit appui sur le bras de Doug et se laissa tomber en arrière dans la voiture.

— Tenez-le bien, Gus. Ce petit est malin.

— Seigneur, que mange cet enfant au petit déjeuner ? Des boissons énergisantes et des cubes de sucre ? Allez, c'est décidé, je te porte.

Gus souleva un Chris agité en l'air et le jeta par-dessus son épaule.

— Ça suffit, bonhomme, marmonna-t-il en attrapant ses jambes alors qu'il se tortillait. Tu me tapes dessus.

— Il a été stimulé tout l'après-midi, remarqua Lynn derrière lui. Sans compter tous les verres de boisson gazeuse que lui et Ivo ont bus. J'interdis formellement tout autre concours de rots.

— C'est moi qui rotais le plus fort, déclara fièrement le petit garçon.

Chris remua à nouveau les jambes, mais cette fois, Gus les tenait fermement.

— Maman part avec Daddy ?

— Oui. Ils vont acheter du lait et faire quelques courses.

Lynn déverrouilla la portière de la voiture, puis se pencha à l'intérieur pour poser les cabas sur la banquette arrière.

— Gus, vous devriez le poser par terre ou bien vous allez finir couvert d'hématomes.

— Gus vient avec nous ? demanda Chris sur un ton volubile. Je veux qu'il vienne.

— Non, bonhomme, je vais rester ici. Demain matin, nous parlerons sur l'ordinateur comme nous le faisons d'habitude. J'habite ici, tu te souviens ?

— *Non*. Tu dois venir à la maison, dit-il en donnant un autre coup de pied, si fort que sa chaussure de tennis creusa un trou dans la poitrine de Gus. Pose-moi par terre, s'il te plaît. Il y a un autre chien. Je veux le voir.

— Ça suffit, Chris.

La voix du Gus était devenue plus rauque et une drôle de sévérité accentuait ses mots ; le souvenir de Bear reprenant Ivo remonta à la surface.

— Bon sang, la tyrannie est génétique. Bientôt, je vais te demander d'essuyer tes pieds et de ne pas les poser sur le canapé, continua Gus. En revanche, laisse le chien tranquille. Patate est un vieux chien, il a besoin de ses heures de sommeil.

Chris gigota sur son épaule, lui faisant perdre l'équilibre. Il attrapa le petit garçon par le pantalon et le reposa doucement tout en continuant de le tenir par le tee-shirt. Son fils se tortilla, cherchant à se libérer, puis il laissa échapper un geignement et s'effondra au sol. Gus observa Chris, désormais allongé sur le gravier sale, et lança un appel silencieux à Lynn.

— Y a-t-il un bouton pour le réinitialiser ? Bonhomme, que se passe-t-il ? demanda Gus en le poussant gentiment du bout du pied.

— Et voilà ! soupira Lynn. Il fallait que je fasse tomber un sac. Gus, pourrais-tu le ramasser pendant que j'installe Chris dans son siège ? Chris, il va falloir te lever si tu veux aller faire un bisou à maman. Elle va partir avec Daddy.

Gus ne vit rien de la scène. Alors qu'il avait la tête baissée pour ramasser une boîte de maïs grillé, il entendit les hurlements et le crissement effroyable des pneus. Ensuite, le temps passa de manière saccadée, chaque minute semblant interminable. Il découvrit Chris allongé sur le côté de la route, pleurant et hurlant à pleins poumons. L'odeur du caoutchouc brûlé lui monta au nez et de la bile lui brûla la gorge. Le garçonnet ne portait qu'une chaussure ; l'autre était coincée sous la roue d'une Cadillac argentée.

Jules tomba au sol en essayant de sortir de la voiture de son père, hurlant le prénom de leur fils. Gus ne sentait plus ses jambes, paralysé par le choc. Quelqu'un appela Rey, puis Mace. Il lui fallut un moment pour comprendre que la douleur dans sa gorge était causée par ses hurlements alors qu'il appelait son amant et son frère à l'aide pour secourir son fils.

— Nous allons nous occuper de lui, le rassura Rey en posant ses mains sur son dos.

Mace passa près de lui en courant à toute vitesse, lançant les clés de son SUV à Ivo en lui ordonnant d'aller chercher sa trousse de secours. L'air était frais sur le visage de Gus. Ou bien la chaleur de son corps s'était-elle échappée de son corps, le laissant engourdi ? Rey avait disparu, laissant place à un homme aux larges épaules et à l'expression sévère qui portait son beau visage alors qu'il se précipitait vers Chris.

— Appelle les secours, Gus, cria Rey en regardant par-dessus son épaule. Nous allons avoir besoin d'une ambulance…

— Non, dis-leur simplement que nous allons conduire Chris jusqu'à l'hôpital dès que nous l'aurons stabilisé, grogna Mace en récupérant les affaires que son petit frère lui avait ramenées. Dis-leur que nous arrivons. Donne-leur la marque et le modèle de ma voiture. Maintenant, que tout le monde recule.

La femme maigre à laquelle appartenait la Cadillac se tenait sur le trottoir, se tordant les mains et fumant ce qui semblait être sa cinquième cigarette. Luke se tenait près d'elle et la réconfortait du mieux possible, griffonnant des renseignements sur elle tout en la calmant. Gus réprima son envie de l'étrangler, de glisser ses mains autour de son cou décharné et de la secouer jusqu'à ce que ses yeux quittent leur orbite.

— Je vais le faire, intervint sèchement Bear. Gus, nous avons la situation en main. Essaie de calmer Jules.

La voix de son frère près de son oreille le poussa à bouger. Il déglutit péniblement et s'approcha de la scène, mais le regard sévère de Mace le tint à distance. Jules avança vers lui, ses bras nus tremblants et glacés. Elle ravala ses larmes et se blottit contre lui, s'accrochant à son torse pendant que Mace et Rey s'occupaient de Chris. Le bras du garçon était tordu, son épaule délogée et lorsque Mace appuya sur sa poitrine, Chris se mit à vomir.

Gus s'écarta de Jules et avança d'un pas, mais Bear l'attrapa avant qu'il puisse en faire un autre. Il se retourna vers son frère et grogna, submergé par la rage et la peur.

— *Lâche-moi*, Bear. Mon fils…

— Reste où tu es, Gus, ordonna Rey.

Cet ordre le coupa dans son élan. D'ailleurs, tout le monde resta à sa place, sauf Lynn qui poussa Doug pour essayer de se libérer de la prise qu'il avait sur son bras.

— Vous aussi, Mme Wagner. Bear, as-tu réussi à appeler les secours ?

— Oui, un policier sera bientôt là. L'opérateur a dit que cet agent vous escorterait jusqu'à l'hôpital. Ivo, va chercher mes clés et assure-toi que le chien est bien à l'intérieur de la maison, ordonna-t-il avant de passer devant Doug. Allez-vous l'emmener à UCSF ?

— C'est trop loin… protesta Lynn.

— Oui, ce sont les meilleurs, grogna Mace, coupant la parole à la mère de Jules. Bien, installons Chris sur la banquette arrière. Rey, tu resteras près de lui tout au long du trajet. Une personne peut monter à l'avant du véhicule si elle se tait et me laisse conduire en paix.

— J'aurais dû faire plus attention, dit Jules d'une voix cassée, son visage pâle baigné de larmes. Il venait pour me faire un bisou, mais je ne suis pas sortie de la voiture assez vite. Seigneur, j'aurais dû le surveiller. Je l'ai attrapé, mais je n'ai pas réussi à… mon Dieu, Gus. C'est de ma faute.

Gus n'arrivait plus à réfléchir. Il ne sentait plus ses gencives ni son visage. Un gouffre se forma dans son ventre, profond, dégageant une odeur nauséabonde de frustration et de rage, mais il ne trouvait pas le moyen de se purger. La colère lui faisait voir rouge, mais ses pensées étaient surtout dominées par une peur glaciale. Chris ne bougeait plus et les geignements qu'il poussait à travers sa bouche pleine de salive faiblissaient. Gus avait

215

envie de grimper dans le SUV, réticent à l'idée de le quitter une seule seconde des yeux, mais il n'avait pas ce droit, il ne tenait pas encore ce rôle dans la vie de son propre fils.

— Monte à l'avant, ordonna-t-il à Jules.

Il se redressa et glissa son bras autour de la taille de la jeune femme. C'était le chaos complet dans sa tête, mais il ne pouvait pas se permettre de penser à autre chose qu'à avancer.

— Nous devons nous ressaisir, Jules. Essuie tes larmes et inspire profondément. Chris a besoin de voir que tu vas bien. Il en a besoin. Et quand les médecins l'auront emmené, tu me diras exactement ce qui s'est passé car pour l'instant, je suis tellement en colère et effrayé que ça me donne envie de vomir.

— Il va bien.

Rey avait beau le répéter sans cesse, Gus ne l'écoutait pas.

— C'était une luxation de l'épaule. C'est certainement arrivé quand Jules l'a attrapé par le bras. Tout va bien.

C'était un mensonge qu'il avait dit à beaucoup de personnes, mais alors qu'il se tenait dans la blancheur stérile d'une salle d'attente au beau milieu d'un hôpital, c'était tout ce que Rey avait à offrir. Dès qu'ils avaient franchi les portes de l'hôpital, Mace et lui avaient appelé la caserne pour changer leurs horaires de travail, discutant avec leur capitaine pour plaider leur cause. Elle s'était montrée indulgente avec Mace, mais Rey avait dû batailler. Il avait usé de son charme pour expliquer à sa supérieure qu'il devait rester à l'hôpital parce qu'il était amoureux du petit frère de Mace ; elle était restée sceptique. En raccrochant, il avait eu l'impression d'avoir vendu son âme au diable, mais lorsque Gus était venu le trouver pour lui réclamer un câlin afin de chasser ses idées noires, Rey avait compris que ça en valait la peine.

Le chaos régnait dans les couloirs, occupés par des personnes tourmentées qui avaient été capturées et isolées dans des niches et des alcôves jonchées de chaises en plastique aux formes étranges et de grandes tables en bois. Ils étaient installés près des portes d'admission, formant un océan d'hommes tatoués accompagnés d'un couple d'une cinquantaine d'années venu de banlieue qui avait pris au moins vingt ans en parcourant les kilomètres qui menaient jusqu'ici.

Rey s'était déjà retrouvé dans cet hôpital, que ce soit pour son travail ou après une des folles aventures des frères pour la rénovation de leur maison. Il avait passé bien trop de temps aux urgences à attendre un ou plusieurs des membres de la famille de Gus pendant qu'on leur faisait des points de suture ou qu'on leur mettait un plâtre. Malgré les odeurs persistantes et familières du désinfectant, de la nourriture fade transformée en liquide et d'une pointe amère de café brûlé, cette expérience était différente. Un voile était tombé sur leur famille, atténuant leur vivacité et pesant sur leurs épaules d'habitude fièrement dressées. Cette fois, au lieu de se lancer des petits sourires espiègles, les frères formaient un mur de silence, sombre et rigide, autour de Gus.

S'il y avait bien un moment où Rey se sentait exclu de la vie de Gus, c'était lorsque sa fratrie se renfermait sur elle-même. Mais ce n'était pas le cas aujourd'hui. Il y avait quelque chose de différent, quelque chose qui avait changé entre eux tous et Rey se retrouvait à l'intérieur de ce cercle. Cette fois, alors que leur sang bouillonnait d'inquiétude et de colère, Rey avait été inclus dans leur cercle. Bear s'était écarté pour le laisser rejoindre Gus, et Mace lui avait tapoté l'épaule après leur arrivée à l'hôpital, une fois que Chris avait été pris en charge par les médecins. Luke et Ivo étaient calmes, telles des sentinelles dépareillées tenant une conversation à voix basse près d'une plante débraillée posée à côté d'un tas de chaises en plastique.

Lynn et Doug étaient assis ensemble, leurs mains réunies et leurs genoux se touchant ; ils discutaient trop bas pour qu'on puisse les entendre, mais une lueur d'inquiétude imprégnait leurs murmures. Dès qu'ils avaient franchi les portes de l'hôpital, deux infirmières avaient installé un Chris en pleurs sur un brancard afin de l'emmener passer des tests, emportant Jules avec elles dans un dédale de couloirs et de portes. Depuis, on leur donnait peu d'informations et lorsque les internes venaient les tenir au courant de ce qui se passait, une certaine suspicion se lisait dans leur regard, ce qui ne rassurait pas du tout Rey.

— Ils pensent que nous lui avons fait du mal, marmonna Gus.

Son amant avait posé son épaule contre la sienne et s'était appuyé sur lui, les sourcils froncés.

— Le docteur roux… il n'arrêtait pas de me demander où je me trouvais au moment de l'accident et si j'étais en colère ou énervé à propos de quelque chose. Il m'interrogeait pour essayer de me faire dire que nous étions responsables de ce qui s'est passé.

— Gus, ça ne veut pas dire que… commença Rey en secouant la tête.

— C'est *exactement* ce que ça veut dire, siffla Gus.

De la rage étincelait dans ses yeux bleu clair, un incendie embrasant son regard. Ses cheveux partaient dans tous les sens, ses doigts étant passés des centaines de fois dans sa crinière depuis que Chris avait été admis.

— Ils pensent que l'un de nous lui a fait ça.

— *Gus.*

Gus leva la tête en entendant son prénom prononcé avec tant de mordant par Luke.

— Il n'a pas tort, Lucas, intervint Lynn d'une voix douce et abattue. Si j'étais chargée de la médiation ou de l'examen d'un dossier pour la garde d'un enfant et qu'une telle chose se produisait, je m'intéresserais aux parents. C'est un *devoir*. Les tribunaux sont alarmistes en ce qui concerne les violences, et ce à juste titre. Si l'un des parents – ou les deux – a été victime de violences familiales durant son enfance, alors les services sociaux examinent de manière méticuleuse ce qui s'est passé. On suit l'adage qui dit qu'il vaut mieux prévenir que guérir.

— Alors, quoi ? demanda Ivo en fronçant les sourcils. Ils pensent que Jules lui a fait du mal ? Ou bien Gus ? J'ai connu bien pire avant que Bear obtienne ma garde.

— Ce que tu dis n'arrange rien, Ivo, gronda Bear. Les choses ont changé.

— Des connards comme Bulcher exercent toujours, lui rappela Gus. Ça me met hors de moi. Nous n'avons rien fait de mal, mais ils vont scruter mon passé et celui de Jules. Pendant ce temps, des choses terribles se passent juste sous leur nez et ils font comme s'ils ne voyaient rien.

— Ce n'est pas le cas de tout le monde, Gus.

Le reproche de Luke était doux, mais légèrement tranchant.

Les épaules de Gus se crispèrent et des rides apparurent autour de sa bouche sensuelle. À en croire la tempête qui naissait dans ses yeux, il était sur le point de perdre le contrôle. S'il s'emportait, il regretterait ses paroles. Rey remarqua les regards inquiets que s'échangèrent Bear et Mace derrière le dos de leur frère.

— Allons faire un tour, suggéra Rey. Prendre un peu l'air.

Toucher Gus était un risque. Cette longue attente le mettait à bout de nerfs. Pendant un instant, Rey crut qu'il allait lui dire d'aller se faire voir, mais Gus finit par accepter.

— Bear, appelle-nous s'il y a des nouvelles. Nous vous rejoindrons immédiatement.

Les deux hommes longèrent les couloirs pendant dix minutes, puis passèrent enfin la porte d'entrée des urgences. Gus ne disait rien, mais de temps en temps, leurs épaules se touchaient ou leurs hanchent se frôlaient. Le silence qui régnait entre eux était lourd, telle une chaîne de non-dits et de souvenirs violents forgée par la peur. Quand ils atteignirent la grande pelouse, Gus prit la main de Rey dans la sienne et la serra presque un peu trop fort, mais la tension sur son beau visage s'estompa. Gus sourit lorsque Rey leva leurs mains jointes jusqu'à sa bouche, puis il se mit à rire lorsqu'il lui mordit doucement les doigts.

L'air de la nuit était frais, presque glacial et l'agitation de l'hôpital retomba quand ils s'éloignèrent des trottoirs principaux et du parking. Il y avait peu de circulation dans cette rue. Le bruit des pneus sur le bitume était étouffé par celui d'un café qui se trouvait de l'autre côté de la rue, l'argenterie claquant contre les assiettes et les conversations allant bon train.

— Je ne veux pas trop m'éloigner, dit Gus. Il ne devrait pas tarder à sortir.

— Et si nous nous installions sur ce banc ? Nous pouvons nous asseoir un moment, puis nous retournerons à l'intérieur.

Il serra la main de Gus et l'entraîna vers une aire de repos qui se trouvait à la limite du périmètre de l'hôpital.

— Si tu as soif, je peux aller chercher quelque chose à boire, proposa Rey.

— Non, ça va aller. J'avais simplement besoin d'espace. J'étais sur le point d'arracher la tête de Luke alors qu'il ne m'a rien fait.

— Je crois que chacun de nous est un peu à cran. Vous cherchiez tous les ennuis.

Même si le banc était froid, c'était agréable de s'y asseoir après avoir piétiné tout ce temps dans le couloir de l'hôpital. Il avait un peu mal aux jambes à force de marcher sur le sol carrelé. Une fois l'adrénaline retombée, Rey avait réalisé que ses mains tremblaient et que sa mâchoire lui faisait mal à force d'avoir été serrée tout au long du trajet. Maintenant qu'il était installé sous la lumière délicate des lampadaires et des enseignes de restaurants, il se sentit soulagé d'avoir pu sortir pour se changer les idées, surtout lorsque Gus s'étira et esquissa un sourire triste.

— Bon sang, je suis tellement nul, dit-il en laissant échapper un grand soupir.

Gus passa une jambe par-dessus le banc pour s'installer face à lui, puis se pencha doucement en avant et posa son front sur l'épaule de Rey.

219

— J'étais tellement effrayé. Et en colère. Mon Dieu, tu n'imagines pas à quel point je suis en colère, chéri. J'ai envie d'étrangler quelqu'un.

Une lueur de lucidité éclairait le regard fatigué de Gus, cristallisée par la réalité et la terreur. Gus déglutit, sa voix devenant un murmure et l'émotion étranglant ses mots.

— J'ai juste envie de le ramener à la maison. Je déteste le savoir dans cet hôpital. J'ai l'impression de l'avoir laissé tomber. Je n'ai pas réussi à lui éviter cette souffrance. Je lui ai promis, Rey. Je lui ai promis qu'il ne souffrirait jamais.

Rey attrapa son amant, tendu et en colère, et l'attira dans ses bras. La lutte qu'ils se livrèrent était surtout symbolique et pleine de fierté. Puis Gus céda, saisissant son amant par la taille dans une étreinte ferme et s'y accrochant de toutes ses forces. Le barrage qui retenait ses larmes s'écroula et ses épaules tremblèrent sous les sanglots silencieux et violents qu'il versait dans le creux de son épaule. Rey caressa le dos de Gus et le berça doucement, attendant une interruption dans ce déluge.

— Je t'aime, murmura-t-il en pressant ses lèvres sur le haut du crâne de Gus. Mais tu ne peux pas promettre à Chris de le protéger du monde entier. Il va souffrir. Ce qu'il doit comprendre, c'est qu'il peut compter sur toi sans même avoir à y réfléchir. Il doit le sentir au plus profond de lui. Comme c'est le cas pour moi. Aimer une personne, ce n'est pas vouloir qu'elle devienne ce que tu attends d'elle ou l'emballer dans du papier-bulle afin qu'elle ne puisse plus bouger. Aimer signifie que cette personne saura, au plus profond d'elle-même, que tu seras présent pour la soutenir dans les moments difficiles et pour l'applaudir dans les moments de gloire.

Alors que Rey envisageait son avenir, il ne l'imaginait pas une seconde sans cet artiste pénible et complexe à la chevelure blonde. En entendant son alarme sonner, il voulait ouvrir les yeux et voir des paupières cligner doucement, dévoilant ce regard bleu clair qui le fixait. Il voulait mourir en sachant qu'il avait fait l'amour avec Gus sur chaque surface de la maison, y compris certains endroits qu'il n'était pas sage de considérer.

— Tu as peur. Je le comprends. Il t'est arrivé certaines choses que je ne comprendrais jamais, continua Rey en le serrant encore plus fort.

Le souffle de Gus était chaud contre son épaule et la prise qu'il avait sur son torse était presque douloureuse. Mais Gus avait besoin qu'il soit son roc, ce qui était dans ses cordes.

— Tu t'en prends aux autres parce que tu as été déçu par de nombreuses personnes qui auraient être là pour toi. Aujourd'hui, *si* – et seulement *si* – les services sociaux examinent ce qui s'est passé, tu as peur qu'ils décident de ne pas t'accorder la garde de Chris parce qu'ils n'ont jamais été de ton côté.

— Tu n'imagines même pas à quel point j'ai peur, dit Gus en reniflant.

Il voulut s'écarter, mais Rey ne le libéra pas avant de lui avoir donné un autre câlin. Gus essuya ses larmes et marmonna :

— C'est juste que je n'ai aucune confiance en ces personnes.

— Aujourd'hui, ces *personnes* sont Luke et Lynn, lui rappela gentiment Rey. Elles sont de ton côté. Ils ont de l'influence, mais nous ne savons même pas si leur intervention sera nécessaire. Ta réaction est due à la peur, non pas à ce qui se passe réellement, alors je vais te demander de patienter et de respirer. N'oublie pas de respirer, chéri. Et si tu sens que tu es emporté par un tourbillon dont tu ne peux pas sortir, si ton esprit n'arrive pas à chasser toutes les pensées sombres qui remontent à la surface, alors viens me trouver et reste dans mes bras jusqu'à ce que tu retrouves le contrôle.

— C'est ton métier, dit Gus en essayant d'esquisser un sourire qui rayonna faiblement sous la douce lumière. Sauver des chats coincés dans les arbres et des personnes bloquées dans des bâtiments en feu, même quand ce sont eux qui sont à l'origine de l'incendie.

— Surtout quand ce sont eux qui sont à l'origine de l'incendie, répliqua Rey en riant.

Il embrassa le coin des lèvres de Gus et grimaça en sentant le goût salé de sa peau.

— Peu importe ce qui se passe, peu importe les incendies que tu provoqueras dans ta vie, je serai toujours là. Je t'ai déçu par le passé, mais ça n'arrivera plus. Tu me crois ?

— Oui, répondit Gus de façon claire et nette, dans un élan de conviction. Bien sûr.

— Toi et moi avons changé, nous avons revu nos priorités et l'une des choses les plus importantes de ta vie – de notre vie – est Chris, murmura Rey en lui volant un baiser. Très bien, il y a aussi notre couple, ce qui fait deux choses importantes. Peut-être trois si on compte tes frères. Nous allons faire des erreurs, nous allons nous planter… avec nos familles, avec le petit et entre nous. Il se passera forcément des choses. Nous allons oublier de passer chercher quelque chose au magasin ou manquer un rendez-vous, mais ça ne veut pas dire que nous n'allons pas aller de l'avant. Ça ne veut pas dire que nous ne nous aimons pas et que Chris n'est pas heureux et en sécurité. Nous sommes humains et nous allons faire des erreurs, mais nous serons présents. *Je* serai présent. Tout comme tu seras présent pour lui. D'ailleurs, c'est déjà le cas.

— Je suis assis sur un banc à l'extérieur, en train de pleurer comme si on avait tué mon chat et d'embrasser mon…

Gus s'arrêta de parler et étudia le visage de Rey.

— Je ne sais pas comment te définir. Le terme « petit ami » me rappelle trop le lycée.

—« Petit ami » me convient très bien.

Rey éclata de rire en voyant l'air dégoûté sur le visage de Gus.

— Tout va bien, Gus. Chris a trois ans. Il a eu peur et mal parce que Jules l'a attrapé par le bras avant qu'il puisse être fauché par la voiture de cette femme. Nous avons tous vu sa chaussure voler et le pneu rouler dessus, mais je préfère qu'il ait une épaule déboîtée plutôt qu'autre chose. Ce qui s'est passé n'était pas grave et ce n'est la faute de personne, d'accord ?

— Oui, concéda Gus. Je suis juste inquiet. Je ne suis pas encore son père. Je n'ai *pas* mon mot à dire. Je déteste me sentir impuissant. Je pense que quand on est parent, on passe une bonne partie de son temps à vouloir vomir parce qu'on a *peur*.

— Je suis certain que Jules sera d'accord avec toi. Écoute, ce qui s'est passé aujourd'hui ne change rien, dit Rey en prenant le visage de Gus dans ses mains, le tournant vers lui. Tu es son père, chéri, et tu tiendras parfaitement ce rôle. Tu le fais déjà. Il voulait que tu le suives chez lui parce que dans son esprit et dans son cœur, tu habites avec lui. Et ce sera toujours le cas. Pour lui comme pour moi. D'accord ?

Gus ne répondit pas, du moins pas directement.

— Oui, d'accord, finit-il par dire en hochant la tête.

— Bien. Nous devrions retourner à l'intérieur. Ils auront bientôt fini de l'examiner et Chris va certainement te réclamer.

Rey prit le temps de l'embrasser une nouvelle fois, approfondissant leur baiser jusqu'à ce que Gus manque d'air. Les joues rouges et la bouche légèrement gonflée, Gus adressa un sourire chaleureux à Rey.

— Ai-je pensé à te remercier ? Pour aujourd'hui ? Pour ce que tu as fait pour Chris ?

— Pas encore, dit Rey en lui rendant son sourire. Mais tu étais un peu occupé.

— Alors, merci. Pour tout. Pour lui et… pour moi.

Cette fois, ce fut Gus qui les priva d'air, laissant Rey dur et excité.

— Étant donné que tu ne travailles pas cette nuit, pourrais-tu la passer avec moi ? demanda Gus. Il se pourrait que je te remercie d'une autre façon.

— Chéri… dit Rey en se levant, avant de tendre une main à Gus. Si tu as besoin de moi, je serai là. Même si c'est seulement pour te tenir dans mes bras jusqu'à ce que le soleil se lève. Je serai là, tout près de toi, à chaque seconde.

# XX

*Deux mois plus tard*

L'ALARME QUE Gus programmait sur son téléphone était une musique électronique que Rey entendait désormais dans ses cauchemars. Connu pour être impossible à sortir de son sommeil, Gus marmonna et s'enfonça plus profondément sous les piles d'oreillers qu'il avait entassés contre le mur, occupant presque les trois quarts du lit dans une étendue de longs membres musclés et de coussins moelleux. Rey tâtonna pour trouver ce satané téléphone, renversant une poignée de crayons à papier et un carnet à dessin qui se trouvaient sur la table de chevet, afin de faire cesser ce tempo entêtant. Il trouva enfin le bouton sur lequel appuyer pour le faire taire et un silence relatif descendit sur le loft du grenier.

— Arrêter ce truc est plus difficile que de taper un code Konami, se plaignit Rey en reposant le téléphone sur la table de chevet, puis il se rallongea. Surtout, ne bouge pas, Gus. Reste ici. Je vais nous préparer du café. Regardez-moi ça. Du sarcasme professionnel gâché sur un type inconscient.

La maison était calme et tranquille. La lumière du matin n'avait pas encore envahi le ciel, mais elle planait à l'horizon, dorant les arbres qui se trouvaient face aux fenêtres de la cuisine. Earl descendit lourdement les escaliers et bava légèrement en pressant son nez contre la baie vitrée qui menait au jardin arrière. Après avoir laissé sortir le chien pour qu'il fasse ses besoins, Rey versa du café moulu dans la cafetière et attendit qu'assez de liquide en sorte pour remplir deux tasses. Il se frotta les yeux pour se réveiller.

Cela ne fonctionna pas. Bâiller ne fonctionna pas non plus, mais sa mâchoire se remit en place. En léchant ses lèvres, il réalisa qu'il y avait encore un peu de dentifrice dessus.

L'incendie de la nuit dernière occupait encore ses pensées ; le bâtiment avait fini en fumée, trempé, avec des murs qui s'écroulaient. Mace et lui avaient dégagé six personnes, des individus effrayés et couverts de cendres qui s'étaient couchés sans se douter qu'ils se réveilleraient un peu avant minuit et découvriraient que leur vie avait été emportée par les flammes. Ils avaient fait des heures supplémentaires pour défoncer des portes et briser des fenêtres, mais en oubliant la douleur constante dans ses muscles surmenés, Rey avait eu l'impression de pouvoir encore tenir quelques heures avec l'aide du café.

— Le plus difficile va être de faire avaler du café à Gus, grommela-t-il en s'adressant à Earl lorsque le chien revint en gambadant dans la maison.

L'horloge accrochée au mur sonna l'heure et Rey fronça les sourcils, comparant la position de ses aiguilles à l'alarme qu'il avait vue sur le téléphone de Gus.

— C'est quoi ce bordel ? Il n'est même pas encore 6 h. Pourquoi avoir programmé son alarme si tôt alors que nous ne sommes pas censés nous rendre au tribunal avant 11 h ? Earl, je te jure que si je ne l'aimais pas, je le tuerais. Et… je parle tout seul. Earl est reparti se coucher. Génial.

Jongler avec deux tasses de café en traversant la maison et en montant les escaliers était risqué, surtout dans l'entrée, où les chaussures étaient étalées par terre, abandonnées, attendant de faire trébucher un pompier innocent qui espérait pouvoir se reposer deux petites heures. La porte de la chambre était entrouverte et pendant un bref instant de panique, Rey se demanda si Earl l'avait devancé et s'était installé de son côté du lit. Il fut soulagé de trouver la pièce vide en dehors de Gus, allongé sur le dos, les draps remontés sur les hanches, en train de fixer le plafond.

— Tu devrais remettre ton portable à l'heure, grommela gentiment Rey en tendant une tasse à son amant. Tu fais sonner ton alarme bien trop tôt. Ce qui est encore plus vrai quand on sait que c'était il y a une demi-heure.

— Oui, c'est pour être certain de me lever pour aller au travail. C'est une habitude.

Il attendit que son partenaire s'installe sur le lit avant de lui offrir un baiser au parfum de cannelle.

— Merci pour le café. Tu aurais pu simplement désactiver l'alarme et te rendormir.

— Mon cerveau a été obligé de démarrer pour comprendre comment éteindre ce truc, alors j'étais déjà bien réveillé, dit Rey avant de prendre une gorgée de café, surpris par la note sucrée sur la langue. C'est le mauvais. J'ai ton café, échange.

— Bon sang, il est trop tôt pour être debout, se plaignit Gus en tournant la tasse afin de trouver l'endroit par lequel Rey avait bu, puis il

225

goûta la préparation chaude. Je suis sur les nerfs. Je sais que nous allons juste nous rendre au tribunal pour rencontrer le juge et signer quelques documents, mais je suis hyper nerveux. Imagine que…

— Je croyais que nous nous étions mis d'accord pour ne plus commencer nos phrases par « *imagine que* » ou « *et si* ».

— Parfois, j'ai l'impression que tu me connais à peine, répliqua Gus.

Il se pencha au-dessus de Rey afin de poser sa tasse sur la table de chevet.

— Ce serait plus simple si le lit n'était pas poussé contre le mur, remarqua Rey.

C'était un désaccord de longue date, une discussion qu'ils avaient encore eue lorsque Gus avait déplacé le lit qui se trouvait dans l'appartement de Rey afin qu'il soit calé contre le plus grand mur de la pièce.

— Nous pourrions avoir chacun notre table de chevet, suggéra Rey.

— J'aime dormir contre le mur. Cela te dérange-t-il vraiment que je sois obligé de me pencher sur toi ? demanda Gus alors que les draps glissaient, exposant sa hanche nue. Au fait, tu vas bien ? Hier soir, quand tu es rentré, tu as dit que la nuit avait été difficile.

— Oui, je vais bien. Je prendrai des nouvelles pour voir comment s'est déroulée la suite de l'intervention. L'incendie était déjà maîtrisé quand nous sommes partis et je crois que nous avons secouru toutes les personnes qui se trouvaient à l'intérieur, mais on ne sait jamais.

Rey but une grande gorgée de café, puis posa sa tasse près de celle de Gus.

— Regarde ce qui est arrivé à Jules, continua Rey. Elle n'était pas censée se trouver sur les lieux. Je crois que notre pire cauchemar est de dégager un bâtiment et de découvrir ensuite que nous sommes passés à côté de quelqu'un.

— Merci de ne pas être passé à côté de Jules.

Les mains de Gus se promenèrent, errant sur les hanches de Rey.

— Je ne pense pas être prêt à devenir parent unique. Lynn et Doug me soutiendraient, mais porter cette responsabilité sans Jules serait impossible.

— Je suis là, murmura Rey.

Passant ses doigts à travers les cheveux blonds de Gus, Rey attira son amant vers lui jusqu'à ce que leurs bouches soient à quelques centimètres l'une de l'autre.

— En fait, je suis content que tu te sois levé tôt. Je voulais te parler de quelque chose.

— Quelque chose de bien ? Ou quelque chose de vilain ? demanda Gus en faisant glisser ses doigts le long du sexe de Rey à travers son survêtement. Quoi ? Ne me regarde pas comme ça. Je me suis levé trop tôt et je suis sur les nerfs. As-tu manqué cet épisode ?

— Non, je ne l'ai pas manqué.

Rey avait laissé ses affaires près de la porte. Il s'agissait juste d'un sac à dos contenant son portefeuille ainsi que des fournitures qu'il emportait à la caserne lors de chaque service. Son sac pesait presque trois kilos. Il s'était habitué à son poids, mais c'était l'enveloppe blanche que son père lui avait remise avant qu'il prenne son service qui occupait ses pensées.

— J'aimerais que tu sois sérieux quelques minutes. Je dois te parler et je ne voulais pas le faire hier soir car j'étais épuisé et il était tard. Alors… assieds-toi et écoute-moi.

Gus s'assit près de Rey et croisa les jambes. Le soleil était levé ou bien faisait un effort pour transpercer la voûte formée par les arbres autour de la maison. Des rayons de lumière filtraient à travers la lucarne, faisant ressortir les nuances dorées de ses cheveux et saturant le bleu de ses yeux. Gus portait une barbe de trois jours, un soupçon de roux apparaissant parmi ses poils blonds. Les rares taches de rousseur qui habillaient ses épaules ressemblaient à des baisers bruns sur sa peau bronzée. Rey connaissait intimement la bouche de son amant, se rassasiant en atteignant la douce obscurité qui se cachait derrière son sourire espiègle et pourtant, il ne se lassait jamais d'explorer, de plonger dans les profondeurs de cet homme pour lui arracher de longs gémissements empreints de douceur.

Rey essaya de respirer malgré la vague d'émotion qui le frappa en pleine poitrine, mais c'était difficile.

— Randy, mon…

— Ton père, l'interrompit Gus. Je sais qui est Randy. C'est ton père.

— Vas-tu me laisser parler ou comptes-tu m'interrompre à tout bout de champ ?

— Non, non. Continue. Prends ton temps. Je n'ai rien de prévu avant 11 h.

— Le frère de Randy – oui, je sais que c'est mon oncle, alors tais-toi – achète des propriétés commerciales. En général, il les achète en très mauvais état pour les rénover, mais il a hérité d'une maison située à Buena Vista car elle était incluse dans un lot.

Gus pencha la tête sur le côté et fronça les sourcils. Ce n'était pas rassurant, mais Rey poursuivit.

— C'est de l'autre côté de la colline, à l'opposé du parc, mais ils ont décidé de me la donner. De nous la donner. Si ça nous intéresse. La maison n'est pas belle. Sa structure est solide, mais l'intérieur est en piteux état. Pire que cette maison quand vous l'avez achetée. Il faudrait encore attendre un moment avant de pouvoir y vivre. Ça va nous demander beaucoup de travail et...

— Attends... serais-tu en train de me demander d'emménager dans ta maison et de te donner un coup de main pour la rénover ? demanda Gus, à la fois incrédule et sceptique. Pour quelle raison ont-ils décidé de te la donner ? Par ici, les maisons sont terriblement chères. On ne cède pas une maison aussi facilement, Rey.

— On le fait quand il s'agit de la famille et qu'un fils vient d'annoncer à son père qu'il comptait demander son petit ami en mariage.

Rey récupéra l'enveloppe qu'il avait posée sur la table de chevet la veille, juste avant de se mettre au lit. Elle était un peu sale après avoir été manipulée à la suite d'un incendie, mais les alliances en or nichées dans le tissu étaient aussi rayonnantes que le sourire de Gus.

— August Scott, acceptes-tu de faire ce que nous aurions dû faire depuis des années ? Autrement dit, acceptes-tu de devenir mon mari et de crouler sous les dettes pendant que nous rénoverons une maison délabrée qui ne possède ni termites, ni air conditionné, ni cheminée en état de fonctionnement ?

— Bon sang, Rey.

Gus se mit à rire, laissant échapper un son chaleureux et retentissant qui raisonna assez fort pour réveiller les oiseaux qui avaient construit leur nid dans l'arbre situé juste devant la fenêtre du grenier.

— Oui. J'adorerais crouler sous les dettes avec toi. N'importe où. N'importe quand.

ILS FINIRENT nus, mais étant donné que Gus dormait toujours en tenue d'Adam, il lui suffit de retirer les draps pour être prêt à accueillir Rey. Il fit de son mieux pour ne pas se laisser consumer par le bonheur qui le submergeait. Celui-ci était trop lumineux et brillant pour être digne de confiance, mais quand la bouche de Rey se referma sur son gland, Gus se laissa porter vers la lumière. Alors qu'il se trouvait sous les combles de la première maison qu'il avait connue, ses mains posées sur l'homme qu'il aimait, il avait l'impression que son cœur ne pourrait pas supporter toutes les choses et toutes les personnes qui s'y trouvaient.

Il avait ressenti un sentiment étrange lorsque Rey avait glissé la bague sur son doigt. Il était trop tôt, cet anneau était un poids trop lourd sur sa main. Puis quelque chose avait changé au plus profond de son âme et le métal était devenu comme un baiser de Rey enroulé autour de son annulaire. Ils n'étaient unis ni devant Dieu ni devant un juge, mais cette union était légitime. Aussi légitime que tout autre chose. Aussi légitime que les doigts lubrifiés de Rey à la base de son sexe.

— Continue et je vais jouir dans ta bouche, bredouilla Gus en tirant sur les cheveux de son amant. Bon sang… ta langue…

Il était en train de perdre la raison, piégé dans la toile de plaisir que Rey était en train de tisser autour de lui. Ses bourses lui faisaient mal et quand les lèvres de son amant descendirent le long de son membre pour le prendre tout entier, elles se contractèrent dans la paume de Rey, bouillonnant d'un désir assez intense pour rendre ses tétons douloureux. Il attrapa la main de Rey et le bruit du métal frappant contre le métal amena un sourire béat sur son visage. Ses yeux étaient mouillés et brûlaient dès qu'il les fermait. Il essaya de s'asseoir, mais le poids de Rey l'en empêcha. Gus haleta quand son partenaire lui fit une autre gorge profonde avant de se retirer, le laissant tremblant et désireux.

Les draps étaient en désordre sous son dos et leurs plis s'enfoncèrent dans sa peau lorsque Rey remonta le long de son corps pour se placer à califourchon sur lui. Son membre était luisant de salive et de lubrifiant alors que Rey l'observait, ses yeux marron et chaleureux le regardant avec gentillesse et douceur.

— Fais-moi l'amour.

La voix de Rey s'était déversée comme une caresse de soie sur les nerfs de Gus.

— N'est-ce pas ce que nous sommes en train de faire ? demanda Gus en levant sa tête des oreillers. Je peux t'assurer que je ne suis pas en train de préparer une omelette.

— Non, je voulais dire que…

Le baiser de Rey était hésitant, aussi doux et délicat que ceux qu'ils avaient échangés sur la jetée des années plus tôt.

— Je veux que tu me prennes. Je veux te sentir… en moi. J'en ai besoin, chéri. Je veux que tu puisses être avec moi comme je suis avec toi.

— Nous n'avons pas…

Gus remonta le fil de leur histoire, se remémorant leurs anciennes habitudes. Rey avait envie de sortir de cette zone de confort. Il avait besoin que ce soit… différent.

— Enfin, si, nous l'avons *fait*, mais ça remonte très loin.

— À moins que tu ne sois pas… si tu ne veux pas le faire, ce n'est pas grave…

— Non, c'est juste que… je ne pensais pas que…

Gus cessa de parler et remit de l'ordre dans ses idées.

— Je pensais que tu ne voudrais plus jamais que je tienne ce rôle. C'est stupide. Je fais la même chose avec Ivo. Je le range toujours dans des boîtes parce que je trouve qu'elles lui correspondent, mais il finit toujours par en sortir parce que ce sont *mes* boîtes, pas les siennes.

— Compartimenter peut se révéler utile, concéda Rey en riant avant de lui embrasser le bout du nez. Mais laissons Ivo en dehors de ça. Pour l'instant, il ne s'agit que de toi et moi. Avec ou sans boîtes.

— En revanche, préviens-moi si je te fais mal, d'accord ?

Ces nouvelles inquiétudes lui nouèrent l'estomac. Il avait toujours été capable de faire monter Rey au septième ciel. Il connaissait assez bien son corps, connaissait assez bien son partenaire pour les amener à deux doigts de l'orgasme et les laisser là, en équilibre, sur le fil du rasoir qu'il avait forgé à la chaleur de leurs corps.

— Ça fait vraiment une éternité que je n'ai pas fait ça, remarqua Gus.

Ils procédèrent doucement, voire prudemment. Il y eut des rires et surtout beaucoup de caresses. Leur changement de positions lui donna une nouvelle vision du corps de Rey ; il découvrit que son amant tremblait lorsqu'on lui léchait le nombril et faisait de drôles de bruits quand on glissait un doigt dans son canal. Il avait dû partir à la poursuite du tube de lubrifiant quand il lui avait échappé des mains et terminé dans les coussins avec lesquels il dormait. Mais quand il le pénétra suffisamment pour le faire haleter, une grande ferveur s'empara de lui, déclenchant un incendie qu'il ne pourrait éteindre qu'en se trouvant à l'intérieur de Rey.

Sentir la chaleur et l'étroitesse de sa chair envelopper son sexe était presque trop intense – insupportable. Gus dut se retirer pour donner le temps à son cerveau de s'habituer aux sensations qui le submergeaient. Une fois les mollets de Rey calés sur ses hanches, Gus poussa une nouvelle fois. Sa poitrine se serra et ses poumons souffrirent du manque d'air alors qu'il retenait son souffle. Rey plaqua une main sur la nuque de Gus et l'attira vers lui, pénétrant son amant plus profondément, plongeant dans sa chaleur.

— Respire, lui rappela Rey en suçant sa lèvre inférieure. Toi et moi ? Nous allons vivre une vie merveilleuse ensemble.

Onduler revenait à planer à travers un champ d'étoiles en buvant du champagne, un mélange pétillant mariant les arômes de café et de son amant. Il faisait chaud, leurs corps se mouvant sous le soleil qui traversait les fenêtres et leurs peaux devenant moites. Son attention se focalisa sur l'homme qui l'accueillait en lui. Il ralentit le mouvement de ses hanches lorsque la respiration de Rey devint frénétique. Gus dut se faire violence pour ne pas le pénétrer profondément, mais quand les doigts de son partenaire se plantèrent sur ses hanches, Gus le martela plus vigoureusement, encouragé par la vague de chaleur qui parcourut sa peau.

La friction devint intolérable et Gus posa sa main sur le membre de Rey pour frotter sa paume contre sa longueur. Seules quelques caresses suffirent à faire jaillir la semence du pompier, son ventre se raffermissant et ses abdominaux se contractant. Installé au-dessus de ce corps qui se raidissait sous l'effet de l'orgasme, Gus fût saisi par la beauté de l'homme avec lequel il allait passer le restant de sa vie. Son dragon n'était pas encore terminé, mais les couleurs étaient déjà posées, le tatouage promettant de devenir aussi vif et intense que le tigre qui rôdait sur son autre hanche. Il avait des cicatrices, des petites marques provoquées par des bêtises de jeune garçon ainsi que des taches plus sombres où le feu avait léché et fait fondre sa peau. Ses cheveux bruns étaient presque devenus noirs à cause de la transpiration et ses beaux yeux cernés de longs cils étaient vitreux, leur couleur terre de Sienne revêtant quelques notes d'ambre et de noir autour de l'iris.

Mais c'était le sourire de Rey – ce sourire sublime, éclatant et affectueux – qui faisait voler le cœur de Gus en éclats. D'ailleurs, il le fit une nouvelle fois lorsque son amant lui prit le visage, ses doigts luisants de sueur et d'huile, pour lui offrir un sourire éblouissant avant de le faire jouir en contractant ses fesses autour de son membre.

Gus lâcha prise. Entre le moment où Rey lui prit la main pour entrelacer leurs doigts et celui où il le sentit se contracter autour de lui, Gus perdit la raison. Les alliances lui permirent de rester ancré dans la réalité pour ne pas finir dans les cieux. Cet anneau de métal offert par son partenaire le ramena sur terre, lui rappelant quelle était sa place auprès de Rey. Et quelle était la place de Rey auprès de lui. Son corps chantait, ravivant la douce mélodie d'espoir qu'il avait gardée enfouie dans son cœur et brisant les chaînes qu'il avait nouées autour de ses propres rêves.

231

Rey le serrait dans ses bras, ses jambes enroulées autour de la taille de Gus alors qu'ils jouissaient, une vague de plaisir déferlant depuis leur centre avant de s'atténuer jusqu'à ce que le frottement de leurs peaux devienne difficile à supporter.

Gus effectua quelques mouvements de hanches pour finir de déverser sa semence, tellement comblé qu'il n'arrivait plus à prononcer un mot. Son cerveau avait du mal à fonctionner correctement, ne serait-ce que pour les tâches les plus simples. Gus décida alors de désactiver toutes les fonctions inutiles à sa survie et ne conserva que la respiration et la capacité à tenir Rey contre lui.

Ils se séparèrent, mais continuèrent à se toucher, passant leurs doigts sur la bouche et les joues de l'autre, effleurant parfois un téton érigé ou pressant leurs lèvres contre une clavicule salée par la transpiration. Pendant leurs ébats, Gus avait mordu Rey à l'épaule ; il embrassa cette trace de morsure qui devenait pourpre, secrètement satisfait d'avoir marqué son amant à un endroit que personne ne verrait.

Rey soupira et poussa les cheveux mêlés et mouillés du visage de son amant.

— Je t'aime, Gus. Énormément. Je ne peux pas imaginer mon futur sans toi.

— Je t'aime aussi.

Gus pressa sa bouche contre la sienne et savoura leur baiser. Un sourire se dessina sur son visage en prenant conscience de ce qui les attendait.

— Maintenant que nous avons une maison, penses-tu que je pourrais avoir mon propre chien ?

C'ÉTAIT DÉFINITIF.

L'affaire était réglée. Gus avait apposé sa signature assez de fois pour compléter une pièce dorsale sur laquelle n'apparaîtrait que son autographe. Même en étant conditionnée à passer des heures à guider le dermographe sur la peau de ses clients, sa main lui faisait mal, mais cela en valait la peine.

Alors qu'il passait la porte de 415 Ink, le petit garçon qu'il portait dans ses bras était officiellement son fils, sans équivoque.

Chris se tortillait dans tous les sens, telle une boule d'énergie et de boucles blondes qui sentait un peu la saleté, mais surtout la douceur. Gus fit semblant de le laisser tomber, au grand plaisir du garçonnet. Il entendit la

232

vive inspiration que prit Lynn et lui adressa un clin d'œil en faisant remonter Chris sur son épaule.

— Il peut marcher, fit remarquer Bear qui se trouvait derrière le bureau d'accueil. Au cas où tu aurais oublié, ils ont certainement travaillé dur pour lui apprendre à mettre un pied devant l'autre.

— Earl ! s'écria Chris en gigotant sur l'épaule de son père. Je veux descendre. S'il te plaît. Il y a un chien.

— Bon sang, tel père, tel fils, grommela Rey. Je demande à ce crétin de m'épouser et tout ce qu'il trouve à dire, c'est qu'il veut un chien.

Gus posa Chris par terre et sourit à son partenaire.

— Je te rappelle que j'ai dit oui. Je veux seulement vivre avec toi *et* un chien.

— Si quelqu'un pouvait tourner la pancarte sur la porte d'entrée pour annoncer que nous sommes fermés, ordonna Bear. Et que la fête commence !

Bear attrapa Chris en passant près de lui et le souleva en l'air.

— Toi, mon petit, tu peux m'aider à sortir le gâteau.

Une heure plus tard, 415 Ink était bondé. Un nombre impressionnant de personnes avaient répondu à l'invitation et bavardaient joyeusement, si bien que Mace s'inquiétait que les responsables de la caserne leur demandent de mettre un terme à la soirée. Une longue table de banquet tremblait sous le poids de la nourriture et à l'extérieur du salon, derrière le bâtiment, Mace faisait griller des hamburgers et de la *carne asada* grâce au barbecue que Randy leur avait prêté. Deux musiciens, membres d'un groupe de rock local, étaient passés. Ivo avait réussi à les convaincre de jouer quelques morceaux en acoustique. Son petit frère avait servi de choriste, sa voix se mariant assez bien à celle du chanteur, rauque et puissante, pendant que Bear dessinait une pièce New School sur l'avant-bras de Chris à l'aide de feutres magiques.

L'intérieur du salon devint plus bruyant au fil de la soirée et vers 21 h, Chris, ivre de l'attention qu'on lui portait, marcha d'un pas lourd jusqu'à l'accueil, puis s'effondra dans le panier du chien pour se blottir contre cette énorme touffe de poils qui ronflait.

— Je crois qu'il est temps pour nous de partir, annonça Jules en riant avant de tirer sur la manche de Gus. Fais-moi la bise et appelle-moi demain, une fois que tu seras levé.

— Je travaille demain, donc je t'appellerai avant midi, promit-il en l'embrassant sur la joue. Veux-tu que je le porte jusqu'à la voiture ?

— Non, papa va s'en occuper.

Jules s'écarta pour laisser passer son père. Doug s'arrêta devant Gus afin qu'il puisse déposer un baiser sur le front de son fils. Ce fut ensuite au tour de Jules de lui dire au revoir en le prenant dans ses bras.

— Merci d'être son père, murmura-t-elle. Tu n'étais pas obligé de tenir ce rôle, mais je suis heureuse que tu aies décidé de le faire.

— Il le fallait. C'est mon fils, lui rappela Gus. Je serai là pour lui. Nous le serons tous.

— Je sais, dit-elle en souriant. Demain, M. Scott, nous devrions remettre ça.

Gus les regarda s'en aller et pour la première fois de sa vie, il ne ressentit aucune jalousie en observant cette famille très soudée. Ses propres liens familiaux se tissaient d'une autre manière, passant par Donna et Randy, qui étaient arrivés à la soirée avec un énorme gâteau et du poulet frit, ainsi que par les quatre hommes qui l'avaient soutenu durant les périodes les plus sombres de sa vie.

Son petit frère dansait pieds nus, une jupe à plis en cuir noir descendant jusqu'à ses genoux et tournant autour de ses longues jambes parées de résille. Son haut *Hizoku Ink* brillait à chaque endroit où la sœur de Rey avait posé ses mains pailletées et ses cheveux avaient la couleur du flamant rose. Les yeux bleu marine d'Ivo étaient entourés de khôl et son visage élégant et masculin était lissé par le maquillage. Le tatouage de chat d'inspiration japonaise qu'il avait sur l'épaule apparaissait et disparaissait quand il levait les bras en l'air, suivant le rythme de la musique qui jouait à travers la sonorisation du salon.

Mace se trouvait à l'arrière du bâtiment, surveillant les braises du barbecue qui ne tarderaient plus à s'éteindre, mais il répondait présent dès que Gus avait besoin de lui. Son grand frère occupait la place laissée par Puck et avait endossé le rôle d'adorable crétin. Gus dépendait de lui pour beaucoup de choses, mais il lui était surtout reconnaissant d'avoir sorti Rey d'une maison en feu et d'être resté son meilleur ami depuis.

Si Mace était son petit diable brandissant toujours une fourche, Luke était l'ange qui lui avait permis de ne pas perdre la raison. L'homme qu'il considérait comme son jumeau sain d'esprit leva les yeux vers lui alors qu'il discutait avec l'apprenti de Bear et lui fit un clin d'œil, mais la clarté de son sourire n'atteignit pas ses yeux. Gus soupira, souhaitant pouvoir faire autre chose que regarder son frère ne vivre que pour son travail.

— Je suis heureux de voir Luke socialiser, dit Bear en passant un bras autour des épaules de Gus. Il passe une bonne soirée.

234

Le poids de son frère était le bienvenu, familier et apaisant. Sa barbe lui chatouilla la joue et il se laissa aller contre lui. La bague autour de son annulaire changeait *tout*, mais peu importe ce qui arriverait, il pourrait toujours compter sur Bear.

— Je ne sais pas si nous pouvons parler de socialisation, rétorqua Gus. Il est en train de parler avec Noob. S'il était en train de discuter avec Rob, le nouveau, nous pourrions dire qu'il essaie de se montrer sociable. Mais discuter avec l'apprenti ? Ce petit ne sait même pas encore tatouer un fruit.

— Il s'appelle David et il est plus vieux que toi, Goose, le taquina Bear en resserrant sa prise autour de son cou.

Ils se battirent pendant un court instant, puis Earl aboya pour leur demander d'arrêter.

— Tu vois ? Tu n'as pas besoin d'un nouveau chien. Earl t'adore.

— Earl pensait certainement que j'étais en train de t'attaquer, alors arrête de raconter des conneries, répliqua Gus en poussant légèrement son frère.

Bear ne bougea pas d'un poil et ne fléchit même pas les jambes. Gus soupira.

— Bon sang, tu pourrais au moins faire l'effort de chanceler un peu. Tu n'es pas bon pour mon égo.

— Je pense que le seul homme dont tu as besoin pour booster ton égo avance vers nous avec une autre assiette de *carne asada*, dit-il en indiquant la porte de derrière. Au fait, je tenais à te dire que je suis fier de toi, gamin. Tu es devenu quelqu'un de bien.

— Grâce à toi, Bear.

Gus secoua la tête quand il comprit que Bear allait affirmer le contraire.

— Ça suffit, Barrett. Contente-toi d'accepter mon compliment.

— Tu as de la chance que Rey apprécie ton joli petit minois ou bien je me serais fait une joie de te refaire le portrait, répliqua Bear en lui ébouriffant les cheveux avant de lui donner une tape à l'arrière du crâne. Sois gentil ou tu finiras par refaire les sols de votre nouvelle maison tout seul.

— Salut, beauté, dit Gus pour accueillir son amant.

Il esquissa un sourire quand Rey glissa ses bras autour de sa taille, puis le poussa contre le bureau de la réception.

— Attention au chien. Il est déjà en colère contre moi parce que j'ai froissé la chemise de Bear. Il va certainement déchirer mes chaussettes si je te touche. Mace aura-t-il bientôt fini ?

— Oui, il attend juste que les braises s'éteignent. Il a dit qu'il n'allait pas tarder.

Rey glissa ses doigts dans les passants qui se trouvaient à l'arrière du jean de Gus.

— Comment te sens-tu ? Bien ?

— Je suis aux anges, comme… tous les anges, répondit Gus en riant, puis il reprit son sérieux. Et toi ?

— Je me sens mieux que jamais, répondit doucement Rey. Et si j'ai oublié de te le dire ces dernières heures, je t'aime et je suis heureux que tu fasses de moi un honnête homme.

La musique s'arrêta quand Rey l'attira dans un baiser. Du moins, elle s'arrêta dans son esprit. Ils s'embrassaient comme ils faisaient l'amour : une longue union intense avec une pointe de délicatesse, leur amour adoucissant la fougue de leur passion, la contenant pour préserver sa chaleur. Gus ne se lassait pas des caresses de son amant, de sa bouche et des ondulations de son corps musclé contre le sien. Mais quand Rey le tenait dans ses bras, Gus retombait amoureux. Il reprit sa respiration avec une érection et une envie irrépressible de trouver un coin sombre dans lequel il pourrait assouvir le besoin que Rey faisait naître en lui.

— Si tu savais comme je t'aime, déclara Gus contre sa bouche. Tu me rends dingue.

— Je te retourne le compliment, chéri. Et si nous demandions à Bear de te remplacer demain ? Parce que je pense que je vais passer toute la nuit à m'assurer que tu ne puisses pas marcher droit au réveil et si tu finis par quitter notre lit, ce sera pour commencer à exposer ton art sur mon dos, là où il devrait être.

EMBRASSER ROB, c'était comme savourer un whisky brûlant aux arômes de cannelle. C'était assez enivrant et dangereux pour présenter des risques pour la santé, surtout si Bear le surprenait les mains plongées à l'arrière du jean de ce jeune tatoueur. Il n'arrêtait pas de fuir, mais même lorsqu'il prenait ses distances, Mace finissait toujours par rebrousser chemin et se retrouver au point de départ : à genoux, les lèvres enroulées autour du sexe de Rob, ou bien l'inverse.

L'allée qui passait derrière le salon était sombre, un espace faiblement éclairé délimité par les voitures garées et le barbecue que Randy avait apporté, encore en train de refroidir. La possibilité qu'on les surprenne avec leurs pantalons descendus au niveau de leurs chevilles était infime, mais elle existait... surtout quand toute sa famille, extrêmement curieuse, se trouvait de l'autre côté de la porte.

— Seigneur, ce que tu es doué avec tes doigts, haleta Rob. Prends-moi.

— Non seulement je n'ai pas le temps, mais si Bear nous surprend, il nous tuera.

Mace libéra Rob à contrecœur, cherchant désespérément à reprendre son souffle après s'être laissé emporter par les baisers de ce jeune homme.

— Nous devons arrêter de nous voir. C'est... *stupide*. Je ne t'apprécie même pas.

— Tu n'es pas non plus un cadeau, grommela Rob.

Le tatoueur essaya de se recoiffer, mais sa crinière noire avec des pointes bleues refusait de se soumettre à sa volonté.

— J'ai manqué de jugement en le faisant une première fois, c'est encore plus vrai la...

— Ne compte pas, l'interrompit Mace. Je ne veux pas savoir. C'est terminé. Ce soir, c'était la dernière fois. Plus jamais.

Il essaya d'ignorer la sensation de dégoût qu'il éprouva à l'idée de ne plus voir Rob, mais c'était ce qu'il y avait de mieux à faire. Il ne pouvait pas laisser Rob s'attacher à lui. Mace ne se faisait pas confiance. Il ne pouvait pas se faire confiance en sachant d'où il venait. Il connaissait les bêtes qui lui avaient fait don de la vie et certainement de leur cruauté. Ça commencerait doucement, il serait un peu en colère à cause d'une erreur insignifiante, puis sans comprendre pourquoi, ses mains seraient recouvertes de sang chaud et il se tiendrait audessus du corps brisé de Rob. Le risque était trop grand. Mace avait trop à perdre... sa famille, son travail et sa raison.

Prendre ses distances dès maintenant était la meilleure solution – il le *savait*. Dans ce cas, il n'aurait pas dû être blessé de voir Rob baisser les yeux et murmurer de sa voix rauque :

— Oui, tu as raison. Ce n'est rien d'autre qu'un plan cul qui nous excite car nous ne sommes pas censés nous côtoyer. Je suis d'accord avec toi : à partir de maintenant, gardons nos distances.

# RHYS FORD

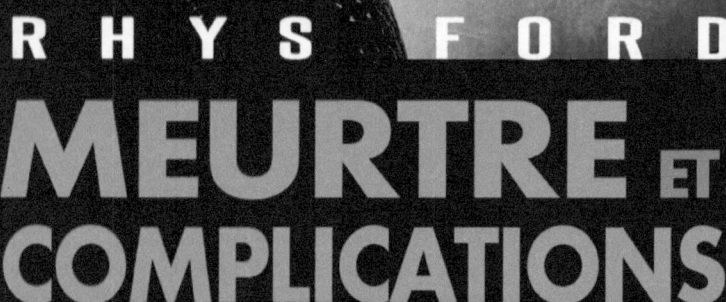

# MEURTRE ET COMPLICATIONS

Meurtre et complications, tome 1

Seuls les cadavres ne parlent pas.

Cambrioleur réformé, Rook Stevens a jadis volé d'innombrables objets de valeur inestimable, mais jamais il n'avait encore été accusé de meurtre – jusqu'à aujourd'hui. Déjà surpris de découvrir une de ses anciennes complices à Potter's Field, sa boutique dédiée aux collectionneurs et fans du cinéma, Rook l'est encore plus de constater qu'elle a été assassinée.

L'inspecteur Dante Montoya pensait ne jamais revoir Rook Stevens – surtout après une douteuse affaire de falsification de preuve commise par son ancien partenaire pour piéger le voleur. Aussi, quand il intercepte un suspect couvert de sang fuyant la scène d'un crime, est-il choqué de reconnaître celui qu'il avait tant voulu mettre en prison quelques années plus tôt. Et comme autrefois, Rook Stevens lui enflamme le sang.

Rook, malgré son attirance inexplicable pour l'inspecteur cubano-mexicain qui vient de l'arrêter, est déterminé à se disculper. Malheureusement, les cadavres ne cessent de s'accumuler autour de lui. Quand sa vie est menacée, Rook est obligé d'accepter l'aide d'un flic qu'il n'aurait jamais cru capable de croire à son innocence : Dante, le seul homme qu'il ait dans la peau.

# www.dreamspinner-fr.com

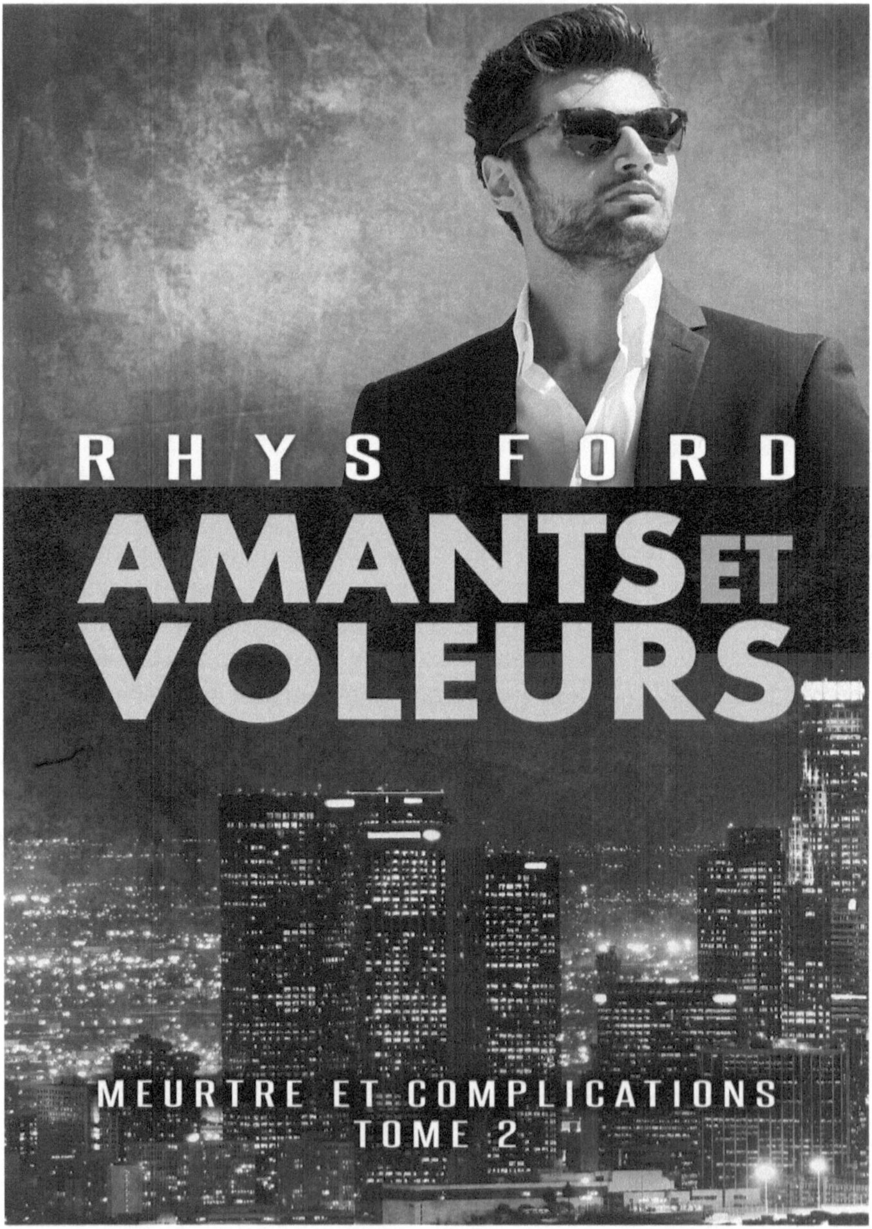
RHYS FORD
AMANTS ET VOLEURS
MEURTRE ET COMPLICATIONS
TOME 2

Meurtre et complications, tome 2

Celui qui a prétendu le sang plus épais que l'eau n'a jamais, de toute évidence, eu l'occasion de voir une mare d'hémoglobine.

En renonçant à sa carrière de cambrioleur spécialisé dans les bijoux, Rook Stevens pensait avoir découvert le moyen infaillible de rester du bon côté de la loi. En principe, le seul policier acharné à le poursuivre aurait dû être son… disons son flic, Dante Montoya, inspecteur de Los Angeles. Malheureusement, la vie n'est pas si simple – celle de Rook en tout cas. D'abord, il tombe sur le cadavre de son cousin, ensuite, il est accusé de son meurtre sous prétexte qu'il… aurait eu une liaison avec la femme du défunt.

Quant à Dante, sa vie est devenue chaotique depuis qu'il aime un voleur réformé, d'autant plus que Rook semble attirer les ennuis où qu'il passe. Quand Rook est suspecté par un inspecteur de West LA particulièrement étroit d'esprit, Dante doit intervenir pour tirer son amant des problèmes dans lesquels il s'est fourré.

L'enquête est compliquée et les morts se multiplient. Les deux hommes font front commun, car le temps leur est compté : s'ils ne mettent pas très vite la main sur le tueur, Dante devra rendre visite à Rook en prison – ou au cimetière.

# www.dreamspinner-fr.com

TOME 1 DE LA SÉRIE SINNERS

# RHYS FORD

# SINNER'S GIN

Série Sinners, tome 1

Il y a un homme mort dans la Pontiac GTO Vintage de Miki St John et ce dernier n'a aucune idée de la manière dont il a pu arriver là.

Après avoir survécu au tragique accident qui a tué son meilleur ami et les autres membres de leur groupe Sinner's Gin, tout ce que Miki veut, c'est se cacher du monde dans l'entrepôt rénové qu'il a acheté avant leur dernière tournée. Mais quand l'homme qui l'a agressé sexuellement dans son enfance est tué, et que son corps est retrouvé dans sa voiture, il redoute que la mort n'en ait pas encore fini avec lui.

Kane Morgan, un inspecteur de la police départementale de San Francisco qui loue un atelier à la coopérative d'art à côté, suspecte tout d'abord Miki d'être impliqué dans l'assassinat, mais il se rend vite compte que ce dernier est autant une victime que l'homme écorché vif à l'intérieur de la GTO. Alors que le nombre de corps imputable à l'assassin augmente, l'attirance entre Miki et Kane s'enflamme. Aucun d'eux ne sait si une relation entre eux a la moindre chance de réussir, mais en dépit des traumatismes émotionnels de Miki, Kane est déterminé à lui apprendre à aimer et à être aimé… à condition, bien sûr, que Kane puisse attraper le tueur avant que Miki ne devienne sa prochaine victime.

# www.dreamspiner-fr.com

RHYS FORD est une auteure primée. Elle a écrit plusieurs séries de livres dont les personnages principaux appartiennent à la communauté LGBT+. Rhys est à l'aise dans tous les genres, que ce soit le mystère, le thriller, le paranormal ou la fantasy urbaine. Elle a été finaliste de la LAMBDA en 2016 avec son roman *Meurtres et Complications,* puis a décroché les médailles d'or et d'argent lors de la tenue des *Florida Authors and Publishers President's Book Awards* pour ses romans *Cavaliers de l'apocalypse* et *Hanging the Stars*. Son travail est publié par Dreamspinner Press et DSP Publications.

Elle est plutôt sceptique quand elle tombe sur des romans où ne figure aucun élément personnel concernant l'auteur dans la biographie. Rhys partage sa maison avec deux chats : Yoshi, un chat noir et blanc et Tam, un chat noir à poils courts diabétique, auxquels vient s'ajouter un cairn terrier roux possédant l'âme d'un terroriste. Rhys est également responsable de l'entretien d'une Pontiac Firebird 1979 et prend plaisir à tuer des personnages de fiction.

Vous pouvez retrouver Rhys :
Sur son blog : www.rhysford.com
Sur Facebook : www.facebook.com/rhys.ford.author
Sur Twitter : @Rhys_Ford

Par RHYS FORD


415 INK
Rebelle
La sauveteur


MEURTRE ET COMPLICATIONS
Meurtre et complications
Amants et voleurs


SINNERS
Sinner's Gin
Whiskey and Wry
Tequila Mockingbird
Slow Ride


Publié par DREAMSPINNER PRESS
www.dreamspinner-fr.com